鈴木健一著

近世堂上歌壇の研究

増訂版

汲古書院

序

なぜ近世堂上歌壇を研究するのか。近世堂上歌壇研究にはどのような意義があるのか。まずはそこから始めてみたい。

第一に、堂上であるという特殊性、公家であるという精神性に着目しておこう。天皇や公家――もちろん両者は異質な部分もあるが、しかし地下に対してという意味では大きく一括りにできよう――を支えている自らを本道とする自意識が、彼らをしてどのような文学行為に駆り立てていったのか、またその自意識と現実との懸隔はどうであったのか、あるいはその自意識が地下にはどのように受けとめられどう影響を及ぼしたのか。すべて一言では答えられないほど複雑で無限の可能性をわれわれに与えてくれる課題と言える。その自意識によってなされた文学行為は可能性と同時に限界をも抱えたであろうし、自意識と現実との乖離は情熱と虚無感を同時に醸成したであろう。その自意識の拠って立つものが地下に与えた威圧感によって、近世地下は堂上の作品や言説を、批判的であるにせよなんにせよ意識せざるを得なかったし、また権威と同時に堂上の持っている内実がある価値を有していたことも事実である。つまり近世和歌においては常に上部構造に堂上が据えられていたのである。そして、中世和歌を近世的に展開させるに当たって、いかに堂上が貢献し地下に橋渡ししたか、その影響力は言いようもなく大きい。堂上という特殊性を近世和歌、近世雅文芸、近世詩歌、近世文学というさまざまなレベルに定位させること、そのことによってはじめて日本文学が近世においてどのように展開していったかを見定めることができるのであると思われる。

第二に、集団としての堂上歌壇の魅力である。第一点に述べた本道という自意識が作り上げた一体感が歌壇の結束力を高め、主宰者としての能力を持った二人の天皇、後水尾院と霊元院が親王・公家を束ねるような存在としてあった。そして、天皇と臣下、臣下・家同士の連携や確執というようなさまざまに立体的で流動的な人間関係が基盤となって実に多彩な文学行為がそこで展開されていった。この一首をどう添削するか、この古典の一句をどう解釈するか、という文学に関わる営みのいちいちが、個と集団の関わりの力学に支えられてなされていったのである。人間関係や文学行為の蓄積は、歌壇内部における文学活動の活発化をさらに助長する。と同時に第一点目で指摘したように、歌壇の文学行為は、外部すなわち地下に対して、その権威と相俟って強い影響力を及ぼしていったのである。

第三点として、結果として生み出された、和歌作品をはじめ連歌・和漢聯句などの作品、さらに歌論（聞書）・注釈、また編集作業、古典籍の書写・校訂などそれぞれの営み自体に文学行為としての価値を強く見出せることがある。そして、そのような近世堂上歌壇のさまざまな文学活動の意味を考えることで、従来の文学史の空白を埋めることができ、より新しくより立体的で豊かな文学史をわれわれは手に入れることができるのである。たとえば、近世堂上の和歌作品について、大きく見ればそれは中世和歌から近世後期への架橋と見做せよう。もちろん事態が一足飛びに進展していったわけではない。しかし、近世堂上は和歌史の上で孤立もしていない。和歌史をなだらかなひとつながりの大きなうねりとして見渡してみること、そのことこそが今後の和歌研究に必要なことと思われる。そのためにも、近世前期に盛んになされた堂上和歌がどのようなものであったか、歌の姿、ことば、歌材、歌論また歌壇のありようなどさまざまな面からその歴史的立場を検討してみるべきであり、実際本書におけるいくつかの試みは明らかにその大きなうねりの一環としての近世堂上和歌の史的位置を証している。

本書では、第一部第一章において、近世堂上歌壇の代表的存在後水尾院、霊元院両歌壇の概観とその和歌作品について論じたい。活況を呈した両歌壇内部における様相を整理し、また歌壇を支える重要な役割を果たした中院家についても併せて論じる。和歌作品については、古今的世界・三玉集的世界との関係、添削の方法、さらに歌材のひとつについて考察する。第一部第二章は、後水尾院、霊元院両歌壇の史的位置について論じる。後鳥羽院、三玉集、源氏物語という近世以前の歌人や作品を取り上げ、それらがいかに意識され、また摂取されたかを考察する。また連歌との関係を考えることで、和歌史の相対的なありようを描くようつとめる。第一部第三章は、近世堂上和歌と漢詩の関係を、主に和歌の側から比較文学的に考察する。この時期、和歌における漢詩からの影響は根深く、そのことは和歌の史的変遷をよく物語っている。第二部では、後水尾院、霊元院両歌壇において文学的な活動がどのように行なわれたかを、主要な文学的事項を中心に年次順に記述する。集団内部における人間関係と書誌的事項に力点を置き、実証性を持たせることを心がけたい。

目次

第二部　年　表　編

＊なお、第一部における各章各節冒頭の論は、その章・節の総論的役割も担っている。適宜参照されたい。

引用本文について

○勅撰集・私家集等については、基本的に『新編国歌大観』（角川書店）に拠った。
○歌論書は、基本的に『日本歌学大系』（風間書房）に拠った。
○『後水尾院御集』の本文は『新編国歌大観』を利用したが、『後水尾院御集拾遺』は『列聖全集』を用いた。『霊元院御集』については、第二部第二章凡例等参照。
○引用に際しては私に清濁・句読点を付した場合もある。

近世堂上歌壇の研究

第一部 論文編

第一章　《歌壇》とその和歌

第一節　後水尾院・霊元院歌壇の成立と展開

一、近世堂上歌壇史概観

近世和歌は中世歌学を継承した細川幽斎の門流から始まる。堂上では幽斎に古今伝授をうけた智仁親王からさらに伝授をうけた後水尾院の歌壇を、また地下では幽斎に師事した松永貞徳と木下長嘯子という二人の歌人を出発点と見做してよい。

堂上では、後水尾院の父後陽成院による堂上歌壇が時代的には中世から近世への移行期に存し、近世の最初期の特質を備えたものとしても捉えられるが、後水尾院・霊元院両歌壇に比べて、歌学思想や詠歌方法という質的なレベルにおいて中世的な要素を多分に残しており、また文学活動の整備・拡充という点でも物足りない。近世堂上歌壇という条件により適うのは、やはり後水尾院・霊元院両歌壇である。

両者の間には後水尾院の皇子で霊元院の兄に当たる後西院の歌壇も存するものの、五十年にわたって種々活動した後水尾院・霊元院両歌壇に比して、そのつなぎという印象はやはり拭えず、歌壇の活動も乏しくその独立性も疑わしい。つなぎという点に意味はあるので、そのようなことからすると後西院歌壇の研究の今後の深化によって、後水尾院歌壇から霊元院歌壇への移行がどのようになされたかの詳細な過程を知ることはおおいに期待されるだろう。

霊元院歌壇以後も天皇主宰の堂上歌壇は存在しており、千種有功らすぐれた歌人が個々人としては存しているものの、後水尾院・霊元院のそれとは歌壇としての文学的価値という点でやはり見劣りがする。もちろん、歴史的には明治の御歌所へつながる系譜として近世末期の堂上歌壇の研究にも意味はある。しかし、歌壇の内部の活性化や地下ら外部への影響力という点での物足りなさは否めない。

以上のような点に基づいて、本書は後水尾院・霊元院両歌壇を対象とした。

後水尾院歌壇は、中院通村・烏丸光広・三条西実条らによる基盤作りののち、後水尾院から古今伝授をうけた道晃法親王・飛鳥井雅章・日野弘資・烏丸資慶・中院通茂らによって、詠歌をはじめさまざまな文学活動が盛んになされた。それに続く霊元院歌壇は、中心的な歌人に中院通茂・清水谷実業・武者小路実陰・烏丸光栄らがおり、後水尾院歌壇が整備した、和歌を中心とした文芸サロンとしての堂上歌壇の特質をさらに拡充したと言える。そして、中院・近衛・冷泉というような有力な家の存在や門跡サロンを解明することでより立体的に堂上歌壇のありようが見えてくる。しかし、あくまでも後水尾院・霊元院周辺が中心的存在である点は留意されるべきであろう。

そこでの詠歌のうち、後水尾院・霊元院らの御集は数多くの写本により、また刊行された類題集に含まれることで流布し、烏丸光広・武者小路実陰の家集は単独で刊行された。通村・通茂らの歌も『三槐和歌集類題』として刊行されている。また、後水尾院歌壇で編集された『類題和歌集』『一字御抄』や三玉集も公刊され、霊元院歌壇で編集された『新類題和歌集』も写本で伝播した。これら両歌壇で成立した古典注釈も注釈史上意味を有している。さらに堂上歌人たちが主に地下歌人を聞き手として成立させた聞書類（代表的なものとしては通茂の『渓雲問答』や実陰の『詞林拾葉』）も写本が多数存在し、地下への影響は計り知れない。

本節では、二、三、四、各々において後水尾院歌壇、霊元院歌壇、中院家について取り上げた。

二、後水尾院歌壇の成立と展開

㈠　時期区分と各時期の特質

慶長十六年三月二十七日後陽成天皇が譲位し、同年四月十二日第三皇子政仁親王が十六歳で即位した。のちに元和帝と称される後水尾天皇である。前々年の慶長十四年三月十三・二十二日と五月二十八日には親王御所で連歌御会が、また前年の慶長十五年四月二十五日には同じく親王御所で和歌御会が行なわれており（『時慶卿記』）、いわゆる後水尾院歌壇は後水尾天皇即位の前々年から準備され始めたのではないかと思われる。後水尾天皇は即位後十八年目の寛永六年十一月八日に三十四歳で譲位し、以後延宝八年八月十九日に八十五歳で崩御するまで約五十年間院の座にあった。したがって後水尾院歌壇は約七十年間にわたって存続したと言える。

もちろん元和三年八月二十六日に後陽成院が崩御するまでは後陽成院を中心とした歌壇が別にあった。しかし後陽成院と後水尾天皇は疎遠であった事が伝えられており、ために後水尾院歌壇は発足当初より後陽成院からさほど干渉される事なくかなりの独立性を持ち得たのではないかと思われるのである。また寛永六年後水尾天皇譲位以後も、女帝であった明正天皇や和歌を余り好まなかったと言われる後光明天皇はともかく、後西・霊元両天皇を中心とした歌壇が各々成立している。とはいえ明正・後光明・後西・霊元四天皇はいずれも後水尾院の皇女・皇子であり、後水尾院存命中の彼らの歌壇はむしろ後水尾院歌壇に含まれるものとして大きな枠の中でとらえてみたい。

さて後水尾院歌壇の七十年間はその活動内容によって次のような三つの時期に区分できるだろう。（　）内は後水尾院の年齢である。

第Ⅰ期……慶長十六年（16）～寛永六年（34）

後水尾天皇の即位から譲位まで。

第Ⅱ期……寛永六年～承応三年（59）

明正・後光明天皇の在位時代。中院通村・後光明天皇の死まで。さらに寛永十七年を境に前半と後半に分ける。

第Ⅲ期……承応三年～延宝八年（85）

後西・霊元天皇の在位時代。後水尾院の崩御まで。

以下、各時期毎に具体的な様相を素描していきたい(1)。

(1)　第Ⅰ期

第Ⅰ期は後水尾院の修業期と言うべき時期であり、後水尾院歌壇にとっては第Ⅱ・Ⅲ期の活動の基盤作りがなされた時代と言える。和歌・連歌・聯句・有職・手習・楽・読書などの諸芸稽古がなされ(2)、元和二年には中院通村が『源氏物語』を（『中院通村日記』）、寛永二年には通村・烏丸光広・三条西実条が各々『伊勢物語』を（『お湯殿の上の日記』）後水尾院に進講したりもしている。また寛永二年には智仁親王から後水尾院への古今伝授があった。[3] さらに翌三年には二条城へ行幸し、盛大な歌会が催されている。

(2)　第Ⅱ期

第Ⅱ期に後水尾院は和歌・漢詩などの創作活動を最も盛んに行なったと思われる。御製和歌集には慶長十九年から承応三年までの和歌が収録されており、寛永十四年前後が入集数の頂点にある。また御製漢詩集は寛永八年から同十二年までの作が収められている。

慶長十九年十一月二十五日近衛信尹没後、後水尾院の和歌の指導には、公式の場では智仁親王だが実際には実条と通村が当たっていたことが『中院通村日記』によって知られる。なお、霊元院の『麓木鈔』には、

法皇和歌御師範、最初は龍山、其後は後陽成院、其後は三藐院、其後恵光院、其後は三条、烏丸、中院などにみせられし也、御伝受は恵光院よりあそばされし也、恵光院の日は御精進也。

とある。「龍山」は近衛信尹の父前久、「三藐院」は信尹、「恵光院」は智仁親王、「三条、烏丸、中院」はそれぞれ、三条西実条、烏丸光広、中院通村である。つまり、智仁親王からの古今伝授ののちは、実条・光広・通村が指導者と見做されていたのである。この三人は、第Ⅰ期末から、若手の和歌指導会の点者や後水尾院への『伊勢物語』進講も担当している。

また通村・光広の二人は後水尾院と、主として和歌に関する質疑応答を寛永年間頻繁に交した事が、『玉露藁』という後水尾院の随想的な歌論書からわかる。寛永十四年には第Ⅱ期後水尾院の創作活動の到達点を示すと思われる

『御着到百首』が成っているが、これには通村・光広らも同席している。また実条も寛永十六年十月五日に行なわれた『仙洞三十六番歌合』の際に判者をつとめている。この歌合も『御着到百首』とともに第Ⅱ期の到達点を示すものと言える。ほかにもたとえば元和九年から慶安元年までの後水尾院および実条・通村・光広の和歌が収録されている『新一人三臣和歌』（宮内庁書陵部蔵）も存する。

すなわち以上の事から、第Ⅱ期には実条・通村・光広の三人が後水尾院歌壇に対して最も大きな影響力を持っていたと思われる。もちろん三人は等質ではない。実条・光広は後水尾院との年齢の開きがかなりあり、その権威が尊重されていた部分もかなりある。特に実条にその傾向が強い。光広はかなり実質的にも関わっているが、光広には親幕的な部分があり立場は微妙であったろう。それに対し、より年齢が近く内々衆として近仕した通村（通村の方が後水尾院より八歳年上）が後水尾院から最も親近感を持たれ、また信頼もされたことは想像に難くない。しかし、逆に言えば、通村にとっても後水尾院にとっても実条・光広は頼りになる存在でもあったろう。そういう点での実条・光広・通村の三者体制が後水尾院を支えていたのである。したがって光広が寛永十五年に、また実条が同十七年に相次いで没した後は通村ひとりが相当大きな指導力を歌壇内において発揮する事になったろう。第Ⅱ期を前半と後半に分ける所以である。そして、承応二年二月二十九日には通村が没しそれに加えて、承応三年九月二十日には後水尾院がその才気にひそかに期待を寄せていたと言われる後光明天皇が二十二歳の若さで崩御する。後光明天皇の死は後水尾院にとって衝撃的なものであったらしい。二人の重要な人物の死を明確な分岐点として後水尾院歌壇は第Ⅲ期へと移行していくのである。

(3) 第Ⅲ期

第Ⅲ期には後水尾院の活動の重点が、実作よりは歌壇の歌人たちを指導する事に移り、後水尾院歌壇全体としては編集事業が盛んに行なわれたと思われる。通村を失った事により歌壇自体の変質を迫られたという事であろう。（むろんその変質を論じるに際しては他にも、後水尾院個人における年齢的なものによる志向の変化や創作能力・意欲の限界というような問題も問われなくてはならない。）

第Ⅲ期の特質は具体的には、（イ）後水尾院の「万治御点」を中心とする勅点作業、（ロ）後水尾院の古典講釈、（ハ）編集事業、（ニ）後水尾院の古今伝授、に分けられる。

（イ）「万治御点」とは、万治二年五月一日から寛文二年四月七日にかけて行なわれた後水尾院指導の和歌稽古会である。ここでは第一回古今伝授（明暦三年二月）の歌人三名堯然法親王・道晃法親王・飛鳥井雅章、第二回古今伝授（寛文四年五月）の歌人四名後西天皇・日野弘資・烏丸資慶・中院通茂に、白川雅喬・飛鳥井雅直・智忠親王を加えた十名が主として添削をうけている。

第一回古今伝授のもう一人の歌人岩倉具起は万治三年二月六日に没している。雅喬は伝授許可が出たが「歌はおのづから家々の候へば、あながちに執し候はず」という理由で辞退（富士谷成章『おほうみのはら』）、雅直は寛文二年九月九日没、智忠親王も寛文二年七月七日没という事からすれば、「万治御点」の主要歌人はすべて古今伝授をうける資格を持ったひとびとであったと推測される。

（ロ）後水尾院の古典講釈のうち聞書の存する主要なものとしては、

a明暦元年七・八月『伊勢物語』

b明暦二年八・九月『伊勢物語』

c万治元年五・六月『詠歌大概』

d万治二年五月　　『詠歌大概』
e万治三年五月　　『伊勢物語』
f寛文元年五月　　『百人一首』
g寛文四年七月　　『伊勢物語』

などがあり、それ以外にも多数の古典講釈がなされている。これら講釈における古典注釈の態度については、後陽成院の注釈の影響が強い点、読みくせや清濁の注記が多い点などが共通する傾向として指摘できる。(4) 出席者は古今伝授の歌人八名を中心とする。

（八）編集事業としては以下の書がある。

・三玉集……元和・寛永頃編集、寛文初頃補訂。寛文九年後柏原院『柏玉集』、同十年三条西実隆『雪玉集』、同十二年下冷泉政為『碧玉集』各刊行。

・『類題和歌集』……元禄十六年刊。延宝頃成立（尾崎雅嘉『群書一覧』）。和田英松『皇室御撰之研究』（明治書院、一九三三年）は寛文五年七月以前成立の可能性も指摘する。近年、寛永末には成っていた由の奥書を有する尊経閣文庫蔵写本が紹介された。(5) ただし、この奥書からでは寛永末の時点でどの程度まで完成したのか、すなわち現存のものにかなり近いのかそれとも草稿程度なのかは不明。刊行直前であるこの第Ⅲ期にも最終的な点検がなされた可能性も想定される。

・御製和歌集……明暦から寛文頃までに成るか。御製和歌集には慶長十九年から承応二年までの歌が収録されている。その歌数はともかく明暦以後、後水尾院が全く歌を詠まなくなったわけではないから、御製和歌集は承応三年からさほど時を経ずして初稿が成立したと思われる。自撰説・他撰説あり。(6)

・『集外歌仙』……寛文五年成。後水尾院撰・後西院撰説ともにあるが、いずれの可能性も五分か。

さて第Ⅲ期の特質（イ）（ロ）（ハ）（ニ）はいずれも後水尾院個人の文学活動とは言い難い部分を含んでいる。多人数を動員する（ハ）編集事業はもとより、（イ）「万治御点」などの勅点作業、（ロ）古典講釈も出席者あってのものである。通例御所伝授とよばれる（ニ）古今伝授は、従来一対一の人間関係で支えられてきた秘伝思想とは異なり二度の機会で八名に対して伝授するという異例の形式になっているが、それも（イ）（ロ）（ハ）のような集団性の強い活動に裏打ちされて確立したものである。

(二) 通村没年前後から古今伝授にかけての和歌稽古会

さきに寛永十五年に光広、寛永十七年に実条が没した後は、ひとり通村が後水尾院歌壇において強大な指導力を発揮する事になったと述べた。では具体的に歌壇における通村と後水尾院の関係はどのようなものであったろうか。ここでは「万治御点」の六七年前通村の死の前後に行なわれた和歌稽古会について主として取り上げ、第Ⅱ期後半を中心とした通村と後水尾院の関係、特に通村の後水尾院歌壇における位置について考えていきたい[7]。この会は、通村存命中は通村が、通村没後は後水尾院がその指導に当たっているのである。

さて、通村没年前後から古今伝授にかけて宮中で催された和歌稽古会を年代順に列挙すると以下のようになる。

①承応元年二月四日～十二月十日
②承応元年三月二十日
③承応元年十月二十一日
④承応二年二月十日

（①〜④　通村指導）

・承応二年二月二十九日、通村没。
⑤承応二年六月一日～十二月一日
・明暦三年二月古今伝授（第一回）
⑥万治二年五月一日～
　寛文二年四月七日
後水尾院指導
・寛文四年五月古今伝授（第二回）

①から⑥まで参加者の変遷をみると、古今伝授に向けてだんだんと歌人が絞られていくのがわかる。（以下人名下のアラビア数字は当時の年齢を示す。）

①承応元年二月四日～十二月十日

内閣文庫蔵の『近代御会和歌集』（以下『近代』と略す）および岡山大学附属図書館池田家文庫蔵『慶安五年仙洞御月次和歌』によって知る事ができる。後者内題に「慶安五年　仙洞御月次／点者　中院前内大臣／題　勅題毎月」とあり、この段階の稽古会では後水尾院が題を選定し通村が添削指導を行なった事がわかる。二月から十二月まで月一回の計十一回。道晃法親王41・近衛尚嗣31・三条公富33・藪嗣孝34・日野弘資36・烏丸資慶31・白川雅喬33が出席し、智忠親王34・飛鳥井雅章42・藤谷為条33は二月四日のみ出席した。そこでは批点のみならず批語も若干加えられている。五月十日条の末には「包紙に、所存可書付之由、仰之由、則書付候。可然やうに御心得候て、御ひろう候べく候。みち村上」とある。十二月十日条からその添削例を一例挙げる。

逐日雪深　　弘　資
降そひて昨日の雪に来ぬ人もたのむ道なき今朝の庭哉

昨日の雪に降そひたる心候哉。以前の雪にきのふふりそひたるやうに聞え候歟。「庭の雪にけふ来ん人をあはれとも」と申歌は、今日一日にかぎらず日をかさねたるやうに聞え候歟、如何。

語句についての指摘よりは趣向全体に対する指摘が目立っている。

②承応元年三月二十日

『近代』には「慶安五年三月廿日　若年衆点取」と題して十八名の歌各一首が添削をうけており、最後に「右は中院前内府点」とある。参加者は上冷泉為清22・岩倉具詮23・常磐直房・松木宗条（宗良）28・河鰭実陳18・西園寺実晴52・水無瀬氏信34・四辻季有・万里小路雅房19・実伯（不明）・庭田雅純26・四辻季賢23・良仁親王（後西天皇）16・雅広（野宮定縁）16・清閑寺熙房20・竹屋光久28・花園実満24・通信（不明）である。②は①よりも年齢が低く、また①ではのちに後水尾院から古今伝授をうける者が四名（道晃法親王・日野弘資・烏丸資慶・飛鳥井雅章）も出席しているのに対して、②では後西天皇一人である。

③承応元年十月二十一日

『近代』には「承応元年十月廿一日　若年衆点取」と題して十八名の歌各一首が添削をうけており、最後に「右之点中院内府」とある。参加者は②とほぼ同じ（為清・実晴・実伯が不参加で、新たに風早実種21・正親町三条実昭30・実信（不明）が参加している）。①〜⑥のなかで②と③は同位置を占めている。

④承応二年二月十日

通村没の十九日前に行なわれた稽古会である点、重要である。いま『近代』によってその全文を挙げる。「聖護院宮」は道晃法親王。「関白」は近衛尚嗣。

承応二年二月十日

梅有遅速　　　　　　　　　　　　　弘　資

絶せじな御園の梅のをそくとも百木にうつす春の色かは

聖護院宮

咲てとくちればをくるゝ花もありてさながら春は梅のいろかに

雅　喬

まづ咲て匂ふが上のにほひもやをくるゝ梅の花にこもれる

関　白

一もとはちるまでぞみし梅の花なをやどかりて咲をまたなん

資　慶

遅くとく日を経てにほへ梅の花桜が枝の咲てつく迄

奉行　三条大納言

別紙に、「百木」さも御座候べき歟。

「咲てとくちればをくるゝ」いかゞ御座候べき哉らん。

「にほふがうへのにほひ」これもいかゞ候べからんと存候。

「一もと」開落あまり程へ候やらん。

「をそくとく」結句いかゞ候へ哉らん。

右さも候ぬべく哉と叡慮にて被仰きかせ候べきやらんのよし、内々御披露候哉。

通　村

ここでは通村の批語に対して「叡慮」を賜わり、いわば後水尾院のお墨付きを得た形になっている。通村が「叡慮」を賜わったのは、たんに通村がそれを尊しとしたがためなのか、それとも自らの死あるいは老いを自覚し後水尾院へ指導者の座を継承しようとした試みのひとつなのか、それはこの資料のみでは判断できない。

⑤承応二年六月一日〜十二月一日

内閣文庫蔵『近代御会和歌』承応二年六月一日条に「依仙洞御添削之人々和歌稽古之認并各褒貶之詞有之」と題して以下十五名が挙げられている。

良仁親王17・道晃法親王42・徳大寺実維18・正親町実豊35・飛鳥井雅章43・飛鳥井雅直19・園基福32・烏丸資慶32・勘解由小路資忠21・坊城俊広29・正親町三条実昭31・阿野季信20・東園基賢28・庭田雅純27・白川雅喬34

六月一日から十二月一日まで毎月一日に以上十五名による合評形式で行なわれた稽古会である。後水尾院は直接その場で指導するのではなくあとから報告をうけて稽古会の内容を知ったらしい。『近代御会和歌』によると、「後聞」などとして後水尾院の批語が書き加えられている。うち閏六月一日条の基賢の場合を、一例として挙げる。

基賢

月よりも人まつばかり呉竹のよゝしとむかふ風の涼しさ

道晃申云、「趣向尤候歟。但猶仕立やう可有之歟。」

基福申云、「一二の句、此分にては如何。月より人をまつやうに聞え候歟。」

実豊申云、「第二の句いかゞ候歟。」

雅喬申云、「宜候歟、但むかふの字いかゞ候歟。」

後聞

仙洞御添削、月ならでまたずしもあらずくれ竹のよゝしと人に風の涼しさ、其節に仰に云、人にのにの字てにはの事。

春風吹於人ニ　夏雨降於人ニ

また後水尾院は直接本文を添削してもいる。

実　豊

武蔵のゝ草は《ぞ》みながらむもるゝ《勅御添削うづもるゝ》や真萩の花の露の光に

通村が没して三ケ月後に行なわれた⑤は、その迅速さの故に後水尾院の新しい歌壇の体制作りへの意気込みを示していると言えよう。

⑥万治二年五月一日〜寛文二年四月七日

「万治御点」は、第一回古今伝授（明暦三年）と第二回古今伝授（寛文四年）の間で行なわれ、参加者（本書七頁参照）も伝授有資格者で占められている古今伝授と直結した稽古会である。四年間で計二十八回行なわれた。添削はすべて後水尾院勅判で語句の用法にまで立ち入った詳細な添削が施されている。(8) 宗政五十緒「江戸時代前期における宮廷の和歌」（龍谷大学論集、一九七七年五月。『近世雅文学と文人』同朋舎刊にも所収）でも一部翻刻されているが、ここでは万治二年五月一日条の内容を一例として挙げる。本文は名古屋市立蓬左文庫蔵写本（一・九六）を用いる。

夕郭公

雅　直

〽三月待てしば《四こ、に》しかたらへ郭公《五山》たどる《一》夕は《らん二》聞かひも《はへ》なし

日野新大納言資　慶

こよひたが枕《こよひ》契りてくれふかくしのび出らん山郭公

後西院御　製

〽おぼつかなそれかあらぬか郭公夕とゞろきのよその一声

過ぬなりくれゆく空の郭公声の名残を月に残して　　伯三位雅　喬

俊成卿「声は枕に」の歌に置所かはらぬ文字多候歟。

夕月夜ほのめきそむる雲間よりをのれも出る山郭公　　源中納言通　茂

聞ふるしたるやうに候歟。

以上通村没年前後から古今伝授にかけての稽古会を概観した。これらの資料から次の二点が言える。

（イ）①～④では題を選定したり間接的に意見を述べる形で後水尾院も関わっていたが、通村が直接の指導者として活躍していた。通村没後、通村の役割をも後水尾院が踏襲する事になった。

（ロ）年齢の若い人間を対象としての稽古会がそのまま古今伝授の有資格者の選抜・稽古会に直結している。これら和歌稽古会には、公家としての教養をつけるという最低限の目的のみならず歌壇の構成員を質量ともに上昇させようという狙いがあった。

さて通村・後水尾院二人の添削方法を比較すると、詞続きや制詞などへの言及が多い点など内容についてはさしたる違いはないのだが、指摘する方法には随分違いがある。通村の指導は多く批語を添え書きする程度にとどめているのに対し、後水尾院は積極的に和歌本文にまで介入して自己流に変形させてしまい、原型を尊重しているとは言い難い添削例も少なくない。これは後水尾院の方がより古今伝授に近づいた時期であったため指導も一層細部に及んだという事もあるのだろうが、歌壇全体に対する思い入れの度合、歌壇のありようへの期待の仕方が二人の間では異なっていたのではないか。すなわち後水尾院は、歌壇の歌人各々の和歌本文についてもまた彼らの相互関係および歌壇における位置についても、通村より明確に「あるべき姿」を描き得、介入する事ができたのではないだろうか。それは二人の資質の差というよりは、天皇と臣下という立場の差と言えるだろう。

第Ⅱ期後半では他にも後水尾院撰『勅撰千首』成立に際して通村の影響が強かった事が指摘されており、[9] 和歌稽古会以外の歌壇における文学活動でも通村と後水尾院の関係は親密であったと言える。

(三) 後水尾院歌壇の周辺

第Ⅲ期後水尾院歌壇をとりまく周辺の状況を知る事ができるひとつの資料として、後水尾院から懐紙を拝領した人物名が和歌に添え書きされている御製和歌集がある。知り得たのは以下二写本である。

(甲) 久保田淳氏蔵本

袋綴一冊本。外題簽なく「御懐紙の写」と表紙左肩に直書きする。内題「後水尾院御製御懐紙」。墨付四十一丁。一面十四行書。計五九一首所収。

(乙) 名古屋市鶴舞中央図書館蔵本（河コ・一〇四）

袋綴一冊本。表紙左肩に外題簽「後水尾院御製和歌集　全」。内題「法皇御製」。墨付七十二丁。一面九行書。計六四七首。最終丁表二行目から「歌数六百三拾五首／宝永二年乙酉四月十日書写畢／同八十四之御年御製／これをたに人に見えんもつゝましき／八十か後の四き嶋の歌／文政二年己卯十月十三日燈下閲了／草莽益根」とある。「益根」は河村益根。

以下その人名を記載順に列挙する。ただし（甲）（乙）には若干の異同があり、人名下の（甲）（乙）は各々いずれかにのみ記載されている事を示す。なお便宜上通し番号も付した。

1 日光御門跡
2 智恩院御門跡
3 右衛門佐
4 崟長老
5 土御門二位
6 狩野永真
7 法眼治徳
8 岡本丹波
9 大文字や可右衛門（甲）
10 赤塚芸庵
11 御蔵左兵衛
12 柴田隆延（甲）
13 家原自仙
14 法眼慶雲
15 道作法印
16 岩橋友古
17 羽倉伯耆介
18 聖護院殿御取次南昌院
19 横山左衛門内儀
20 青蓮院宮
21 清閑寺大納言
22 藤木但馬守
23 坊城大納言
24 上原彦右衛門
25 中嶋平兵衛
26 伊勢殿
27 仏光寺
28 吉田美作守
29 谷野対馬守
30 宣豊
31 吉良上野介
32 土岐立庵
33 野々山丹後守
34 武田玄了
35 聖護院殿（乙）
36 善法院
37 平野藤次郎
38 小堀源兵衛（乙）
39 園池刑部
40 積善院
41 聖護院宮
42 宗珍
43 中坊美作守
44 三木源蔵人
45 建部宇右衛門
46 女院御所
47 通君
48 女院御所
49 同御方
50 吉良若狭守
51 青蓮院宮
52 山伏（乙）
53 持明院大納言（乙）
54 正親町大納言

55 右衛門佐
56 芝山大弼
57 女院御所御望中納言ニ被下
58 来迎院（乙）
59 藤木加賀
60 常宮
61 松平市正
62 中井主水
63 三宅玄蕃
64 鴨幡广介
65 吉田兼庵
66 土山駿河
67 梅小路
68 狩野右近
69 狩野采女
70 竹中少弼
71 女三宮御方
72 右衛門佐
73 品川内膳
74 五嶋淡路
75 朱宮御方
76 大外記
77 歴安
78 西本願寺
79 白河三位
80 嶋又右衛門
81 鷹司殿
82 東本願寺（乙）
83 土山駿河（甲）
84 宮崎河内（甲）
85 北小路山城
86 北小路主税助
87 園池中納言
88 梅小路三位
89 山本五郎右衛門
90 水谷伊勢守
91 早川庄右衛門
92 風早左兵衛
93 長谷三位
94 交野可心
95 西村越前
96 町口大炊
97 中村六兵衛
98 朽木弥五左衛門
99 若王子
100 小笠原丹波
101 中川飛騨
102 松平伊賀
103 東久世杢
104 牧野佐渡守
105 三宅玄蕃
106 女院御方
107 同
108 青木遠江

109 吉田兼庵　110 簾屋徳助　111 入谷道沢
112 木辻雅楽　113 鳴滝右京　114 交野内匠
115 藤木信濃　116 長谷図書頭　117 鈴木伊兵衛
118 高辻少納言　119 半井驢庵　120 小堀仁右衛門
121 野々宮中将（甲）　122 鈴木淡路　123 御蔵出雲
124 園大納言　125 東園中納言　126 狩野法印
127 池尻宰相　128 服部備後　129 朱宮御方
130 金地院　131 新中納言　132 女院御方
133 宣豊　134 勧修寺大納言　135 松平伊豆守
136 入谷道沢　137 輪王寺宮　138 松平左兵衛
139 五味藤九郎取次松平対馬

以上のべ百三十九名のうち伝未詳も数十例あるが、いくらかでも明らかにしえたものを中心に、どのような人物がいかなる形で懐紙を拝領したかについて分野別に以下列挙したい。

（イ）武家

注目すべきは以下五名である。まず98朽木弥五左衛門は朽木良綱（延宝六年没）、『寛政重修諸家譜』（以下『寛政譜』と略す）に「寛文六年七月六日さきに小出越中守尹貞にそふて禁裏御所方造営の事を奉行せしにより、時服三領、黄金三枚をたまふ。京師にをいても禁裏（霊元）より宸翰の御懐紙歌仙の色紙をよび巻絹、本院（明正）より門田と銘せる御硯箱、法皇（後水尾）より芳翰の御色紙及び薫物、女院（東福門院和子）より染翰の色紙、新院（後西）より名所和歌の色紙、女房よりも巻絹をたまふ」（傍線引用者。以下同）とある。また101中川飛騨は中川忠幸（寛文十二年没）、『寛政譜』に「明暦元年五月十日従五位下飛騨守に叙任し、万治二年本城造営成て移らせたまふとき、九月朔日新院よりの御使として江戸にいたる。寛文十年九月二十五日職を辞す。これよりさき、仙洞宸翰の御詠、をよび東福門院押絵にあそばせし菅公の像に仙洞宸筆の御讃の掛幅、その余公卿書集せし短冊をたまふ」とある。108青木遠江は青木義継（元禄七年没）、『寛政譜』に「承応三年十一月二十九日禁裡附に転じ、摂津国嶋下郡のうちにをいて千石を加へられ、明暦元年四月十二日従五位下遠江守に叙任す。このつとめにあるのうち宸翰をたまはる」とある。青木義継は石川丈山の書も多く持っていたらしい（『一話一言』巻十九）。117鈴木伊兵衛は鈴木重辰（寛文十年没）、『寛政譜』に「承応三年三月九日父重成に代りて天草の代官職となり、寛文四年四月九日山城国宇治郡のうちに於て三百石を加へられ、すべて五百石を知行す。これよりさき禁裏造営のことにあづかりしにより、後水尾院より宸翰及び青磁の香炉を勅賜せらる」とある。135松平伊豆守は松平信綱（寛文元年没）、『寛政譜』に「（万治三年八月）十五日東福門院よりめされて、かたじけなくも御簾を隔て拝謁す。（中略）十六日いとまたまふのとき、海道人が筆竹の絵の御屏風をたまひ、法皇より信綱を賀せらるゝ御製の懐紙、ならびに文台、硯箱、堂上寄合書の短冊三十枚（中略）をたまふ」とある。

このうち、「ちえ伊豆」として有名な松平信綱の懐紙拝領については土肥経平『風のしがらみ』にも次のようにある。

　　万治三年松平伊豆守上洛の時、拝領の色紙の御歌、

　松有歓声　かぜ吹ば空にはしらぬ白雲の律にしらぶる松の色かな

この御製は（甲）（乙）のそれとも一致する。その他武家は以下の通り。

31　吉良上野介（吉良義定、義弥、義央のいずれか。）
33　野々山丹後守（野々山兼綱。寛永二十年東福門院の女院御所付となる。）
37　平野藤次郎（平野友平）
38　小堀源兵衛（小堀正憲）
43　中坊美作守（中坊時祐）
45　建部宇右衛門（建部光延）
50　吉良若狭守（吉良義冬）
73　品川内膳（品川高如）
74　五嶋淡路（五嶋盛利、もしくは盛勝）
90　水谷伊勢守（水谷勝隆、もしくは勝宗）
97　中村六兵衛（中村正重）
100　小笠原丹波（小笠原信吉）
102　松平伊賀（松平忠晴、もしくは忠昭）
104　牧野佐渡守（牧野親成）
122　鈴木淡路（鈴木重泰）
128　服部備後（服部貞常）
138　松平左兵衛（松平正吉）
139　松平対馬（松平近陳）

139　五味藤九郎（五味豊旨）

（ロ）公家

公家については以下の通り。

5　土御門二位（土御門泰重）
21　清閑寺大納言（清閑寺共綱もしくは熙房）
23　坊城大納言（坊城俊完もしくは俊広）
30 133　宣豊（芝山宣豊）
39　園池刑部（園池実郷）
53　持明院大納言（持明院基定もしくは基時）
54　正親町大納言（正親町実豊）
67 88　梅小路三位（梅小路定矩）
79　白河三位（白川雅陳もしくは雅喬）
81　鷹司殿（鷹司信房、教平、房輔のいずれか）
87　園池中納言（園池宗朝）
93　長谷三位（長谷忠康）
94　交野可心（交野時貞）
103　東久世杢（東久世通廉）
116　長谷図書頭（長谷時茂）

118　高辻少納言（高辻長純）

121　野々宮中将（野宮定縁）

124　園大納言（園基音もしくは基福）

125　東園中納言（東園基賢）

127　池尻宰相（池尻共孝）

134　勧修寺大納言（勧修寺経広）

また非蔵人もしばしば懐紙を拝領したらしい。以下東京大学史料編纂所蔵『非蔵人座次惣次第』（『赤塚芸庵雑記』〈神道史学会、一九七〇年〉羽倉敬尚翻刻による。以下『惣次第』と略す）を参考とした。

10　赤塚芸庵（赤塚正賢、正隅。柴野栗山『事実文編』によると万治元年二月九日後水尾院の召により参内して『孟子』を進講し、『大学』の一句「止至善」の三文字宸筆を賜わった。『惣次第』主皇後水尾天皇）

16　岩橋友古（岩橋友晴・『惣次第』主皇後水尾天皇）

17　羽倉伯耆介（羽倉信勝・『惣次第』主皇後水尾天皇、もしくは信成・『惣次第』主皇明正天皇）

28　吉田美作守（吉田兼則。『惣次第』主皇後水尾天皇）

34　武田玄了（武田信良。「信玄の裔、禁中非蔵人にて越前介、後知恩院門主の入道親王に仕へ入道玄了と云ふ、即ち坊官」『赤塚芸庵雑記』羽倉敬尚注）

59　藤木加賀（藤木成直。『惣次第』主皇霊元天皇）

64　鴨幡广介（下鴨社祠官禰宜転世襲、非蔵人広庭幡广介をさすか。これに該当するのは、祐信・『惣次第』主皇後水尾天皇あるいは祐見・『惣次第』主皇明正天皇）

85　北小路山城（北小路俊祇。『惣次第』主皇後水尾天皇）

123　御蔵出雲（山科政直）

（ハ）寺院関係

門跡は以下の通り。

2　智恩院御門跡（良純親王）

20 51　青蓮院宮（尊証親王もしくは守澄親王）

35 41　聖護院宮（道晃法親王もしくは道寛親王）

137　輪王寺宮（守澄親王）

そのほか18南昌院・27仏光寺・36善法院・40積善院・58来迎院・78西本願寺・82東本願寺・130金地院はすべて京都の寺院。4崟長老は雪岑梵崟、嵯峨天竜禅寺九十六世である。

（ニ）東福門院とその周辺

46 48 49 57 106 107 132　女院御方（所）は東福門院和子。71女三宮御方は昭子内親王。

（ホ）その他

6　狩野永真（狩野安信）

68　狩野右近（狩野孝信。『寛政譜』に「禁中の絵所をあづかり、禁裏をよび仙洞御画の事をつとむ」とある。）

69 126　狩野采女（狩野守信・探幽。法印）

＊狩野派の画師たちも禁裏造営等の際に屏風絵を描くなどさまざまな形で御製色紙を拝領する機会は多かったろう。[10]

9　大文字や可右衛門（奥州仙台六十二万石の松平陸奥守出入りの呉服所で、京都の下長者町新町西へ入町に住居があったらしい。鈴木棠三『安楽庵策伝ノート』〈東京堂出版、一九七三年〉によれば京都には大文字屋を称する商人が何軒かあった。）

65 109　吉田兼庵（「神祇官吉田家学頭にて院に仕」『赤塚芸庵雑記』羽倉敬尚注）

95　西村越前（大工）

119　半井驢庵（半井成近・延宝六年没。徳川家光の御伽衆兼幕府医官。）

さて以上列挙した人名からは後水尾院歌壇周辺の裾野の広さ・多様さを窺い知る事ができる。もっとも文学を通しての結びつきが比較的強い公家はともかくとして、武家などに対して懐紙を与えた事には多分に政治的な意味が含まれていよう。たとえば98朽木弥五左衛門や117鈴木伊兵衛は、禁裏造営に関与した際、懐紙を賜わっているのである。

この御製和歌集の成立過程及び時期は不明。（乙）の奥書からすれば宝永二年には成立していた事になる。また『寛政譜』の記述から知られる武家の拝領時期は、寛文かその少し前頃すなわち第Ⅲ期が中心である。したがって成立時期はいちおう延宝から元禄ごろに絞る事ができる。成立過程は不明だが編者は手控えらしきものを持っていた可能性も考えあわせれば、後水尾院に身近な公家の作成であろう事は想像に難くない。

以上のようにいくつかの分野に属している人物がそれぞれの形で後水尾院に関わって周辺を幾重にも取り囲んでいく過程で、後水尾院歌壇の権威化が一層助長されたのだろう。第Ⅲ期もしくは後水尾院崩御の直後に成立したこの御製和歌集はその事を示す一資料である。

（1）　詳細は本書第二部第一章を参照されたい。

（2）本田慧子「後水尾天皇の禁中御学問講」（書陵部紀要、一九七八年三月）
（3）小高道子「御所伝受の成立について」（近世文芸、一九八〇年八月）
（4）大津有一『伊勢物語古註釈の研究　増訂版』（八木書店、一九八六年）、田中宗作『百人一首古注釈の研究』（桜楓社、一九六六年）
（5）日下幸男「尊経閣文庫本『類題和歌集』について」（みをつくし、一九八五年六月）
（6）本書第一部第一章第一節四参照。
（7）それ以前にも通村指導添削による稽古会はあった。いわゆる「禁中御学問講」が代表的なものだが、そののちにも断続的ではあるが存続している。内閣文庫蔵『近代御会和歌集』によれば、寛永八年四月六日、同十八年五月十九日、正保二年十月三日などに行なわれた事がわかる。他にも京都女子大学蔵『中院通村卿加点　詠草』では、北畠親顕・甘露寺時長・持明院基定・堯然法親王・理光院・大蔵卿の六名の歌五十首が添削をうけており、巻末に「付墨十五首　通村」とある。時長は寛永六年に二十四歳で没しているからこれは元和末から寛永初めの間に成ったのだろう。また宮内庁書陵部蔵『通村批点七十首和歌』では、橋本季村・白川雅喬・竹屋光久・日野弘資・道晃法親王・竹屋光長が添削をうけており巻末に「僻点廿六首　通村」とある。季村は慶安元年に二十二歳で没しているから寛永末か正保頃の成立である。
（8）本書第一部第一章第二節三でも論じた。
（9）日下幸男「円浄法皇御自撰和歌について」（高野山大学国語国文、一九八一年十二月）
（10）狩野派と文壇の関わりについては拙稿「近世初期の題画文学」（国語と国文学、一九九五年十月）参照。
〈補記〉後水尾院歌壇に関する論としては、熊倉功夫『後水尾院』（朝日評伝選、一九八二年。のち、岩波・同時代ライブラリー、一九九四年）の他、島原泰雄「後水尾院とその周辺」（『近世堂上和歌論集』明治書院、一九八九年）、日下幸男「後水尾院の文事」（国文学論叢、一九九三年二月）、大谷俊太「後水尾院と中院・烏丸家の人々」（『和歌文学講座9　近世の和歌』勉誠社、一九九四年）などもある。

　また天皇家に近い近衛家の存在を傍系に想定することで、この期の堂上歌壇はより立体的に捉えられる。大谷俊太「陽明文庫所蔵近衛信尋自筆詠草類について」（近世文芸、一九九四年七月）、「和歌の稽古と添削」（国学院雑誌、一九九四年十一月）参照。

三、霊元院歌壇の成立と展開

はじめに

「霊元院御集」とよばれる本文のうち、いくつかの巻末には次のような記事がある。

寛文二年二《（ママ）》月十二日和歌御会　故院御代始　初度
同年二月廿二日水無瀬御法楽　聖算十歳
　　廿五日聖廟御法楽　初度
自八年至享保十一年和歌当座御会二百五十余度御法楽相交
太神宮元禄十四年　内侍所貞享三年
聖廟自貞享四年六月至元禄三年
玉津島自元禄三年六月至六年六月
春日稲荷自元禄十五年六月至宝永二年五月
松尾平野自宝永二年六月至同五年

祇園貴船自宝永五年六月至正徳元年正月
御霊下御霊自正徳元年六月至同四年五月
吉田水無瀬自正徳四年六月至享保二年五月
日吉多賀自享保二年六月至同五年五月
愛宕赤山自享保五年六月至同《(ママ)》年五月
石見国播磨国柿本自享保八年六月至同十一年五月
　貞享四年到享保十一年四十箇年同十一年五月以此二十四箇所両宛月々御法楽自享保十一年到同十二年十二月
鞍馬毘沙門天御法楽自享保十一年二月三箇年同十六年正月　荒神御法楽自享保十六年二月同十六年二月同十七年
崩御　石清水元禄三年二月五日　御鎮守春日社元禄十六年十一月六日　聖廟元禄十五年二月廿五日八百年御忌
石見国播磨国柿本御奉納享保八年三月十八日　御鎮守柿本社享保十二年五月四日　今宮同年同月同日　依御夢想
見へかねて霞を野辺の花の雪にまついろそふる春のあけほの
春日社御法楽元禄元年二月十日
依御聖忌水無瀬宮御奉納元禄元年二月廿五日水無瀬氏信被願　同日御法楽松下勧進　御幸于東山院之度御当座十ケ度　御
幸于禁裡之度御当座両度於京極殿御当座両度　於有栖川殿御当座二ケ度　於敬法門院御当座二ケ度　於修学院離
宮御会二ケ度　九ケ度各御幸之次也　於幡枝円通寺御会二ケ度　於賀茂社頭紬殿御当座一ケ度
　被遣他所御製
元禄元年春被遣関東　御懐紙臣下応之
大樹綱吉公六十満宝永二年御懐紙　基福公七十賀算元禄四年六月四日御懐紙臣下応之　通茂公七十賀算元禄十三年

二月廿四日御短冊臣下応之　敬法門院七十満御賀享保十二年三十首巻頭　自式部宮被進　春日社御法楽享保十四年二月九日　一乗院尊照《(ママ)》親王御勧進　慈鎮和尚五百年忌享保九年九月廿一日　座主宮尊祐親王御勧進桂光院宮百回忌享保十三年四月十七日　式部卿宮御勧進　本空院宮三十回忌享保十六年七月廿五日　中務卿親王職仁御勧進

ここでは宮城県図書館伊達文庫蔵『霊元院御集』の本文を用いたが、他にも内閣文庫蔵『霊元院御製集』（二〇一・三四二）、早稲田大学図書館蔵『霊元院御集』、神宮文庫蔵『霊元院御集』の巻末にもほぼ同様の記事が載っている。

右のような記事からも、霊元院歌壇が、霊元天皇即位寛文三年から霊元院崩御の享保十七年まで約七十年の長きにわたって存続し、そこでは多くの和歌活動がなされていた事がわかるだろう。

以下、従来比較的閑却に付されていたかに見える霊元院歌壇の史的展開について大まかな見取り図を描いておく（1）。

霊元院歌壇の時期区分と各時期の特質

霊元天皇即位の寛文三年から霊元院崩御の享保十七年まで約七十年の長きにわたって存続した霊元院歌壇は、延宝八年後水尾院崩御までは、やはり約七十年間存続した後水尾院歌壇があり、霊元院も若かったため、その本格的な活動はだいたい貞享元年（当時霊元院三十一歳）以後とみてよい。

霊元院歌壇は次のような三つの時期に区分できるだろう。（　）内は霊元院の年齢である。

第Ⅰ期……寛文三年（10）～天和三年（30）

霊元天皇即位から後水尾院崩御を経て、後西院から霊元天皇への古今伝授まで。

第Ⅱ期……天和三年～宝永七年（57）

元禄期の活動を中心とし、中院通茂・清水谷実業が没するまで。

第Ⅲ期……宝永七年～享保十七年（79）

享保期の活動を中心とし、霊元院の崩御まで。

(1) 第Ⅰ期

第Ⅰ期は、第Ⅱ・Ⅲ期活動の基盤作りがなされた準備期と言うべき時期である。後水尾院は識仁親王（のちの霊元天皇）の資質を深く愛し、譲位を約束させて後西天皇を即位させたほどであったという。とすれば霊元院歌壇は発足当初から後水尾院歌壇を継承すべき歌壇と目されていたのだろう。そのため第Ⅰ期は、延宝二年に後水尾院から霊元天皇への「三部抄及び伊勢物語」の伝授があり（『弘資卿記』）、また後水尾院から古今伝授をうけた後西院・日野弘資・中院通茂らによる霊元院歌指導がある（高松宮旧家蔵『桃蘂集』）などの教育が霊元院に対して施された。その仕上げとして天和三年霊元院三十歳の時、後西院からの古今伝授があったのである。

(2) 第Ⅱ期

第Ⅱ期の中心的歌人は霊元院以外に、中院通茂・清水谷実業・武者小路実陰の三人である。元禄十五年には霊元院と通茂・実業・実陰が各々百首を詠じており、これを「一人三臣和歌」と称した本もある（宮内庁書陵部蔵『一人三臣和歌』ほか）。なかでも公家では、後水尾院から古今伝授をうけた通茂がやはり指導的立場にあった。年齢的にも通茂は実業より十七歳、実陰より三十歳年上である。通茂は貞享二、元禄十五年には霊元院歌を添削しており、また元禄十一には霊元院と二人で百首を詠じたりしている。後水尾院歌壇では後水尾院より八歳年上の中院通村（通茂の祖父）

がブレーンとして活躍したが、霊元院歌壇においては霊元院より二十三歳年上でやはり中院家の通茂がブレーン的役割を果たしているわけである。第Ⅱ期では、霊元院自身も本格的に歌壇の歌人たちの和歌を添削したり、古典解釈をしたりしており、霊元院と通茂の二人が指導的立場にいたのだろう。後水尾院歌壇において、通村の影響をうけている後水尾院は、通村の没するまでは表立って中心的存在になろうとはしていない。それに対して霊元院歌壇の場合、霊元院は通茂存命中から表面的にも中心的存在として活躍するのだが、歌壇のさまざまな行事を考えてみると、通茂の存在は決して無視することはできないものである[2]。

第Ⅱ期で注目すべきものとしては、右にあげた元禄十五年霊元院・通茂・実業・実陰の百首詠以外に、次のようなものがある。

(a) 貞享三年内侍所御法楽千首

いわゆる「貞享千首」として有名。貞享三年五月十九・二十日に行なわれた。出席者と年齢・歌数は以下の通り。

霊元院	33歳	60首	西洞院時成	42歳	40首	石井行豊	34歳	39首
中院通茂	56	60	庭田重条	37	40	白川雅光	27	35
近衛基熙	39	60	押小路公音	37	40	中院通躬	19	35
白川雅喬	67	50	裏松意光	35	40	久我通誠	27	30
日野資茂	37	50	水無瀬兼豊	34	40	野宮定基	18	20
烏丸光雄	40	50	平松時方	36	40	烏丸宣定	15	20
園　基福	65	40	藤谷為茂	33	40	今出川伊季	27	11
風早実種	55	40	武者小路実陰	26	40			

竹内惟庸	47	40	上冷泉為綱	23	40

清水谷実業は出席していないものの他の主要な歌人はすべて出席しており、貞享期霊元院歌壇の代表的作品と言えよう。構成は百首和歌を第一から第十まで十部合わせた形式であり、重出する歌題もかなりある。

(b)元禄八年霊元院『詠歌大概』講釈

元禄八年十月から十二月にかけて霊元院の『詠歌大概』の講釈があった。『続史愚抄』元禄八年十月十一日条には「新院被始詠歌大概御講談」とある。出席者は不明だが、和田英松『皇室御撰之研究』（明治書院、一九三三年）によると中院通躬、東園基量らが聴講したらしい。この時霊元院は四十二歳。後水尾院は万治元・二年、六十三、四歳の時に『詠歌大概』講釈を行なっており、それより霊元院は約二十歳も若かったことになる。

(c)元禄十四年太神宮御法楽千首

いわゆる「元禄千首」として有名。元禄十四年九月二十一日に行なわれた。出席者と年齢・歌数は以下の通り。

霊元院	48歳	100首	入江相尚	47歳	20首	野宮定基	33歳	30首
中院通茂	71	60	鷹司兼熙	43	20	日野輝光	32	30
清水谷実業	54	60	久我通誠	42	20	東園基雅	27	30
飛鳥井雅豊	38	40	花園公晴	41	20	久世通夏	32	25
上冷泉為綱	38	40	風早公長	36	20	邦永親王	26	20
中院通躬	34	40	阿野公緒	36	20	藤波景忠	55	20
庭田重条	52	35	九条輔実	33	20	桑原長義	41	15
万里小路淳房	50	35	滋野井公澄	32	20	清水谷雅季	18	15

石井行豊	49	35	二条綱平	30	20	上冷泉為久	16	15
外山光顕	50	30	水無瀬氏孝	27	20	鷲尾隆長	30	10
今城定経	46	30	東久世博高	43	15	広橋兼廉	24	10
東園基量	49	20	白川雅光	42	30	北小路徳光	19	10

武者小路実陰は「軽服」のため（大阪市立大学附属図書館森文庫蔵『実陰公聞書』）欠席、それ以外、主要な歌人はすべて出席しており、元禄期霊元院歌壇の代表的作品と言える。構成は、先に行なわれた内侍所御法楽千首とは異なり、春二百首・夏百首・秋二百首・冬百首・恋二百首・雑二百首の計千首となっている。題は為家の「中院亭千首」題。

(d)元禄十五年霊元院『百人一首』講釈

元禄十五年九・十月に霊元院の『百人一首』講釈があった。『続史愚抄』元禄十五年九月十六日条は「院被始百人一首御講談。（十月十七日竟）」とある。出席者は『皇室御撰之研究』によると、三十五名。うち二十名は太神宮御法楽千首と重複している。このとき霊元院は四十九歳。後水尾院は寛文元年六十六歳の時に『百人一首』講釈を行なっており、霊元院は十七歳若かったことになる。

(e)宝永二年御着到百首

宝永二年九月九日から霊元院と公家十四人による着到百首が始まった。出席者および年齢は以下の通り。

霊元院	52歳	清水谷実業	58歳	武者小路実陰	45歳	阿野公緒	40歳
中院通茂	75	庭田重条	56	上冷泉為綱	42	上冷泉為久	20
中院通躬	38	飛鳥井雅豊	42	風早公長	40	烏丸光栄	17
万里小路淳房	54	日野輝光	36	久世通夏	36		

宮内庁書陵部蔵『仙洞御着到百首宝永二年』には「御五十二霊元院様也即御点被遊候由」とあり、霊元院が添削したらしい。

(3)　第Ⅲ期

宝永六年に清水谷実業が、同七年に中院通茂が相次いで没した後の第Ⅲ期には、公家では武者小路実陰・烏丸光栄が中心的存在であったろう。構成員は霊元院歌壇生え抜きで、霊元院より全員年下である。第Ⅲ期では第Ⅱ期より歌会等の活動量は増している。主たる活動を以下列挙する。また、第Ⅲ期には後水尾院の造営した修学院離宮への御幸も頻繁に行なわれ、『元陵御記』として一書にまとめられていることも特記しておきたい。

(a)享保五年御着到百首

享保五年九月九日から霊元院と公家八名による着到百首が始まった。出席者は霊元院と三条西公福・武者小路実陰・藤谷為信・烏丸光栄・清水谷雅季・久世通夏・上冷泉為久・武者小路公野である。

(b)享保六年御着到百首

享保六年三月三日から霊元院と公家六名による着到百首が始まった。出席者は霊元院と公福・実陰・上冷泉為綱・光栄・公野である。宮内庁書陵部蔵『院御着到和歌』巻末には「追而詠進同年三月十三日以来日歌到六月廿三日題同右」として為久の詠百首が載っている。十日遅れで一人だけ始めたわけである。

(c)享保十五年千首

享保十五年九月から霊元院と公家二十名による千首和歌が始まった。出席者および年齢は以下の通り。宣誠・惟永以外は各五十首詠。

霊元院	77歳	日野資時	41歳	押小路実岑	52歳	藤谷為香	25歳
家仁親王	28	武者小路実陰	70	武者小路公野	43	上冷泉為村	19
職仁親王	18	久世通夏	61	飛鳥井雅香	28	竹内惟永	53
中院通躬	63	水無瀬氏孝	56	下冷泉宗家	29		
三条西公福	34	藤谷為信	56	中御門宣誠	40		
烏丸光栄	42	上冷泉為久	45	高松重季	33		

東京大学総合図書館蔵『義正聞書』によれば、霊元院が添削したらしい。

(d)『新類題和歌集』編集

享保十六年成立。歌壇の主力歌人による編集。

そのほか第Ⅱ・Ⅲ期を通して重要な人物としては中院通躬・上冷泉為綱がいる。また霊元院歌壇では若かったが、その後本格的な活躍をするのは三条西公福・上冷泉為村らである。とくに為村の門下は多く武家を中心として江戸堂上派を形成し、大きな勢力となった(3)。

ま と め

なお霊元院歌壇の特質を、後水尾院歌壇と比較する形でまとめておく。

(1)後水尾院は、臣下では最も重要な存在であった中院通村が死ぬまでは、表面的に和歌活動の中心になる事が少なかったが、霊元院は、やはり中院家の通茂ら臣下の力をかりつつも、歌壇の比較的草創期から表面的にも和歌活動の中心的存在であった。これには天皇・臣下個々の資質や性格といった問題が大きく関与していようが、それ以外にも、後水尾院が天皇であった元和頃が朝幕関係悪化の頂点であり、後水尾院自身も三宮でありながら即位するという慌しさ、後陽成院との不仲などがあったのに対し、霊元院の方は平和な時代で、かつ後水尾院から次代を期待され、準備にも余念がなかったというように、より安定した状況で歌壇が形成されていったという時代的な背景による所も大きいと思われる。

(2)後水尾院歌壇では和歌宗匠家たる上冷泉家がほとんど活躍していないのに対して、霊元院歌壇では為綱・為久・為村の三代が歌壇活動に大きく関わった[4]。

(3)歌会の数が、仙洞における当座・月次の御会のみならず、法楽などをも含めて量的に増している。これも安定した時代の状況と、後水尾院歌壇の確立した近世堂上歌壇の基盤をそっくりそのまま継承した有利さによるのだろう。

（1）詳細は本書第二部第二章参照。

（2）本書第一部第一章第一節四参照。

（3）松野陽一「江戸堂上派歌人の系譜とその和歌史的意義」（和歌文学研究、一九七九年十一月）

（4）上冷泉家は、天正十三年に為満が勅勘を蒙って文庫が封じられるという事件があったものの、以後の冷泉家の人々は歌会の題者や奉行をつとめたり稽古会に出席するなどの機会は与えられていた。しかし、いずれも若くして没してしまったため、和歌宗匠家でありながらなかなか堂上歌壇の中央に登場できなかったのではないか。もっともかりに後水尾院歌壇において冷泉家の人々がある程度活躍できたとしても、いわゆる「一人三臣」というようなレベルにまで関与することはなかったと言えよう。そこまでいくと問題は、二条流と冷泉流の根本的な立場の差に及ばざるをえない。流派意識は意識の底流に強固に根付いて歌人たちを規定しているのである。なお、拙稿「霊元院とその周辺」（『近世堂上和歌論集』明治書院、一九八九年）第四章も参照。また、冷泉家については久保田啓一「冷泉家の人々」（同右）をはじめとする一連の久保田論文が詳しい。

〈補記〉他に霊元院歌壇については、田中隆裕「霊元院下の堂上和歌の行方」（文教国文学、一九八九年）もある。清水谷実業の生涯とその文学活動については拙稿「霊元院とその周辺」（『近世堂上和歌論集』明治書院、一九八九年）の第五章で触れたが、さらに詳しい年譜をめざして本書には含めなかった。

四、中院家の人々

中院家は、久我通親五男の通方を祖とする、中世初めから続いた家である。近世における中院家の系図を東京大学史料編纂所蔵『中院家譜』や『公卿諸家系図』などによって作成したのが、左の図である。（　）内は、没年・享年の順。

……―通勝（慶長15、55）―通村（承応2、66）―通純（承応2、42）―通茂（宝永7、80）―通躬（元文4、72）―通藤（正徳4、6）―通枝（宝暦3、32）―通維（文政6、84）―

通古（寛政7、46）―通知（弘化3）―通繋―通富

本書では、右のうち主として通勝・通村・通茂・通躬の四名について言及したい。

㈠　堂上歌壇における中院家の位置

近世の中院家を代表する個々の人物について述べていく前に、中院家の人々あるいは中院家という存在が、近世前期の堂上歌壇全体の流れのなかで、どのような役割を果たしたかについて、大まかな見取り図をまず描いておきたい。結論から先に言うと、中院家の人々は、近世前期において、あるひとつの歌壇が成立した際には、既にある程度の実力をたくわえており、まだ若い天皇を補佐しながら歌壇全体を指導していくような役割を果たしたのである。

このことをもう少し詳しく言い換えてみると次のようになる。まず堂上歌壇の構成員は、大別して二種類が考えられる。ひとつは、歌壇の成立時には、主宰者より年齢が上で、それ以前に他の場所で修行を積むなど文学的経験が豊富で、それ相応の実力を持っている者、いまひとつは、歌壇の成立時にはまだ初心者で、歌壇内において活動するうちに実力を得ていった者―いわゆる生え抜き、である。そして近世前期の中院家の人々の多くは前者に属し、更にかなりの実力を有し中枢にいたのである。具体的には、後陽成院歌壇における通勝、後水尾院歌壇における通村、霊元院歌壇における通茂が、それに当たる。

⑴　通勝と後陽成院歌壇

まず通勝は、天正八年二十五歳の時に、正親町天皇の勅勘を蒙ったため出奔し、丹後で細川幽斎の教えを受けるなど都を離れて十九年を過ごしたのち、慶長四年勅免を受け帰京し、以後後陽成院歌壇の中心的存在となった。慶長四年は後陽成院が即位して十三年目、それから十八年後に後陽成院が崩御するから、歌壇存続期間のほぼ中頃であろうか。したがって通勝の場合、成立期から関わりあったわけではないので、その点先に述べた中院家の役割と必ずしも合致しない。しかしながら、慶長四年通勝勅免時には通勝四十四歳に対し、後陽成院二十九歳であり、その当時の後陽成院歌壇の主要歌人、

西洞院時慶	48	広橋兼勝	42	花山院定熙	42	上冷泉為満	41
西園寺実益	40	六条有親	36	近衛信尹	35	鷲尾隆尚	34
飛鳥井雅庸	31	勧修寺光豊	25	三条西実条	25		

（人名下の数字は慶長四年時の年齢）

などと比べても、時慶以外はすべて通勝より年下である。勿論実力的にも一二を争う力を持っていた。活動の詳細は後述するが、勅免後の活躍はやはり第一人者のそれと言えよう。

(2)　通村と後水尾院歌壇

次に通村について述べる。その前に後水尾院歌壇について大まかな時期区分と各時期の特質を概観しておく[1]。

○第Ⅰ期（慶長十六年から寛永六年まで。後水尾院の即位から譲位まで。）

後水尾院の修業期と言うべき時期であり、後水尾院歌壇にとっては第Ⅱ・Ⅲ期の活動の基盤作りがなされた。慶長十九年から三条西実条と通村が御製の添削に当たり、元和二年には通村が『源氏物語』を、寛永二年には通村・烏丸光広・実条が各々『伊勢物語』を後水尾院に進講している。

○第Ⅱ期（寛永六年から承応三年まで。明正・後光明天皇の在位時代。通村・後光明天皇の死まで。）

後水尾院を中心とした創作活動が盛んに行なわれた。公家では、実条・光広・通村の三人が中心。ただし、実条・

光広は各々寛永十七・十五年に没し、通村のみ承応二年まで存命。

○第Ⅲ期（承応三年から延宝八年まで。後西・霊元天皇の在位時代。後水尾院の崩御まで。）

「万治御点」などの後水尾院による和歌指導、後水尾院の古典講釈、後水尾院の古今伝授、撰集・編集事業などがあった。公家では、飛鳥井雅章・日野弘資・烏丸資慶・中院通茂ら生え抜きの歌人が中心。

さて通村は、後水尾院が十六歳で即位した時、二十四歳であった。そして第Ⅱ期前半までは実条・光広らの指示を仰ぎつつも彼らと共同歩調をとり、実条・光広没後の第Ⅱ期後半は、歌壇運営の主導権を握って指導的役割を担ったのであろう。実条は通村より十三歳、光広は九歳年上であるが、通村の活躍の度合は実条・光広存命中でも彼らに決して劣るものではなく、むしろ最も大きい。

以上の事から、後水尾院即位の時点で既に父通勝や外祖父幽斎から歌学・古典学を学び、かなりの学識・教養を得ていた通村が、八歳年下の後水尾院を補佐しつつ、また実条・光広とも協力し合いながら、後水尾院歌壇の第Ⅰ・Ⅱ期の活動を支えていったと思われる。

(3)　通茂と霊元院歌壇

次に通茂について述べる前に、霊元院歌壇について大まかな時期区分と各時期の特質を概観しておきたい(2)。

○第Ⅰ期（寛文三年から天和三年まで。霊元天皇即位から後水尾天皇崩御を経て、後西院から霊元院への古今伝授まで。）

第Ⅰ・Ⅱ期活動の基盤作りがなされた準備期。後水尾院から古今伝授をうけた後西院・日野弘資・通茂らによる和歌の指導会が行なわれた。

○第Ⅱ期（天和三年から宝永七年まで。元禄期の活動を中心とし、通茂・清水谷実業が没するまで。）

公家では、通茂・実業・武者小路実陰の三人が中心。

○第Ⅲ期（宝永七年から享保十七年まで。享保期の活動を中心とし、霊元院の崩御まで。）

公家では実陰・烏丸光栄ら生え抜きの歌人が中心。ほかに中院通躬・上冷泉為綱・同為久・三条西公福らも活躍した。

さて通茂は、霊元院が十歳で即位した時、三十三歳であった。後水尾院歌壇の第Ⅲ期で後水尾院から古今伝授をうけた通茂は、霊元院歌壇第Ⅰ・Ⅱ期を通じて最も重要な役割を果たしたと思われる。第Ⅱ期で共に活躍した実業が通茂より十七歳年下、実陰に至っては三十歳年下である。活動の度合も図抜けている。

霊元院歌壇の第Ⅱ期では、霊元院自身も本格的に歌壇の構成歌人の歌を添削したり、古典講釈をしたりしており、霊元院と通茂の二人が指導的立場にいたのであろう。表面的には常に霊元院が中心的存在として活躍するのだが、歌壇のさまざまな行事に対する通茂の介入の仕方を考えてみると、通茂の役割は極めて大きい。

⑷通躬

通躬の場合にも、すぐれた資質を持っていたし、活躍の度合も通勝・通村・通茂にさほど劣るものではない。しかし、霊元院歌壇を継承する強力な堂上歌壇が出現しなかったためもあって、過去の大きな堂上歌壇において果たしてきた中院家の役割を果たすことができなかったと言える。

右のような、歌壇の象徴的存在である天皇とその補佐をした中院家の関係は、従来の近世前期の堂上歌壇研究史において比較的等閑視されがちだったように思われる。両者の関係は、いわば歌壇の表と裏のそれであり、それこそが歌壇の基本的な構造自体を支えていた。逆に言えば、歌壇の機能を解明する上で最も根本的な課題と言えよう。

中院家全体の問題についての指摘はひとまずここで終え、以下個々の重要な人物について述べていきたい。その際、中院家全体に関わりのある内容を含む通勝についてのみ幼少年期に少し詳しく触れるが、他の人物については青年期以後の活動を中心に記述した。

(二) 中院通勝

弘治二年生、慶長十五年三月二十五日没、五十五歳。通為男。母は三条西公条女。極官位権中納言。号、也足軒。法号、素然。家集『中院通勝集』。『中院素然詠歌写』『中院也足軒詠七十六首』『冬夜詠百首和歌外十種』が『私家集大成』第七巻、また『通勝集』が『新編国歌大観』第八巻に翻刻されている。さらに日下幸男『中院通勝歌集歌論』(一九九三年、私家版)もある。[3]

(1) 勅勘以前

外祖父三条西公条も、公条男つまり通勝にとって伯父にあたる三条西実枝も、広く世に知られた歌人である。公条、実枝にはそれぞれ『明星抄』『山下水』という源氏注釈書がある。また通勝の父通為の母つまり通勝にとって父方の祖母は、姉小路済継女である。済継もその父基綱もやはり歌人として名高い。すなわち、通勝以前の中院家そのものからは、すぐれた歌人は輩出されていないものの、父方の祖母と母のそれぞれの家から歌人としての血筋を受け継いでいるのである。そのことが、歌学者中院通勝を、ひいては近世における〈源氏と和歌の家・中院〉を生み出す素地を作っていった。

おそらく通勝は公条・実枝の二人から幼少期より古典学・和歌に関する英才教育を授かったのであろう。公条は通勝六歳まで、実枝は通勝二十二歳まで、存命している。たとえば永禄三年十一月、通勝五歳の時、公条の『源氏物語』講釈終了後の源氏物語竟宴に出席している（『源氏物語竟宴記』）。これなどは公条のはからいによるものであろう。その後も実枝について源氏学習を続けた。三条西家との縁戚関係の故に、幼少時から『源氏物語』に慣れ親しんだことが、はるか時を経て、すぐれた源氏注釈『岷江入楚』の成立につながっていくことになるのである。さらに『源氏物語』のみならず広く古典学・和歌などを公条・実枝から学んだことで、二十歳前後の通勝は既に相当の実力を得ていたと想像される。

(2)　勅勘から勅免まで

天正八年六月二十二日、二十五歳の時、通勝は突然正親町天皇から勅勘を蒙った。『お湯殿の上の日記』に、

中院前中納言くせ事ありて御せいばいの事、をの〳〵としてせいばいいたしてしんずべきとて、廿一人ないない、とざませいしてまいる。又いよどのおやたんせう入道所へ四つじ大納言御つかいにして、いよどのこんどのしんたいくせ事にてあるほどに、あいの御せいばいあるべきよしおほせらるゝ。

とあるだけで詳しくはよくわからない。文中「いよどの」は中﨟の伊予局である。勅勘の理由については次の二説がある。

(a)通勝と伊予局の密通が癇癖な正親町天皇の神経に触った為（井上宗雄説[4]）

前出『御湯殿上日記』中の「くせ事」を密通ととる。

(b)正親町天皇が通勝の妹を入内させようとしたのを通勝に拒否された為（小高敏郎説。『日本古典文学大系　戴恩記』補

注）ただし典拠不明。

(a)からはすぐれて個性的な若者の客気が、(b)からは名門出の若者の自尊心が伝わってきて、どちらもそれなりに説得力があるが、(b)は典拠が示されていない以上、すぐには首肯し難い。

そして勅勘を蒙ってから一年を経た天正九年頃、通勝は丹後宮津へ着き、以後十九年程細川家に身を寄せ、幽斎から古典学・和歌を学ぶことになる。その間、膨大な量の古典書写を行ない、天正十七年には雄長老の狂歌百首に評点を加えたり、もう少し後では三条西実条や木下長嘯子と交流する機会を持っている。また天正十七年ごろ幽斎から源氏注釈の集大成の仕事を託されると、通勝は約十年という歳月を費して、慶長三年源氏注釈史上に輝かしい名を残す『岷江入楚』を完成させた。その注釈方法は、幽斎・通勝共通の師実枝の『山下水』を継承発展させた内容となっている。(5)

そして慶長四年、後陽成天皇によって通勝は勅免される。『お湯殿の上の日記』同年十二月七日条には、

中のゐんぜんくわう、ちよかんにて候つれども、かだうのなをさるゝ。けふ御れいにしこうあり。かたじけなきよし申され候て、たうざ申上らるゝ。く御にもしをつくらせらるゝ。

という具合に、十九年ぶりの参内の様子を伝えている。勅免の理由やそれに至る過程ははっきりしない。しかし、当時の後陽成院歌壇における学芸への関心の高まりが、通勝のような実力のある指導者を求めていた事は想像に難くなく、直接的か間接的かはともかくとして、その事が勅免に何らかの影響を与えたのは間違いない。和歌の実力という点からすれば、この頃すでに智仁親王に『古今和歌集』の講釈を行なっている幽斎が、堂上・地下両歌壇を通じての最高権威ではあったが、幽斎は堂上身分ではないことから、通勝が登用されたのであろう。

(3) 勅免以後

以下、勅免以後の宮中における通勝の主な文学活動を列挙する。

(a)慶長五年正月十八日、黒戸御所で、西洞院時慶らと名所和歌を撰ぶ(『お湯殿の上の日記』)名所和歌を抜書した後陽成院撰『方輿勝覧集』という書がやはり慶長初頃の成立とされており、両者に関係がある可能性も考慮に入れておくべきであろう。

(b)慶長五年関ヶ原の戦の際、田辺城に籠城していた幽斎へ、烏丸光宣と共に勅使として向かった(『時慶卿記』ほか)。これは幽斎から智仁親王への古今伝授が未遂であったための救出行為であった。(6)

(c)慶長八年頃、慶長勅版に参与。『慶長日件録』慶長八年正月十七日条に「飯後参番、長恨歌一字板、於御前、鷲尾、中院入道、予等撰並畢」とある。

(d)慶長八年二月、他の廷臣たちと共に大阪に下り、豊臣秀頼に歳首を賀す。『前参議時慶卿集』には、その帰途に通勝と交わした贈答が載る。

(e)慶長十年九月、慶長千首に参加。通勝は五十五首詠。これは後陽成院、近衛信尹と並んで最も多い歌数。次いで、飛鳥井雅庸・上冷泉為満の四十七首、智仁親王四十首となる。

(f)慶長十二年四月、三十六人集を三条西実条・通村らに分写させ、自らも写し校合した。神宮文庫蔵『三十六人集』などがそれに当たる。(7) 通勝は膨大な量の古典書写を行なっているが、これほど多くの人数を動員した大規模なものは他にない。

(g)慶長十四年三月、『伊勢物語肖聞抄』（光悦本）に跋文を記す。

嵯峨本刊行についてもなにがしかの尽力をなしたのであろう。なお、跋文の署名が「也足叟」とのみある刊本と、「也足叟素然」とあってさらに「自得」という落款がある刊本の二種が存する。前者では東洋文庫（三Ｂａ８）・祐徳稲荷神社中川文庫蔵本、後者では東洋文庫（三Ｂａ９）・筑波大学附属図書館・高松宮家旧蔵・大東急記念文庫・神宮文庫蔵本などが知られる。前者は後者の後印本か。

さらにこの後も、慶長十五年二月十一日には宮中で『源氏物語』の校合をする（『時慶卿記』）など、しばしば『源氏物語』に関する活動も続けている。自邸でも、かつて恒例だった初卯法楽を復活させ、月次歌会なども催した。また地下歌人たちとの交流も盛んで、慶長六年に木下長嘯子主催の東山霊山での歌会に出席したり、同じ頃松永貞徳に『徒然草』の講釈を行なったりした事が、貞徳の『戴恩記』からわかる。勅免後の後陽成院歌壇での通勝の活動は他の追随を許さないものであった。

(4)　まとめ

最後に、武者小路実陰述・似雲記『詞林拾葉』享保二年三月三日条に載る逸話を挙げる。通勝と通村の優劣を似雲に尋ねられた時の実陰の答えである。

通村近代の上手なり。しかれども通勝すぐれられたり。其の故は、後水尾院仰せに、通勝大ぐれなる所は光広とり、こまやかなる所は通村とりしなりと、仰せられけるよし伝へ承りしなり。しからば両人を一つにしたるきりようと見えたり。

すなわち通勝は「大ぐれなる所」と「こまやかなる所」を兼ね備えた幅の広い人物であったというのである。『岷江入楚』という画期的な注釈を著した通勝は、地下歌人とも積極的に交わったり、古典学・和歌のみならず狂歌も嗜むなど、可能性の萌芽を種々雑多に内包した近世初期という時代にふさわしく、保守的な一つの枠にとらわれない器の大きな人物であったと言えよう。

(三) 中院通村

天正十六年生、承応二年二月二十九日没、六十六歳（一説、六十七歳）。通勝男。母は細川幽斎女（実は一色義次女、すなわち通村は幽斎孫）。極官位内大臣。号、後十輪院。家集『後十輪院集』。『続々群書類従』第十四巻に『後十輪院内大臣詠草』が、『新編国歌大観』第九巻に『後十輪院内府集』が翻刻されている。

(1) 後水尾院歌壇における文学活動・その一――実条・光広存命中

慶長十五年二十三歳の時、通村は幼少期に古典学・和歌を学んだ父通勝・外祖父幽斎の二人を亡くしている。後水尾院が天皇位に着いたのは、その翌年のことであった。

先に後水尾院歌壇の第Ⅱ期前半までは、実条・光広とともに通村が活躍したと述べた。そこでまず、実条・光広が没するまでの後水尾院歌壇における通村の主たる文学活動を列挙してみたい。以下、個別の項目の詳細については本書第二部を参照されたい。

(a)慶長十九年十一月二十五日近衛信尹没。それまで御製の添削には信尹が当たっていたが、その没後、通村と実条が引き継ぐことになった。（『中院通村日記』）

ただし公式の場では智仁親王が御製の添削に当たる場合が多く、通村・実条は主として内々の稽古の場において指導に当たったと思われる。

(b)元和元年七月十八日、女院御所で『源氏物語』講釈。

公的な場で『源氏物語』を講釈した嚆矢かと思われる。源氏学は、父通勝の業績により中院家の家学と目されるようになったのであろう。なお同月二十日からは二条城で徳川家康に『源氏物語』を講釈している。以後元和二年四月二十九日から五月九日まで、また元和七年二月八日などには後水尾院に『源氏物語』を講釈している。(以上『中院通村日記』などによる(8))

(c)元和八月正月二十三日、二月からの御稽古和歌会が、毎月二・九・十六日となり、それぞれ実条・光広・通村が指導者となった。(『資勝卿記(9)』)

(d)寛永二年正月から三月まで、『伊勢物語』を後水尾院に進講する(『お湯殿の上の日記』)。

同じ年、実条・光広も『伊勢物語』を後水尾院に進講している。

(e)寛永三年九月、二条城行幸。実条・光広ら多くの公家と共に、通村も九月八日の和歌御会に出席している。

この時の記録は極めて多いが、最も著名なのは、以心崇伝と烏丸光広の『寛永行幸記』である。

(f)寛永十四年三月から五月まで、後水尾院の御着到百首に、光広らと共に同席。

通村も百首詠(『後十輪院集』)。

※寛永十五年七月十三日、烏丸光広没。

(g)寛永十六年十月五日、仙洞三十六番歌合(実条判)に出席。

この歌合は寛永十八年刊本がある。通村は勝二持一。

※寛永十七年十月九日、三条西実条没。

以上から実条・光広らとともに後水尾院歌壇の中心的存在にあった通村の姿が窺い知れよう。この三人の歌壇に対する関わり方は全く同じレベルによるものだったわけではあるまい。実条は十三歳、光広は九歳それぞれ通村より年上なのであり、実条・光広は後陽成院歌壇における実績もかなりあった。したがって両者はある程度その権威の方も尊重されていたと思われる。また光広は、その親幕的な要素が後水尾院歌壇での立場を微妙なものにしたであろう。それに対して後水尾院は、年齢が自分に近く内々衆として近仕した通村の方をより信頼もし、親近感を持ったのではないか。その歌才のみならず、政治的にも武家伝奏就任から罷免までのいきさつによって、通村は後水尾院とも極めて親密な関係となった。その江戸幽閉前後の経過を以下簡単に記しておきたい。

まず寛永七年九月に、通村は武家伝奏を罷免され、寛永十二年江戸に幽閉される。その主たる理由は、寛永六年十一月八日の後水尾院の突然の譲位の際、事前にその事を知っていながら幕府に注進しなかったのではないかとの疑いを持たれた為であろう。[10] ただし、幕府側からは寛永三年の二条城行幸の頃からあまり良い感情を持たれていなかったようで、武家伝奏罷免の遠因はこのあたりにあるのかもしれない。たとえば『徳川実紀』寛永七年九月十四日条には、「二条城行幸のころのはからひ様よりして、通村とにかくにものあらく、細密ならぬよし」とある。黒川道祐『遠碧軒記』は、冷泉家の「武家へ行幸のくわしき大巻物定家の一筆」の賃借をめぐって問題が生じた時、幕府側に「通村卿にあるをかへされぬ、きたなき人」と思われたことがのちの武家伝奏罷免の遠因であるとする。また『赤塚芸庵雑記』明暦二年四月二日条には、「中院大納言、武家勘当の事と遊ばしたるものは、一とせ二条の城行幸の事ありし時、公家饗膳の事に、武家の心に相違せしなど云ひあひ」とある。

父通勝も骨のある人物であるが、通村もその血を引いてか、相当に気骨ある人物であったらしい。なぜ後水尾院の譲位を注進しなかったのかと幕府側に責められた際には「吾は天子の臣なり、関東の臣に非ず」と言ったり（湯浅元禎『文会雑記』）、江戸幽閉中、将軍家光から古今伝授を乞われ、「公家の秘する処にて、容易にわたしがたき道なり」と断った（神谷養勇軒編『新著聞集』）などという逸話も伝わっている。また『風のしがらみ』には、「通村卿関東にしばし抑留ありしは、将軍家より歌道伝授の事望たまひしに、許容なかりし故の事なりとぞ」とある。

寛永十二年には江戸に幽閉されている通村に、後水尾院が

思ふより月日経にけり一日だに見ぬはおほくの秋にやはあらぬ

をはじめとする五首を遣した（『後水尾院御集』）。そして、それに対して通村が詠んだ

行方に身をばさそはで夜な〳〵の袖の露そふ武蔵の、月

に感銘を受けた南光坊天海が赦免に尽力したという逸話が伝わっている。この歌徳説話は、真田増誉『明良洪範』や松平忠明『落穂雑談一言集』、含弘堂偶斎『百草露』、『新著聞集』などに見られる。

(2)　後水尾院歌壇における文学活動・その二――実条・光広没後

さて、光広が寛永十五年に、また実条が同十七年に相次いで没した後は、通村ひとりが相当大きな指導力を、後水尾院歌壇において発揮することになったろう。通村の死の前後に行なわれた和歌稽古会では通村存命中は通村が、通村没後は後水尾院がその指導に当たっている。[11] もう少し具体的に言うと、通村存命中は、題を選定したり間接的に意見を述べる形で後水尾院も関わっていたが、通村が直接の指導者として活動していた。通村没後、通村の役割をも後水尾院が踏襲する事になったのである。それだけ後水尾院の通村に対する信頼が厚かったと言えよう。

第Ⅱ期後半では、他にも後水尾院撰『勅撰千首』成立に際して通村の影響が強かったことが指摘されてもおり[12]、和歌稽古会以外の歌壇における文学活動でも通村と後水尾院の関係は親密であったと言える。

(3) まとめ

通村は、幕府に対しては気骨ある一面を見せるなど、父通勝の破格な面を受け継ぎつつも、公家社会という交友圏の外に出ることは少なく、古典学・和歌を専らにするなど、徳川政権の基盤が固まり始めた時代の安定した風潮を反映している面も少なくないと言えよう。しかしながら、歌人としての資質は父通勝をはるかに上回っており、その実力によって後水尾院をはじめとする歌壇の歌人たちを指導していった点では、画期的な役割を果たしたと言えよう。

そのほか、通村の編著として次の三書を付記しておく。

(a)元和八年十二月成「関東海道記」
　通村が江戸へ下向した時に詠んだ和歌十八首から成る。『扶桑拾葉集』所収。(『扶桑拾葉集』には他に通村の作品として「前の相公をいためる和歌序」「友をいためる和歌序」「宇治興聖禅寺記」が収められている。)

(b)正保四年冬撰「詩歌仙」
　林羅山との共編。日本の歌人三十名、中国の詩人三十名の作各一首を選んだもので、通村は日本の歌人の方を担当している。

(c)慶安三年九月七日成「歌書之大事」
　作法書。東京都立中央図書館諸家文庫蔵『通村公抄』、刈谷市中央図書館村上文庫蔵『蓬廬雑鈔』第十八冊所収

「歌書之大事」の二写本が存する。

(四) 中院通茂

寛永八年生、宝永七年三月二十一日没、八十歳。通純男。母は高倉永慶女。極官位内大臣。号、渓雲院。家集『老槐和歌集』。京都大学附属図書館中院文庫蔵『中院通茂和歌集』の翻刻が『研究と資料』(一九八七年十二月、八八年七月、兼築信行)に掲載されている。

(1) 後水尾院歌壇における文学活動

まず後水尾院歌壇における和歌を中心とした通茂の文学活動についてまとめておきたい。通茂は二十三歳の承応二年に、幼少期に古典学・和歌を学んだ祖父通村と父通純の二人を亡くしている。後水尾院歌壇での活躍が顕著に見られるのは、それ以後のことである。通茂はやはり後水尾院の指導を受けながら歌人としてさらに成長していったのである。以下、通茂の主たる文学活動を年代順に列挙する。

(a)明暦二年八・九月、後水尾院の『伊勢物語』講釈を聴講する。

この時、通茂二十六歳。聴衆は通茂の他、堯然・道晃法親王、飛鳥井雅章、岩倉具起、烏丸資慶、日野弘資、白川雅喬の計八名。

(b)万治二年五月一日から寛文二年四月七日までの後水尾院指導の和歌稽古会(いわゆる「万治御点」)に出席する。

「万治御点」は全部で二十八回行なわれたが、通茂は二回欠席したのみ。

(c)寛文元年五月、後水尾院の『百人一首』講釈を聴講する。
聴衆は通茂の他、道晃・智忠・穏仁親王、雅章、弘資、雅喬、資慶の計八名。

(d)寛文四年五月、後西院、弘資、資慶と共に後水尾院から古今伝授をうける。
弘資四十八歳、資慶四十三歳に比べると、通茂の三十四歳は若い。これは本人の資質もさる事ながら、やはり祖父通村に対する後水尾院の追慕と、そこから生じた通茂への期待がこめられてのことであろう。最も異例なのは後西院の二十六歳であり、三十歳以上ではじめて伝授許可がおりるという伝統に反している。横井金男『古今伝授沿革史論』（大日本百科全書刊行会、一九四三年。増訂版『古今伝授の史的研究』臨川書店、一九八〇年）によると、最初後西院は道晃法親王を通じて許可を願ったが、三十歳未満を理由に許可されず、その後資慶が先例を調査したところ智仁親王二十三歳、烏丸光広二十五歳があるとわかり、ようやく許可されたという。あるいは後水尾院の側からすると、自分自身の六十九歳という年齢や、十年前の後光明天皇の夭折などを考慮の上、伝授を早めたいという気になったのかもしれない。

(e)寛文十二年冬成立『易然集』に入集。
『易然集』は、中国の地名・人名十を和歌に、日本の地名・人名十を漢詩に詠んだもの。書名は『文明易然集』に倣った。通茂は「唐堯」の題で、

かしこしな賤のをだ巻いやしきもよきをばあげてゆづる位は

と詠んでいる。

(f)延宝二年十月、弘資と共に和歌所へ出仕（『徳川実紀』）。

(g)延宝三年十一月十四日、後水尾院八十賀宴に出席。

通茂の歌は、次の通り。

千代すめと八十の後の老の浪汀はるかにせく氷かも

(h)延宝七年、百首詠（大阪市立大学附属図書館森文庫蔵『中院通茂百首』ほか）。

〔巻頭歌〕朝日かげ霞むとはなき山端ものどかにみえて春はきにけり

以上、主たる八項目を挙げたが、これらは後水尾院からの古今伝授をはじめ古典講釈の聴講や和歌指導会など、後水尾院に関係するものが大半である。それだけ、通村・通純の没した二十三歳から後水尾院が没する五十歳までの通茂は、後水尾院の影響下にあったと言えよう。この時期に養った実力が、次の霊元院歌壇において指導力を発揮する原動力となっている事は言うまでもない。

(2)　霊元院歌壇における文学活動

さて次に、霊元院歌壇における通茂の文学活動について考えてみたい。これも年代順に列挙していくが、霊元院や他の公家に対する和歌の指導や、霊元院らと共に歌を詠むなど、霊元院との協力体制を崩さず、霊元院を表面的に最高権威としつつも常に補佐的に指導的役割を果たしている通茂の姿が窺い知れる。『清水宗川聞書』に「とかく教には律義がよければ社、法皇様の御歌なれ共、当今へ御師匠には、中院殿をつけさせられたる也」とあるのもそのことを意味していよう。霊元院が古今伝授を後西院からうけた天和三年時、霊元院は三十歳、通茂五十三歳であった。

(a)天和元年八月、霊元天皇詠十首和歌を、弘資と共に添削する（御集B[13]）。

(b)貞享二年春、霊元院詠百首和歌を添削する（御集A・C）。

(c)貞享二年九月から翌三年九月まで、十二回にわたって宮中和歌稽古会があり、雅喬・霊元院と共に指導者となる

（三康図書館蔵『御点取』）。

(d)貞享三年四月二十二日から同月二十四日まで、霊元院ら十四名と共に五十首詠（宮内庁書陵部蔵『五十首和歌貞享三』ほか）。

(e)貞享三年五月十九・二十日、内侍所御法楽千首（貞享千首）に出席。

通茂は霊元院・近衛基熙と並んで最多の六十首詠。次いで弘資・日野資茂・雅喬の五十首である。

(f)元禄二年、百首詠（学習院大学国語国文学研究室蔵『渓雲院殿御着到二百首』ほか）。

〔巻頭歌〕太山には雪をやささふ吹そむる都の、べのけさの春風

(g)元禄八年九月から十二月までの間、四回にわたり霊元院と共に宮中和歌稽古会の指導者となる（三康図書館蔵『御点取』）。

(h)元禄十一年秋、霊元院と共に百首詠（御集Aほか）。

〔巻頭歌〕あら玉の年のをだまきくりかへしながき日あかぬ春は来にけり

(i)元禄十四年九月二十一日、太神宮御法楽千首（元禄千首）に出席。

最も歌数が多いのは霊元院の百首、次いで通茂・清水谷実業の六十首となっている。

(j)元禄十五年夏、霊元院詠百首を添削する。同年秋には通茂詠百首を霊元院が添削する（御集Aほか）。

〔巻頭歌〕関の戸は雪よりあけて春にけさかすみもあへぬあふ坂の山

(k)元禄十五年九・十月、霊元院の『百人一首』講釈を聴講する（陽明文庫蔵『百人一首御講釈聞書』）。

(l)元禄十五年十一・十二月、仙洞において『未来記』『雨中吟』を講釈する。『未来記雨中吟聞書』成立（慶応義塾図書館蔵写本ほか）。

(m)元禄十五年、霊元院・実業・実陰と共に、各々百首詠（東京都立中央図書館加賀文庫蔵『仙洞四吟百首』ほか）。
〔巻頭歌〕いつしかとけふやみやこに吹そむる柳さくらの木のめ春風
(n)宝永二年二月、徳川綱吉六十賀会に出席する（内閣文庫蔵『近代賀算詩歌』ほか）。
(o)宝永二年九月九日から、霊元院ら十四名と共に着到百首を開始。霊元院添削。
(p)宝永三年十一月二十九日から『詠歌大概』を講釈する。『詠歌大概聞書』成立（宮内庁書陵部蔵写本ほか）。

以上、後水尾院歌壇第Ⅲ期において英才教育を受けた通茂が、霊元院歌壇第Ⅰ・Ⅱ期において指導的役割を果たしたということを年次順に述べてきたが、もう一つ近世前期の堂上歌壇において重く用いられていたと思われる根拠となる例を挙げておく。それは、通茂を『後水尾院御集』の撰者とする説があることである。

『後水尾院御集』の撰者には、自撰説と後西院勅宣・通茂撰説の二つがある。前者の根拠としては、

・東京大学史料編纂所蔵本（二〇三二・五八）、宮内庁書陵部蔵本（二六六・四一）、簗瀬一雄氏蔵本の奥書に「右後水尾院御製御自撰也」とある。
・『群書一覧』に「御自撰鷗巣集」とある。

があり、後者の根拠としては、

・東京大学史料編纂所蔵本（押お・二）、射和文庫蔵本（竹川家文書）、筑波大学附属図書館蔵本の奥書に「此一冊後西院勅宣中院通茂卿而撰集焉　名鷗巣集」とある。

がある。しかしながら、自撰説が有力であるのは動かし難い。その理由は、和田英松『皇室御撰之研究』（明治書院、一九三三年）も指摘しているように、後水尾院存命中に本書が成立している点にある（和田氏蔵本奥書に「延宝六年孟秋」

とある）。したがって通茂が撰集した本文がかりに存在したとしても、それは自撰本成立後の改訂版と考えるのが自然であろう。しかしながら、『後水尾院御集』の撰者をめぐって、通茂の名も取り沙汰されるところに、近世前期の堂上歌壇において通茂の存在価値が高かった事の証を見てとれよう。

(3)　まとめ

通勝や通村に比べれば、通茂は歌人としても一人の人物としても、保守的な面が一層助長されているように思われる。しかし、霊元院歌壇の第Ⅰ・Ⅱ期に牽引者の役割を旺盛な行動力で果たした事は、やはり高い評価に値しよう。

これまで述べてきた以外にも、通茂の文学活動として次のような点を指摘しておく。

(a)宝永二年から同七年までの通茂の言説を中心とした門人松井幸隆の聞書『渓雲問答』は、広く一般に流布し、『耳底記』『詞林拾葉』などと共に代表的堂上歌論の一つとなった。

享保二年連阿奥書本が広く流布しており、その奥書に「本書之雑談等令省畧写之畢」とあるので、それ以前の成立か。ただし、それ以前の年次を有する奥書を持つ写本は未見。(14)

(b)家学とも言える源氏研究をはじめとして、『三部抄（未来記・雨中吟）』『詠歌大概』『拾遺愚草』などの古典注釈にも業績を残した。その他の『未来記雨中吟聞書』『詠歌大概聞書』『源氏物語釈』『拾遺愚草俟後抄』などがある。

(c)徳川光圀との親交

通茂七十賀に光圀が贈物をするなどの記事が、『年山紀聞』などに見える。

その他、文学方面のみならず、その行動力が実務能力においても発揮されたことは、寛文元年から同三年まで神宮伝奏を、寛文十年から延宝三年まで武家伝奏を務めたことからも知られよう。たとえば『中院通茂日記』（東京大学史料編纂所蔵写本）を繙くと、寛文二年伊雑宮謀計事件の際、神宮伝奏として奔走した姿を窺い知ることができる。[15]

(五) 中院通躬

寛文八年生、元文四年十一月三日没、七十二歳。通茂男。母は小笠原政信女で板倉重矩の猶子。極官位右大臣。号、歓喜光院。家集『通躬公集』。弟に野宮定基、久世通夏らがいる。定基は有職故実にくわしく、新井白石の問いに答えた『新野問答』は有名。

(1) 霊元院歌壇における文学活動・その一―通茂存命中

まず比較的若い時期の活動を列挙する。結論から言うと、父通茂存命中（通茂は宝永七年没）は、ほぼ父の活動につきしたがっていると言える。

(a)貞享二年九月から翌三年九月まで、通茂・雅喬・霊元院指導の和歌稽古会に出席。（この時、通躬十八歳）

(b)貞享三年四月二十二日から同月二十四日まで、霊元院・通茂ら十四名と共に五十首詠。

(c)貞享三年五月十九・二十日、内侍所御法楽千首（貞享千首）に出席。通躬は三十五首詠。

(d)元禄八年十月から十二月まで、霊元院の『詠歌大概』講釈を聴講する。（和田英松『皇室御撰之研究』〈明治書院、一九三三年〉などによる。）

(e)元禄十四年九月二十一日、太神宮御法楽千首（元禄千首）に出席。通躬は四十首詠。

(f)元禄十五年九・十月、霊元院の『百人一首』講釈を聴講する。
(g)元禄十五年十二月十八日、清水谷実業・武者小路実陰とともに霊元院から三部抄を伝授される。
(h)宝永二年二月、徳川綱吉六十賀会に出席。
(i)宝永二年九月九日から霊元院・通茂ら十四名と共に着到百首を始める。霊元院添削。

(a)〜(i)のうち、出席者があまりよくわかっていない(d)と伝授の(g)を除くと、あとはすべて父通茂と行動を共にしている。やはり父が子の教育のため、比較的早い時期から宮中の文学活動に同席させていたのだろう。父通茂が宝永七年に没した時、通躬は四十三歳であった。

(2)　霊元院歌壇における文学活動・その二―通茂没後

通茂没後では、たとえば、享保五・六年の霊元院着到百首には、それぞれ三条西公福・武者小路実陰・藤谷為信・烏丸光栄・清水谷雅季・久世通夏・上冷泉為久・武者小路公野（享保五）公福・実陰・上冷泉為綱・光栄・公野・為久（享保六）が同席しているが、通躬の名はない。しかし、享保十五年から始まった霊元院ら二十一名による千首（いわゆる「享保千首」）には加わっていた。

また、地方の名所を和歌に詠むという活動にかなり積極的に参加し、その指導者格の一人となっている。以下、その活動を列挙する。

(a)正徳二年四月仙台領地名所和歌

刊本がある。伊達吉村が、上冷泉為綱に請うて成ったもの（吉村跋）。出席者は、通躬の他十九名。

(b)正徳三年甲府八景

柳沢吉里が正親町公通に請うて成ったもの（跋）。出席者は、通躬の他七名。

(c)正徳四年二月塩松八景（塩松は塩竈・松島）

前出「仙台領地名所和歌」の刊本に付されていることが多い。伊達吉村が、為綱に請うて成ったもの（吉村跋）。出席者は、通躬の他七名。

(d)正徳五年二月播州曽根社奉納和歌

三輪希賢が通躬に請うて成ったもの。通躬の他、十九名。通躬には宝永四年二月下旬成「播磨国曽根松記」もある。

(e)正徳五年五月厳島八景

光明院恕信勧進。出席者は通躬の他七名。

(f)享保十三年正月大社八景（出雲八景）

釣月が為久に請うて成ったもの（桑原長義跋）。出席者は通躬の他七名。

以上(a)〜(f)のうち、(d)は通躬が中心になって活動したものであり、(a)(b)(e)(f)では通躬が巻頭である。これら一連の名所歌詠に、この時期の通躬に特徴的なものを見出せよう。

(3)　まとめ

霊元院崩御後では、元文四年の「名所和歌四十八首」への参加がある。これは、宮内庁書陵部蔵『将軍家御屏風和歌』、『片玉集』巻二十九などに収められており、将軍家の希望により通躬・公福・光栄・為久の四名が、各地の名所四十八について各十二首ずつ詠んだものである。通躬七十二歳以外は、公福四十三歳、光栄五十一歳、為久五十四歳と、いずれも二十歳近く若い。

通躬は、すぐれた資質を持ちながら、霊元院歌壇を継承する堂上歌壇が出現しなかったためもあって、過去の大きな堂上歌壇において果たしてきた中院家の役割を果たすことができなかったのだろう。

（1）詳細は、本書第一部第一章第一節二参照。
（2）詳細は、本書第一部第一章第一節三参照。
（3）通勝については、井上宗雄「也足軒・中院通勝の生涯」（国語国文、一九七一年十二月）、同『中世歌壇史の研究室町後期』（明治書院、一九七二年。改訂新版一九八七年）に詳しい。本書第一部第三章二も参照されたい。
（4）注(3)前者井上論文。
（5）伊井春樹「『山下水』から『岷江入楚』へ」（国語国文、一九七七年八月）
（6）小高道子「御所伝受の成立について」（近世文芸、一九八二年五月）
（7）島田良二『平安前期私家集の研究』（桜楓社、一九六八年）
（8）日下幸男「中院通村の古典注釈」（みをつくし、一九八三年一月）
（9）本田慧子「後水尾天皇の禁中御学問講」（書陵部紀要、一九七八年三月）
（10）湯浅元禎『文会雑記』。辻善之助『日本仏教史之研究続編』（金港堂、一九三一年）
（11）本書第一部第一章第一節二参照。
（12）日下幸男「円浄法皇御自撰和歌について」（高野山大学国語国文、一九七六年十二月）
（13）以下、左記の略称を用いる。（　）内は国文学研究資料館紙焼き本番号。
御集A　高松宮家旧蔵『桃蘂集』（C四〇四）

御集Ｂ　同『桃蘂集』（Ｃ八九九）
御集Ｃ　同『霊元院御集』（Ｃ九〇〇）
（14）上野洋三「堂上歌論の問題」（『近世堂上和歌論集』明治書院、一九八九年）
（15）森瑞枝「寛文事件始末―神宮伝奏と神人―」（歴史手帖、一九八七年十二月）
〈補記〉拙稿「中院通村日記」（『日本歴史「古記録」総覧』下〈別冊歴史読本〉、新人物往来社、一九九〇年）も参照されたい。

第二節　後水尾院・霊元院とその周辺の和歌

一、近世堂上の和歌作品について

近世堂上和歌のありかたは、歴史的に見てどうあったと言えるのだろうか。古今的世界への親近感を通じて、主に『古今集』への回帰願望を抱きつつ、結局それはできないという絶望感を抱くに至った人間の和歌である、ということがまず言える（本書第一部第二章一）。基本的に、ことばは伝統的な歌ことばの枠組みから逸脱することなく、いわば旧来の歌ことばのパッチワークにずらしの手法を取り込むことで自らの作品世界を創ることが所与の課題となっている。ただし、ずらしに「当代」[1]が入りこむことも同時に指摘しておかねばならない。その過程を分析すると、本節で見るような、古今的世界への一体化を目指す一方、三玉集歌人の三条西実隆ら比較的時代の近い歌人たちをも手本として後水尾院歌が作られたこと（本節「二、後水尾院の和歌世界」）、「聞こえる」ことを第一として歌の姿を整えようと努力したことが添削方法の検討によって知られること（本節「三、後水尾院の和歌添削方法」）、そして景物にも新しいものが導入されていること（本節「四、霊元院歌壇における詠象歌」。「四」は前二者に対してはあくまで付論的位置にある。）などが、作品世界の特質として認められよう。そのことへの評価は、それ以前の和歌史を踏まえての堂上和歌内部における達成という問題と、それ以後の和歌史への射程を内包する問題とに分けて一応考えられる。

前者については、どのような模索のもと、どのような歌才の発動によって彼らの達成がなされたか、個別の諸例に基づいて提示するので、右の各論を参照されたい。本節では主に前者に力点を置きつつ論じるが、前者の達成が後者の重みも増さしめていることは言うまでもない。そういう点で両者は常に連動する。

それに関連して、もう少し述べておきたい。伝統的世界へ回帰しそれへ一体化しようとしつつも結局近世という「当代」が常に顔を出し、回帰願望は決して満たされることはなかったという点によって生じる問題についてである。たとえば雅俗（本書第一部第二章五）と和漢（本書第一部第三章）というｘｙ軸それぞれの混融の促進という点からも、歌の姿という点で古今的世界へ回帰することはすでにかなわないものとなっていた。そして、そのような伝統からの乖離と、また時間とともにそれが進行することによって、その果てになにが生じたのかと言えば、近世後期の地下たちの和歌があるのであり、さらにその向こう側には近代短歌がある。近世後期から近代へという言われ方はよくなされるところだが、それ以前の近世堂上における伝統と改革の間での相剋という意義も認めた上で、和歌史の流れは想定されるべきだろう。その時々のはっきりした特徴のみを点で結ぶのではなく、なだらかな和歌史の変化にも着目した場合、近世堂上の史的価値はよりいっそう大きくわれわれの前に姿を見せてくれるはずである。

以上のような意味で近世堂上は、中世以前の和歌的世界を背負いつつ、その和歌的規範が崩れていくまさに過渡期に立ち会い、やがては近世後期へという流れへの橋渡ししていく、そのような役割を果たす存在として総合的に認識されるべきであろう。そのような歴史的な説明ばかりが和歌作品の評価に有効であるとはもちろん思わない。しかし、そういう歴史的状況に基づいた歌風がそこに存在しているという事実もまた確かなことであり、それに基づく近世堂上和歌への視座を保持することも極めて価値のある態度と言える。

これから近世堂上和歌の作品論も多く試みられるであろうし（もちろんこれまでも有効な論はいくつか発表されてきたので、これまで以上にという意味である）、近世堂上和歌の注釈も多々なされるであろう。歌壇論、伝記、景物論、題詠論、添削の検討、和漢比較研究などが本書で試みた方法であるが、そのような歌風を取り巻く周辺を踏まえつつ、如上の歴史的認識を検討しながら一首一首の歌の達成を見据えていくことで、より多くのものをわれわれは手にすることができると確信する。

（1）「当代」の具体的な内容は、さまざまなレベルに異質なものが混在し合い、具体的には説明し難い部分も多くあるが、本書で取り上げたものとしては、三玉集信奉という和歌観や、景物・題などに新たな対象が流入したこと、また、連歌的なものの和歌への影響（雅俗）、漢詩文からの影響（和漢）などが、ひとまずの具体例として指摘できる。

二、後水尾院の和歌世界

ここでは、後水尾院の和歌がそれ以前のどのような世界を踏まえた上で成り立っているのか、そのような意味での作品世界について具体的に表現を取り上げつつまとめておきたい。

(一) 古今的世界への親近感

後水尾院歌の表現レベルにおける最も基本的な部分を形成するものはなにか、それは古今的世界への親近感である。美意識のレベルでもそれは根幹を形成する。言うまでもなく、そのことは後水尾院一人の特質ではない。しかし、とりあえずそこから出発することが後水尾院の作品世界を語る上でも最も本質的な問題なので、一例を挙げて、まずそのことを確認したい。

女郎花

誰がために思ひ乱れて女郎花言はぬ色しも露けかるらん　（後水尾院御集、三三四番）

恋の思いにじっと耐えている女郎花は涙ならぬ露で濡れている、と女郎花を擬人化して詠んでいる。〈女郎花……露……風に吹き乱れる〉（自然）と〈女……涙……恋に思い乱れる〉（人事）が重ね合わせられている。

この歌が基づいているものは、『古今集』のなかにいくつも見出せよう。たとえば、女郎花が風になびく、また露を帯びている、という点は、すでに次のような古今歌に見出せる。

女郎花秋の野風にうちなびき心一つを誰に寄すらむ　（古今集・秋上、藤原時平）

朝露を分けそほちつつ花見むと今ぞ野山をみな経知りぬる

また、

誰があきにあらぬものゆゑ女郎花なぞ色に出でてまだき移ろふ　（古今集・物名、紀友則）

という古今歌がある。この「なぞ色に出でてまだき移ろふ」に対して、後水尾院の歌は「言はぬ色しも露けかるらん」と詠み、古今集世界への挨拶をしていると考えられるだろう。つまり、悲しい様子をはっきり表に出しているという古今歌に対して、いやいやそうではありません、女郎花も色（様子）には出さずじっと黙って耐えているのですよと、言い返しているのである。「言はぬ色」は山吹の特殊性を言う表現であるが（後述）、それを切り取ってきて女郎花の表現とし、古今集世界に訂正を迫ろうとしているのである。

ここまでが、女郎花に直接関係のある古今歌の例であるが、それ以外にも、次の四例もあわせて考えてみると、この後水尾院歌の殆どは『古今集』のことばによって構成されていることがわかる。いわば『古今集』のパッチワークとしての後水尾院歌という側面を強く感じ取ることができるのである。（傍線引用者。以下同）

○誰がために

誰がために引きてさらせる布なれや世を経て見れど取る人もなき　（古今集・雑上、承均法師）

○思ひ乱れて

刈菰の思ひ乱れて我恋ふと妹知るらめや人し告げずは　（古今集・恋一、読人不知）

幾世しもあらじ我が身をなぞもかく海人の刈る藻に思ひ乱るる　（古今集・雑下、読人不知）

○露けかるらん

ひとり寝る床は草葉にあらねども秋くる宵は露けかりけり　（古今集・秋上、読人不知）

もちろん、『古今集』だけが後水尾院歌を形成しているのではないことは言うまでもない。この歌においても、「言はぬ色」は、「くちなし」の異名を持つ山吹を詠んだ、

いかにせむ言はぬ色なる花なれば心のうちを知る人ぞなき　（狭衣物語）

九重にあらで八重さく山吹の言はぬ色をば知る人もなし　（新古今集・雑上、円融院）

などの表現に拠っており、「露けかるらん」という表現そのままは、

行く人をとどめがたみの唐衣たつより袖の露けかるらん　（拾遺集・別、読人不知）

にある。あるいは、「女郎花」「露けかるらん」という表現があるという点では、

なにごとをしのぶの岡の女郎花思ひしをれて露けかるらん　（続古今集・秋上、俊恵）

も参考歌として指摘できるであろう。いわば、『古今集』の世界を中核として認めつつ、それ以外の三代集をはじめ

とする主要歌集、また物語についても、後水尾院歌を形成するものとして、『古今集』に次いで重要なものとして把握できるのである。そして、そのような傾向は後水尾院の歌において全般的に指摘できよう。

もう数例挙げておこう。

垂柳蔵水

岸陰の柳の梢糸たれて松ならなくにこゆる川なみ

（後水尾院御集、九六番）

この本歌は、

君をおきてあだし心を我が持たば末の松山波も越えなむ

（古今集・東歌）

としてよいだろう。後水尾院歌は、末の松山をめぐる愛の誓いを踏まえて、松ではなくとも、柳の枝が垂れていると川波がそれを越えて行くと機知的に詠んでいる。この「松ならなくに」は、

かくしつつ世をや尽くさむ高砂の尾の上にたてる松ならなくに

（古今集・雑上、読人不知）

を踏まえている。つまり、本歌の世界のみならず、歌句の断片をも『古今集』から援用しているのである。

寄煙恋

煙だに人にしられぬ下もえを里のしるべの海士のもしほ火

（後水尾院御集、七八二番）

この本歌は、『新勅撰集』秋上、藤原知家の

煙だにそれとも見えぬ夕霧に猶下もえのあまのもしほ火

と考えてよいのだろう。「煙だに」「下もえ」「海士のもしほ火」が語句として共通する。しかし、それらの語句以外の後水尾院の歌句、「人にしられぬ」「里のしるべ」はそれぞれ、

三輪山をしかも隠すか春霞人に知られぬ花や咲くらむ　（古今集・春下、紀貫之）

川の瀬になびく玉藻の水隠れて人に知られぬ恋もするかな　（古今集・恋二、紀友則）

海人の住む里のしるべにあらなくにうらみむとのみ人の言ふらむ　（古今集・恋四、小野小町）

という『古今集』の表現に拠っている。三首目の小町歌は内容的にもかなり影響関係があろう。そして、『新勅撰』の知家歌と共通する歌句「煙」「下もえ」「海士」は、いずれも古今語である。

最初に述べたように、右のような『古今集』のパッチワークとしての和歌というのは、とりたてて後水尾院の和歌の特殊性とは言えない。むしろ二条派の和歌の正統であり、そのような詠み方をあらゆる歌人たちが目指したと言える。古今的歌ことばの世界を組み合わせ、若干のずらしを加えるという手法を用いることで古今的世界に自らを一体化させようとすること、それが和歌を詠むことであった時代なのである。後水尾院の和歌的世界の分析においても、まずそのことが踏まえられなくてはならない。

ただし、後水尾院の心性を探っていった場合（これは堂上和歌全体に相渉る特質とも言い得るが）、古今的世界は和歌文学に携わる人すべてにとっての精神的な故郷であるということ以外に、自らの血脈の源流という点での親近感も感じ取ることができたであろうことにも、やはり着目しておきたい。つまり、思いの強さのようなものがあるのである。卑俗な言い方で言えば、ご先祖様の庭にいるというような、本道としての自意識がここにはあるのであって、そういう精神性は確実に後水尾院歌の詠歌過程に反映していよう。

なお、『古今集』以外の古典作品は後水尾院のなかでどのような位置付けになっているのだろうか。それについて手がかりを与えてくれると思われるのは、次のような言説である。

学書は先古今・詠歌大概・伊勢物語をよく〳〵諳じたるよき也。次には新古今。後撰・拾遺は歌によるべき也。（後水尾院述・霊元院記『麓木鈔』）

幼年之時、常に見るべき歌書之事尋申し時、三代集、後撰・拾遺は、先只今の内は、人の口にある歌斗可覚。草庵集・続草庵集、歌之躰を見るによし。此二集常に見るべし。家三代集・古今覚えたる後は人の口にある秀歌覚ゆべし。新古今同前。（『麓木鈔』）

古今などをよく見、さて新古今、近代には逍遙院などの歌をよくみるべし。（細川幽斎述・烏丸光広記『耳底記』）

つね〴〵見もてならふべきは為家、頓阿、逍遙院殿等、つぎ〳〵忘れず見ならふべきは、三代集、千載集、新古今集、新勅撰集、続後撰集等なり。詠歌大概、百人一首をよく〳〵みしたゝめて、詠歌大概の風体を心にかくべし。（武者小路実陰『初学考鑑』）

ただし、これらの言説において挙げられた文献の位置関係は必ずしも一定してはいないので、一概に序列のようなものは付けにくい。かりに同心円のようなものを考えてみると、その中心に『古今集』があることは間違いない。そして、その周辺に『新古今集』、『伊勢物語』『源氏物語』、また『古今集』と同じく三代集と称された『後撰集』・『拾遺集』があり、また『新勅撰』、『続後撰』など「家の三代集」もあると考えられよう。三条西実隆（逍遙院）や頓阿らの和歌もここに入ると思われるが、この両者、特に実隆ら三玉集の時代については、歌材に関する基本的な美意識を学ぶというよりも、もっと根本的な詠歌に対する姿勢というか、広い意味での方法的なものを摂取するという色合いが濃く、位相が異なっていよう。すなわち、三玉集時代は近世堂上歌人たちにとって、勅撰集なき時代にとって和歌はどうあるべきかについての指針を示した中興の祖という意味合いがあり、後水尾院らが三玉集に寄せる思いはまた格別のものがあったのである。例えて言えば、後水尾院が真に戻りたいと願った『古今集』の時代、あるいはそれに準じる後鳥羽院の時代はすでに回帰不能な対象であり、後水尾院との間には渡ることのできない大きな川が横たわっている。後水尾院が歩いていくことのできるこちら岸で最も川に近い所にいるのが三玉集歌人なのである。[1]

(二) 三玉集、三条西実隆の和歌表現との関係

さて、先に述べた三玉集時代の和歌との関係について、もう少しこだわっておきたい。詠歌姿勢もしくは方法的なものを摂取するということには、さまざまなレベルでのことが意味されている。まず歌壇運営や、和歌史のどこに位置するかという自己認識において両者は共通するし、[2] また歌の題や歌ことば、歌の姿という点にまでそれは及んでいよう。[3] 主に後者の点に関連して、さらに数例を挙げておく。たとえば後水尾院に次のような歌がある。

初春朝霞

待ちえたるたがうれしさの春の色か霞の袖にけさあまるらん

（後水尾院御集、八番）

歌意は、いったい誰が出会ってうれしく思った春の気色なのだろうか、霞から洩れ出してしまうほど、それがあたり一面に満ちている。霞の袖から春の気配が漏れ出していることと、春が来たことへの嬉しさが隠しようもなく大きいということを重ね合わせて歌っているのである。この本歌は、『古今集』の

うれしきをなにに包まむ唐衣袂ゆたかに裁てと言はましを

（古今集・雑上、読人不知）

と考えることができる。さらに後水尾院歌に近いのは、

うれしさを昔は袖につつみけりこよひは身にもあまりぬるかな

（和漢朗詠集・慶賀、読人不知）

であろう。つまり大きな嬉しさを包むために袂をたっぷりと裁ってほしい、それでも溢れ出んばかりだというこれらの内容を踏まえ、そこに霞と春色の関係を重層させたのが、後水尾院歌であると言える。そして、霞の袖にもあまるほどの春の魅力という点では、

山桜にほひをなににつつまし霞の袖にあまる春かぜ

（新後撰集・春下、洞院公守）

が参考歌として指摘できる。さらに、それらすべての要素を含みつつ、「たがうれしさの」という表現まで共通するのが次の実隆歌である。（ただし、実隆がこだわっているのは春夜の月であり、後水尾院で注目した春の気配とは微妙に景物が

異なってはいる。）

つつみこしかすみの袖にあまれるやたがうれしさのはるのよの月

（雪玉集、四六七五番）

つまり、古今集世界のイメージが『和漢朗詠集』『新後撰集』などを経て膨らんでいくそのイメージの総体を、実隆の歌というフィルターを通して受けとめつつ後水尾院歌は成立しているのである。さらに「たがうれしさの」という和歌表現は、実隆以前では確認できず実隆独特のものといちおう言えるが、そのことを尊しとして後水尾院も用いて実隆が試みた言語的世界をより豊かに膨らませている。

左に挙げた傍線部の例も、実隆以前では用例を確認できない和歌表現で後水尾院にも用例があるものである。（実隆歌は『雪玉集』、後水尾院歌は『後水尾院御集』所収。以下同。）

(a)実隆　見ぬかたのとほ山ざくら吹きこえて花にうれしき風もこそあれ

（七七二三番）

後水尾院　春ふかくかすむやさこそ遠からぬ花に嬉しき四方の山のは

（三六番）

(b)実隆　よしの川はやくのはるを山吹のいはでもかへす色に出づらん

（五七八番）

後水尾院　やまぶきやいはでも思ふ吉野河はやくの春のをしき余波を

（一六二番）

(c)実隆　　雲霧をふもとになしてまちいづる月はひがしのしろき山のは

（一二二四番）

後水尾院　富士の根はなべての嶺の雲霧も麓になして月や住むらん

（四三六番）

(a)では、実隆・後水尾院歌いずれも桜が山に咲いている情景を踏まえての詠。実隆歌では「見ぬかたのとほ山ざくら」とあるので山は眼前にはなく、山々を吹き越えてきた桜の花びらによって山の存在が示されている。「花に嬉しき風」とは花を吹き寄せてくれるので自分にとって嬉しい風の意。遠くの山々の上を吹き越えて、いま眼前に花びらが散り敷かれているという躍動的で幻想的な一首である。それに対し後水尾院歌では、山が眼前にある。「遠からぬ」はあるいは実隆歌を意識してのものだろうか。初句「ふかく」は、春の深まりと霞の状態の両方についての形容である。下句は、花を自分に観賞させてくれるので自分にとって嬉しい四方の山々であることよの意。こちらは霞んではいるが花も見えるという眼前の景を一首のなかに手際よくまとめている。

(b)実隆・後水尾院歌は「河款冬」という題も共通し、歌枕吉野川と山吹の組み合わせも同じである。「はやくのはる」とは、速く過ぎ去って行く春との意であり、この場合川の流れが速いとの意も含まれている。吉野川と山吹という組み合わせ、吉野川が急流であること、山吹が「口無し」であること、という共通の内容はそれぞれ次の古今歌に見出すことができる。

吉野川岸の山吹吹く風に底の影さへ移ろひにけり

（古今集・春下、紀貫之）

吉野川岩波高く行く水のはやくぞ人を思ひそめてし

山吹の花色衣主や誰問へど答へずくちなしにして

（古今集・恋一、紀貫之）

（古今集・誹諧歌、素性法師）

(c)実隆・後水尾院歌ともに、雲霧が麓と見做されるほど高いという点と月が出ているという点が一致している。ただし、実隆の方は主眼が月にあるのだが、後水尾院の場合は山に力点が置かれ、富士山が「なべての嶺の雲霧」を麓にするという、より一層雄大な景が作り上げられている。

これらからは実隆の言語感覚を後水尾院が援用して、姿が伸びやかで豊かな膨らみのある歌を「聞こえやすく」仕立てた技量が看取されよう。(4)

ではさらに、実隆の独自な源氏取りを後水尾院が踏襲している例についていくつか取り上げておく。つまり、まず『源氏物語』から三条西実隆が表現を新たに摂取し、それを後水尾院も用いている例である。

まず、「われはがほ」という表現をめぐって、実隆と後水尾院の関係について考えてみたい。

A実隆

水鶏

(1)月まつとをりしもあくる真木の戸にたたく水鶏の我はがほなる　（七七三番）

初秋荻

(2)松に吹く色やはかはる荻の葉のわれはがほなるあきの初かぜ　（九二一番）

夜盧橘

(3)夢にあらでむかしにかよふ袖のかや花たちばなの我はがほなる　（三三七五番）

野

(4)吹く風に花のいろいろにほはせてわれはがほなる野辺のあきかな　（四一九二番）

紅葉

(5)さほ山の梢の色やよそよりも先一しほのわれはがほなる　（五四七六番）

B後水尾院

菊花久芳

(1)百草のはなは跡なき霜の庭に我はがほにも匂ふしら菊　（五四四番）

枇杷

(2)色こそあれ紅葉ちる日は咲きそめて我はがほにも花ぞ匂へる　（六六〇番）

「われはがほ」という和歌表現は実隆以前には用例を見出せない。実隆に五例、後水尾院二例のほか、両者の間の時代ということでは、三条西公条、荒木田守武らの作例がある。この「われはがほ」は、先に述べたように『源氏物語』の以下の場面に登場してくる表現である。

直人の上達部などまでなり上り、我は顔にて家の内を飾り、人に劣らじと思へる（帚木）

冬のはじめの朝霜むすぶべき菊の、我は顔なる原、をさをさ名も知らぬ深山木どもの、木深きなどを移し植ゑたり。（少女）

実隆の場合、(1)は水鶏、(2)は荻の葉、(3)は花橘、(4)は野辺、(5)は佐保山の梢の色、が各々自分こそはという自慢げな顔つきをしていると詠んでいる。後水尾院歌は、白菊が芳しい香を漂わせながら咲いている様子を、また枇杷の花が咲いている様を、自分こそはという得意げな振舞いをしていると、擬人化で表現しようとしたのである。

ここでは、次のような見通しが成り立つのではないだろうか。すなわち、実隆は自らの和歌表現に新味を与えるため『源氏物語』から語を摂取した、そして後水尾院はその実隆の創意工夫を尊しとして、それを自らの歌に巧みに織り込みながら歌を詠んだのである、と。

後水尾院がこの実隆の歌を知っていたかどうか、という点はまず問題ない。刊行された実隆の『雪玉集』の編集に後水尾院歌壇が関わっていたわけであるし、また宮内庁書陵部蔵『雪玉類句』（五〇一・二二五）にも実隆の(2)(4)番歌が見出せる。したがって後水尾院が『源氏物語』から直接この語を摂取したという可能性は考えにくい。

次に「ものにまぎれず（ぬ）」について考えたい。これも実隆以前には和歌表現の用例が認められない源氏取りである。

A実隆

閑夜擣衣

(1)それとなききぬたも秋の小夜更けて物にまぎれぬね覚をぞ知る　（二八九五番）

歳暮

(2)今はなほことしげからで行く年も物にまぎれずをしき年かな　（七四二八番）

B後水尾院

夜荻

(1)ふかき夜の物にまぎれぬしづけさや声そへけらし荻の上風　（三二一五番）

夜恋

(2)つくづくと物にまぎれぬ思ひのみまさきのつなのよるぞ悲しき　(七六九番)

山家

(3)法に入る道とほからじおこなひも物にまぎれぬ山をもとめば　(八五七番)

山陰道のかたはらに世捨人あり(下略)

(4)心して嵐もたたけとぢはてて物にまぎれぬ蓬生の門　(一〇二九番)

述懐

(5)後の世のつとめの外はことなくて物にまぎれぬ身をつくさばや　(一一六三番)

雨後郭公

(6)心あれや雨より後の一こゑはものにまぎれず聞く郭公　(一三三二番)

「ものにまぎれず(ぬ)」は『源氏物語』に見られる「ものの紛れ」という表現に拠るのであろう。

大将はものの紛れにも、左大臣の御ありさま、ふと思しくらべられて、たとへしなうぞほほ笑まれたまふ。(賢木)

うとうとしければ、御達などもけ遠きを今日はものの紛れに入り立ちたまへるなめり。(少女)

おのづからさるべき方につけても心をかはしそめ、ものの紛れ多かりぬべきわざなり。(若菜下)

右のように、「ものの紛れ」は、何かに取り紛れる事、ひそかに人目を紛らわして行為をなす事などを言う。逆に、実隆・後水尾院らの「ものにまぎれず(ぬ)」という例では、雑念・雑音などといったような、夾雑物の混じっていない純粋な状況を表現していよう。禅への傾倒が強く見られる後水尾院(後述)にとって、そのような境地は理想とするものであったにちがいないし、それが六例という多さにもつながっていよう。また、『源氏物語』などによって「ものの紛れ」という語感が素地にある者にとっては、「ものにまぎれず（ぬ）」という語句が、混じり気のない純粋なイメージを換気する力はいや増すと思われる。

ここまで見てきたように、後水尾院は、実隆という審美家の批評眼を援用しつつ、作品形成を行なっているのである。そのように実隆の言語感覚を積極的に利用して自らの歌の仕立てを行なうことは、後水尾院歌にとって極めて重要であったと言える。

(三) 作品世界の形成を助けるもの

以上、古今的世界への親近感、三玉集時代の手法の援用という二段構えの作品世界について述べてきたが、その二元論的世界を背後であるいは側面から、どのようなものが支えることによって後水尾院歌は成り立っているのだろうか。そのことにも若干付言しておく。

ひとつは、漢詩文への造詣である。和の内部を改革する上で漢的なものを用いるという、和歌的世界において一般に試みられていることが、後水尾院においても盛んに用いられたのである。和漢の混融は近世前期堂上において顕著な傾向であったわけだが、(5)後水尾院にとってそれはとりわけ重要な要素であったと思われる。後水尾院について、

詩などの作意を歌に被取替などして被遊ゆへに、御作意自由也。しかれば、詩などは能もの也。

（『西三条実教卿家集』）

という言説もあり、和漢の混融は時代的なものもあったにしても、より後水尾院個人の問題としてもそれは考えられ

よう。後水尾院の歌は、ことばやその続き具合にある屈折があるように思われる。それは「聞きよし」と相反するようなものではないのだが、ある力みが感じられ、そういう力みがかえって一定のリズムを醸し出している。そのような歌の姿も漢語への傾倒と無縁ではないのかもしれない。

また、禅的世界への傾倒も後水尾院歌を考える上では欠かせない要素となろう。たとえば、寛永ごろにおける一絲文守との交友への執着や、晩年の禅関係の聞書の成立、そのほか五山僧との種々の関係などを考えると、禅に対して向き合うことと和歌に対してのそれが相互に影響を与え合ったのではないかという点に着目せざるをえまい。見通しを簡単に述べてしまうと、ある時期とりわけ落飾後の後水尾院にとって、和歌を詠むことは禅の悟りへの手段であり、和歌で詠まれている世界は禅的悟りへと自らを導く精神世界ともなり得ていたと考えられる。そういう点での禅との交わりも残された今後の課題として極めて大きい。

(1) 本書第一部第二章一、三参照。
(2) 本書第一部第二章一、三参照。
(3) 本書第一部第一章第二節三、第一部第三章五、六、七参照。
(4) 本書第一部第一章第二節三参照。
(5) 本書第一部第三章参照。

三、後水尾院の和歌添削方法

㈠

多くの人にとって、近世の和歌と聞いてまず思い浮かべられる歌人は、真淵・宗武・良寛・芦庵・景樹・曙覧・言道というような地下歌人たちであろう。それに対して、天皇や公家たち、いわゆる堂上歌人たちへの注目度は概して高いとは言えない。堂上和歌は伝統的な歌道を尊しとし、保守的な性格が強かったことは事実であるが、では彼らはただ消極的に伝統を墨守しようとしただけだったのだろうか。近時、堂上歌論についてはその史的価値が報告され[1]、実作についても研究の必要性が説かれて久しい[2]。ここでは、そのような課題に関する私なりの模索の一端を示したい。

具体的には、堂上歌壇の中心的存在であった後水尾院が臣下に対して行なった和歌添削方法の実際を見ていくことで、実作における後水尾院の力量を検証してみたい。資料としては、いわゆる『万治御点』[3]を用いることにする。後水尾院は、明暦三年に道晃法親王・堯然法親王・飛鳥井雅章・岩倉具起の四人へ、また寛文四年に後西院・日野弘資・烏丸資慶・中院通茂の四人へ、それぞれ古今伝授を行なっているが、この『万治御点』は万治二年五月一日から寛文二年四月七日まで行なわれて二回の伝授の間に位置し、また出席者も被伝授者が殆どであるところから、添削に対する後水尾院の力の入れようも一段と大きいものであったに違いない。後水尾院の目指そうとした歌のありようを知る上で有力な手がかりとなる資料と考える所以である。ここでは、比較的添削の度合が大きい数首を私に選び、検討したい。

(二)

まずはともかく一例を挙げる。（添削前を(a)、添削後を(b)とする。）

〔例1〕（万治二年七月二十日）

遅桜　　妙法院宮（堯然法親王）

(a)こゝろあれや青葉の山の遅桜外のゝちなる色も匂ひて

(b)こゝろして外の散なん後にさく青葉の山の遅桜かも

（(b)は、『部類現葉和歌集』に収録された。）

(a)(b)いずれも、他の桜が散ったあとになって咲く姿を我々に見せてくれる遅桜を賞美する気持ちを詠んだもの。(a)から(b)への改変の理由としては、どのようなことが考えられるだろうか。まず、(a)「外のゝち」という表現は和歌に余り馴染みのないもので『雪玉集』ほか数例しか見出せないが、(b)「外の散なん」は、『古今集』の有名な歌「見る人もなき山里の桜花ほかの散りなむのちぞ咲かまし」（春上、伊勢）の一句であり、この句を取り込んだことで一首の表現に厚みを持たせている。

右のような、表現として成熟した語句を用いることで優美に歌を仕立てようという試み以外にも、一首全体の姿への配慮もなされているのではないか。すなわち、(a)では「こゝろある」の主体である「遅桜」という語が三句目に置かれており、さらに「こゝろあれや」「遅桜」と二回切れることから、上句だけで表現が完結してしまったような印象を受け、一首全体の統一性が損われると判断した後水尾院が、(b)において一首の仕立てを改めるべく大きく手を入れたと考えられる。その結果、近世堂上歌論で言うところの、「常の言葉にて末までさら〳〵と理りを云ひて聞ゆる様によむべし」「歌は底へ通る様に一つ事をよむべし」（いずれも『光雄卿口授』）という主張に沿うような、一首全体を一体のものとして美しく仕立てる詞続きが生じた印象を(b)からは受ける。

他にも、たとえば『万治御点』万治二年十二月二十二日条で、

雪中眺望　　　　通（中院通茂）

さやけしなへだつる雲もけさ晴て日数に向ふ雪の遠山

という歌に対して、後水尾院の「躰すらりとしたる也」という評語が添えられている例も、右のような事柄と関連していよう。「つゞけがら」という事自体は、中世歌論でも説かれるところである。たとえば「歌ハ唯同詞ナレド、ツゞケガライヒヤウニテ能モ悪モ聞ユル也」（『無名抄』）は、その最も有名な例であり、また「つゞけがら」によって新しい歌の世界の開拓が可能であるというのが源俊頼の歌論の到達点であるとの指摘がある。(4) ここでは、歌論史的にはさほど目新しい概念ではない「つゞけがら」を、理屈で言うのではなく作品の中で体現できる技量を持った歌人としての後水尾院という点に注意しておきたい。また、「つゞけがら」と関連するものと想定される、「きこゆる」ようにむべしとの近世堂上歌論の主張にも注意したい。すなわち、「歌は第一は先義理の聞ゆるやうに」「聞えて道理の至極せる御歌」（いずれも『光雄卿口授』）のように、道理が「きこゆる」ような歌が尊しとされたのである。

なお、後水尾院は各句の順序をいろいろと変えることで、よりよい和歌が作り出せると考えていたようである。

惣じて和歌は五七五七々の文字の置きかへあらたむるに、凡そ十七通まではなほさるゝものなり。然るにたゞ二

返し、又三返しによしとおもふこと、大なるあやまり也。後水尾の法皇、勅定ありしとなり。（『光雄卿口授』）

右のような詠作への執着心以外にも、天皇としての後水尾院にとっては臣下であるところの公家達の歌も自らの所有に帰すという帝王としての意識も手伝って、以下のような思い切った順序の並べかえが行なわれたのではないか。

㈢

ではさらに具体的な数例について考えてみたい。

〔例2〕（万治二年六月六日）

盧橘　　伯三位（白川雅喬）

(a)むめさくら春みしいろもむかしにて夏は軒ばに薫る立花

(b)むめさくらみしはきのふの春をさへむかしに匂ふ軒の立花

（(b)は『新後明題和歌集』『新題林和歌集』に収録された。）

(a)は、梅・桜は春、橘は夏という季節と植物の組み合わせを並列したという観がある。それに対して(b)では、「薫る」を「匂ふ」とし、さらに四五句全体の表現を「むかしに匂ふ軒の立花」と改変したことで、『古今集』の有名な歌「五月待つ花橘の香をかげば昔の人の袖の香ぞする」（夏、読人不知）を本歌取りしたことがより明白になった。また、「むかしに匂ふ」は、藤原家隆の「すむ人もうつればかはる古郷のむかしに匂ふのきの梅がえ」（壬二集、一六四五番）に拠る。この句を用いたことで古典的なイメージはさらに増した（なお、この時後水尾院が意識していたかはわからないが、『文保百首』二六二三番国冬歌、『常縁集』七六番の下句は「むかしににほふのきのたち花」である）。そして、〈昔を連想させる橘〉という古典的なイメージをより鮮明にしたことで、(b)からは、昨日までの春という季節でさえも遠く懐しい昔であるかのように思えるという心情の深まりがより強く読み手に伝わってくる。

さて、(b)「みしはきのふの春をさへ」という表現に注目しながら、もう少し詳しく詞続きを見てみたい。「みしはきのふの」「きのふの春」はいずれも勅撰集では各二・一例ずつあり、さらに後水尾院歌壇において尊しとされた三条西実隆の家集『雪玉集』(5)にも一例ずつある（各々七五七・六八八九番）。右のように既に用例のある語が組み合わせられて成立した「みしはきのふの春をさへ」は、「みしはきのふ」「きのふの春」という各々の表現が重なり合い、「みし」「きのふ」「春」それぞれの結びつきが強く、さらにこの語句全体が一首全体のなかでの上句と下句の緊密なつながりをより強固なものにしている。その結果、春と夏をただ並列的に扱った感じのする(a)とは異なって、(b)では三十一文字が一体感を得、初句から結句まで一息に読み手に読ませるような勢いが生まれたと言えよう。

〔例3〕（万治二年六月六日）

寄雲恋　　大納言（日野弘資）

(a)我おもひいかにせよとかしら雲のはるゝ時なきつらさ成らん

(b)つゐにいかになり行身ともしら雲のはるゝ時なきおもひかなしも(き)

（(b)は『新後明題和歌集』『部類現葉和歌集』に収録された。）

(a)(b)ともに『古今集』の「あしひきの山辺にをれば白雲のいかにせよとか晴るる時なき」（物名、紀貫之）を本歌取りしている。しかし(a)は「いかにせよとか」「しら雲の」「はるゝ時なき」と三句を取っており、多くとも二句と三、四字迄という本歌取りの法則(6)に反し、やや取り過ぎである。そこで(b)では「いかにせよとか」が削られている。

また(a)の「つらさ」に着目して少し考えてみたい。「いかにせよとか」と相手へ思いを投げかけており、また「つらさ成らん」の「らん」は原因推量の助動詞なので、「つらさ」は恋の相手のつれなさと解せよう。ところが、「つらさ」につながっていく「はる、時なき」は、たとえば「秋霧の晴るる時なき心には立ち居の空も思ほえなくに」（古今集・恋二、凡河内躬恒）のように、通常「我おもひ」の形容とされる。すると「はる、時なき」「つらさ」という詞続きはおかしいことになる（「つらさ」を自分の辛さととるか、あるいは「はる、時なき」を相手のつれなさと取り、右の詞続きに整合性を持たせようとすることも全く不可能とは言えない。しかし、いずれにしても、不審を持たれ易いという点で、やはり下句の詞続きには難があると言えよう）。(b)では、私の「おもひ」を「はる、時なき」の直後へもってきて、「つらさ」という語を削っており、詞続きがすっきりした。まさに「きこゆる」ような「つづけがら」に改められたのである。

その上、(b)は「なり行身とも知らず」と「しら雲」の懸詞がより明確になっており、また初句字余りで印象的なはじまりになっているなど、一首の体が引き締まるような工夫の跡が見られる。初句としての「つゐ（ひ）にいかに」の用例は次の二首のみしか知り得なかった。

度度延約日恋

終にいかに一夜二夜のさはりをばさりやと人におもひゆるせど　（雪玉集、二一六〇番）

不逢恋

終にいかにまことの色を見はてんのおもきかたには猶たのむとも　（後水尾院御集、一一四二番）

右のことから、後水尾院は「つひにいかに」を初句として用いる実隆の歌を尊しとして、自らの歌にも詠み込んだだけでなく、さらに臣下の歌を添削した際にも用いたと言えよう。

〔例4〕（万治二年十月）

故郷萩　　　　　　　　　通茂（中院通茂）

(a)あれわたる蓬が庭の秋萩にもとの垣ねをのこす露かな

(b)とふからに袖は露けしあれわたるもとはらの萩のもとの垣ねを

(b)は『新後明題和歌集』『部類現葉和歌集』に収録された。ただし二句目「袖も露けし」、四句目「本あら」、五句目「本の心を」。[7]

(a)(b)「もとの垣ね」は、「やどわかずつゆだにそむる物ならばもとのかきほの色はかはらじ」（恵慶法師集、八六番）、あるいは『源氏物語』常夏巻「なでしこのとこなつかしき色を見ばもとの垣根を人やたづねむ」などに拠るか。この添削のあとに「もとの垣ねを残す露哉といふ子細あればよき也、さもなくては聞えぬ也」という後水尾院の評語がある。(a)「もとの垣ねをのこす露かな」は、垣根の根痕が露によってわかるという意味なのだろうが、後水尾院の言うように意味が伝わりにくい。(b)では、「のこす露かな」を削り、また故郷へ訪れる人を新たに設定し、その袖が濡れるとすることで、荒れた垣根に置かれている露という状況を理解し易くした。

また(b)では『古今集』の「宮城野のもとあらの小萩つゆをおもみ風を待つごと君をこそ待て」（恋四、読人不知）を本歌取りし、一首のイメージに幅を持たせている。（静嘉堂文庫蔵本「もとはら」は誤写か。）

さらに、「本はらの萩のもとの垣ね」という同音の繰り返しが、一首をリズミカルにしている。また初句に「とふからに」が来るのは新鮮で、これも工夫の一つと見做すことができよう。

以上のように、道理を伝わり易くし、本歌取り、同音の繰り返し、初句の工夫などを施したことによって、(b)では三十一文字が一体化し、初句から結句まで、ことばがまっすぐ伝わっていくような歌の働きが生じたのである。ここでいう「まっすぐ」というのは決して単純な一本の線を意味しない。弓のしなりにも似た、柔軟でかつ強靭な一つのつながりである。

以上四例を検討したが、さらに四例挙げる。いずれからも添削の効果によって、一首の上から下までのつながりの良さが生まれたことを見て取れよう。

〔例5〕（万治二年八月二十八日）

山月入簾　　御（後西院）

(a)玉だれのうちさへしゐてさしのぼる光へだてぬ山のはの月

(b)もり入も影猶しろく玉だれの内外へだてぬ山のはの月

（(b)は『新題林和歌集』に収録された。）

(a)の「さしのぼる」「光へだてぬ」という動詞の連続は、詞続きとしてややおかしい。しかも「玉だれ」の内へ月光が差し込んでくるのだから、(a)「さしのぼる」よりも(b)の「もり入」という表現がふさわしい。

また「うちさへしゐ(ひ)て」という表現は説明的で、(b)では「内外へだてぬ」という表現に改められている。「内外へだてぬ」は、近世以前では『雪玉集』に二例、『称名院集』に一例ある。この改案も『雪玉集』尊重の産物。

〔例6〕（万治三年三月）

松藤　　　　　　　　　　　　　照（道晃法親王）

(a)咲藤のなみの埋木あらはれて日数もこえよ春の松がえ

(b)いかにせんくれ行春もあらはれば松こそ藤のなみの埋木

(a)では「あらはれ」るのは「埋木」だが、(b)では「くれ行春」が「あらはれ」る、すなわち春の終わりが訪れ、その証として「埋木」が「あらはれ」ているという具合に、「あらはれ」る意味が二重化されている。

また「なみの埋木」という語は、「よしさらばあらはれてだにくちはてね逢瀬をしらぬ浪の埋木」（宝治百首、二八一一番、資季）など数例を拾うことができる。しかし、藤に松が埋れているさまを「なみの埋木」という語を用いて波間に浮ぶ埋木に見立てた例は調べた範囲では見出せず、珍しいものであるように思われる。(b)ではこの表現を下句に持ってきているが、このような一首の核となる表現は下句に持ってくる方がすわりが良いとの考えからではないか。そして(b)では、初句に「いかにせん」という印象的な表現を置いた。初句に「いかにせん」は『後水尾院御集』を繙くと八例あり、後水尾院お気に入りの表現であったと思われる。

〔例７〕（寛文元年八月二十五日）

羈中雪　　　　　　　　　御（後西院）

(a)古郷をへだて心の旅なれば日数も雪も降まさりつゝ

(b)いつしかに日数も雪も古郷をへだてこしぢの旅をしぞ思ふ

（(a)は『部類現葉和歌集』に収録された。）

(a)(b)ともに故郷から遠く離れた気持ちでの旅なので、日数も雪もただ積み重なり続けていくことだということを詠んだもの。「日数も雪も降りまさ」るというのは、「くれやすき日かずも雪もひさにふるみむろの山の松のしたをれ」（新勅撰集・冬、九条道家）に拠るか。

(b)は、「日数」が「ふ（経）る」、「雪」が「ふ（降）る」と、「古郷」を懸詞にし、また「旅をしぞ思ふ」という『伊勢物語』九段東下りの有名な歌「唐衣きつつなれにしつましあればはるばる来ぬる旅をしぞ思ふ」（『古今集』羇旅にも業平歌として収録）の一句を取っている。その結果、懸詞によって上句と下句のつながりが強まり一首の一体化が促進され、伊勢取りによって当該歌と『伊勢』東下りの旅が二重写しになりイメージが豊かになった。

〔例8〕（万治二年六月十三日）

海辺秋月　　雅章（飛鳥井雅章）

(a)すまのあまの袖にやどしてもしほくむ浪かけ衣月にしほるゝ

(b)もしほくむ袖にやどしてすまのあまの浪かけ衣月にしほるゝ

（(b)は『部類現葉和歌集』に収録された。ただし五句目「月ぞしほるゝ」）

〔例8〕はこれまでの例とは異なり、第一句と第三句を入れ換えただけである。本歌は『新古今集』の「須磨の海人の浪かけ衣よそにのみ聞くはわが身になりにけるかな」（恋一、藤原道信）、また、「松島やしほくむ海人の秋の袖月は物思ふならひのみかは」（新古今集・秋上、鴨長明）も念頭にあったか。

(a)→(b)改変の理由としてはどのようなことが考えられるだろうか。この添削には後水尾院の評語「くたくたしき歌也、もしほくむらし須磨のあまのといひそうなるもの也」があり、上句の詞続きの難を指摘する。事の順序を言えば「もしほくむ」ことにより「袖にやどし」すことができるのであり、(a)ではそれが逆になる。(a)の「袖にやどして」「もしほくむ」という動詞の連続も、一首の上から下までのリズムを遮断している感じがする。(b)では、「もしほくむ袖」・「袖にやど」す「月」という修飾被修飾の関係がすっきりした。

(四)

以上の添削のうちいくつかから拾い出せる技巧的特徴として、(1)初句を工夫する、(2)懸詞を用いる、(3)本歌取りをするなどの点が指摘できよう。

(1)初句への工夫は、たとえば『万治御点』万治三年三月条で、

松藤　　御（後西院）

今宵さへ更るうらみを思へ人たのめぬほどのうきはものかは

という歌を、

思へ人又今宵さへ更る夜にたのめぬさきのうさはものかは

と直し、初句句割れにしたことでより印象的なはじまりにしている[8]など、他にも例を拾うことができる。

また、(2)懸詞、(3)本歌取りは特に新しい技巧ではないが、それらに着目していくと、言葉をいかに美しく仕立てていくかということに対する執着とそれを達成するための技術の存在を、後水尾院について確認することができる。言い換えれば、懸詞を駆使したり古歌の名句を援用しながら、いかに美しい歌語の世界を豊かに織りなすことができるかということへの志向と能力をみてとれるのである。そういう点では言葉の美しさそれ自体が自己目的化した世界と言えよう。もちろん懸詞や本歌取りなどによって詞を飾ることができるのもつづけがらが良ければこそのことと言え

る。

三十一字を一体化させ、初句から結句までよどみなく一気に読み手に読ませる、そういう歌の姿が、この添削において意図されていることはここまで繰り返し述べてきた。初句に対して工夫しようとする姿勢もその一環であろう。あるいは懸詞によって一語に二重のイメージを与えたり、本歌取りによって古典的世界との二重写しを狙うというような要素の重層化によって、三十一文字それぞれがより緊密な「結びつきの意欲[9]」を発揮し、一首の仕立ての一体化が促進される、ということもあるかもしれない。

(五)

以上のようなことを念頭に置いて、次のような後水尾院の歌を読んでみたら、どう感じるだろうか。いずれの歌からも上品な言葉の豊かさと、その歌の姿勢の良さ－たとえば「底へ通る様に一つ事をよむ」歌の体－に心が動かされる。

霞

水無瀬川とほき昔のおもかげも立つや霞にくるる山もと

（後水尾院御集、三一番）

『新古今集』の有名な「見わたせば山もとかすむ水無瀬河夕は秋となに思ひけむ」（春上、後鳥羽院）を本歌取りしたもの[10]。「とほき昔のおもかげ」は後鳥羽院を指す。「面影」が「立つ」、「かすみ」が「立つ」が懸詞であり、そのことで遠い昔への感慨と水無瀬川の実景が緊密なつながりを得ている。

河款冬

芳野川桜は浪に行く春もしばしせくかと匂ふ山吹

（後水尾院御集、一六〇番）

『新古今集』「吉野河岸の山吹咲きにけり峰の桜は散りはてぬらん」（春下、藤原家隆）あたりが念頭にあったか。吉野と桜の取り合わせ、落花ののち山吹が咲く景、落花が川面を流れる景など、それぞれ伝統的なイメージを持っているが、この歌では、「行く春」と桜の花びらが波を行くという懸詞を用いたことで、惜春の情と眼前の景が重ね合わされ印象深くなっている。（ただし、『新明題和歌集』では、三句目「ゆく雲も」となっている。）

草花

さまざまに心うつりて咲く花は千種ながらにあかずしぞおもふ

（後水尾院御集、三四五番）

『古今集』の「咲く花はちぐさながらにあだなれど誰かは春を恨みはてたる」（春下、藤原興風）を本歌とする。「心うつりて」と「千種ながらに」の対照が鮮やか。「あかずしぞ思ふ」は新鮮、『後水尾院御集』には「郭公島がくれゆく一こゑをあかしの浦のあかずしぞ思ふ」という歌もあり、後水尾院お気に入りの表現であったか。上野洋三氏は「五七調の堂々たる調べが、おのずから帝王の風格をつくり出している点で、格段の力を含んでいる」とし、この歌の格調の高さを指摘する。(11) また『和文古典Ⅳ近世文学の世界』（放送大学教育振興会、一九八八年）「近世和歌と国学」（担当、揖斐高）は、近世和歌の参考作品十三首中の一首に右の歌を選んでいる。

月前蛬

白妙の霜にまがへてきりぎりすいたくなわびそすめる月影

（後水尾院御集、三七四番）

「いたくなわびそ」は『古今集』「山高み人もすさめぬ桜花いたくなわびそ我見はやさむ」（春上、読人不知）に拠る。秋の終わりを心細く思って鳴く虫というのは伝統的な美意識だが、後水尾院は月光を霜に見立てた上で、冬の到来を悲しむきりぎりすに、あれは霜ではなく月光なのだからまだ大丈夫だよと呼びかけている。類想歌としては、

さやけさを霜にまがへて高砂のをのへの鐘や月になるらん

（石清水若宮歌合、一五九番、源顕兼）

月前虫

ふかきよの月にぞよわる虫の声こほらぬ露を霜にまがへて

（通勝集、一〇九九番）

などがあるが、後水尾院歌は下句の凝縮された表現がすぐれている。

㈥

さて、ここで取り上げた限りでも、『万治御点』における後水尾院の添削のなかに如何に創意工夫の意欲があるかを見て取れよう。歌の詠んでいる内容や語句の多くが一見従来の和歌と同じに見えるため目立たないが、語の続き具合の妙によって、時には新しい歌語を開拓しようとすることによって、新しさは創造されている。その新しさへの執念は、武者小路実陰の発言、

歌は惣体あたらしく今の世によまむとおもふはひがごとなり。古よりいくらの人かよみ来りし歌なれば、惣体あ

たらしき歌はよまれず。只風体を新しくすべし。たゞ一字二字にて一首新しくなるものなり。（傍線引用者）

（『詞林拾葉』正徳三年十一月十六日条）

などからも窺い知ることができる。従来平板陳腐なよみぶりなどと称され注目されることの少なかった近世堂上の歌風だが、詠歌の実践における「つづけがら」と道理が「きこゆる」ことへの執着、さらにそれをイメージ豊かに支える言語世界という視点を導入することで、ある一定の評価を与えてもよいであろう。作品の表現面に着目し、特に近世堂上歌壇を率いた後水尾院の個人的な技量の一端に触れ得たところでひとまず筆を擱きたい。ここでは触れ得なかったが、秀歌を作り出す為には精神的にどうあるべきかという問題[12]との整合性、後水尾院の技量の全体的イメージや他の堂上歌人たちの力量など残された問題は今後の課題である。

（1）上野洋三「元禄堂上歌論の到達点―聞書の世界―」（国語国文、一九七六年八月。渡部泰明編『秘儀としての和歌』有精堂刊にも所収）など。

（2）島津忠夫「和歌から連俳へ」（国文学、一九八八年十一月）など。

（3）これについては従来、注（2）島津論文や宗政五十緒「江戸時代前期における宮廷の和歌」（龍谷大学論集、一九七七年十月。『近世雅文学と文人』同朋舎出版刊にも所収）、上野洋三「堂上と地下」（『和歌史』和泉書院、一九八五年）などでも引用されている。ここでは、静嘉堂文庫蔵『勅点和歌』の本文に拠る。（なお、私に清濁、句読点を付した。）

（4）手崎政男「幽玄論の先蹤としての俊頼の歌論」（『富山大学文理学部紀要』、一九六四年三月。『有心と幽玄』笠間書院刊にも所収。）

（5）〔例1〕では、「外のゝち」という表現が『雪玉集』にあるのにも拘らず「外の散なん」という伝統的な表現に改められていた。後水尾院は『雪玉集』を盲目的に崇拝したのではなく、あくまで『古今集』を中心とした伝統的な表現に重きを置きつつ、よい表現と思われるものについては『雪玉集』からも積極的に取り入れていったのであろう。

（6）「古歌を取りて新歌を詠ずるの事、五句の中三句に及ばば頗る過分にして珍しげなし、二句の上三四字はこれを免ず」（『詠歌大概』）など。
（7）注（3）宗政論文は、［例4］の添削について「仕立てが典麗になっている」と指摘する。
（8）注（2）島津論文も初句句割れのよみぶりについて言及している。
（9）吉川幸次郎「国語の長所」（日本語、一九四四年五月。『吉川幸次郎全集』第十八巻にも収録）
（10）本書第一部第二章二参照。
（11）秋山虔他編『日本名歌集成』（學燈社、一九八八年）
（12）注（1）上野論文など。
〈補記〉本稿初出後、近世堂上和歌の添削については大谷俊太「陽明文庫所蔵近衛信尋自筆詠草類について」（近世文芸、一九九四年七月）、「和歌の稽古と添削」（国学院雑誌、一九九四年十一月）、久保田啓一「歌論と添削」（雅俗、一九九四年二月）、「近世和歌の創作と批評の場」（季刊文学、一九九五年七月）などの論も出た。

四、霊元院歌壇における詠象歌

㈠　はじめに～享保十三年の象渡来概観

象がはじめて日本を訪れたのは、いつごろであったのだろうか。

『若狭国守護職次第』応永十五年六月二十二日条には、日本国王（四代将軍足利義持）への進物として象を積み込んだ南蛮船が若狭国へ到着したとある。現在のところ、これが文献によって確認できる最初の象日本来訪である[1]。

その後も時折訪れているが、いずれも盛り上がりには欠ける。しかし享保十三年に長崎に到着した際には、象は江戸まで行き、道中大変なブームを巻き起こしたのである。そして京都へも立ち寄り、宮中において法皇・天皇・親王・公家たちも、これを観る機会を得ており、象に関する和歌・漢詩を詠んでいる。ここでは、これらのうちの和歌作品について主に述べながら、当時の霊元院とその周辺の公家歌人たちのありようの一端を描き出すことを目的としたい。（ただし、霊元院歌壇において量的には伝統的な歌材が圧倒的に多いことも急いで付け加えておく。）

論述の都合上、まずは象来日時の経過をあらあら以下にまとめておく。このことに関しては近世のさまざまな資料を見出すことができるが、近年石坂昌三『象の旅』（新潮社、一九九二年）が刊行されており、具体的事実を整理した形で知ることができる。その他にもいくつかの参考図書[2]を用いつつ、まずは象渡来を概観していきたい。

(1)　長崎にて

享保十三年六月十三日、象の雄雌二頭が長崎に到着し、十九日十善寺村の唐人旅館に入った。これは鄭大威という中国人が将軍吉宗の所望に応じて献呈するため、交趾国広南の港（現在のベトナム・ホーチミン市）から運んできたのである。二頭のうち雌は長崎で死んでしまった。『象志』（享保十四年刊）は雄象のありさまを次のように形容している。

頭長二尺七寸、鼻長三尺三寸（引用者注・約一メートル）、背高五尺七寸、胴囲一丈、長七尺四寸、尾長三尺三寸。寿命最長、背筋有毛餘無之。人ヲ乗ニハ前足折乗之。五十歳ニシテ筋骨備。逮百歳白象トナル。鉄ノ鈎ヲ以テ駆使。芭蕉ノ葉・竹ノ葉ヲ食フ。飲水一タビ二斗計、鼻ヲ以テ捲飲之。其行水陸共馬ヨリモ速疾。水ヲ渉ニ水底ヲ踏デ行。

象使い二人の名は潭数・漂綿と言う安南人であり、長崎の日本人もその技を習得し象使いに加わった。そして、翌享保十四年三月十三日、雄象一頭は、東を目指して長崎を旅立ったのである。

(2) 京都にて

山陽道を経由して京都に到着したのは四月二十八日、寺町浄花寺に象の厩舎が造営され、また当日宮中へも引見された。その際「広南従四位白象」という位も授かっている（天皇に拝謁するため身分が必要なのである）。宮中においては、先に述べたように、象を生まれて初めてまのあたりにした霊元院や天皇・親王・公家たちがそれぞれの思いを和歌や漢詩に詠んでいる。

(3) 江戸にて

東海道を下り、箱根では疲労困憊になりつつも、五月二十五日、象は江戸に到着し、中野宝仙寺に入った。同月二十七日、将軍徳川吉宗が象を謁見する。そして、このころ江戸の人々の間では、この象のことで話題が持ちきりとなり、象股引なるものまで流行した。またこの年には、『象志』『象のみつぎ』『詠象詩』『霊象貢珍記』『享保十四己酉年四月交趾国象上京之次第記』『馴象俗談』『三獣演談』『馴象編』『献象来暦』『象のはなし』など象をめぐる出版が相次いでいる。また狂歌師永田貞柳は「鼻の長さ十丈または二十丈さういはふなら今ぢゃ見ぬさき」（『家土産』）という狂歌を詠んでいる（ほかにもさまざまな文芸作品が成立しているが、それらを網羅することは本書の目的ではないので省略したい）。そして象は、江戸へ来て一年半後の享保十五年十二月十一日、宝仙寺にて息を引き取ったのである。

二　近世以前の象の詩歌概観

さて、以上が象来日の概略であるが、霊元院らの象歌について述べる前に、もうひとつの手続きとして、近世以前の象をめぐる詩歌について大まかに整理しておこう。

(1)　中国の象詩

まず、中国漢詩での詠まれ方はどうだろうか。そもそも『詩経』において「象之揥也（象の耳掻き）」と言及されており、古くからなじみ深い動物であったことがわかる。また、晋の郭璞、唐の李嶠・殷尭藩、元の楊允孚・張昱らの象詩を『佩文斎詠物詩選』によって知ることができる。また、『円機活法』「象」の「品題」には白居易の詩が挙げられている（ただし『白氏文集』には未収）。『円機活法』は近世の日本においても広く流布し、漢詩人のみならず俳人らによっても重用されており[3]、白居易の詩などは、この書によって相当有名であったと思われる（『月堂見聞集』にも白居易の詩が『円機活法』に載っているとの指摘あり）。

(2)　近世以前の日本文学における象

では、日本文学での象の扱われようはどのようなものであったか。すでに石山寺本『大智度論』平安初期点に「善勝白象を下りて」とあり、『倭名類聚抄』一八にも「象　岐佐　獣名。水牛に似て大耳、長鼻、眼細く牙長き者也」

とあって、知識の上では古くから日本人にとってなじみのある動物であった。そして最もなじみ深いのは、たとえば『梁塵秘抄』にある「普賢文殊はししさうにのり、娑婆のゐどにぞいでたまふ」と記されているような普賢菩薩の乗り物としてのイメージであろう。普賢菩薩影向図、普賢菩薩来儀図と称されるものは多数存在する。(4) ただし、ここが重要な点と思われるのだが、彼らは実物を観ていないのであった。ほかに、『三宝絵』や『今昔物語集』天竺部などの中国色の強い諸書に登場していることも、そのような観念性の大きさと一致しよう。

和歌の世界の美意識にもちろん象はおらず、『拾遺集』巻七物名に、

きさの木　　輔相

怒り猪の石をくくみて噛み来しはきさの木にこそ劣らざりけれ

とある象牙についての表現などが注意を惹く程度である。歌意は、怒った猪が石を口に含んで噛みながらやって来たのは「きさの木（象の牙、すなわち象牙）」にも劣らない、それほど恐ろしいことだ、となろう。象は和歌的世界においては極めて珍奇でかつ新鮮な素材なのであり、後述する霊元院歌壇における試みは和歌史上極めて特異なことと言えるのである。

ここでは、日本文学における象とは、知識の上において大陸にいる珍しくもまた仏教的に尊い動物という存在であったということを確認して次に進みたい。

㈢　霊元院歌壇における象歌

さて、いよいよ霊元院歌壇の俊秀たちが象を詠んだ歌々について取り上げていく。霊元院をはじめとして武者小路

実陰・烏丸光栄・三条西公福・中院通躬ら霊元院歌壇の享保期の中心人物たちが出詠している。[5] それらの歌々は、宮城県図書館伊達文庫蔵『詠象歌詩』、宮内庁書陵部蔵『観象詩歌』、内閣文庫蔵『賜蘆拾葉』二十冊所収「紫微賞麟新詠」、静嘉堂文庫蔵『享保八三十八柿本社御法楽歌』所収「象入京師」や土肥経平の『風のしがらみ』、『江戸名所図会』巻四などにつくことによって知ることができる。作品は多少の出入りがあるので、右の六本については以下の略称を用いて、収録状況を示すことにする（それ以外の文献も適宜援用する）。本文は、宮城伊達本に所載のものはそれにより、それ以外は（ ）内の最初の本文に拠った。なお、細かな本文異同についてはひとまず割愛した。

宮城　宮城県図書館伊達文庫蔵『詠象歌詩』
宮書　宮内庁書陵部蔵『観象詩歌』
内閣　内閣文庫蔵『賜蘆拾葉』所収「紫微賞麟新詠」
静嘉　静嘉堂文庫蔵『享保八三十八柿本社御法楽歌』所収「象入京師」
風し　土肥経平『風のしがらみ』
江戸　『江戸名所図会』巻四

まず霊元院の一首を挙げよう。

是もまたこの時こそとかきつめてみそむるきさの大和ことのは
（宮城・宮書・内閣・風し・江戸、『霊元院御集』）

一首の意は、象がやってきたこの時とばかりに「ことのは」を掻き集めて、初めて観た象を表現しよう、というのである。「きさの山」（『万葉集』にも登場する大和の国の歌枕）「大和」は懸詞、「かきつめて」「ことの葉」は縁語である。

象がやってくるなどという非常に珍しいことがあったのだから、さあみんなで日頃鍛えた和歌的手法を用いて象を表現しようではないか、という歌壇の歌人たちへの霊元院の宣言になっている。伝統的美意識の枠組みから外れた詠歌対象なのだから、正式な和歌修練の場というのではない。しかし、なんでも和歌で表現してしまおうという旺盛な詠歌態度、遊び心のある文芸精神が感じ取れるのではないか。このような雰囲気を持っていたことに、まず注意を向けておきたい。

さて、これらの歌々に詠まれている内容は大きく分けて四点にまとめることができると思われる（もちろんその四つの要素が一首のなかに重複する場合も多々あるので、この四分類はあくまでおおまかな傾向を把握するための便宜的なものにすぎない）。

第一に、はじめて実物の象を観ることができたという感慨が詠まれていることがある。

むかしべはいさうつし絵のそれならでしらずやよその国のけだもの　　近衛家久

（宮書・内閣・風し）

「むかしべ」は昔のこと、「うつし絵（写絵）」は中世後期になってから和歌に見られる語。歌意は、昔は絵によってしか観ることができなかったのだなと、いま象を目の前にしてしみじみ思っているのである。

名にきゝし遠きさかひの獣をうつし絵ならで見るも珍し　　上冷泉為久

（宮城・宮書・内閣・風し・江戸）

「遠きさかひ」は「もろこしのとほきさかひにつかはされ（下略）」（万葉・巻五雑歌、山上憶良）に拠る。

音にのみきゝけるきさの人ごとにしたがふわざもけふこそはみれ　　一乗院宮（尊昭親王）

（宮城・宮書・内閣・静嘉・風し）

「音にのみきゝける」は、評判を聞くだけで実際に見たことのなかった、の意。「音にのみきくの白露夜はおきて昼は思ひにあへず消ぬべし」（古今集・恋一、素性法師）などの用例がある。

けふまでは名にのみ聞くも此洞にまぢかくきさのすがたをぞみる　藤谷為信

（宮城・宮書・内閣・静嘉・風し）

「洞」は仙洞御所。「まぢかく来」と「象（きさ）」が懸けられている。

いさやまだ見ぬをみしかな大和なるきさ山河の名にはきゝても　武者小路実陰

（宮城・宮書・内閣・静嘉・風し・江戸、『芳雲和歌集類題』『翁草』）

「きさ山河」は大和国の歌枕象山（象の中山・象の小川）である。日本にある「きさ山河」によって「きさ」という名だけは聞いたことがあったというのである。

唐の書にのみ見しけだもの、むべも心あるけふのふるまひ　上冷泉為久

（宮城・宮書・内閣・静嘉・風し）

「書（ふみ）」は書物である。「心ある」は、分別のある、人語を解し得る、の意。

以上の作品からは、〈うつし絵〉〈評判や噂〉〈歌枕〉〈書物〉などによって知識の上では象の存在や名を知っていたが、「めづらし」くも今日はじめて実物を観たのである、というように感動が語られているのが見て取れる。これらの歌を詠もうとする心の底では、珍しさへの好奇心が生き生きと躍動しているのである。

ほかにも、

時しあれば他の国なるけだものもけふ九重にみるはうれしさ　中御門天皇

（宮城・宮書・内閣・静嘉・風し・江戸、『閑窓自語』『可観小説』）

「時しあれば」は、その時がまさに訪れたので、の意。「九重」は、言うまでもなく天子の住居、内裏の意。一首は日本では見られない動物を今日宮中において観ることのできた喜びを表わしている。「けふ九重」は、「折りて見るかひもあるかな梅の花けふ九重のにほひまさりて」（拾遺集・雑春、源寛信）などによって成熟した表現である。

珍しな綱とる人のことのはをきゝえてすゝむきさの姿は　久世通夏

（宮城・宮書・内閣・静嘉・風し）

「綱とる人」は象使い。その命令する掛け声を聞いて象は歩むというのである。

日の本にきさの姿はけだものゝあるがなかにもいひしらずして　日野資時

（宮城）

「日の本に来」「象（きさ）」は懸詞。

君もさぞめづらしと見んこゝにすむたぐひにはあらぬきさの姿を　難波宗建

（宮城）

などが、いままで観ることができなかった珍しい動物を初めて観たという感動を中心に詠んだものと言えよう。

第二に、象がはるばるやって来たことへの感慨を詠んだ歌々がある。

めづらしく都にきさのから大和すぎし野山もいく千里なる　霊元院

（宮城・宮書・内閣・静嘉・風し・江戸、『霊元院御集』『閑窓自語』）

「都に来」と「象（きさ）」は懸詞である。「からやまと」（中国・日本）の野山を越えてはるばる都へやってきた、その行程は何千里であったのだろうかと、象が日本にやってきたはるかな道程に思いを馳せた歌である。

おのが住む国は千里のそなたよりはる〴〵きさの心をぞおもふ　三条西公福

（宮城・宮書・内閣・静嘉・風し・江戸）

「おのが住む国」とは、象の母国交趾国、「つまこふる鹿ぞ鳴くなる女郎花おのが住む野の花としらずや」（古今集・秋上、凡河内躬恒）の表現を踏まえていよう。「はるばる来」「象（きさ）」は懸詞。下句「はる〴〵きさの心をぞおもふ」は、「唐衣きつつなれにし妻しあればはるばる来ぬる旅をしぞ思ふ」（古今集・羇旅、在原業平、『伊勢物語』）の下句と雰囲気が似ている。

もろこしのそなたに遠き南よりきさの姿はみるもめづらし　清水谷雅季

（宮城・宮書・内閣・静嘉・風し）

「南より来」「象（きさ）」が懸詞。

いく雲井へだてゝきさのこゝにもやつきぬよわひの年をかさねん　武者小路公野

（宮城・宮書・内閣・静嘉・風し）

「へだてゝ来」「象（きさ）」が懸詞。

をのが住む国をはるかのよそとしもおもはできさのなるゝをぞみる　下冷泉宗家

（宮城）

ここでは、象のはるかな旅程への素朴な驚きが歌心の発動の基盤を支えているのである（なお、はるかな旅程ということについては次に述べる第三点と組み合わさり、天皇のすばらしさを慕ってはるばるやって来たと詠むことも相当数ある）。

第三に、日本国もしくは天皇のすばらしさを慕って来た（あるいは、日本へ来た結果、日本国もしくは天皇に馴れ親しんでいる）、ということを詠んだ歌々がある。

唐にすむ獣もこのくにのおさまれるをやしたひきぬらん　　職仁親王

（宮城・宮書・内閣・静嘉。風しおよび『可観小説』には「此の国のおさまれる世を獣ももろこしよりやしたひきぬらん　職仁親王」という同工異曲の歌が載る。）

この日本のすばらしい世の中を異国の動物までもが慕って来た、と歌うことで、今の代を寿いでいる。

たをやめの髪もてよれる綱ひきもまたず恵みになつきてやこし　　一乗院宮（尊昭親王）

（風し、『可観小説』）

「たをやめの髪もてよれる綱」は、典拠のある表現。『徒然草』九段にある「女の髪すぢをよれる綱には、大象もよくつながれ」に拠っているのである。『徒然草』自体も『大威徳陀羅尼経』「以女人髪為作綱（中略）象能繫」を典拠とするのであるが、この場合は『徒然草』に拠ったと見てよいであろう。象をつなぎとめておくことのできる女人の髪を用いなくとも、天皇家の恩恵の深さに導かれてこの日本までやってきたのだろうか、というふうに機知的に詠んでいるのである。

おさまれるよにめづらしくきさ潟やあまのとまやの末がすゑまで　　近衛家久

（宮城）

「めづらしく来」と「象（きさ）」は懸詞である。「世の中はかくてもへけり象潟のあまの苫屋をわが宿にして」（後拾遺集・羇旅、能因）を踏まえている。

国の名もひろき南にすむなれもけふのみぎりやめづらしとみん　直仁親王（宮城）

「ひろき南」は「広南」の訓。「みぎり」は御所の庭。御所に姿を見せた象の気持ちを思いやる。

他国のそなたをいで、君がすむみぎりにきさはうれしとや思ふ　中院通躬（宮城・風し）

「みぎりに来」と「象（きさ）」が懸詞である。御所に姿を見せた象は嬉しいと思っているのだろうか、とこれも象の気持ちを思いやっている。

人の国にすむてふきさのそれまでもめぐみになつく御世のかしこさ　三条西公福（宮城・内閣・静嘉・風し）

「それまでも」は、他国に住む象でさえもという意味である。「恵み」は天皇家の恩恵。

この国にきさもなつくやさまことに見ゆるものからたけからずして　烏丸光栄（宮城・宮書・内閣・静嘉・風し・江戸）

「此の国に来」と「象（きさ）」が懸詞である。「さまことに」は、様子が普通ではないという感じを言う。「見ゆるものから」は、見えるのだけれども、で、「あま雲のよそにも人のなりゆくかさすがに目には見ゆるものから」（古今集・恋五、在原業平）を踏まえている。「たけからずして」は、獰猛ではないと言うのである。一首の意としては、この国にやってきた象も馴れてきたのだろうか、様子が異様な感じに見えるのだけれど獰猛ではないゆったりとした様子で、となる。

ほかにも、

この国にきさの姿をみてぞ思ふもろこしまでもなびく御代とは　貞建親王
（宮城）
「この国に来」「きさ（象）」は懸詞。
日のもともをのが心は遠からで君がめぐみにひかれきにける　櫛笥隆成
（宮城）
唐国のけだものまでも恵みあるこの日のもとになつきてやこし　芝山重豊
（宮城・宮書・内閣）
日の本の道しあるよをのれさへきゝさだめてや遠く来ぬらん　近衛家久
（宮城）
「きゝさだめて」に「象（きさ）」が詠み込まれている。
ゆたかなる御代ぞとしりて獣ももろこしよりぞ遠くきにけん　阿野公緒
（宮城）
をのれさへめぐみになれてもろこしのきさ山とをくいでゝきぬらん　櫛笥隆成
（宮城）
千里をもひかれて来ぬる雲の上におもふやきさも君がめぐみに　阿野実惟
（宮城）
はる〴〵とおもふにきさの唐国もなびく往来の道広き世や　高松重季
（宮城）

ひかれ来て遠きさかひの獣もなるゝも国のめぐみならずや　中御門宣誠

（宮城）

君がよぶみればこそ見れをのが住国は千里のよそのけだもの　飛鳥井雅香

（宮城）

などがあるが、第二点のはるかな旅程を思うことと結びつく場合が多い。

「君」の「御代」を寿ぐこと自体は、そもそも和歌的発想の枠内にあった。珍奇な動物が天皇の眼前に現われた時に、その稀少価値ゆえに天皇を寿ぐものとしてその動物を捉えようとすることも、歌人にとって自然なものであろう。また、都に来た象が天子に拝謁したという楊允孚の詩（『佩文斎詠物詩選』所載）も参考になったかもしれない。しかし、ここではそのような伝統性のみが発揮されたわけではない。当代性も同時に存在しているのである。たとえば、芭蕉には「かびたんもつくばはせけり君が春」「阿蘭陀も花に来にけり馬に鞍」などの句がある。芭蕉の句は延宝頃のものであり、しかもこの場合の「君」は将軍なので、霊元院歌壇が享保に「君」（天皇）を詠むのとはやや相違があるが、しかし、太平の御代を寿ぎ日本を中心に考えようとする楽観主義は共通しており、一七〇〇年前後の時代の気分をよく反映していよう。(6)

第四には、象を堂々として品格のあるすばらしい存在と捉える歌々がある。

なさけしるきさの心よから人にあらぬやつこの手にもなれきて　霊元院

（宮城・宮書・内閣・静嘉・風し・江戸、『霊元院御集』『閑窓自語』）

「から人」は象使いの中国人を言う。その中国人ではなく、日本人の世話にも馴れている様子が「なさけ知る」象の有様であるよ、と感嘆しているのである。

あゆむをもゆたかにぞみるさすがそのひろき南の国のけだもの　中御門天皇
（宮城）

見てぞしる広南の国をいでゝ大和にきさのなをき物とは　近衛家久
（風し）

「なをき物」とは、正直な者、公明正大な者との意。「きさ」には「大和に来」と「象（きさ）」が懸けられている。

此君をしるけだものや心あるすがたを洞にけふはみすらむ　中院通躬
（宮城・宮書・内閣・静嘉・風し・江戸）

「心ある」は、分別のあるとの意。「洞」は、仙洞御所を指し、御所に姿を見せた象を「心あるすがた」と礼賛する。「此君」は竹の異名、すなわち象の食べ物の意もきかせてある。

他にも既出の「唐の書にのみ見しけだものゝむべも心あるけふのふるまひ」「この国にきさもなつくやさまことに見ゆるものからたけからずして」などにもこの要素が含まれている。この第四点目については、普賢菩薩が乗る高貴な動物というイメージの存在も密接に関係があろう。また白居易の象詩に「誰れか知らん、義を守りて仁人に似たるを」とあることなども踏まえられていよう。

そのほか次のような歌々もある。

おのが名のきさらぎ弥生夏かけて猶行く道も末のはるけき　霊元院

（『可観小説』、『翁草』）

「きさ」には「如月」と「象（きさ）」が懸けられている。これから夏の間江戸まで下っていく象の旅程のはるけさを思いやったのである（実際象は東海道の旅でかなり疲弊し死期を早めたと思われる）。

竹の葉をかふけだもの、まづやこしみをはむ鳥もまたん御代とて　烏丸光栄

（宮城・宮書・内閣・静嘉・風し・江戸）

「竹の葉」は象の食べ物。『象志』にも「芭蕉ノ葉竹ノ葉ヲ食フ」とある。

たがへして民のちからもそふべくは豊かなる世のきざしとぞみる　武者小路実陰

（江戸、『芳雲和歌集類題』）

「たがへして」は耕して、の意。象が農耕の助けになるというのである。「きざし」には、「兆し」と「象（きさ）」とが懸けられている。

民をだにたすけてきさのたがへさばとしあらん世にゆたかなるべき　武者小路実陰

（宮城・宮書・内閣・静嘉・風し・江戸、『芳雲和歌集類題』）

「年あらん世」は稲がよく実る世の中、の意。前作同様、農耕の助けになる象の存在によって豊作な良い世の中が訪れるとの歌である。

なお、以上は和歌のみを取り上げたが、この時同時に、今出川公詮・高辻総長・五条為範・押小路実岑・伏原宣通・風早実積・土御門泰連・沢忠量・西洞院範篤・愛宕通貫・八条隆英・小倉宣季・東坊城長誠・高辻冬長・唐橋在秀・土御門泰道らが漢詩を詠んでいることも付言しておく。

ここまで、さまざまな歌々を取り上げてきたが、表現面では基本的に伝統的な表現に依拠しており、また「来（き）」と「象（きさ）」の懸詞の多用が見て取れる。「来」「象」の懸詞は新鮮だが、懸詞という技法自体は二条派の和歌の常套的なものである。象は旧来の和歌には馴染みのない素材であるが、霊元院の宣言したように、「大和ことの葉」を掻き集めてなんとか歌ことばのなかに〈異物〉を封じ込めようと苦心したのである。

また他にも、本文中で述べたように、普賢菩薩と関連する宗教色や、時代の気分、中国漢詩などからさまざまなイメージが重層的に織り込まれて、象の歌々は成り立っている。

そして、これらの和歌作品の成立をなによりも支えたのはやはり初体験ということから沸き上がってくる感動である。その口吻は作品のはしばしに感じ取れるのである。そのために、旧来の和歌や漢詩の発想の枠組みなどを援用しながらも、現在その場において象と相対した自らの感興をまとめた、

①はじめて実物を観たという感動

②はるばるやってきたことへの感慨

③日本国もしくは天皇のすばらしさを慕ってやって来たという思い（その結果、日本・天皇に馴れ親しんでいるとの思い）

④すばらしい仁徳のあるものだとの思い

という四本の柱は、和歌的世界における新鮮さを保ち得たものになっている。

言い換えれば、象という珍奇なものの特質に投影される自らの感情を、いままでに獲得しえた詠歌方法を駆使しながら、いかに描写していくか、という力量の競い合いが遊戯的に行なわれていることこそが重要なのである。ここでは、象を観た新鮮な驚き―気持ちの新しさと、伝統的な技法の踏襲という二極のなかで、両極の間をゆれ動きつつ、

アンビバレンツに心の均衡を保とうとする心の動きが存在する。

享保十四年というこの時期は霊元院七十六歳、その歌壇も十分に成熟しきっており、その余裕が遊びの要素も含めたこのような詠歌の試みを支えているのである。

（1）磯野直秀「明治前鳥獣渡来年表」（慶応義塾大学日吉紀要自然科学、一九九三年三月）

（2）大庭脩『江戸時代の日中秘話』（東方書店、一九八〇年）、「中井履軒作、象鈕の印より出発して」（懐徳、一九八八年十二月）、『象がきた』（尾西市歴史民俗資料館、一九九〇年）、『古典にみる象』（関西大学図書館、一九九一年）

（3）仁枝忠「円機活法について―特に編者と俳文学への影響」（日本中国学会報、一九七五年）

（4）たとえば『静嘉堂文庫優品展図録』（静嘉堂文庫、一九九二年）には重要文化財「普賢菩薩像」（鎌倉時代）の写真が載っており「同類のもののなかでも美本のひとつである」（玉蟲敏子解説）。『禅林画賛』（毎日新聞社、一九八七年）にも「普賢菩薩図」あり。また普賢菩薩像図に関連しては江口の君の図も想起されることも付言しておきたい。

（5）霊元院歌壇は、中院通茂・清水谷実業・武者小路実陰を中心とする元禄期と、実陰・烏丸光栄を中心とする享保期のふたつの盛りの時期を想定することができる。本書第一部第一章第一節三参照。

（6）芳賀徹「徳川日本を映す小さな詩群」（月刊歴史教育、一九七九年九月。のち『みだれ髪の系譜』美術公論社刊に所収）など。また本書第一部第三章七参照。

〈補記〉本稿初出後、三角洋一「象」（『国文学〈學燈社〉臨時増刊　古典文学動物誌』一九九四年十月）が出た。併せて参照されたい。

第二章　史的位置

一、近世堂上和歌の史的位置

㈠　後水尾院歌壇の史的位置

後水尾院歌壇は自らの史的位置をどのように捉えていたのか、そのような意識についてまず整理しておきたい。大きく見ると、後水尾院歌壇はそれ以前を（A）勅撰集の時代、（B）三玉集の時代（後柏原院歌壇の時代）、（C）直接の師の時代、の三期に分けて捉えていたと思われる。

（A）勅撰集の時代に対して

『古今和歌集』は作歌上の規範であり、じっさい後水尾院らの和歌には古今的世界がもっとも根幹にかつ強固に存在している。『伊勢物語』『源氏物語』『詠歌大概』『百人一首』『和漢朗詠集』などは作歌のために学ぶべきものであったし、後水尾院もこれらについての講釈を行なっている。

また後水尾院撰と言われる成立年次不詳の『六歌仙』『曙夕百首』『三十六首花歌仙』『古歌御註』などは新古今時

代の歌を対象の中心としている。『六歌仙』は、良経・慈円・俊成・定家・家隆・西行の六人を挙げ一人につき雪月花を詠んだ歌各一首計十八首を収録する。『曙夕百首』は、五句目に「春の曙」「秋の夕暮」とある歌五十首を収録する。百首すべてが二十一代集から採られており、その内訳は新古今十八首が最も多く、以下続古今十六、新後撰十一、新勅撰七、続後撰・続拾遺・続千載各六、玉葉・風雅・新千載各四、千載・続後拾遺・新後拾遺・新続古今各三、後拾遺・新拾遺各二、金葉・詞花各一となっている。作者についてみると、良経・定家各六首が最も多く後鳥羽院四首がこれに次ぐ。『三十六首花歌仙』は、白梅・杜若など各種の花を詠んだ歌三十六首を歌合の形式で収録したもの。三十六首中二十五首が『夫木和歌抄』から採られており、他は古今から三、拾遺から二、『拾遺愚草』『壬二集』『紫禁和歌草』『飛鳥井雅世家集』から各一、および出典不明歌二となっている。『古歌御註』は古歌十二首に関する疑問点を覚え書き風にまとめたものであり、十二首の内訳は新古今から三、拾遺・金葉・詞花から各一、『順徳院御集』から五のほか、出典不明の岩山道堅歌一となっている。

勅撰集の時代のなかでも古今の時代と新古今の時代は特に重要で、前者は和歌的美意識の規範を強力に規定しているという点において他とは異なる重要性を有しており、後者は後水尾院とある種似た境遇の天皇である後鳥羽院の時代という特殊性によってまた重要である。前者はより深層をかつ広範に形成していることは言うまでもない（前者については第一部第一章第二節「二、後水尾院の和歌世界」など参照、後者は本章「二、後鳥羽院と後水尾院」参照）。

そのほか、新古今以後では、勅撰集（特に新勅撰、続古今、続後撰など）や頓阿も重要な存在であろう。頓阿はむしろ（B）に近いものとして意識されていたと見るべきかもしれない。

（B）三玉集の時代（後柏原院歌壇の時代）に対して

勅撰集以後の時代と言い換えてもよい。

三玉集は後水尾院歌壇において三条西実隆（三玉集のうちのひとつ『雪玉集』の歌人。三玉集は他に後柏原院の『柏玉集』、下冷泉政為の『碧玉集』）らの歌風を仰いで編集された。烏丸資慶の『資慶卿口授』にも、

扨又三玉集の内、雪玉集は随分当流の姿なり。少あたらしき趣なり。後水尾法皇にもまなばせ給ふよしなり。

とあるほか、堂上歌論を繙くと、三玉集尊重が何度もくり返し説かれている。後代の文献だが、『垣内七草』にも「近世堂上方風　模三玉集語格」とある。後水尾院撰・中院通村補『勅撰千首』は、その三分の二が後柏原院歌壇関係の歌人たちで占められている。また、後水尾院と三条西実条・烏丸光広・通村の『新一人三臣和歌』は後柏原院と実隆・政為・上冷泉為広の『一人三臣和歌』を、後水尾院歌壇の『仙洞三十六番歌合』（実条判）は文亀三年の『三十六番歌合』（為広判）をそれぞれ念頭に置いてのものであろう（本章「三、近世における三玉集享受の諸相」）。

（C）直接の師の時代に対しての見方も重視すべきではあろう。実条・光広・通村はいずれも細川幽斎門、後水尾院は同じく幽斎門の智仁親王から古今伝授をうけている。後水尾院の『伊勢物語』『百人一首』『詠歌大概』などの講釈は、後水尾院の父後陽成院のほか宗祇、幽斎らの注釈に多くを依存している。

では、（A）（B）（C）の時代を、後水尾院とその周辺はどう捉えていたか。結論を先に言えば、（A）への回帰を本来の目的とした後水尾院が結果的に目指し得たのは（B）の時代であって、それ以前に戻ることはできなかったのではないか、（C）は（B）の延長線上に捉えられるのではないか、ということになる。後水尾院にとって（A）と（B）（C）は〈彼岸〉と〈此岸〉の違いがあった。前述したように作歌の規範としては（A）のテキストを用いながら、実際の作風・歌壇運営方法が（B）のそれとかなりの部分似てしまっていることも、そのような見通しを証しているといえるだろう。すなわち、「なにを／どのように（基本的な美意識とそれに保証された歌材／方法論としての精神性）」

という関係を後水尾院歌壇に当てはめれば、前者は『古今集』と中心とする（A）によって、後者は（B）によって（付随的には（C）によっても）得られるものであった。

そのような構図を基盤として、後水尾院とその周辺の作歌活動はなされている。いわば、〈勅撰集とそれ以後〉という構図が後柏原院歌壇においてはじめて意識され、そこでの模索をより明確な方法的自覚によって整備・改編したのが後水尾院歌壇であり、和歌史の系譜のなかで、後水尾院歌壇が新たなひとつの権威と目される形で再出発していくのである。

(二) 霊元院歌壇の史的位置

霊元院歌壇は基本的な史的位置としては後水尾院歌壇の敷いた路線の上にある。後水尾院歌壇に見られた〈勅撰集とそれ以後〉という図式の内包性はここでも見受けられ、後水尾院歌壇の抱えた史的位置に関する問題意識を継承しつつ、さまざまな文学活動がなされたのである。すなわち、勅撰集時代を憧憬しつつもそこには戻り得ないという状況を踏まえて、実際の作風、歌壇運営の方法を後柏原院歌壇、三玉集の時代に求めたのであった。

その史的位置の特徴である三玉集尊重を霊元院歌壇の文学活動において確認しておこう。たとえば後水尾院らの言を霊元院が記した『麓木鈔』では、

歌のすがた、むかしより次第に、うつりきたる也。今の世は、逍遙院時分と、かはる事なし。

とある（「逍遙院」は実隆）。とりわけ霊元院個人は実隆の家集『再昌草』を書写したり、実隆の影像を前に詠歌したり、また享保十七年「名所百首」を実隆「名所同題和歌」とまったく同じ題で詠むなど、実隆崇拝に対して積極的で、ま

た歌壇の歌人たちにもその傾向は強く認められよう（本章「三、近世における三玉集享受の諸相」）。

なお、本書第一部第一章第一節三や第二部第二章に見られるような歌壇活動の盛況さからもわかる通り、近世前期堂上歌壇において、霊元院歌壇は後水尾院歌壇と同様もしくはそれ以上の活況を呈したのであって、霊元院歌壇単独でひとつの権威と目されもしたろう。中院通茂述・松井幸隆記『渓雲問答』、武者小路実陰述・似雲記『詞林拾葉』などにも後水尾院と同様に霊元院の言説も多く紹介され、それらは地下においても尊重されたと思われる。

少し時代は下るが、神沢杜口『翁草』には、

此の君（引用者注・霊元院）敷島の道にたけ玉ふ事、代々の帝にたぐふべくも非ず、上にかゝる君ませば、おのづから時を得て、此の御代には名にしあふ武者小路実陰卿、中院通躬卿、西三条公福卿、烏丸光栄卿、冷泉為久卿、其の余の歌匠数多おはして、和歌の風体いにしへに恥ず、偏にもろこし盛唐の代に似たり、中にも、実陰卿は、和歌の徳によりて、家にもあらぬ儀同三司の推任を蒙り玉ふ、君の仰にも、実陰は逍遙院（引用者注・三条西実隆）このかたの歌詠なりと賛させ玉ひ、彼卿は又君を其の世の聖と崇うとみ玉ふ、去れば絶て久しき撰集の御沙汰も有ぬれども、女房の歌なしとて、其の事止ぬとぞ。

とあり、霊元院歌壇は多くのすぐれた歌人を輩出していること、なかでも実陰は霊元院の信頼が厚かったことが記されている。『翁草』が挙げている霊元院歌壇の歌人たちは、第Ⅲ期すなわち享保期に活躍した人々であり、あるいは『翁草』の成った明和から天明にかけては、第Ⅲ期が霊元院歌壇の活動の中心時期と見なされていたのかもしれない。

富士谷御杖『哆南弁乃異則』には、

延宝のみかど此みちの心をふかくしらせ給ひて、むかしを仰ぎふるごとをしのび、おぼしめせる御心おきて、しるくいとありがたきおほみうたもみえたり。その御世にありては名だゝる人々いとおほくて、みな此みかどの御

おしてをあふぎ奉り給ひけれど、（下略）

とある。また平田篤胤『歌道大意』には、

是は新蘆面命といふ書に有りますが、霊元天皇様は元禄十七年の頃仙洞様に坐まして、其御製の御歌に、

名あるものと雲の上まで聞きあげよ聞きて我身の楽みにせむ

と御詠み遊ばしたが、是らは誠に涙もこぼれる程有難き思召でござる。御代々の天皇にも、かく地下の凡夫にも勝れたる者の有る事を御悦び遊ばすことで、（下略）

とあり、また橘泰『筆のすさび』には、

霊元上皇、ある時御戯に、庾詞《なぞ》を書させ給へり、（中略）この上皇の和歌その外の道にも秀させ給ふことは、世人も知る所なり。

とある。後二者は巷説なのだろうが、そのような話が伝えられていること自体、霊元院歌壇も権威的存在たりえていたことが窺えて興味深い。しかし、基本的には後水尾院歌壇の敷いた路線の延長線上にあったことは先に述べた通りである。

(三)　近世堂上と文学史

ここまでは、後水尾院・霊元院歌壇における史的位置に関する意識について、勅撰集の時代と三玉集の時代への立体的な対応を中心に、述べてきた。そして、それらの意識はある程度客観的な位置付けとしても見做せるだろう。

近世堂上の客観的な位置付けの方法は他にもさまざまに考えられようが、本章ではさらに、古典注釈史、雅俗混融、

というふたつの大きな流れのなかでの史的位置、という視点からも考察する。

ただし、古典注釈史のなかでの史的位置として本書で取り上げているのは、「ひたやごもり」という一語の具体的な解釈史、源氏注釈の持つ普遍的な精神性、の二点であり、近世堂上に絞っての考察とは必ずしも言えない。ただし、ある独自な解釈が後水尾院周辺でもなされていたという事実、そして、「ひたやごもり」論の最後に述べたような源氏注釈の普遍的な精神性を近世堂上も有していたという点の確認をもって、本書の一部としたことをあらかじめ断っておきたい（本章「四、源氏詞「ひたやごもり」の解釈と享受」）。近世堂上の源氏注釈の意味について、もう少し付け加えておく。天皇や公家にとっての源氏世界が、それ以外の人々にとっての源氏世界と異なっている点は、源氏世界が宮廷を舞台としており、天皇・公家やその子女をめぐる人間関係を描いているため、より自己同一性を感じることができるということであろう。俗に言えば、源氏世界は彼らの「ご先祖様の世界」なのであり、源氏注釈に向き合うという行為は、いわば「自分探し」を行なっていると言える。そのような本道意識には功罪があろうが、とにかくその意識は現実にあった。その意識を深層に持った上で、さらに注釈の持つ普遍的な精神性―解釈の集積に自身を投じ、一体化することが自己確認になるという精神性―を抱いていたと言えるのである。

また、雅俗混融の過程のなかでの史的位置としては、近世堂上和歌における連歌という視点から、和歌史における雅俗混融の流れのなかに近世堂上も存在することを考察する（本章「五、堂上和歌と連歌」）。中世から近世へ、そして近代へという大きな流れにおいては、歌ことばが徐々に解体され、伝統からの距離感が長くなって個の体験としての風景把握や心情吐露が主流となっていく。ほんとうに大雑把に和歌史を把握すれば、そう言える。そして、近世堂上も、たんに伝統を墨守して縮小再生産したのではなく、無意識のうちに（ある時は意識的に）、そのような流れに結果的に参与したのである。なお、雅俗と対になる和漢については本書第一部第三章で論じる。

二、後鳥羽院と後水尾院

はじめに

まず後水尾院の有名な和歌をあげる。

葦原やしげらばしげれおのがままとても道ある世とは思はず　（後水尾院御集拾遺）

一首の意は、葦原よ、しげりたいならしげってしまえ、すきなだけ、しょせん道のある世の中とは私は思わない、となろう。一般にこの歌は、寛永六年徳川幕府の横暴さに憤激した後水尾院が譲位した時の作とされる。たとえば湯浅常山の随筆『文会雑記』には、

後水尾帝ノ御譲位ハ、関東ヨリ取計ヒタルニヤ、殊ニ逆鱗アリテ、御譲位ノ時御フスマニ、二首ノ御製ヲ書セ給フ。

蘆原やしげらばしげれ天が下とても道ある世にあらばこそ
世の中は上に目がつき横にはふ蘆間のかにのあさましの世や

予ガ幼時、野村先生ノカタリ給ヒシ。今既ニ三十年ニ及ベリ。猶耳ニアリ、噫。

とある。

ところで、この歌を思う時、すぐに想起される一首がある。それは後鳥羽院の、

おく山のおどろがしたもふみわけて道ある世ぞと人に知らせん　（新古今集・雑中）

である。「おく山の」の歌は、奥山の乱れ茂るいばらの下までも踏み分け開いて、正しい道がある世の中なのだと、天下万民に知らせよう、といった意に解せよう。言うまでもなく、後水尾院と後鳥羽院の歌は「道ある世」という語が共通している。そして、さきにあげた後水尾院の歌は、この後鳥羽院の歌を念頭に置いて詠まれたのであろう。つまり、「蘆原や」の歌は、〈後鳥羽院の時代は「道ある世」だということを国民に知らせたいという願望を天皇が抱いていた、また抱くことができた時代であったのに、今の時代は天皇である自分自身が「道ある世」とはとても思えないことだ〉という後水尾院自身の思い——いわば失われた天皇の権威への感慨、裏返せば天皇としての挫折感がこめられた一首なのではなかろうか。

「道ある世」という語句自体は、後鳥羽院の「おく山の」の歌によって有名であると言ってよいだろう。新古今以後の歌集において「道ある御世」と敬称を付けて用いられた例を見出すことができる。この「道」は政治の「道」であると同時に和歌の「道」でもある。「おく山の」の歌を詠んだ当時の後鳥羽院は、まだ隠岐に配流される前で、上皇として世に君臨していた状態にあり、政治的にも文化的にも権力の頂点にいた時期である。「道ある世」とは、天皇親政に対する後鳥羽院の自負がこめられた語句なのである。そして、「葦原や」の歌には、そのような「道ある世」に対する、後水尾院の憧憬と挫折感がこめられている、と考えられよう。

後水尾院が「おく山の」の歌を知っていたかどうかについては疑いの余地はあるまい。『新古今集』中の一首というだけではなく、『増鏡』にも見られ、近世でもたとえば安藤為章の随筆『年山紀聞』はこの歌を引いて、

天下国家のあるじたる御身は、座右に書付て、この御志をしたひ玉ふべき御製と申すべし。

と記している。

ところで、「おく山の」「葦原や」の二首の間に見られる右のような後鳥羽院と後水尾院の関連性は、それのみにとどまるものなのだろうか。それとも、他の場合でも両者は密接に関連するのだろうか。そのような興味に基づいて、以下後鳥羽院と後水尾院の関係について整理しておきたい。

(一) 後水尾院歌壇における「後鳥羽院」

寛永十五年、後水尾院四十三歳は、ちょうど後鳥羽院没後四百年忌にあたり、後水尾院歌壇でもその前後に後鳥羽院をしのぶ行事が催された。

この時のものと思われる「後鳥羽院四百年忌御会」と題する写本が数本存する（『新日本古典文学大系　近世歌文集上』は島原松平文庫本を翻刻する）。後水尾院の和歌は次のようなものである。

こひつゝもなくや四かへりもゝちどり霞へだてて遠きむかしを

土肥経平の随筆『風のしがらみ』も、同様の歌を「後鳥羽上皇四百年忌に水無瀬殿御法楽の和歌」として載せている。

また四百年忌の翌年寛永十六年二月二十二日の後水尾院歌は、

早春

今朝よりぞ氷ながるる水無瀬川春のしるしの有りて行くせに

（一七番、寛永十六年二月二十二日、水無瀬宮御法楽）

である。

右二首のいずれからも後水尾院の後鳥羽院に対する思い入れを見て取ることができよう。「こひつ、も」の歌は、百千鳥が恋い慕って鳴く「遠きむかし」が後鳥羽院とその時代を指していると考えてよいわけであるし、「今朝よりぞ」の歌からは、春の訪れに対する喜びとともに、後鳥羽院ゆかりの地水無瀬への賞讃の気持ちが感じられよう。

そのほかにも『続史愚抄』寛永九年三月条には、

水無瀬前中納言氏成。参二後鳥羽院隠岐御墳墓一。或作二去月廿二日一。此序院被レ納二御製和歌一。二十首。又自二公家一被レ献二御剣馬等一。

とある。本文中にある「御製和歌二十首。」は、『後水尾院御集』春の、

早春

雲霞海より出でて明けそむる隠岐の外山や春を知るらん（一一番、寛永八年二月）

という歌の題に付記されている「隠岐国御奉納二十首之巻頭」とある二十首と同じではないかと思われる(1)。この歌にも、春の訪れへの喜びと後鳥羽院ゆかりの地隠岐への賞讃の気持ちが見られる。

以上ここであげた後水尾院の和歌について、後鳥羽院の四百回忌や水無瀬宮法楽御会で詠まれたものなのだから、いくらかでも後鳥羽院を慕う気持ちがこめられているのは当り前なのではないか、という反論もあろう。しかし、果たしてそうだろうか。右のような後鳥羽院四百回忌とそれに向けての行事が後水尾院歌壇で催された時期は、寛永六年の後水尾院譲位の時期と接近している。すなわち、後水尾院は譲位後、朝幕関係の軋轢に同じように悩んだ天皇として後鳥羽院を慕う気持ちが一層強まり、そこにちょうど後鳥羽院四百回忌の行事が催されたのではないか。とすれば四百回忌の行事は後水尾院歌壇、とりわけ後水尾院にとって思い入れの強いものだったのではなかろうか。以上を要するに、歌壇の主宰者として、というだけではなく、ある程度似通った生涯を送った天皇として、という二点の共

通性から、後鳥羽院に対する後水尾院の思い入れのなかには、たんに「法楽」という枠組には収めきれない重要な史的意義が存在する、と言えよう。したがって、他の歌人たちが四百回忌や水無瀬宮法楽御会で詠んだ歌のなかに、後鳥羽院を慕う気持ちを読み取ることができたとしても、右のような理由から、後水尾院のそれとは区別すべきであろう。次においてもう少し詳しく後鳥羽院と後水尾院の生涯の類似性についてはは述べるとして、ここでは水無瀬宮法楽御会について付言しておきたい。

水無瀬宮法楽御会は、後鳥羽院の命日である二月二十二日に毎年催された。後水尾院が有職故実について書き留めた『後水尾院当時年中行事』には、法楽和歌会の内容がことこまかに記されている。水無瀬には後鳥羽院の離宮水無瀬殿があり、後鳥羽院の「見わたせば山もとかすむ水無瀬河夕は秋となに思ひけむ」(新古今集・春上)で有名な水無瀬川がある。そして、後鳥羽院の命により水無瀬信成・親成父子がこの地を守るようになって以来ずっと、水無瀬家の人間が後鳥羽院の霊を守ることにたずさわってきたのである。後鳥羽院四百回忌の行事は水無瀬宮法楽御会のなかでも最も重要性の高いもののひとつと言えよう。

(二) 後鳥羽院と後水尾院の生涯

後鳥羽院と後水尾院は次のような点が類似している。

(1)政治的な挫折を経験した。

(2)歴代の天皇のなかでも文学活動を熱心に行なった一人である。

まず(1)についてであるが、後鳥羽院は五歳で即位し、十九歳にして院政を開始した。冒頭にあげた「おく山の」の歌は、二十九歳の承元二年五月二十九日住吉社歌合の際の詠である。そして四十二歳の承久の乱後、隠岐に配流され、そのまま帰京することなく同島で崩じた。享年六十歳であった。すなわち人生の三分の二の時点で政治的挫折（というよりは敗北と言うべきなのかもしれないが）をし、残りの時間を流謫の身で過ごしたことになる。

それに対して後水尾院は十六歳で即位し、寛永六年三十四歳で譲位した。元和元年には『禁中並公家諸法度』が制定されるなど、即位当初から天皇としての政治活動は規制されていた。譲位の理由は、表向きは腫れ物に悩まされたということになっているが、その裏には紫衣事件をはじめとする幕府との軋轢があったものと思われる。(2) そして譲位以前にも文学活動は行なっていたが、譲位後の寛永年間約十五年の間に、後水尾院の創作活動が最も盛んに行なわれた。『後水尾院御集』をみると、寛永期、特に十四・十五・十六年の成立年次が記されている歌が最も多い。そして寛永十五年には後鳥羽院四百年忌の行事が行なわれた。となると繰り返しになるが、やはり後鳥羽院を慕う後水尾院の気持ちのなかには、自らの政治的挫折を後鳥羽院の境遇と重ね合わせる気持ちが働いているのではないだろうか。そして政治で挫折した以上、文化によって頂点に立とうとした、あるいは文化だけは頂点であることを死守しようとしたのが、後水尾院歌壇の活動なのだろう。

⑵については今更言うまでもあるまい。後鳥羽院・後水尾院以外にも歴代の天皇のうち文学活動に熱心だったのは、勅撰漢詩集を編み自らも漢詩を作った嵯峨天皇、拾遺・後拾遺集の企画にそれぞれ深く関わった花山・白河天皇、『八雲御抄』で知られる順徳天皇、二三玉集作者の一人後柏原天皇、中世から近世にかけての文運復興に一役買った後陽成天皇、後水尾院後の堂上歌壇を指導した霊元天皇など何人か数え上げることはできようが、後鳥羽院や後水尾院は彼らに劣らず熱心な文学活動を行なった。

あるいは⑴の共通点が後水尾院の後鳥羽院に対する親近感を増さしめ、後水尾院のなかで⑵の共通点を目指す傾向を助長させたかとも考えられる。もっとも、政治的な挫折がなければ後水尾院は自らの歌壇を強力に主宰することはなかった、とは思えない。後水尾院が和歌にあれほど熱心に取り組んだ要因は、後水尾院が本来持っていた文学的資質に根ざすものであろう。しかし、幕府によって朝廷の政治的活動が制限されたことで、文化的な面により力が注がれたことも否定はできないだろう。いずれにしても、後水尾院の後鳥羽院に対する憧憬は、右のような共通点に裏打ちされてのものと言えよう。

また、両者の共通点としては、第一皇子ではないのに即位したこと、御幸好きであったことなども指摘できよう。

(三)　後水尾院の和歌における「後鳥羽院」

次に後鳥羽院と後水尾院の和歌を取り上げてみたい。まず非常に密接な関連性があるものを一例挙げる。

(a)後鳥羽院

をのこども詩をつくりて歌にあはせ侍りしに、水郷春望といふことを

見わたせば山もとかすむ水無瀬河夕は秋となに思ひけむ（新古今集・春上）

(b)後水尾院

早春

(1)来る春の色もそひけり水無瀬川この山もとのかすむひかりに（後水尾院御集、一〇番、寛永六年二月二十二日詠、水無瀬宮御法楽）

初春

(2)ゆふべとはみしをいく世の光にてかすみそめたる春の山もと

（後水尾院御集、六番、寛永十五年二月二十二日詠、水無瀬宮御法楽）

霞

(3)水無瀬川とほき昔のおもかげも立つや霞にくるる山もと

（後水尾院御集、三一番、寛永十八年二月二十二日詠、水無瀬宮御法楽）

後鳥羽院の歌は、「秋は夕ぐれ」（『枕草子』初段）という伝統的な美意識に敢然と挑戦した、後鳥羽院の最も代表的な作品のひとつである。この歌からは、樋口芳麻呂氏が「帝王らしいおおらかな景観の把握[3]」、丸谷才一氏が「帝王として国見をしているのだという誇り、この眺望はすべて自分の所有するところだという満足[4]」と述べておられるように、帝王としての自負が感じられる。そして、後鳥羽院のこの歌を本歌取りしたと思われる後水尾院の三首は、後鳥羽院の歌に帝王としてのあるべき姿をみて、それへの憧憬を詠んだものとして受け取れるだろう。後水尾院の三首はいずれも水無瀬宮法楽御会における作であり、さらに詠作年次は後鳥羽院四百年忌に当たる寛永十五年前後である。したがって和歌を詠む時点で、後鳥羽院の存在が念頭に置かれていたのは言うまでもない。

具体的に後水尾院の一首一首を検討してみよう。

まず(1)の歌であるが、一首の意は、訪れる春の気配もいっそう増している、水無瀬川の、山の麓に霞んでいる日の光によって、である。しかし、この「ひかり」は天皇の威光という意にもとれないだろうか。そう解すると、春の訪れへの喜びとともに、春の夕暮れを讃えた後鳥羽院への憧憬もこの歌から感じ取れるだろう。

(2)の歌に出てくる「光」は、(1)の歌の「ひかり」よりもっと明確に、天皇の威光という意が感じられる。つまり一首の意は、春の夕暮れのすばらしさを讃えた後鳥羽院の時からどれほどの年代も続いたその威光によって、霞みはじめていることだ、この春の山の麓は、となろう。とすれば、天皇家の威光が地に落ちた今の世の中でも、後鳥羽院ゆかりのこの地水無瀬だけは、それがまだ衰えていないようだ、という後水尾院の安堵の気持ちさえ、この歌から感じ取れるではないか。

(3)の歌の「とほき昔のおもかげ」は、後鳥羽院を指すのであろう。「立つ」には、面影がたつ、霞がたつ、というふたつの意が懸けられており、一首の意は、水無瀬川を見ていると、春の夕霞に包まれたこの川を詠んだ遠い昔の後鳥羽院の姿がまぶたに浮かんでくるだろうか、霞がかった山の麓にも夕暮れが近づいてきた、となろう。この歌は、「たつ」を懸詞にしたことで、遠い昔への感慨と水無瀬の実景が密接なつながりを得ていると言えよう。

もう一度まとめ直すと、これらの歌々には天皇権力の衰退という後水尾院にとっての苦い思いが隠されているのである。

ほかにもたとえば次のような後水尾院歌がある。

試筆

時しありと聞くも嬉しき百千鳥さへづる春を今日は待ちえて

（後水尾院御集、一番、寛永三年）

歌の意は、その時がまさにやってきたと鳴く鳥の声を聴くのも嬉しいことだ、さまざまな鳥がさえずり鳴く春を待っていて、今日やっと出会うことができた、となろう。ところで、後水尾院の歌は「試筆」という題からもわかるように寛永三年の正月に詠まれている。その前年の冬に、後水尾院は智仁親王から古今伝授をうけており、したがってこの歌は伝授直後の詠ということになる。そして「百千鳥」は、呼子鳥、稲負鳥と並んで三鳥のひとつであり、古今伝授に由縁深い鳥である。つまりこの歌は、長い間待ち望んでいた古今伝授をうけることができて嬉しい、という後水尾院の現在の心境を託した作と言える。この歌の「時」は、たんに百千鳥の初音が春の訪れを告げる時というだけではなく、古今伝授される時でもあるのである。後水尾院の歌の「百千鳥さへづる春」という語句自体は、『古今集』の

百千鳥さへづる春はものごとにあらたまれども我ぞふりゆく　　よみ人知らず

によるのだろう。

そして『後鳥羽院御集』にも、

百千鳥さへづる春のあさみどり野べの霞ににほふ梅が枝

との歌がある。つまり、歌道の象徴としての鳥「百千鳥」を含む「百千鳥さへづる春」という歌句が『古今集』、後鳥羽院、後水尾院に共通し、かつその後水尾院歌は古今伝授という重要な状況での作品なのである。そのことと後水尾院の歌道継承意識とを関連づけることもある程度できるのではないか。

あるいは次のような例はどうだろうか。

(a)後鳥羽院

天つ風しばし吹き閉ぢよ花桜雪と散りまがふ雲の通ひ路　　（源家長日記）

(b)後水尾院

花雲

天津風しばしとどめむ散る花の雲のかよひぢ心してふけ

（後水尾院御集、一三八番）

後水尾院の歌は、天津風よ、桜の花が散るのをしばらくの間とどめておきたいので、雲が往来する天上の道を気をつけて吹きなさい、の意。後水尾院・後鳥羽院とともに、有名な百人一首中の一首、

天つ風雲の通ひ路吹きとぢよをとめの姿しばしとどめむ

（古今集・雑上、良岑宗貞）

を踏まえている。「天津風」に「雲のかよひ路」を吹き閉ざすように頼む点は三者共通だが、留めておきたい対象が、良岑宗貞の歌では「をとめの姿」であるのに対して、後鳥羽院歌と後水尾院歌では桜の花が咲いている状態なのである。さらに後水尾院歌の五句目「こころして吹け」は、『増鏡』に見える有名な後鳥羽院の歌、

我こそは新島もりよ隠岐の海の荒き浪かぜ心して吹け

の五句目を意識したものであろう。したがって、後水尾院の歌は、良岑宗貞の歌を本歌取りしつつも、後鳥羽院の歌二首を参考の上、詠まれたものと言えるのではないだろうか。

㈣　後水尾院撰集における後鳥羽院

ここでは、後水尾院が撰集した定数歌にどれくらい後鳥羽院歌が採られているかについて述べておく。

まず『曙夕百首』は、五句目に「春の曙」「秋の夕暮」とある歌各五十首を収録したもの。京都大学文学部国文学研究室に写本一冊が所蔵されている他、静嘉堂文庫蔵『軒廼志能布』（写本。日尾直麿編）にも収録されている。百首

すべてが勅撰集から採られており、藤原良経・定家が各六首で最も多く、後鳥羽院が四首でそれに次ぐ。後鳥羽院歌四首は以下の通り。

みよしののたかねのさくら散りにけりあらしもしろき春のあけぼの　(新古今集・春下)

そでのつゆをいかにかこたんことゝへどこたへぬそらの秋のゆふぐれ　(続古今集・秋上)

みよしののいはのかけぢをならしてもなほうきときか秋の夕ぐれ　(続古今集・秋上)

心あらむひとのためとやかすむらんなにはのみつのはるのあけぼの　(続古今集・春上)

また『三十六首花歌仙』は、各種の花(白梅・杜若など)を詠んだ歌三十六首を歌合の形式で収録する。国会図書館蔵『清水千清遺書』(写本)所収。藤原為家が四首、俊成が三首、慈円・紀友則・後鳥羽院二首がこれに次ぐ。後鳥羽院の二首は以下の通り。

花をのみながめなれにしみよしののふるさととほき秋はぎの花　(夫木和歌抄、四一八六番)

みわのさときてもとへかしはるばるとまつもうらめしくずの秋風　(夫木和歌抄、五八三五番)

右にあげた二冊の後水尾院撰集書の入集状況においては、抜群にというわけではないが、俊成・定家らと比肩する扱いをうけている後鳥羽院の存在が確認できよう。

なお、近世堂上における後鳥羽院歌享受の例としては、たとえば細川幽斎述・烏丸光広記『耳底記』に、

後鳥羽院の御製ばかり面白きはなし。

露はそでに物思ふころはさぞな置くかならず秋のならひならねど

袖の露もあらぬ色にぞきえかへるうつればかはるながめせしまに

かやうの風体、こひねがひてもよみたき事なり。

とあり、ほぼ同様の表現が幽斎述・佐方宗佐記『聞書全集』にも見え、武者小路実陰の『初学考鑑』も、この部分を引いて、「かやうの類、感歎の御製なり」と述べている。『初学考鑑』は別の箇所で、

後鳥羽上皇の御時代は、古今集以後の中興にて、又歌仙の輩いにしへにも不レ恥堪能なれば、見したゝめてよき事也。

とも述べている。

後鳥羽院への高い評価は後水尾院一人のものとは言えないことはある種当然であろう。しかし、これまで述べてきたように、後鳥羽院と後水尾院は政治的挫折を幕府によって余儀なくさせられたなど生涯の軌跡において共通する点があり、とりわけ天皇という孤独な立場の共通性が、後鳥羽院への後水尾院の思いの重要度を高めていよう。

おわりに

さて、後水尾院の後鳥羽院に対する思い入れの強さについて今少し付言しておきたい。後水尾院の和歌には、たとえば、

名所鶴
すむ鶴にとはばや和歌の浦波をむかしにかへす道は知るやと
（後水尾院御集、八九六番）

松
百敷や松のおもはん言の葉の道をふるきにいかでかへさん
（後水尾院御集、八七七番）

懐旧
ひらけなほ文の道よりいにしへにかへらん跡は今ものこさめ
（後水尾院御集、九三六番）

のように、昔へ帰るという主題がうたわれているものがある。その場合、「和歌の浦波」「言の葉の道」「文の道」などとあるように、昔へ帰る手段は文学的な営みによるのであって、もはやここでは政治的なものへの思いは断ち切られている。

勅撰集の成立していた、『古今集』『新古今集』を中心とする時代への回帰願望が、おそらく後水尾院にはある。そ

して勅撰集の時代は後水尾院にとってすべて等質ではないのだろう。後鳥羽院への思いは、後水尾院のなかで顕在化した自己のありようについての意識ととくに親密な関係にあり、その奥のもうひとつ深層のレベルに、『古今集』を頂点とした規範的・伝統的な和歌世界が広がっている。そのような二元化された回帰願望が想定されよう[5]。

以上、後水尾院が和歌を詠む上で、後鳥羽院への憧憬が基本的な心情のひとつであったろうとの見通しに関連して述べてきた。しかし、憧憬や挫折感というものだけで文学作品が生まれるわけでは無論ない。そこには表現に対する繊細な感性が行き届いていなくてはならず、それも後水尾院には備わっていたと言うべきであろう。ここでは、後水尾院の生涯とその作品における通奏低音とでも言うべき存在、基本的な心情のレベルでの大きな存在のひとつとしての後鳥羽院という視点から、後水尾院の文学意識について考えてみた。

（1）ただし、賀茂別雷神社三手文庫蔵『御会和歌』㈠には「寛永十四二廿二後鳥羽院四百年遠忌廿首和歌」と題する二十首が載りその巻頭が「雲かすみ」の歌なのである。『後水尾院御集』の成立年次の記述は尊重すべきと思われるが、寛永十四年という年次もいちおう考慮に入れておきたい。

（2）辻善之助『日本仏教史の研究続篇』（金港堂、一九三一年）、熊倉功夫『後水尾院』（朝日評伝選、一九八二年。岩波・同時代ライブラリー、一九九四年）に詳しい。

（3）『後鳥羽院』（集英社、一九八五年）

（4）『後鳥羽院』（筑摩書房、一九七三年）

（5）本書第一部第二章一参照。

〈補記①〉後鳥羽院と後水尾院の関係については、保田与重郎「後水尾院の御集」（『全集』第八巻、講談社、一九八六年）、塚本邦雄「鷗巣集の光と影」（毎日グラフ別冊『修学院離宮』、一九八三年）、上野洋三「堂上と地下」（『和歌史』和泉書院、一九九八五年）などに貴重な指摘があり、本稿はそれら先学の業績に負う所も大きい。記して深謝すると同時に、右書の参照を乞う次第である。

〈補記②〉『高槹帖』（貴重本刊行会、一九九〇年）には、後水尾院筆後鳥羽院和歌色紙（解説上野香織）が載る。歌は「さくらさくとを山鳥のしたりおのなか〳〵し日もあかぬ色かな」（新古今集所収）である。また芦田耕一「村上助九郎氏所蔵『和歌』―解題と翻刻―」（山陰地域研究、一九九一年三月）にも近世堂上における後鳥羽院信奉の例が見受けられる。

三、近世における三玉集享受の諸相

はじめに

後柏原院・三条西実隆・下冷泉政為の家集、『柏玉集』『雪玉集』『碧玉集』のいわゆる三玉集が、近世、特に堂上歌人たちの間で尊重されてきたことの証左については既に先学にさまざまな指摘がある。ここでは、それらの成果を踏まえつつ、近世という時代全体において三玉集享受の様相がどうであったかという関心に基づき、個々の事象の整理と全体像の把握について試みるものである。

なお三玉集個々は等価ではない。評価の頂点には実隆が位置し、それに後柏原院、下冷泉政為の順で続いており、特に実隆への評価は群を抜いている。したがってここでの記述の対象としては、上方に実隆、下方に実隆を含む三玉集があるひとつの円錐形を想像されたい。

㈠　堂上歌論における三玉集享受

まず第一に言及すべきは堂上歌論である。

それはたとえば、

後柏原院御歌、逍遙院殿一段御褒美にてありたるとなり。かうして見まゐらするに、おもしろき御製どもおほきなり。

（細川幽斎述・烏丸光広記『耳底記』）

逍遙院の歌そなた見られても一首も面白くなきとはおもはれず。

（武者小路実陰述・似雲記『詞林拾葉』）

というような、三玉集歌人への信奉、とりわけ三条西実隆（逍遙院）への崇敬の念によって基本的に支えられた信頼感の表出という形をとって現われている。したがって、詠歌の際の手本のひとつとして実隆の『雪玉集』を繙くことが勧められる。

家隆などの歌、近代は逍遙院殿、三光院殿のをみるべし。

（『耳底記』）

まづろくに正風体によむべし。古今などをよく見、さて新古今、近代には逍遙院殿などの歌をよくみるべし。

和歌の風体は逍遙院殿専らよしと思ふべし。

（『耳底記』[1]）

（烏丸資慶述・岡西惟中記『資慶卿口授』）

常に見習ふべきものには、三代集の古今は云ふにおよばず歌の命也。扨続後撰、歌の体相の至極なり。〈引用者注。第一草庵この間『新古今集』『新勅撰集』を見習うべしとあり、本文省略〉柏玉集、雪玉集、草庵集[2]にてもなるべし。可然との給へり。

（『資慶卿口授』[3]）

逍遙院歌、今の世の手本也。

（霊元院記『麓木鈔』）

つね〴〵見もてならふべきは為家、頓阿、逍遙院殿等、（下略）

（武者小路実陰述『初学考鑑』[4]）

以上は詠歌における基本書との認識が認められる言説のいくつかであるが、たとえば堂上批判の色合が濃い『春寝覚』では、御会において、

当座に成ては題をとるとひとしく御前をたちさりし、文筐の中よりれいの題林愚抄、逍遙院の家集とり出して

という公家たちの狼狽ぶりが少々辛口に描かれており[5]、実際の詠作の場でも頼りにされたことが窺い知られる。

このような実隆『雪玉集』崇拝については、実隆の時代に対する近世堂上和歌の認識が問題となろう。すなわち近世堂上にとってこの時代は「当流」の最初に位置付けられるものであった。そのような認識を見て取れる言説のいくつかを以下に引用する。

この比では、逍遙院殿の和歌を見るべし。むかしのごとく歌ぬらりとよむ事ならぬともみゆる、又時代のちがひにて歌がこまやかになりたるともみえたり。時代の分別肝心なり。逍遙院殿などをよく〳〵みるべきなり。是近

代の手本なり。

（『耳底記[6]』）

歌のすがた、むかしより次第〳〵にうつりきたる也。今の世は逍遙院時分とかはる事なし。

（『麓木鈔』）

扨又三玉集の内、雪玉集は随分当流の姿なり。少あたらしき趣なり。後水尾法皇にもまなばせ給ふよしなり。

（『資慶卿口授』）

後柏原天皇、此道の堪能にわたらせ給ふうへ、逍遙内府公、いにしへにもおとらず、末の世にも有がたき程の堪能、先達者を兼備へて、道をわが任と心得給うて、みちびき給ひしより、又、中興の功をほどこし侍りしなり。

（『初学考鑑[7]』）

右の言説からは「近代の手本」「今の世は～かはる事なし」「当流の姿」「中興の功」などとあるように、『雪玉集』は近世堂上にとって親しい時代のものであったことがわかる。

ここで近世堂上が自らの和歌史的位置をどう認識していたか、をまとめ直しておきたい[8]。近世堂上にとってそれ以前の時間を大きく区分するのは勅撰集の存在の有無であったと思われる。細分化していけば、三代集や八代集への思い、直接の師の時代への思いは区分されるべきであるが、もっとも大きな断層は勅撰集とそれ以後の間にあるのではないか。いわばそれを境にして〈彼岸〉と〈此岸〉とする認識が近世堂上にはある。応仁の乱という政治社会側からの文化的断層の成立という現象も、その認識をより強固なものにしたであろう。そして、〈彼岸〉への回帰を目的とした近世堂上に指針を与えてくれたのは、〈此岸〉にあって〈彼岸〉に近い所に位置した三玉集の時代のありようであった。すなわち、〈何を（基本的な美意識とそれに保証された素材）・どのように（方法論としての精神性）〉という構図

に当て嵌めてみた場合、前者は『古今集』を頂点とする勅撰集の時代〈彼岸〉)、後者は三玉集の時代〈此岸〉)から
それぞれ学びつつ、自らの作歌を目指したのが近世堂上であった。
もちろん、両者の間は完全な断絶ではない。島津忠夫氏は「近代」の歌風が家隆のそれとつながるとの『耳底記』の見解を重視し、和歌史の立体構造について説明しておられるが[9]、そのように連続面も有する有機的な関係にあったことも付言しておく。
ところで、実隆の『雪玉集』は初学の者には適当でないとの言説も存する。

逍遙院の歌は一分は上手なれども初心のものなど似せんとしたらば、わき道へゆきけがをしさうに見ゆるなり。
（『詞林拾葉』）

逍遙院の歌など、殊の外はたらきいろ〳〵の屈曲などあるうたをみられ候ては、直によめ〳〵とす丶められ候へども、是を見ればたくみにいろ〳〵と屈曲なくてはよみがたし、など謂を存ぜらるべし。
（『詞林拾葉』）

雪玉正風なれども已達の作者にて今見習ひては害ありて益なし。見習ひてよろしき時節指図すべし。
（烏丸光栄述『聴玉集』）

右のような言について伊藤敬氏は「実隆の歌には連歌が影響しているか、あるいは彼の歌に冷泉風の詠歌の姿勢がなかったか、または江戸にはいってから歌風が変わったから、さらには、実隆をそこに追いやった和歌自体の行きづまりか、観念の世界に執して奇をてらったのか」というように複数の理由を想像しておられ[10]、表現史的に極めて示唆的な発言として受けとめたい。それに対してさらに鈴木淳氏の「伝統的な表現のあくなき練磨のはてに、わずかに堪能の者だけが美的果実を味わうべきとする、優れて禁欲的な二条派の歌論」[11]のなせる業との精神史的な説明がある。す

なわち伝統表現の集積の上に新しみを出そうとすることは大変な困難さが伴うが、それを超克しようとした実隆の努力と才能に対して、なまじいのことでは同レベルに達することはできない、しかし実隆の軌跡を参考にしつつ自らも厳しい修業に励めば、いつの日にか高みに到達できるのだ、という思想がここにはあるのである。

以上を再度まとめると、実隆という存在は近世堂上にとって、勅撰集（主に三代集・八代集）の時代へは戻り得ないのではないかという危惧と、そこへ戻りたいもしくは同じレベルに達したいという願望を共有できるという点で親近感を抱ける存在であると同時に、和歌に対してどうあるべきかの指針を与えてくれる存在であった。いわば、伝統的な和歌表現の枠内における真の意味での達成に対しての可能性と、それへの困難な道のりの両方を映し出してくれる水先案内人のような存在として実隆は捉えられていたのである。

(二) 堂上歌壇における三玉集享受

では具体的に、後水尾院や霊元院らの近世前期堂上歌壇における和歌活動において三玉集信奉はどう現われていたか、についてまとめてみたい。それらは歌壇活動のさまざまなレベルにおいて看取されるが、以下箇条書きに主要な点を列挙していく[12]。

(a) 三玉集編集

三玉集は後水尾院歌壇において編集され[13]、寛文九年に『柏玉集』、同十年に『雪玉集』、同十二年に『碧玉集』が刊行された。書肆は各々、田中理兵衛、武村市兵衛、渋川清右衛門である。また享保五年には霊元院が『雪玉集』の一伝本『再昌草』を抜書した[14]。

(b)歌集名「一人三臣和歌」の踏襲

「一人三臣和歌」と称する歌集が三玉集時代に、

〔人〕後柏原院　〔臣〕三条西実隆　下冷泉政為　上冷泉為広

という構成で成立したが、後水尾院歌壇においても同名歌集が、

〔人〕後水尾院　〔臣〕三条西実条　烏丸光広　中院通村

という構成で成立している。また霊元院歌壇においても同名歌集が、

〔人〕霊元院　〔臣〕中院通茂　清水谷実業　武者小路実陰

という構成で成立している。

(c)類題集『一字御抄』『類題和歌集』『新類題和歌集』への入集状況

後水尾院歌壇で編まれた『一字御抄』[15]（元禄三年刊）、『類題和歌集』[16]（元禄十六年刊）、霊元院歌壇で編まれた『新類題和歌集』（享保十六年成）でも三玉集歌人やその時代の歌人たちの和歌が数多く入集している。

(d)実隆句題百首と同題による詠歌

実隆が『白氏文集』から五言句を選び、それを歌題とした「夏日詠百首和歌」（『雪玉集』巻八所収）と同じ題による和歌が、後水尾院・霊元院両歌壇において数多く作られている。[17]

(e)『勅撰千首』への入集状況

後水尾院編『勅撰千首』の入集者数の一位は三条西実隆（二百五首）、二位は後柏原院（百六十二首）となっている。なお三位後水尾院（五十三首）、四位中院通村（四十九首）、五位下冷泉政為（四十三首）、六位細川幽斎（三十八首）となっている。[18]

(f)実隆影像を前にしての歳旦和歌

三条西実隆の影像を前に歳旦和歌を詠じるのが霊元院晩年の正月恒例となっていた。[19]（享保九年開始）

(g)実隆名所百首と同題による霊元院名所百首詠

享保十七年の霊元院詠百首和歌は、実隆の名所百首（『雪玉集』巻十二所収）と同題である。

(h)霊元院歌壇の中心的存在武者小路実陰における実隆との自己同一化

(f)(g)などからもわかるように霊元院の三玉集崇拝は非常に強く、自らと実陰の関係を後柏原院と実隆のそれに重ね合わせようとの意識を持っていた。実陰も十分自覚的にそれに対応しようとした。[20]

以上は主たる例に過ぎず、細部にわたる具体例を挙げていけばきりがない。

また、以上のなかでは触れえなかったが、当然和歌表現自体にもその影響は及んでいる。たとえばほんの一例に過ぎないが、後水尾院添削の『万治御点』において「玉だれのうちさへしゐてさしのぼる光へだてぬ山のはの月（後西院）」は「もり入も影猶しろく玉だれの内外へだてぬ山のはの月」と直されているが、後者に見られる「内外へだてぬ」という表現は三玉集から見られる表現なのである。その表現をよしとしたからこそ後水尾院は自らの添削に際しそれを利用したのであろう。[21]また、宮内庁書陵部蔵『当座和歌難陳』では、たとえば後西院添削霊元院歌について、

なびきくるけぶりをいとふゆふかぜのやどにもやがて蚊遣たくころ

いとふの字如何。我宿にやがてたく程にては、よその煙をいとふまでは有まじき歟。逍遙院内府詠に

夕けぶり我もそへてやへだてなきこゝろしらせん宿のかやり火

かやふに有べき事に候。

とあり、ここでも和歌指導において実隆歌が引かれている。[22]

㈢　地下における三玉集享受

ここまでは堂上を中心に述べてきたが、㈢では地下における諸相の主たるものを列挙していく。

(a)三玉集（実隆）の和歌の類句・抄出・抄出注釈書

(イ)類題集『三玉和歌集類題』[23]（松井幸隆編、元禄九年刊）あり。

刊記「元禄九丙子年仲陽日／書林／河南四郎右衛門／吉田四郎右衛門／寿梓」（筑波大学附属図書館蔵本）。なお架蔵本刊記は書肆名が「野田治兵衛／伊勢屋庄助／大久保伝兵衛」となっている。

(ロ)類句集『三玉類句』[24]（遠山北湖編、享保七年刊）あり。

山本春正『古今類句』に三玉集が漏れていることを遺憾に思い、『古今類句』の形式を踏襲し、三玉集の和歌の四句目を基準としてイロハ順に並べたもの。

刊記「享保七年壬寅七月／小日向作者遠山伊清／江戸通油町版木屋甚四郎板元」（静嘉堂文庫蔵刊本）。

(ハ)抄出注釈『三玉挑事抄』[25]（野村尚房著、享保八年刊）あり。

三玉集の和歌のなかで和漢の故事を典拠とするもの七百五十余首について注を付したもの。刊記は以下の通り。

享保八年卯霜月吉日

二条通麩屋町西入町
吉田四郎右衛門
京都　堀川通綾小路下町　板
銭屋庄兵衛
四条通東洞院西入町
経師屋三右衛門
御幸町通八幡町下町　行
美濃屋勘右衛門

（東北大狩野・宮城伊達・内閣・静嘉堂蔵刊本など）

(b)三玉集（実隆）の和歌を引用している書

(イ)『瀟湘八景詩歌抄』（貞享五年刊）に実隆和歌入集。

(ロ)『近代和歌一人一首』（元禄二年奥）に後柏原院・実隆・政為の和歌各一首入集。

(ハ)『扶桑名所大概』（東京大学文学部国文学研究室蔵写本のみ、元禄年間成）に実隆和歌入集。

(ニ)安藤為章著『年山紀聞』（元禄十五年成、文化元年刊）に、後柏原院・実隆和歌入集。

(ホ)『仮名題和歌抄』（享保二年成）に後柏原院・実隆和歌引用あり。

(ヘ)『新版七夕尽し』（享保三年刊）に後柏原院・実隆・政為の和歌入集。

(ト)法臣著『和歌月のしるべ』（明和七年写）に後柏原院・実隆・政為の和歌引用あり。

(チ)尾崎雅嘉編『増補和歌明題部類』（寛政六年刊）に実隆詠の歌題が載る。

(リ)大田南畝著『一簾春雨』に実隆和歌引用あり。

(ヌ)『摂津名所図絵大成』（寛政六年序）、『都林泉名勝図会』（寛政十一年刊）、『江戸名所図会』（天保五〜七年刊）などの名所図会に実隆の和歌引用あり。

※(ハ)や(ヌ)などの例のように地名と結びついていること自体、その歌人が世に認知されて久しいことを如実に物語っている。

(c)歌論書における三玉集（実隆）の和歌に関する言説

(イ)下河辺長流著『枕詞燭明抄』序に実隆の説を多く用いた由あり。

(ロ)荷田在満著『国歌八論』（寛保二年成）には「さて又逍遙院已来は制度を守り、正風を失はざれと教へながら、自らの歌は制度に外づれ正風に背きて、本よりかの新古今には遙かに及ばず、其の後の歌より拙きを強ひて巧を勉むる故に愈々賤しきなり」とある。

(ハ)本居宣長著『あしわけ小船』に、実隆は「二条家の中興」であるが、しかし、これは歌道の衰えのはじまりであったとある。

(ニ)藤井高尚著『歌のしるべ』（文化十四年成）に、「珍しく巧にはあれども、情浅くしてしめやかならず。まことの歌の意にはあらざるなり」として批判する。

(ホ)富士谷御杖著『哆南弁乃異則』に、実隆歌は「うるはしきかたすくなくぞ有ける」とある。

(ヘ)長野義言著『歌の大意』（弘化二年成）に近世の人々が頓阿を読まず、三玉集ばかり尊ぶのは、「色どれる絵」のみを愛でて「実の花」を尊重しないのと同じでよくないとある。

※(ロ)～(ヘ)は三玉集への批判であるが、それらは逆に言えば伊藤敬氏の指摘のように「実隆が一つの壁となり山となってたちはだかっているほどに彼の存在が大きかったことを示す(26)」ことになろう。

(d)その他

(イ)田村宗永が元禄二年に『柏玉集』を書写する。龍門文庫蔵本の奥書には、

右柏玉集者、竹内惟庸以清水谷実業卿之両本を以令書写遂校合畢。此御集以後水尾院之仰被編集云々。其趣粗見端尤不可許他見矣。

元禄二年閏正月日　右京兆宗永

とある。[27] 田村宗永は一関城主、日野弘資・中院通茂らに和歌を学び堂上歌学に触れる機会は極めて多かった。[28]

(ロ)十六歳の「光知」なる人物が、享保二十年七月二十四日に『雪玉集』を書写する（金刀比羅図書館蔵写本奥書。国文学研究資料館紙焼写真C4265に拠る。）。

(ハ)「清舜庵」（本居宣長）が、宝暦十三年十二月十三日に、「実隆公百首」「道堅堯空名所百首」「後柏原院実隆公御百首」「実隆公四文字題百首」を書写する（本居宣長記念館蔵写本奥書。国文学研究資料館紙焼写真C1001に拠る）。

(ニ)京極高門著『曲妙集』（正徳五年成）中の一首の詞書に「ある人のもとへ、柏玉御集をかすとて」とあり。

京極高門は幕臣、中院通茂に和歌を学び、堂上歌学への造詣は深かった。

※(イ)〜(ハ)は、三玉集書写の例。(ニ)のように写本を貸借することもままあったと思われる。

(ホ)『醒睡笑』巻一に実隆の狂歌（『雪玉集』所収）引用あり。[29]

(ヘ)大田南畝著『一話一言』巻六に「三玉集の内誰やらが歌にも、表補絵のまき出しわろくのりこはくして、とよめり」とある。これは『雪玉集』巻十八「いかにせむ馬ならぬ絵の表法絵まきだしわろくのりこはくして」の歌を指している。

(ト)『今様職人尽歌合』鹿都部真顔跋[30]に「又其後に花と述懐を題にて三十二番の歌合あり。勧進聖の長柄杓さし付て是を逍遙院殿の御作也といふは、かの公の璧《ママ》玉集なる表背絵の戯歌、此中にみえたればなるべし」とある。

(チ)『一話一言』巻五十四には実隆について「歌ノ趣向ニハ古今ニ超絶シタル人也」とある。

(リ)『一話一言』補遺には実隆が「常に感吟し給ひし」俊成・定家の和歌が載る。

(ヌ)富士谷成章著『おほうみのはら』において実隆に関する逸話あり、(三十六の記が火災によって焼失しても再び「一文字もたがへず、そらにか丶せ給ひ」、そのため「一再昌」と命名された話、「公事のいとまに万のことこのませ給ひ」薫香にも通暁していた話など。)

以上の用例をもってしても、三玉集享受の裾野の広さを窺い知ることができよう。㈡の終わりにも述べたような和歌表現そのものの例についても、堂上ほどではないにしても数多く見出すことができるが、膨大な量に及ぶため、ここでは割愛したい。

おわりに

さて、ここでは、冒頭に述べたように従来一本の論文としてまとめられることのなかった三玉集の近世における享受について、具体例を中心とした整理を試みてきた。ここに述べた例のみをもってしても、㈠で述べた三玉集に関する見通し、すなわち近世の歌人たちにとって「当流」の最初期に位置し、自らの和歌史的位置を確認する上での指標として三玉集はあったという構図を確認することは十分できよう。ただし、同じ「当流」であっても三玉集・近世和歌の間には当然のことながら異質性も存し、むしろそこにこそ近世的な達成がある。ここではそれを論じる上での橋頭堡としてまず両者の共通性(受け継がれたもの)を整理し、近世和歌の重要な基盤として三玉集があることを確認した。

（1）林達也「細川幽斎ノート（その2）」（文学史研究、一九七四年六月）に「正風体」の用例として引用。
（2）三玉集と並称された『草庵集』との相互関係が近世においてどう捉えられていたかは重要な問題であるが、論が多岐にわたる事を恐れ触れずにおく。なお『草庵集』の近世における享受については、稲田利徳「『草庵和歌集』の享受の様相―「詞林拾葉」（磯の浪）の場合―」（岡山大学教育学部研究集録、一九八三年一月）、「『草庵和歌集』の享受の様相―澄月の「和歌為隣抄」の場合―」（岡山大学教育学部研究集録、一九八六年七月）などを参照されたい。
（3）伊藤敬「三条西実隆とその和歌その1」（国語国文研究、一九六二年六月）
（4）鈴木淳「武者小路家の人々」（『近世堂上和歌論集』明治書院、一九八九年）に引用。
（5）市古夏生「類題集の出版と堂上和歌」（『近世堂上和歌論集』明治書院、一九八九年）
（6）島津忠夫「耳底記をめぐって」（国語国文、一九七三年六月）に引用。
（7）注（4）鈴木論文に引用。
（8）本書第一部第二章一も参照。
（9）注（6）島津論文。
（10）注（3）伊藤論文。
（11）注（4）鈴木論文。
（12）個々の事項の詳細については、本書第二部をも参照されたい。
（13）井上宗雄「室町和歌から戦国和歌へ」（『日本文学全史3　中世』學燈社、一九七八年）
（14）是沢恭三「逍遙院実隆崇拝に就て」（歴史と国文学、一九四〇年十月）
（15）日下幸男「一字御抄の成立と伝本」（日本近世文学秋季大会発表、一九九一年十一月）、「後水尾院の文事」（国文学論叢、一九九三年二月）
（16）日下幸男「円浄法皇御自撰和歌について」（高野山大学国語国文、一九八一年十二月）、注(15)日下後者論文。
（17）岩崎佳枝「句題和歌の系譜」（和歌文学研究、一九八五年四月）、本書第一部第三章五、六、七参照。
（18）注（16）日下前者論文。

(19) 注(14)是沢論文。
(20) 注(4)鈴木論文。
(21) 本書第一部第一章第二節二、三参照。
(22) 『歴代天皇宸翰展示目録』(宮内庁書陵部、一九九三年)
(23) 上野洋三「堂上歌論の問題」(『近世堂上和歌論集』明治書院、一九八九年)
(24) 拙稿「幕臣遠山伊清の文芸活動」(『近世文学論輯』和泉書院、一九九三年)
(25) 小西謙「近世の一国学者に関する探究―野村尚房に就て―」(国語と国文学、一九四一年十一月)、神作研一「一枝軒野村尚房の伝と文事」(近世文芸、一九九六年一月)
(26) 注(3)伊藤論文。
(27) 『龍門文庫善本書目』(阪本龍門文庫、一九八二年)
(28) 渡辺憲司「大名と堂上歌壇」(『近世堂上和歌論集』明治書院、一九八九年)
(29) 鈴木棠三『醒睡笑研究ノート』(笠間書院、一九八六年)
(30) 注(17)岩崎論文に引用。

四、源氏詞「ひたやごもり」の解釈と享受

はじめに

『源氏物語』については、ことばの数だけその享受史を辿ることが可能である。[1] 物語世界の強烈な衝撃が、そこに

記されていることばひとつひとつを読者の心に刻みこみ、無限の広がりを持つ享受史を創り出すことになった。ここでは「ひたやごもり」という一語に着目し、それをめぐる諸問題について考えてみたい。

なぜ、この語を選んだのかは、あとで述べるように意味が多義的で解釈に幅があり、また一定量の使用例が認められるところから、享受史の実態をある程度明確に捉えやすい、ということに拠る。

なお、「ひたやごもり」について、とりあえずの意味だけ押さえておくと、「ひた（直）」はひたすら、「や（屋）」は家屋で、語全体としては、ひたすら家のなかに籠もることというようになろう。(2)

(一)『源氏物語』における「ひたやごもり」の用例

(1) 帚木巻の用例～現代の注釈書の見解

ところで、「ひたやごもり」は、具体的に『源氏物語』のどのような場面に登場するのだろうか。『源氏物語大成』の索引で検すると、四ヶ所に出てくることがわかるのだが、そのうち、最初に登場する帚木巻の例をまず引こう。雨夜の品定めの場面で、左馬頭の体験した指喰い女の描写の箇所である。(3)

艶なる歌も詠まず、気色ばめる消息もせで、いとひたや籠りに情なかりしかば、あへなき心地して、（下略）

付き合っていた女がひどく嫉妬深く、そのため言い争いをした際には、指に食らい付いてきた。そんな諍いのあと、女の様子を見に行ったところ、女は実家に帰っていて不在であった。その時に女の態度に思いを馳せてみた、というのが右の場面である。「艶なる歌（うっとりさせられるような歌）」も詠まず、「気色ばめる消息（きどった手紙）」も寄越さず、「いとひたや籠り」で「情なかりし（風情のない）」状態であったので、「あへなき心地（拍子抜けした気持ち）」

になった、というのである。

この「ひたや籠り」についてはどう解釈すべきだろうか。現代の注釈書を繙いてみると、主なものは次のようになっている。
○『日本古典文学大系』（山岸徳平、岩波書店、一九五八年）
家に引っこみきりで（頭注中の本文訳）
○『源氏物語評釈』（玉上琢弥、角川書店、一九六四年）
ひたすら家に隠れ住むこと。（語釈）
○『日本古典文学全集』（阿部秋生・秋山虔・今井源衛、小学館、一九七〇年）
家にとじこもったきり外出せぬこと。（頭注）
○『新潮日本古典集成』（石田穣二・清水好子、新潮社、一九七六年）
「ひたやごもり」は、直屋籠りで、家の中に閉じこもったきりというのが原義であろう。そっけない、曲がないといった意味に使われる。（語釈）
○『完訳日本の古典』（阿部秋生・秋山虔・今井源衛・鈴木日出男、小学館、一九八三年）
女の取りつく島もない無愛想。（脚注）
○『新日本古典文学大系』（柳井滋・室伏信助・大朝雄二・鈴木日出男・藤井貞和・今西祐一郎、岩波書店、一九九三年）
家にこもったきり（脚注中の本文訳）
こうしてみると、「こもり」をたんに家に閉じ籠もるという行為と見るのか、それとも頑なな気持ちをそこに見ようとするのか、ということによって、ニュアンスの違いが生じていることがわかる。これを、ひとまず、

(a)ただひたすら家の中に籠もっていること。(具体的事実)

(b)かたくなに心を閉ざしてばかりいること。(心理的状況)

という二項に整理して、まとめておきたい。『大系』『評釈』『全集』『新大系』は(a)であり、『集成』『完訳』は(b)である。[4] (a)と(b)は相反する事柄ではなく、むしろ表裏一体の関係にあるのだが、そのことが解釈の困難さを助長していることは言うまでもない。そのなかで、諸注どちらかというと(a)としがちなのは、具体的な室内を現わす「屋」があることを尊重しての事だろうか。[5] しかし、前後の文脈を考えても積極的に「屋」の要素を汲み取ることはできないように思われる。

また、『集成』の石田穣二氏は、「中古語雑考─「ひたやごもり」について─」[6]のなかで、「私はこの言葉を、「曲がない」とか「そっけない」とかいうほどの感じに受け取るべきであろうと、いつの頃からか考えるようになっている。特に理由というほどのものは考えていないから、用例からの自然な感じとしてそう受け取るようになったのであろうと思う。(中略) 私のような受け取り方がほかにあるのかどうか、たしかめもしていないが、今までのところ気付いていないから、私の独断的な解釈と思われても仕方がないかもしれない」と述べられた上で、源氏四例について自説(右の分類では(b)に当たる)の再確認と古注釈(後述)の検討をされ、そのなかで、吉沢義則『源氏物語新釈』でも「ひっこみきりで何の曲もなかったので」という(b)説があったことも紹介されている。この帚木巻の場面では(b)に重きを置いて解釈してもよいと思われるのだが、それとは別に解釈に揺れがあるということも確認して、さらに先を急ぎたい。

(2) 古注釈における見解

では次に、帚木巻の「ひたやごもり」が近代以前の注釈史のなかでどう扱われているか、について整理しておく。

注釈書については主なもののみを取り上げ、ほぼ時代順に掲げていく。なお、主たるもののうち、一条兼良の『花鳥余情』と契沖の『源註拾遺』には言及がなかった。〈　〉内の書名は、その書がそこに引用されていることを示す（なお、石田氏も『紫明抄』『河海抄』『細流抄』『弄花抄』『岷江入楚』『湖月抄』『玉の小櫛』などの説を紹介しておられる(7)）。

○『紫明抄』(8)（素寂、文永四年以前成）

うきによりひた《直》やご《隠》もりとおもへどもあふみのうみはうちでゝを見よ　和泉式部集

○『河海抄』（四辻善成、貞治初め成）

直隠　或奄宅

憂によりひたやごもりと思へどもあふみの海はうち出てみよ　和泉式部

一説、理不尽なるやう也。

○『仙源抄』（長慶天皇、弘和元年成）

直隠也。歌有。

○『源氏物語千鳥抄』（平井相助、応永二十六年成）

真隠書。只こもりにこもる事をいふ。

○『一滴集』（正徹、永享十二年成）

直隠　或奄宅。首云、〈和泉式部日記〉。

○『源氏和秘抄』（一条兼良、宝徳元年成）

やがてこもりゐたる也。

○『源氏物語聞書』（牡丹花肖柏、文明八年一次本、延徳元年二次本成）

直隠　無意趣なる心也。心へがたきさま也。

○『雨夜談抄【帚木別注】』（宗祇、文明十七年成）

何ゆへともなくこもる也。歌などをも読をかぬ心なり。

○『一葉抄』（藤原正存、明応四年成）

河（引用者注：河海抄）直陰共一向共書也。無意趣なる心也。心えがたきさま也。

○『弄花抄』（三条西実隆、永正七年成）

直隠　無意趣なる心也。心得がたきさま也。

○『細流抄』（三条西実隆、永正九～十年成）

無意趣也。こゝのやうたい何とも心得がたきと也。歌などをもよみをかず、いかにともいひもをかざるを云也。

○『明星抄』（三条西公条、天文八～十年頃成）

無意趣《ムイシュ》なり。爰《こゝろ》の様体何共心得がたきと也。歌なども《をも》よみをかず、いかにとも云もをかざるを云也。

○『休聞抄』（里村昌休、天文十九年成）

直隠《ヒタヤゴモリ》　無意趣など云心也。

○『紹巴抄』（里村紹巴、永禄七～八年成）

直隠　無意趣也。難心得さまなるべし。無意趣をいはずしてこもりをる也。

○『山下水』（三条西実枝、元亀元年～天正七年頃成）

無意趣也。此女性、非普通之故、馬頭不得其心、若有別心哉之疑雖有之、又実無可疑之躰。

○『源氏物語覚勝院抄』（元亀三年頃成）

〈和泉式部日記〉。無意趣也。

○『孟津抄』（九条稙通、天正三年成）

〈河海抄〉〈弄花抄〉〈和泉式部日記〉。なにゆへとなくこもる也。歌などをもよみをかぬ心なり。

○『万水一露』（永閑、天正三年成）

直隠《ヒタヤゴモリ》、心はいしゆなき也。又ことはりつきずの心也。こゝろえがたきさまともいへり。〈和秘抄〉〈祇註（引用者注：宗祇注釈）〉〈細流抄〉。

○『岷江入楚』（中院通勝、慶長三年成）

〈箋（引用者注：山下水）〉〈弄花抄〉。河（引用者注：河海抄）に字あまたあり、一説理不尽なるやう也。

○『首書源氏物語』（一竿斎、寛永十三年成）

〈細流抄〉〈河海抄〉〈和泉式部日記〉ノ引用ノミ。

○『湖月抄』（北村季吟、延宝元年成）

〈河海抄〉〈弄花抄〉〈細流抄〉〈和泉式部日記〉ノ引用ノミ。

○『源氏物語新釈』（賀茂真淵、宝暦八年成）

ひたやは紀にひたすらと訓じ、後に一向などいふ、みな同じ、さればこゝはひたすら打こもりてといふなるをかく一向に情なき意に転じいへり、或抄に直隠の字をあて和泉式部が歌（中略）を引たるはあしからず、直にひたすらてふ意に用る也、

○『源氏物語玉の小櫛』（本居宣長、寛政十一年刊）

河海に、直隠《ヒタヤゴモリ》とある字のごとく、何のいへることもすることもなくて、その故といふこともしられず、たゞひた

すらにかくる、やうの意也、やといふは、こもりといふによれる言にて、屋《ヤ》の意より出たる言か、

○『源氏物語評釈』（萩原広通、安政元年成）

［本文左傍ニ「直屋隠」ト注記ス］

以上の「ひたやごもり」解釈も、大別すれば、やはり現代の主要な注釈と同様、

(a)ただひたすら家の中に籠もっていること。（具体的事実）

(b)かたくなに心を閉ざしてばかりいること。（心理的状況）

の二者になろう。『紫明抄』『仙源抄』の「直隠」、『河海抄』の「直隠　或奄宅」や、『千鳥抄』の「只こもりにこもる事」、『和秘抄』の「やがてこもりゐたる也」は(a)であり、『河海抄』の「理不尽なるやう」や十六世紀からの注釈に頻出する「無意趣」や「歌などもよみをかぬ心」という解釈は(b)である。『河海抄』にすでに(a)(b)両説が混在しているところに、この語の持つ両義性がかなり根源的なレベルのものであることを感じさせる。そして、真淵は(a)(b)両論併記の上(b)、逆に宣長は(a)というふうに、近世後期まで両者の並存状況は続いている（さらに(一)(1)で見たように現行の注釈書まで、それは持ち越されているのである）。

その一方で、時間軸の流れに即して解釈の方向性を見ようとすれば、だいたい(a)→(b)というように捉えられるが、そのことを解釈の深まりとして進化論的に捉えることは一応できそうに思われる。(二)(3)で述べるような、近世堂上の歌人烏丸資慶らが「直隠秘居」という解釈だけでは満足できず、もっと説明を求めたのも、そういう内面的な欲求の高まりの一環であろう。そして、この一語に限らず源氏全体にわたって、あるいは源氏以外のものについても全般的に、古注釈の歴史とともに内面的なものへの関心の深まりが発達してきているのは言うまでもない。

特に「無意趣」という用語を切り口として、(b)説に対して明確な形を与え、後世に影響を及ぼしたという点では、十六世紀の三条西周辺の学問の意義の大きさ(9)を改めて思わずにいられない。細かく言えば、「無意趣」という解釈が定着していくのは、兼良・宗祇・肖柏の流れが三条西に注ぎ込む過程（特に右からは肖柏が兼良・宗祇の講釈を受け継いだ『源氏物語聞書』の時点で顕在化していることがわかる）であり、その解釈が受け継がれていったのには、引用の度合から考えて『弄花抄』『細流抄』に拠る所が大きいと思われる。

(3)　帚木巻以外の源氏の用例

さて、以上のことからは、「ひたやごもり」ということばに、具体的事実と心理的状況の二面を表現する多義的な要素を内包すること、その揺れを古注釈の時間軸に即して見ると、心理面を読み取ろうとしていく方向性が見えること、しかし、現行の注釈書に至っても未だその揺れが継承されていること、などが確認できたわけだが、これらの傾向自体は、『源氏物語』の帚木巻以外の「ひたやごもり」においても基本的に見出すことができる。帚木巻以外の三ヶ所の本文を以下に引く。

【須磨】（紫の上に対する源氏の発言）

かくてはべるほどだに御目離れずと思ふを、かく世を離るる際には、心苦しきことのおのづから多かりけるを、ひたや籠りにてやは。

【夕霧】（御息所に対する夕霧の発言）

秋の野の草のしげみは分けしかどかりねの枕むすびやはせし

明らめきこえさするもあやなけれど、昨夜の罪はひたや籠りにや。

【総角】（薫の発言）

ここもとにただ一言聞こえさすべきことなむはべるを、思し放つさま見たてまつりてしに、いと恥づかしけれど、ひたや籠りにてはえやむまじきを、いましばし更かしてを、ありしさまには導きたまひてむや。

以上のうち、【夕霧】についてのみ付言しておきたい。『日本古典文学全集』（小学館）では、「ひたやごもり」をじっと黙ってそれをお受けすることと取り、「にや」を反語と見て、「昨夜訪問しなかったことへの咎めは承服しかねます」と解釈する。その場合、「ひたやごもり」の主体は夕霧となる。『新潮日本古典集成』では、「ひたやごもり」をそっけないこと、曲がないことと取り、「にや」を疑問と見て、「昨夜お伺いしませんでしたことへのお咎めは、ご無体というものでしょう」と解釈する。その場合、「ひたやごもり」の主体は御息所となろう。ただ、どちらであっても、昨夜訪問しなかったのを責められたことに抵抗する夕霧の気持ちをあらわしていることに変わりはない。

(4)　(一)のまとめ

先に、(a)具体的事実と(b)心理的状況の両者は表裏一体の関係にあり、状況に応じてどちらかの面が大きく出てくるのであって、そのことが(a)(b)の選択を困難にしていると述べたが、これは決して否定的な意味でそう言ったのではない。一語のなかに極めて柔軟な(a)(b)の融合状況が集約されているという点では、むしろ積極的な評価がなされるべきであろう。

そして、(a)事実と(b)心理の、この融合状況は少しずらしていくと、指摘されるような源氏世界の自然と人事の融合性(10)—自然の光景はつねに登場人物のそのときどきの感情を反映しているという点で、自然と人事が映発し合うようなものとしての融合性—に連なっていく問題でもあろう。ひたすら家に籠もる事実は自然物ではないが、ある種即物的で感情がない（あるいは人間の感情とは異なるリズムを醸し出す）という点で、心理／人事を相対化するものである。『源氏』における自然と人事の密着した関係性が一語に集約されたような「ひたやごもり」は、源氏世界の本質を象徴的に表わすものと言えよう。

なお、両者の関係をもう少しだけ詳しく捉えておきたい。

この場合、〈家に籠もっていない（つまり行為レベルの条件が満たされていない）／心が閉ざされている（心情レベルは満たされている）〉、ということはあっても、その逆はありえない。この語の使用下においては、つねに心は閉ざされているのである。おそらく語の成立の時点では、行為が心情を導き出したのだろうが、結果としては心情レベルが行為レベルを支えることになったのである。そして、かりに〈家に籠もっていない／心は閉ざされている〉という場合でも、実際家に籠もっていた行為における頑なな身体感覚は残存していて、心情レベルでの頑なさを保証することになっている。これらの関係を図示したのが、図Ⅰである。

このように、(a)(b)両義が自在にかつ立体的にも結びつくような、リバーシブルな性格のことばとして「ひたやごもり」を捉える、ということを㈠のまとめとしたい。

行為	家に籠もっている	家に籠もっていない
心情	心が閉ざされている	

図 Ⅰ

㈡ 『源氏物語』以外の資料における「ひたやごもり」の用例

さて以上、『源氏』の注釈史に限って「ひたやごもり」の語史を辿って、その多義性を確認してみたが、それを『源氏』以外の作品における用例についても確認しておこう。

(1)『源氏』以外の文学作品の用例

そもそも『源氏』以前にも、この語の用例は存在した。『宇津保物語』俊蔭巻に、

今日は御供に候ひつれば、「ひたやごもりなり」とて、帰り給はん、便なかるべし。

とあり、これは「御伴に侍りながら、自分の用で籠ってしまって、帝のお前に出ないこと」（『日本古典文学大系』頭注）である。しかし、そう思われては困る（「便なかるべし」）と思っているだけで、まだ「ひたやごもり」の状態になってはいない。ここからは、(b)心理的状況よりも(a)具体的事実の方に重きが置かれているように見える。

また『蜻蛉日記』天禄二年六月条にも、

おさなき人の、「ひたやごもりならん、消息きこえに」とて、ものするにつけたり。

とある。「おさなき人」すなわち道綱が「今後籠りきりになるというお知らせを申上げに」（『蜻蛉日記全注釈』訳）と言って出かける場面である。道綱も母に同行して物忌みのため寺に籠もるので、当分兼家邸には伺候に行かれない、そのための挨拶に出向くのである。道綱母ならともかく、ここは道綱なので、うらみがましく心を閉ざすというニュアンスはないと考えてよいと思われる。したがって、ここも(a)具体的事実のみであると考えられる。

以上の二例は『源氏』以前であることがはっきりしている例だが、そうしてみると、(a)(b)両面のリバーシブルな機能が十分に発揮されるのは、やはり『源氏』の時代に至っての事と思われる。つまり、源氏という濾過器を通ることで、ことばが豊かなイメージを持つようになった、というわけである。

さて、『源氏』とほぼ同時期の『和泉式部日記』には、先に登場した、

うきによりひたやごもりと思ふともあふみのうみはうち出てを見よ

という和歌がある。『紫明抄』『河海抄』などの古注釈から『湖月抄』などに至るまで諸注釈が引用しているところからも、この和歌が後世に与えた影響の大きさが想像される。一首の意は、辛くてひたすら家の中に籠もってしまおうとしたとしても、私と逢うために、近江の海には出て景色を見たらいかがですか、という呼びかけになっている。男女関係をはじめとしてこの憂き世をつらく思い石山に参籠した和泉式部は、とにかく世間から自分自身を隔絶させ、仏縁にすがって精神の慰安を計ろうとする。それに対して敦道親王は、まあそんなに籠もってばかりいないで少しは外に出てきたら、とやさしく呼び掛けている。世間を遮断したいという和泉式部の頑なな感情を察していたからこそ、敦道親王は「ひたやごもり」とことばを用いて和泉式部の行為を表現したのであり、ここでは、(a)具体的事実と(b)心理的状況の並存が確認できる。

また、源氏のパッチワークとも言うべき『狭衣物語』巻四にも、自らが出した手紙の返事をもらえなかった狭衣帝の心内語として、

おほかたにつけても、今はいとかうしも直屋籠りに、なさけなくやはもてなしたまふべき

という一文があるが、「私個人への辛いお気持はともかく、常識で考えても、今は帝である私に、ほんにこのようにお心を固く閉ざして、冷やかな態度を通されるとは、あんまりななされかたよ」（『新潮日本古典集成』頭注）という解釈が可能なように、ここでは(b)心理的状況の要素が大きい。

さらに、『中務内侍日記』にも、

あまり直屋籠りならんもさすがなれば忍びて返事はし侍りが、

とある。これも『新日本古典文学大系』脚注では「知らん顔なのも工合が悪い」とあり、(b)心理的状況に重点を置い

て解釈している。

つづいて、歌集に目を転じてみよう。源氏注釈もした牡丹花肖柏の家集『春夢草』には、次の二首がある。

呼小鳥

春の色もひたやごもりの松の戸におもふを憂しと呼子鳥かな

春月

誰をいとひ誰にみえんの影もなくひたやごもりに霞む月かな

一首目は、「ひたやごもり」の主語が「春の色」と作者自身、「松」に「(春を)待つ」、「呼子鳥」に「(憂しと)呼ぶ」という具合に、三種の懸詞が用いられている。一首の意は、春の色も籠もったまま(つまり冬なので)、松の戸の内で待つしかない私のことをつらいでしょうと呼びかける呼子鳥であるよ、となろう。春を待つ気持ちの強さ(もちろん伝統的美意識に基づいた)からすれば、隠れたままでいる春にさぞ焦れったい気持ちがすることであろう。ここでも「ひたやごもり」には、春がこないという事実だけではなく、それがそっけないと感じる心理的状況が反映されている。二首目も、ただひたすら霞の中に籠もっているという事実に対して、擬人化された月が無下でそっけないことであるという心理的状況を見ようとする。この牡丹花肖柏二例の特異性は、これまで「ひたやごもり」の主体はすべて人間であったのが、ここでは擬人化された自然物である、という点であろう。「ひたやごもり」使用の蓄積とともに、さまざまなバリエーションが表れてくる、ということの好例と言える。肖柏自身は、(一)(2)で引用したその著『源氏聞書』にも「無意趣なる心也。心へがたきさま也」とあるように、(b)心理的状況の意味を把握しており、具体性との両面を兼備するこの語の特性を熟知した上での使用であったと思われる。

また松永貞徳の家集『逍遙集』にも、

春雨

秋の田の庵ならねども漏るぞ憂きひたやごもりの春雨の空

がある。ここでも、空を覆い隠す（a)事実）春雨のつれなさ（b)心理）が表現されている。

(2) 種々の用語集における用例

次に、さまざまな用語集の類を繙いてみる。

まず中世後期における連歌作法書の類などでは、

直隠とかく、やがてこもる躰也、源氏。

（『藻塩草』巻二十詞部、宗碩、永正十年頃成）

引籠居たる事なり。無意趣。しづかに住こゝろ也。

（『匠材集』、紹巴、慶長二年頃成）

直隠とかく、居所の心にあらず、たゞ無意趣なり。一説に居所のこゝろありと云々。

（『無言抄』、応其、慶長三年頃成）

とあり、詩歌作品を作る場合の用語としてある程度の定着化がなされていたことがわかる。解釈について見てみると、『藻塩草』は(a)事実のみだが、『匠材集』『無言抄』はむしろ(b)心理に重きを置いている。これらの編者である連歌師たちは、先に挙げた古注釈の作成者たちと同じ人物、もしくは同じ文化圏に属しており、「無意趣」などという語がほぼ時を同じくして登場してくるのも当然のことと言える。

また、用語集における用例としては、

直隠《ヒタヤゴモリ》　奄宅　一説理不尽ナルヤト也。
（『塵芥』、清原宣賢、永正七年～天文十九年頃成）

などもある。また、近世の用語集にも以下のような記述が見られるのである。

ひたすら家に籠《こもる》也、され共直隠《ぢきいん》とかけば居所に二句云也。
（『御傘』、松永貞徳、慶安四年刊）

〈仙源抄〉〈千鳥抄〉〈藻塩草〉〈紫糸抄〉〈流木抄〉〈匠材集〉ノ引用ノミ。
（『鸚鵡抄』巻九十四、荒木田盛員、貞享二年成）

直蟄《ヒタヤゴモリ》　―隠。義同。無意趣而蟄居之義。出源氏。
（『書言字考節用集』、槙島昭武、享保二年刊）

うつほ物語源氏に見ゆ、直隠と書りといへり。〈和泉式部日記〉
（『倭訓栞』、谷川士清、安永六年～明治二十年刊）

ムシヤウニ引コモル。
（『雅語訳解』、鈴木朖、文政四年刊）

〈宇津保物語〉〈蜻蛉日記〉〈源氏・帚木、須磨、総角、夕霧（本居宣長・賀茂真淵の注釈）〉ノ引用ノミ。
（『雅言集覧』、石川雅望、文政九年～嘉永二年刊）

〈無言抄〉〈御傘〉〈源氏・帚木（雅語訳解）〉ノ引用ノミ。
（太田全斎『俚言集覧』）

(3)　後水尾院と「ひたやごもり」～『伏屋塵』の「ひたやごもり」解釈

さて、つづいて、後水尾院の『源氏物語』に関する書『伏屋塵』に見られる「ひたやごもり」という語に対する見解とその和歌について検討を加えていきたい。まず、『伏屋塵』の該当部分を以下に引用しよう。[11]

ひたやごもりの事

説あまた侍り。また催馬楽などにも心得たがへること多し。寛文三年卯月の比、故郷の卯花といへるうたさぐりてよみ侍るに、

ふるさとのひたやごもりにむかひみんまどの外面の雪の卯の花

かくよみけるに、飛鳥井雅章・烏丸資慶まいりて、をの／＼申けるは、ひたやごもりのこと、いづれの字義にてかと心得ず申せしに、物語の上心得ず侍ることゝ、あざみたはぶれてありけるが、直隠秘居など、水紋《波イ》紫明抄などにも、文字をあらはし侍れども、此字義分明ならず。直休籠にてこそ侍れ。上日のもの、休番してわたくしに侍るを申侍る。さてこそ物語の心にもかなひぬるといへば、両卿かしこまり申して、よろこびてまかでぬ。

以上が該当部分の全文である。順に語句についてふれておきたい。「寛文三年（一六六三）」は後水尾院六十八歳（享年八十五）。掲出の和歌は探題で当てた「故郷卯花」について詠んだもので、家の中に籠もって、窓から屋外の雪のように白い卯の花を見つめているという内容になっている。「飛鳥井雅章・烏丸資慶」はともに後水尾院から古今伝授をうけた歌人たちで、後水尾院歌壇の中でも中心的な存在であった。その彼らは「ひたやごもり」という語の意味について釈然としない感じを抱いており、『紫明抄』（外題「水原紫明抄」）。右の本文にある「水波」は「水原」の誤りか）に「直隠（ひたすら籠もる）秘居（ひそかに住む）」とあるだけでは納得できかねるといった風である。そこで、後水尾院は「直休籠」であると述べ、「上日のもの（一定の日に宮中などに出仕する朝廷の下級の臣）」が「休番（非番）」のため、私的な時間を過ごしているのだと解説したところ、雅章・資慶ともに喜んで帰っていった、というのである。この解

釈の根拠はよくわからないが、あるいは㈡冒頭で挙げた『宇津保物語』の、公の時間に対する私の時間という使われ方に近い感じを受けるので、そのあたりから援用したものだろうか。

ところで、『源氏物語』四ヶ所の用例のうち、後水尾院の発言と直接関係のある「ひたやごもり」の用例はどれに当たるのだろうか。「ひたやごもり」状態である主体についてみると、帚木巻は指喰い女、須磨巻は光源氏、夕霧巻は夕霧もしくは御息所、総角巻は薫である。いずれにしても後水尾院の言にある「上日のもの」とは関係がないように思われる。ここで想像を逞しくするに、帚木巻において左馬頭が話を始める時に「はやう、まだいと下﨟に侍りし時、あはれと思ふ人はべりき」と言ったことが後水尾院の念頭にあって、「ひたやごもり」の主体を左馬頭と混同したのではないだろうか。ただし、解釈が一番難しいのは先に述べたようにむしろ夕霧巻であり、雅章・資慶が「心得ず」にいたのはこちらの箇所なのではないか、とも思われる。いずれにしても、これ以上穿鑿するすべがないので、ここでは憶測を記すにとどめておく（後水尾院の和歌をも指導した中院通村の源氏注釈〈京都大学附属図書館中院文庫〉も検してみたが、「無意趣」など三条西源氏学系の解釈が記されており、後水尾院のユニークなそれは見出せなかった）。

さて、後水尾院の和歌に立ち戻って、その内容について考えてみると、後水尾院の解釈に従えば、非番となり私的なひとときを過ごすため、古びた里の家にひたすら籠もって、卯の花が咲き乱れる屋外の景観と窓越しに対峙している、ということになる。そもそも、「ひたやごもり」の心理状況面には、現実の辛さ、困難さなどへの拒絶、そこからの逃避という側面があることは、いままで繰り返し確認してきたところであるが、後水尾院の歌の場合は、私的な時間なればこそ、そういう拒絶や逃避がよりいっそう可能となり、また獲得できる精神的な慰安の大きさも増大するであろう。そのような点で、非番という要素が有効に働いていると言える。そして、「故郷」もまた私的な感情を発露するに足る場である。もちろん、以上はあくまで後水尾院の解釈に則った上での事であるが、いずれにしても、変形しているとはいえ、ここでもやはり多義性の命脈は保たれていると言える（なお、「故郷卯花」の題は、『明題部類抄』『類題和歌集』にはなく、『平安和歌歌題索引』（瞿麦会）を検すると『月詣和歌集』に二例（大輔・紀康宗）あり、また『新類題和歌集』にはさらに二例（覚綱・藤原秀能）あるだけなので、比較的珍しいものであろう）。

⑷　㈡のまとめ

ここまで見てきたように、『源氏』以外の作品にも、さまざまな作品や用語集類に用例が見受けられ、享受の浸透度の深さを強く感じ取ることができる。これらの用例においても、全般的な傾向として、㈠で指摘したような、(a)具体的事実と(b)心理的状況という多義的な要素が看取される。そして、『源氏』以前に用例はあるものの、それらの用例よりも『源氏』の用いられ方の方がリバーシブルな喚起力が増大しており、この語に対する印象ははるかに強力である。したがって、『源氏』において用いられているという点が、このような享受史の豊かさを助長したのだろう。

このことばの多義性によって醸し出されている曖昧さは、ある詩的なイメージを作り出していて微妙な味わいがあるのであるが、使用する側がそれを自覚的に用いたかどうか、については、若干問題がある。まったく意識していなかったかと言えば、そんなことはあり得ない。むしろ、注釈史がそのことは常に明確化したであろう。したがって、方法意識としての自覚は存在した（あるいは形成されて行った）と言える。しかし、このような多義性の醸し出す曖昧さは、日本語の織り成す文学世界のすぐれて特徴的な本質そのものであり、曖昧さを創り出す構造がすでに個々のことばのなかに築かれているものであるとも言える。その点では、意識する以前の次元ですでに用意されていたものである、という言い方も可能なのである。

そのような、意識・無意識の二重構造は、曖昧さに限っての事ではない。『源氏』以後の文学にとって、源氏世界を利用するという事自体がそうなのである。主題や登場人物の造型からことばひとつひとつの選択に至るまで、それを利用するという方法意識というようなものは確かに存在した。しかし、そのもうひとつ深層のレベルでは、すでに血となり肉となった源氏世界が、その時々に応じてただ表出しているにすぎない、という次元も存在する[12]、そういう点での二重構造がある。つまり、『源氏』から意図的になにかを摂取し一体化を図ろうとして作品を創るレベルだけではなく、一体化している事自体が自明で、そこで個としての作者が『源氏』に対して自己の感性との折り合いを自然とつける作業も同時に孕むのが創作過程なのである。

おわりに

曖昧さという、ことばが持つ本来的な能力を詩的文脈のなかに取り込むことで微妙な味わいを醸し出すこと（それは詩歌という文芸が本質に持っているものであろうが）を積極的に評価するということで言うなら、㈠に述べたような(a)事実と(b)心理という見解の揺れも、二者択一というようなことではなく、揺れそれ自体をも許容する形で受けとめるということでよいのである、と先に述べた。逆に言えば、単純な二項対立を越えて、より深層にある複雑なイメージを喚起する力を持つものとしてそれは捉えられるのである。もちろん一語のなかに多義的なものを内包するというのは、語の持つ本質的な機能であり、そこから問題をより一般化できるだろう。しかし、ここで文学史の問題に踏み止まって考えてみると、そういう詩的なイメージの広がりを持つことばとして「ひたやごもり」が形成された原因は、やはり『源氏』中に用いられたことばであったからである、ということにこだわらざるをえない（因みに、次に貢献度が高いのは『和泉』[13]）。もちろん、たんに『源氏』という有名作品に用いられたという事実が問題なのではない。『源氏』の作品世界が持つ深みが、そこで使用されている一語の喚起力を一層増大させている、そのことこそが重要なのである。そして、『源氏』によって力を賦与されたことばが、後代に受け継がれて次の作品を形成していく。このようにして、ことばに磁力を賦与する強力な磁場のような作品としては、『源氏』以外に『古今集』（あるいは三代集、八代集）、『万葉集』、『伊勢物語』などが想定され、これらの作品に使われたことばはやはり位相がほかとは異なっている。

そういう点では、『源氏』と後代の詩や散文が重なり合うという形で別のレベルでの重層性の問題がここで浮上してくるわけだが、それこそが日本古典文学のもっとも本質的な問題と言える。作品に使用されるごとにイメージが重層化されることばが集積して、さらに次の作品を形作っていく、その全体像の要として『源氏』という作品が位置することは言うまでもない。

そのことを「ひたやごもり」に即して再度まとめ直しておきたい。すなわち、源氏世界によって多義的な力を賦与された結果、読者に印象付ける衝撃力が増し、後代の作品世界を形成するための語として利用されるようになった。そこでも、多義性は威力を発揮し、その効果としての曖昧さの醸し出す情緒は持続的に受け継がれていった、と。その間、注釈史は、それにどう関わったか。まず、内面的に深められた解釈を示すことで、多義性への意識をつねに喚起した。そして、絶え間なく(a)事実と(b)心理の解釈が各書で揺れ動く注釈史が総体として存在しつづけることで、解釈の揺れそれ自体をも包み込むような、積極的な意味での曖昧さを作者と享受者の双方に保証する働きを果たしていったのである。

（1）いわゆる「源氏詞」については、近年、安達敬子「源氏詞の形成」（国語国文、一九九一年四月）などがあり、享受史的な視点から注目を浴びている。

（2）『日本国語大辞典』（小学館）は「直屋籠・直屋隠」、『岩波古語辞典』『例解古語辞典』（三省堂）『旺文社古語辞典』は「直屋籠り」、『新明解古語辞典』（三省堂）は「直家隠り」と漢字を当てる。また、『紫明抄』『河海抄』などでは「直隠」と当てており、真淵も「ひたや」でひたすらの意があるとするように、「ひたや」全体で「直」とする見方も存するが、現行の辞典類ではそれらは採られていないようである。

（3）『源氏物語』の引用は、『日本古典文学全集』（小学館）に拠る。なお、帚木巻の「ひたやごもり」に関してのみ異同がある（『源氏物語大成』）。別本の伝津守国冬等各筆本（桃園文庫蔵）のみ「ひたえこもり」となっているのである。ただし、これでは意味不通であり、問題としないことにする。

（4）現行の辞典類における「ひたやごもり」の項目で(a)(b)両方の意に分けて解説しているのは、知り得た範囲では『岩波古語辞典』のみである。

（5）ただし、注（2）に述べたような、『紫明抄』『河海抄』や真淵の解を採れば、「ひたやごもり」から「屋」という意は拾えないことになる。

（6）『日本語学』一九八五年十一月、『源氏物語攷その他』笠間書院刊にも所収。

（7）注(6)石田論文。古注釈についての分析のうち、『河海抄』「理不尽」、『弄花抄』『細流抄』「無意趣」、そして『新潮日本古典集成』が同じ方向性であるとの指摘については、すでに石田論文にある。石田論文では、『弄花抄』の価値を重く見ているが、「無意趣」に初めて言及したという点では肖柏以前をも重視したいし、また後世への影響という点では『弄花抄』以外に『細流抄』もそれと等価（あるいはそれ以上）と見たい（後述）。

（8）源氏古注釈については、以下の本文を用いた。

『紫明抄』『河海抄』　『紫明抄　河海抄』（角川書店）
『仙源抄』　群書類従
『千鳥抄』　続群書類従
『一滴集』　未刊国文古註釈大系
『和秘抄』『雨夜談抄』『明星抄』　源氏物語古註釈叢刊

『源氏物語聞書』『一葉抄』『弄花抄』『細流抄』『孟津抄』『万水一露』『岷江入楚』　源氏物語古注集成
『休聞抄』　内閣文庫蔵写本（国文学研究資料館マイクロフィルム紙焼き本E2328使用）
『紹巴抄』　平安文学資料稿（広島平安文学研究会）
『山下水』　武庫川女子大学紀要三十三集
『覚勝院抄』　『源氏物語聞書　覚勝院抄』（汲古書院）
『首書源氏物語』　『首書源氏物語』（和泉書院）
『湖月抄』　北村季吟古注釈集成
『新釈』　賀茂真淵全集（続群書類従完成会）
『玉の小櫛』　本居宣長全集（筑摩書房）
『評釈』　国文註釈全書

（9）　たとえば重松信弘『増補新攷源氏物語研究史』（風間書房、初版一九六一年、増補版一九八〇年）には、三条西家の研究について「注目すべきは、こまやかに心持を鑑賞してゐることである」とある。また三条西源氏学が歌語「篝火」の解釈に影響を及ぼすなどの具体例も報告されている（野村精一「〝歌語〟の思想史—文学史論の試み—」『実践国文学』、一九九一年三月）。三条西、特に『細流抄』などを著した実隆は、近世古典学のみならず、近世和歌にとっても規範となるような大きな存在であった（本書第一部第二章三参照）。
（10）　たとえば、秋山虔「源氏物語の自然と人間」（『王朝女流文学の世界』東京大学出版会、一九七二年）、小町谷照彦「風景の解読」（文学、一九八二年八月。『源氏物語の歌ことば表現』東京大学出版会刊にも所収）、鈴木日出男『源氏物語歳時記』（筑摩書房、一九八九年）など。
（11）　『伏屋塵』は、『源氏物語』の「三箇の大事」ほか数項目にわたり注解を加えた書。『続群書類従』『列聖全集』御撰集第三巻に翻刻が備わる。引用は『続群書類従』に拠った。
（12）　たとえば、池田和臣「源氏物語の水脈—浮舟物語と夜の寝覚—」（国語と国文学、一九八四年十一月）には、「『源氏』の表現・趣向・構想などの引用は、そのバリエイションを知的技巧的につくろうとしたことの痕跡というより、むしろ方法にいたらぬ生理のようなもの」との指摘がある。

（13）仮に『和泉式部日記』の方が成立が先であったとしても、『源氏』の方が貢献度は高い。この場合、数年、十数年の時間差よりも、作品世界の厚みの差が優先される。

〈補記〉『源氏』の「解体、断片化」の諸相については、三角洋一『物語の変貌』（若草書房、一九九六年）、島内景二「『源氏物語』のモザイク」（電気通信大学紀要、一九九三年）など一連の島内論文に教えられるところが大きかった。併せて参照されたい。

五、堂上和歌と連歌

はじめに

和語で詠まれた日本詩歌の流れを考える場合、〈和歌→連歌→俳諧〉というのが、もっとも単純な図式であろう。連歌的なものや俳諧的なものは和歌の最盛期から存在していたわけだが、しかし最盛ジャンルの時間的変遷という視点から導き出されたこの矢印自体が詩歌史のもっとも太い描線であることは言うまでもない。むしろここで注目したいのは、連歌が隆盛を極めた時期にも和歌は依然として詠まれ続け、俳諧が力を誇った時期にも和歌・連歌作品は生産され続け、それらのジャンルが相互に影響を与え合っていた、という点である。つまり、冒頭の直線的・発展的な方向性を示す矢印を主としつつも、〈連歌→和歌〉〈俳諧→和歌〉などというような逆の方向を示す矢印の存在も容易に想定しうるわけである。問題は、冒頭の矢印の太さに対して、逆の矢印がどれくらいの太さであったか、という点であろう。ここでは、近世前期の堂上和歌における〈連歌→和歌〉という点に焦点を絞りつつ、その内実を探っていくことで、近世詩歌におけるジャンルの相互関係について考えることを目的としたい[1]。

(一) 現状認識

連歌のありかたは、近世堂上歌人にとって、どのようなものとして認識されていたか。連歌と和歌の関係の現状に関する認識について確認するところから始めたい。霊元院が後水尾院の言説を主に聞書した『麓木鈔』には次のようにある。

(a)連歌は歌によよし。連歌口になる故、がいに成よし申人もあり、大なる僻事也。

連歌は和歌に役立つ、連歌が和歌にとって「がい」になるとは「大なる僻事」という発言を堂上歌壇の主要人物がわざわざしたことにはどのような意味があるのだろうか。本来和歌と連歌の上下関係は歴然であるはずである。それがわざわざこのように言わなくてはならないところに、それだけ連歌を嗜む人々が大勢いて[2]、和歌にも役に立つなどと言っては連歌をしていたという当時の状況、そして逆に、和歌が連歌に侵食されているという状況認識の上に立った、〈連歌→和歌〉への和歌側の反発心の強さが窺い知れる。すなわち、如上のような連歌擁護論には、連歌を愛好する側とそれを批判しようとする側のそれぞれの微妙な思惑が見え隠れしている。

そして、このことと表裏をなす言として、時代はやや遡るが、細川幽斎の言説を烏丸光広が聞書した『耳底記』に、

(b)当代の歌は、みな連歌なり。

とあることが想起されよう（幽斎述・佐方宗佐記『聞書全集』にも同様の記述あり）。和歌が和歌としての矜持を保つこと

ができずに、連歌に堕してしまった、という慨嘆がここにはある。そして、連歌の和歌への侵食をもう容認しようではないかという和歌側の意識が、連歌が和歌に有害という攻撃への擁護という最初に引用した言動に現われているのである。

ところで、連歌は和歌にとって有害だとしたら、どのような点なのだろうか。それについては、近世の歌論書から次のような言説を拾うことができる。（傍線引用者、以下同）

(c)（(b)「当代の歌はみな連歌なり」の続きとして）いひつめたがりてきつきなり。歌はさやうならず、いうげん也。

（『耳底記』）

(d) 連歌にはきうにあたりたるを、歌にはゆるくうつくしくいうたるものなり。

（武者小路実陰述・似雲記『詞林拾葉』）

(e) 歌ほどなるまじきものはなし。（中略）ますぐなこと、連歌はよき前句だにあらば、かたのごとくにはにじりつけんと思ふなりとの給ふ。

（『耳底記』）

ここからは大きく分けて二点の理由を引き出すことができる。まず第一は、連歌は和歌よりもさらに小さな詩型であるが、そこにさまざまな内容を含めようとするため、ことばの屈折や圧縮がどうしても多くなる。[3] そういう点で連歌は(c)「きつき」、(d)「きう」という表現になりがちで、和歌が本来目指すべき優美さ（(c)「いうげん」、(d)「ゆるくうつくしく」。そのほか、(s)にあるような「ふくりとしてからおとなしき」というような風体）に欠けやすい。もう一点は(e)にあるように前句との関係である。(e)では、連歌は前句さえよければ「にじりつける（なすりつける、こすりつける）」ようにしてなんとか付句ができてしまう、と言うのである。これではたしかに、五七五七七を自分の責任で詠まなくてはならない和歌に比べて一人一人の行為の独立性が低く、和歌を詠む実力がつきにくくなってしまうだろう。

また、如上の視点をとらなくとも和歌にとっての連歌の弊害はさまざまに想像できるであろう。たとえば連歌は一撰成立の基盤のひとつともなったわけだが、その際に発揮された連歌の特性として融和性・興奮性などが指摘されている。[4] この融和性については、先に述べた前句への依存ということに繋がり、一首の独立性を保持する和歌のありかたと対立してしまう。また、興奮性の方であるが、連歌の場合「(付合の)偶然性によってひきおこされる意外さの感興の集積が、連衆全体を興奮へと導いていく」[5] のであるが、それに対して、和歌の場合には一首の世界を作り上げるために心を静かにして自己の内面と向き合わねばならず、興奮性はむしろ詠歌の障害となるのではないか。

なお以上の点に文学史的な時間意識を加えた上で、連歌の和歌に対する弊害を説くこともあるようだ。

(f)(「連歌は歌に害に成申候哉」との問いに対して)

尤昔の連歌と近代の連歌はかはりて、風躰・詞悪く成たる故、殊に歌に害になり候。都て歌をよまぬ人の連歌ばかりする故、自然と連歌あしく成候。歌を読て連歌せられたる衆の連歌は、歌にかはる事なく候。紹巴などより爾来、次第に歌をやめて連歌師といふになりてから大分わるく成候事也。尤連歌建治の式目、為相卿いたされ候事故、何とぞ風躰のよき連歌、今も有度候。此式目も今は失せて名目ばかり残候事也。

(上冷泉為村述・宮部義正記『義正聞書』)

ここでは、連歌が歌人のなかで和歌と両立しているうちはよかったのだが、連歌専門に行なう者たちの出現によって連歌が「風躰・詞悪く」なってしまったので、和歌にとっても害になるのであると述べられており、時間的経過のなかでだんだんと連歌が変質していったという文学史的変遷が和歌への悪影響を誘因したというような、より複雑な現状認識が見られるのである。

ただし、連歌が和歌の障りになるという理由で、和歌側が連歌を完全に退けたいというのではない。そうするには、あまりに連歌は強大な影響力を持っていたであろうし、実際中世以降ある独特の特色を得た連歌の魅力には、歌人たちも抗しがたいものがあったに違いない。そこで、両者の差異さえ弁えていれば共存することができるという論理が現実的な対応策として出てくることになる。それは、たとえば、次のような言説に顕著なものであろう。

(g)連歌は歌のさはりにはなり不申候や。故西三条実教へある人如此とひければ、食物は何をたべ候ても脾胃さへよく候へば、あたるものにてはなしとばかりこたへられたるよし、尤なる返答なり。歌のことよくがてんして、夫より連歌をすれば、さはりになるべきにあらず。すこしの心持なり。

(『詞林拾葉』)

なお、この違いは右の文章の最後にもあるように「すこしの心持」のことであるため、微妙な感覚を操れるだけの技量がなくてはならず、熟練を必要とする。そのため、和歌の初心者にとっては連歌への熱中は要注意であるという第二の論理が生み出されることになる。たとえば、

(h)初心間、連歌、狂歌、誹諧等に心かくる事努々あるべからず。已達のうへは何事も難なき也。

(烏丸光栄述『和歌教訓十五個条』)

(i)(「連歌は歌に害に成申候哉」との問いに対して)

害になると云事はなけれども、歌初心の間は連歌など悪敷候。根本すはらざる故也。已達の上には何をしても害なく候。

のように、上達するまでは和歌に専念せよ、上達さえすれば連歌でもなんでもしてよろしいという態度なのである。

（『義正聞書』）

おそらく、このような部分的容認論が、最初に引用した「連歌は歌によし」という積極的な評価へとつながっていくのであろう。ほかにも、『詞林拾葉』では、

(j)連歌にも歌にも句つゞき、句うつりのその味はひ〳〵に何とも詞にてもいひがたき餘情こもるものなれば、（中略）此の連歌どもをとくと吟詠して、歌のよき味はひもつがひ〳〵に有りといふことをしるべし（下略）

と述べ、連歌における「句つゞき、句うつり」が和歌にとって参考になることを説いている。

ところで、堂上以外でも、たとえば松永貞徳の『戴恩記』にも、

(k)先連歌をすてよ。おなじ道ながら初心の時はさはりと成るなり。連歌は前句につく事を詮にするによりて、やさしからぬ詞もとり出てつかふを見なれ聞き馴るゝまゝ、いやしき詞ともおぼえずそれを歌に用うるにより、殊外のさはりとなる也。

とあり、ほぼ同じような主張がなされていることに気付く。初心は連歌を控えるという点はもちろんのこと、用語の優美さや前句との関係についても言及する。ここでは、その二点が組み合わされて、前句に付けようとするあまり、優美ではない表現も用いてしまうのが、和歌にも影響するからよくないと述べられている。そのような点が堂上のみならず着目されていた事実は、〈連歌→和歌〉という線の太さを物語っていよう。

なおさらに一言付言しておくと、連歌が隆盛を誇った中世の時点から、〈連歌→和歌〉はすでに存在したであろう。(6)

したがって本論は、〈連歌→和歌〉の濫觴を探るというよりも、連歌隆盛の〈後遺症〉を背負った近世和歌がどうい

う現状認識を抱き、そのことが近世詩歌全体の問題のなかでどう捉えられるのか、という点に重点が置かれていることを改めて確認しておきたい。

(二) 基本理念

(一)では、連歌に圧倒されがちな和歌側の現状認識についてまとめてみたが、ここではその背後にある、和歌とはどういうものか、連歌はそれに対してどうあるべきか、ということに関する基本理念について言及したい。

(l)連歌によきと思ふ詞も、歌にてはあらめに聞ゆ。とかく歌はけだかきものなり。(『聞書全集』)

(m)歌によみのこしたるは、連歌の詞にはよき詞也。連歌によきことばぢやとおもふは、うたにはすこしもよまれぬなり。すゞしめにきこえてわろきなり。歌と連歌とぢやうに違ひたる物とみえたり。(『耳底記』)

(n)歌にきらひて、えりあましたる詞、連歌には耳にたゝず、連歌にはよきとおもふことばも、歌ではあらめにきこゆるなり。歌といふものなにとした、けだかきものやらん。(『耳底記』)

(o)連歌といふものは、誰もちとづゝはすれども、歌はならぬとみえたり。(『耳底記』)

これらはすべて幽斎の言であるが、用語の範囲も和歌より連歌の方がゆるやかである分(m)(n)、(l)(n)にあるように、和歌は「けだかき」ものとなり、(l)(n)「あらめ」で(m)「すゞしめ」な連歌とは異なるものであるとされる。その結果として和歌の方が連歌より高度で達成が困難なものとされるのである(o)。

ところで、いままでの言説については幽斎のものが比較的多く見られる。このうち(b)(c)(m)(s)については島津忠夫氏に、

幽斎がすぐれた連歌作者でもあつただけに、逆に和歌と連歌との相違を見つめることにより、和歌の本質をとらへようとしてゐるのであり、ともすれば安易に連歌の新しさを和歌にもちこまうとする当代の風潮をきびしくいましめるのである。和歌と連歌との表現の差は微妙なところにあつただけに、そのけじめをはっきりとして、それぞれによみわけようとするのである。

という指摘があり[7]、基本的に従いたい。そして、ここまで見てきたことからは、そのような和歌と連歌の関係についての危機意識は薄らいでいき、幽斎以後むしろ部分的あるいは全面的に容認の方向を示している。すなわち〈連歌→和歌〉がさらに進行・定着した、という点も注目されよう。

さて、そのような和歌側からの見解に対して、連歌の側では、どのように考えているのだろうか。伝統的に連歌側からは、和歌と連歌は一体のものとの思想があるわけだが[8]、これには和歌と肩を並べたいという気概や願望も多分にふくまれていよう。連歌師のなかでは、和歌がすばらしいものとしてまず存在し、それと対等、あるいはそれを補完するものとして連歌が存在するというような論理を用いることで連歌を高みに置くというようになっている。したがって、連歌の存在理由は和歌抜きではありえないことになる。

そのような和歌と連歌の関係は俳諧の台頭によって、より複雑な図式を提示することになる。近世中期の連歌師阪

昌周の言を堂上派地下歌人石野広通の『大沢随筆』（東京大学総合図書館蔵写本）のなかから引用しよう。

(p)今はいかいといふ名、心得がたし。誹諧といふものは歌にあり。長歌・短歌・旋頭・混本の名目ある如し。（中略）今いふ誹諧は歌にあらずして連歌に似たり。依之、誹諧連歌といひて、歌の中にて誹諧歌は物狂の事なれば、連歌の躰にて物狂のさまなれば誹諧連歌といはんとする歟。是其理なし。誹諧は歌にての一躰也。連歌又歌の一躰也。躰二つを合ていふ事は何によらずなき事也。（中略）今云誹諧はいづれにも名目のたゝぬ狂言なるべし。

ここでは、台頭してきた俳諧が、連歌俳諧を称したことについて、もともと連歌も俳諧も和歌の一体であるのに、それをつなげて一体を称するのはおかしいという形でその齟齬を指摘し、俳諧に批判を加えている。近世中期には連歌は俳諧に圧倒され、その勢力衰退は歴然としていたが、ここでは俳諧が連歌と同じく和歌から派生したものであり、かつ連歌から俳諧へと発展したと主張することで、連歌の俳諧に対する優位性を説こうとする。この論理の支えになっているのは、連歌こそが和歌に随伴してともに栄えるべき上部ジャンルであり、俳諧はそれに対して下部に置かれるべきものである、という基本理念であろう。それこそが唯一連歌師の存在理由を保障するものであった(9)。この時、連歌と俳諧を画然と分けるのは雅俗を峻別しようとする意識にほかならない。そういう昌周の気持ちに応じるように、右の文章のあとには、石野広通の評語として、

(p)此事いふにたらず。和歌に志あらん人、たれか今いふはいかいをすべき。下等の人の文字の数しらざらんたぐひは博奕するに又まさるべき歟。

とある。広通は歌人であるから、昌周よりさらに高みに立って、「和歌に志あらん人、たれか今いふはいかいをすべき」と述べ、暗に連歌を和歌の学習のための随伴物として推奨するような姿勢を示している。

そうしてみると、近世初期までは雅文芸が圧倒的な力を保ち、そのなかでの和歌と連歌というふたつのジャンルの相対的な位置関係が両者にとって問題とされてきたのが、それ以降、俗文芸の俳諧が徐々に雅文芸を圧し勢力をつけてきたため、和歌と連歌が結託して自らのジャンルの俳諧に対する優位性をうたいあげて対抗するというように事態が展開したと言える。連歌はそこで存在理由を死守するために、いっそう和歌の権威を持ち出し、それに擦り寄ろうとすることで生き残りを賭けている。ただし、連歌にとっては上部構造にあることを守るため、和歌への従属をより声高に叫ばねばならないというあやにくな事態となった。俳諧が強力に伝播していった近世詩歌史においては、自らの優位性を抱くという基本理念が和歌・連歌側にあったこと、それを守ることで逆に連歌の和歌に対する従属性が基本理念のレベルで一段と顕在化したことがここでは確認できるのである。すなわち、〈和歌→連歌〉という線自体も常に自らの存在を強固に主張しつづけ、〈連歌→和歌〉の線が太くなったとはいっても、それは〈和歌→連歌〉によって支えられてはじめて成立するものであったわけである。しかし、だからこそ、和歌と連歌の響き合う構図は複雑で躍動的なものとなり、両者の関係が詩歌史全体に作用する力もより強力になったのである。

(三) 和歌表現

さて、連歌の和歌への侵食という「(一)現状認識」と、和歌の連歌に対する本来的な優越性という「(二)基本理念」における両者の錯綜する関係を見てきたが、ここでは実際の表現を探りつつ、その具体的諸相を窺ってみたい。近世堂上の歌論書において、和歌と連歌の差が表現面から言及されている例として、たとえば、

(q)くるゝよりといふは、連歌こと葉なり。それも又ところによるべし。

（『耳底記』）

がある。試みに「暮る」という動詞の活用を『八代集総索引』（大学堂書店）によって検してみると、「くるるま」「くれ」「くれかかる」「くれがたし」「くれぬま」「くれはつ」「くれゆく」などは見出せても、「くるるより」はない。また『新編国歌大観』索引を検する限りでも、「くるるより」は中古に例がなく、中世前期頃から現れ、中世では三十四例が確認できる。それに対して、堂上和歌の最初の詞華集『新明題和歌集』（宝永七年刊）には十例とかなり多く見出せ、中院通村、武者小路実陰、上冷泉為村ら著名な堂上歌人たちの私家集『後十輪院内府集』『芳雲集』『為村集』にもそれぞれ二、三、二例ずつある。(q)によれば連歌詞である「くるるより」が、和歌世界においても勢力を持っていく様子が看取されよう。これらの用例を検討してみると、「くるるより」は多く和歌の冒頭に置かれて夕暮れへの時間的移行を表わし、二句目以降の表現世界へ夜の景物を導入する働きを果たしているが、どちらかというと時間的経過という具体的事実が浮き彫りになりすぎて、他の景物とのイメージの響き合いが少なく、歌ことばとしてはややそっけない。また、これについては

(r)よりといふ詞、三光院殿（引用者注・三条西実枝）このましからぬ由仰せらるゝなり。（中略）山より野よりなど連歌には連綿多きなり。よりといふにも、枝よりもなどあるは、不苦也。これは少し心ちがふなり。

（『耳底記』）

という言説も参考になろう。ここでは、そもそも「より」という表現自体が和歌には好ましくないものだとの見方が存している。その理由については記されていないが、動作・作用の起点を明確に指示する格助詞「より」を使わずして動作・作用を示せる方が和歌として優雅であるという思いがあるのではないか、と想像される。いずれにしても、(q)(r)の言には、ともすれば和歌と連歌の表現差がなくなりがちな風潮を自覚した上で、それに警鐘を鳴らそうという

意図があろう。

さらに歌論書から、もう一例挙げてみたい。

(s) 終日玩菊

朝まだきさくと見しより白菊の色香にめでゝくらすけふかな

実顕の歌なり。これを御覧じて、あさまだきというて、くらす今日かなとは、あまりけやけきなり。朝露のおきてみしよりといへば、歌がふくりとしてからおとなしきなり。連歌とのあやがそこなり。

(『耳底記』)

実顕は阿野実顕。後水尾院が智仁親王から古今伝授をうけた際、次の間に控えて古今講釈を聴聞したほど後水尾院の信頼が厚い人物であった。「けやけき」とは、そのものずばり、はっきりしすぎなどの意と取るべきであろう。事実をただ羅列しすぎで、それらをつなぐ情緒に欠けているという批判の言なのである。それに対して幽斎の添削のように「朝露のおきてみしより」とすれば、「おく」に「(朝)起く」と「(露を)置く」が懸けられたことでイメージの広がりも得られる上に、伝統的な組み合わせ「露」「白菊」によって、一句から三句へ、さらに下句への豊かなイメージの連なりも得ることができた。いわば五七五七七を「ふくりとしてからおとなしき」体によって統合する工夫がなされたのである。連歌では、五七五、七七と短く区切って世界を転換させていく分、そのような工夫の余地は和歌に比べれば少ないため、前述したように「きつき」(c)「きう」(d)になってしまう。また、世界の転換をテンポよく行なうためには、具体的事実をある程度列挙するようになることもやむを得まい。和歌と「連歌とのあやがそこ」なのである。ここでも、その「あや」を認識しきれていない実顕に対して幽斎が注意を促したわけである。以上歌論書の二例からは、〈連歌→和歌〉の和歌表現における実際を見ることができたと思われる。

さて、次に歌論書から離れて、〈連歌→和歌〉の用例をいくつか検討してみる。たとえば、武者小路実陰に、

松柳繞池水

せき入れて松陰ふかくすむ池のつつみの柳あかぬ春かぜ

（『芳雲集』、一〇八五番）

という歌があり、また、上冷泉為村に、

堤柳

池水に春のみどりの色そへてつつみの柳かげうつすころ

（『為村集』、一三六番）

がある。この二首は傍線「つつみの柳」が共通するわけだが、この表現は近世では、『鳥の迹』（山名義豊）、『八十浦の玉』（源充香）、橘千蔭『うけらが花』、木下幸文『亮々遺稿』（二例）、井上文雄『調鶴集』などにも見受けられるものである。ところが、近世以前ではわずかに宗尊親王の『柳葉和歌集』に一例を見るのみで、あとは用例を見出すことができない。しかしながら、心敬の『連歌詞（当世連歌ニ用詞の事）[10]』を繙いてみると、「堤の柳」が載っており、

池すさまじく秋はきにけり

下葉ちる堤の柳かぜさびて　　　愚

という心敬の用例まで載っている。とすると、この「つつみの柳」という表現は和歌よりはむしろ連歌において醸成された表現として認知すべきなのではないだろうか。

また、中院通村には、

朝附日うつる光も紅のかすみ色こき春のやまのは

（『後十輪院内府集』、三二一番）

という歌がある。四句目「かすみ色こき」はやや圧縮された表現で、和歌ではあまりなじみ深いものとは言えず、調査したかぎりでは『詠十首和歌』（嘉禄元年成）、『法性寺為信集』にそれぞれ一例があるのみ。ところが、「かすみ色こき」は『当世連歌しかるべき詞』[11]『禁好』などにおいて、「当世連歌しかるべき詞」とされている表現であり、また寛正三年八月十三日何路百韻にも用例があることがわかる。[12]通村は『法性寺為信集』（伝本、書陵部蔵御所本のみ）は見たこともあるだろうが、この場合は複数の連歌書にこの表現が載っていることから、連歌的表現としてこの語を認知していたとみてよいのではないか。

以上、表現方法や語句のレベルにおける〈連歌→和歌〉の具体的諸相を見てきたが、これらは自覚的な行為というよりも、無意識のレベルで、連歌的な発想がこれらの歌人たちの基本精神をも侵しつつあったことに起因するのであろう。どんなに歌語の枠組みを王朝と同じように守りたいと考えていても、いったん連歌の隆盛を体験した以上、その〈後遺症〉から自由でいることはできなかった。そういう点で、歌人は自らが生きた時代を結果的に体現してしまうのである。

おわりに

さて、以上近世前期の堂上に焦点を絞りつつ〈連歌→和歌〉の傾向を見てきた。「㈠現状認識」の最後でも触れたように、その傾向は中世から見られたものであった。そのことは、たとえば近世末期において出雲国造の千家尊孫が著した歌論書『比那能歌語』（天保九年刊）の一項目「歌躰の替しは連歌の起しよりの論」において、

さて、撰集後となりては宗祇・肖柏などいふ連歌師ども歌の宗匠をもかねてせしより、彼連歌に用るいやしき詞をおのづから歌にまじへてよみしなり。さるをもあしと思とがむる人はなく、かへりて珍らしき事とや思けん、その頃の歌よりいよ〳〵姿いやしく詞つまりたる歌おほくなれりし也。

との指摘がある事などからも窺い知れよう。そして、〈連歌→和歌〉という線の太さも時間的推移とともに増し、これまで見てきたように近世前期にはかなりの程度にまでなっていた。この〈連歌→和歌〉が結果としてもたらしたのは、伝統的な歌ことばの解体であると総括できるだろう。もちろん、それに関与したのは〈連歌→和歌〉のみであったわけではない。そこには、題の本意の蓄積という重圧と戦う和歌内部の自律的な模索や〈俳諧→和歌〉の問題、和漢混融の問題、また狂歌との絡みも考慮に入れるべきであろう。それらが連鎖しつつ、歌ことばの枠組みの解体が徐々に促進され、最終的には自らの実感を自らのことばで表現しようとするような近世後期の和歌の出現にまで辿り着くのであるが、そのような現象自体を、近世文学の問題全体として見た場合、雅俗混融[13]の進行の一環としても捉え直すことができる。そこで、このような視点から、ここまでの論証をまとめ直すことをもって、終わりとしたい。もちろん、〈和歌→連歌→俳諧〉という描線自体、雅から俗へという方向性を示しているのだから、そこに雅俗混融を見るのはある程度当然の事と言える。しかし、その過程において、〈連歌→和歌〉のような逆の矢印が存在して、あたかも乱反射のような働きを果たしたことこそが重要なことではなかったか。雅から俗へという流れのなかで、中世で役割を終えたかに思われがちな連歌が近世まで命脈を保ちつつ和歌と俳諧の間に介在し、双方に対して影響を与えていったこと、そのことで、雅俗混融が、ゆるやかに、しかし確実に成し遂げられていくことになったのである。

（1）さらに韻文史全体に目を配った場合、ここに漢詩を主とする漢語系の詩歌も登場し、より立体的で複雑な構造が立ち現れてくるのであるが、ひとまず和漢の問題は脇において、ここでは和語に焦点を絞りたい。なお、〈俳諧→和歌〉については、中村幸彦『近世的表現』（『著述集』第二巻。中央公論社、一九八二年）などに指摘がある。
（2）堂上歌壇での連歌活動の隆盛については、田中隆裕「後水尾院の連歌活動について―江戸初期宮廷連歌の動向―」（『連歌研究の展開』勉誠社、一九八五年）、「後西院の和歌・連歌活動について」（和歌文学研究、一九八六年十月）参照。
（3）島津忠夫『連歌史の研究』（角川書店、一九六九年）所収「宗祇連歌の表現」、『日本文芸史』第三巻（河出書房新社、一九八七年）所収「連歌の隆盛」（沢井耐三）。省略・短縮などの連歌表現については、それを嫌詞として抑制しようとする宗匠側の動向も存在した。片岡伸江「連歌詞の位置」（国語と国文学、一九九〇年十二月）参照。
（4）松岡心平『宴の身体』（岩波書店、一九九一年）
（5）注（4）松岡論文。
（6）注（3）島津論文では、『時秀卿聞書』「連海心敬のうたに、舟に人なしと読たるは連歌詞也。同事ながら招月の歌に、人もわたらぬせだの長橋とあそばしたるは歌詞也」を引用し、「連歌人心敬の和歌の表現は、更に歌人正徹より一歩連歌に近づいて来たのである」とする。なお、正徹の歌の分析に際して連歌を念頭に置くことが有効である点については、稲田利徳「白鷺の歌―草根集の素材に関する考察―」（国語国文、一九六八年六月。『正徹の研究』笠間書院刊にも所収）参照。
（7）島津忠夫「耳底記をめぐって―近世和歌についての一断章―」（国語国文、一九七三年六月）
（8）伊地知鉄男『連歌の世界』（吉川弘文館、一九六七年）など。また、近世における猪苗代家は、連歌の家であると同時に歌道の家でもあった。綿抜豊昭「猪苗代兼郁の「連歌手仁越波伝受」について」（中央大学国文、一九九一年三月）参照。
（9）ある程度この主張は一般に受け入れられ、柳営連歌のある種の権威が戯作の対象にもなっている。鹿倉秀典「江戸の連歌師―文化八年の柳営連歌から―」（『俳諧史の新しき地平』勉誠社、一九九二年）参照。
（10）湯浅清『心敬の研究』（風間書房、一九七七年）
（11）湯之上早苗「『当世連歌しかるべき詞』について」（『国語史への道』三省堂、一九八一年）
（12）勢田勝郭『連歌の新研究　索引編（七賢の部）』（桜楓社、一九九三年）

（13）雅俗の諸問題については、中野三敏編『日本の近世』第十二巻（中央公論社、一九九三年）所収の諸論が詳細に論じている。また、和歌のそれについては拙稿「歌題の近世的展開」（『論集〈題〉の和歌空間』笠間書院、一九九二年）も参照。

第三章　和歌と漢詩

一、近世和歌における和漢比較研究の意義

第三章所収の八本の論考は、いずれも和漢比較的な視点に立った考察である。この章を始めるにあたって、なぜ和漢比較文学的な見地が近世和歌研究にとって有効であると判断されるのかという全体的な意義付けと、各論考との照応関係を記しておきたい。

和漢比較という視点が日本古典文学研究全般にとっても有効であることは、いまさら声を大にして言うまでもないことであろう。漢／中国を摂取しつつ、それを融合して独自性を創り上げようとした和／日本という文学／文化の長い歴史を考えれば、漢は和にとって単なる他者ではなく、生理にまで及ぶ存在であろう。漢を融合してもしばらくして煮詰まってくると、和はふたたび漢のなかにある新たな要素を取り込むことで活性化していく。その繰り返しが日本文学の歴史であると言っても過言ではあるまい。問題とされるべきは、その質と量の吟味である。

まず量的な問題について言及すると、和漢混融の度合は中世後期から近世に至るにつれて増大していくと言える。

時間の経過とともに混融の蓄積は増すのだから、それはある程度自明のことと言える。そして、そのことは和歌もしくは文学に限ったことではない。花道しかり、茶道しかり、禅しかり、なのである。そのような全体的な文化的状況のなかにあって、和歌もまた和漢混融の度合いを強めていったと言うべきであろう。時代も下った近世の和歌にとって、和漢混融はすでに血肉と化した重要な特質なのである。そういう点でまず、近世和歌にとって和漢比較的視点は有効であると言える。

じっさい近世堂上歌壇の中心的存在後水尾院においても和漢混融は随所で見受けられる。漢詩的発想・表現の歌の制作はもとより、古典注釈における漢籍引用、また晩年の禅への傾斜など例を挙げればきりがないほどである。その漢学の素養は相当なもので、それへの解明なくしては最終的な後水尾院の学識・教養の見定めは不可能と言ってよい。

和漢混融の典型例として句題和歌があるわけだが、本章でも「二、中院通勝〈句題五十首〉論」、「三、句題「小扇撲蛍」考」、「五、近世五言句題和歌史のなかの堂上」、「六、句題「南枝暖待鶯」考」、「七、句題「幸逢太平代」考」、「八、『唐詩選』の日本的享受―千種有功の『和漢草』」の六本がそれについて取り上げるものである。とりわけ「五」「六」「七」で扱う五言句（「五」が総論、「六」「七」はその各論）は、近世堂上歌壇の正月御会始をはじめとしたさまざまな和歌御会において歌壇の主要歌人たちの殆どがそれぞれに詠んだという点で堂上歌壇における浸透度はとりわけ深い。そしてそれらは、地下へも受け継がれていく。

また「四、詩に和す和歌」は、漢詩の脚韻に対して和歌五句目の末字を同じにして唱和しようとする詠歌行為についてのものだが、同じく中世後期からさかんになされる和漢聯句と通底する精神性を有していて、この時代の和漢混融という特質を文芸形式としてよく表わしているものと言える。

次に質の問題について。漢籍の日本への影響という点で古いのは万葉以来の伝統がある『文選』、続いて九世紀に渡来した『白氏文集』が大きな存在として知られていることは言うまでもあるまい。とくに『白氏文集』のきわめて情緒的な詩風が日本人の感性に与えた影響は特筆大書すべきもので、これまでの和漢比較研究全体においては白詩との関係を検討することが中核をなしていたと言える。

しかし、中世後期には五山禅林を中心とした独特なそして高度な文化が栄え、そこでの詩作の規範は晩唐の詩を多く収めた『三体詩』であった。また、近世中期には古文辞学派の中心人物の一人服部南郭の校訂した『唐詩選』が爆発的に流行してもいる。そして、いずれも和歌の世界にその現象は波及した。「二、中院通勝〈句題五十首〉論」、「三、句題「小扇撲蛍」考」は、『三体詩』の詩句を題にして詠んだ堂上歌人中院通勝の歌々とその影響関係について論じ、また「八、『唐詩選』の日本的享受―千種有功の『和漢草』」は、『唐詩選』の詩一首一首の世界を歌に詠み替えたものについて論じ、それまでの白詩偏重とは異なった傾向が看取される。基づく漢詩の詩風が異なることで、それに基づいて詠まれた和歌のもつ雰囲気が異なってくるのは当然であり、中院通勝の句題和歌は、五山世界のモダンさへの憧憬を深層に抱きつつ、『三体詩』の世界を踏まえた静謐で淡い抒情的世界を醸し出しており、また千種有功の句題和歌も、『唐詩選』を踏まえたことで、それまでの日本的・和歌的情緒ではなしえなかったような表現が生まれてもいる。

ただし、白詩からの影響が途絶えたわけではない。「五、近世五言句題和歌史のなかの堂上」、「六、句題「南枝暖待鶯」考」、「七、句題「幸逢太平代」考」で論じる句題には白詩が大きな割合を占めている。これまでよりも漢詩句の選択肢の幅が広がり、自在に詩句を選びとることができること、それにより表現の幅が広がったというふうにまとめられる。

以上のように質量両方の点において、和漢比較という方法論は近世堂上和歌研究に有効である。この切り口によって、第一部第二章「一、近世堂上和歌の史的位置」「三、近世における三玉集享受の諸相」で示したような、実隆ら三玉集の時代と近世堂上との親近関係の具体的様相もふたたび確認できると思われる（「五、近世五言句題和歌史のなかの堂上」）。和漢比較研究の可能性はきわめて大きい。

なお、近世詩歌については、和漢をx軸とするなら、雅俗がy軸である。両者の軸を併せ持つことで、はじめて立体的な近世詩歌への見取り図をわれわれは得られるのである。雅俗の問題については、本書第一部第二章「五、堂上和歌と連歌」に触れた。また、拙稿「歌題の近世的展開」（『論集〈題〉の和歌空間』笠間書院、一九九二年）も参照されたい。

二、中院通勝〈句題五十首〉論

はじめに

『岷江入楚』で高名な中院通勝は、その他にも古典籍書写に関して大きな業績を残しており、また勅勘を受けて若狭に下るなど波乱に富んだ生涯を送りもした。[1] 若狭に下ったことで細川幽斎に出会い、そのことが通勝の学識を飛躍的に高めているのだから、人生における波乱が古典学者通勝を形作ったのである、というのがより正確な言い方になるのかもしれない。ただし通勝の学者としての成長に寄与したのは幽斎だけではない。通勝は三条西公条を祖父に、実枝を伯父に持ち、幼少からすでに学識の基盤は形成されていたのであった。そして幽斎との出会いによって増大した学識により後陽成院歌壇では重きをなしたのである。[2] 中院という家自体は、近世前期堂上歌壇において主宰者の天皇よりも年齢が上で実力もある人物を輩出し、天皇を補佐しつつ臣下の頂点に立って大きな決定権を行使する役割――俗に言う参謀役を果たすことになるのである[3]が、後水尾院歌壇の通村、霊元院歌壇の通茂、という関係の先蹤として後陽成院歌壇の通勝という関係もまた同様に位置付けられるだろう。ここでは、そのような重要な位置にあった通勝が慶長十年十一月、五十歳の時に詠んだ句題五十首（「詠五十首和歌」）を取り上げ、そこに見られる通勝の感じ方・考え方を検討し、そこから和歌史の展開を考えていく糸口を切り出すことを目的としたい。この時通勝はすでに勅免を受け、堂上歌壇で活躍していた。通勝は五十五歳で没しているので、慶長十年はかなり晩年のことになる。

この句題五十首の研究史についてはかつて井上宗雄氏による「軽々と詠んだ感じ」[4]という言及があった以外確認できないが、とくに漢詩との関わりから紡ぎ出される和歌史の新たな展開について貴重な視点を与えてくれるものであると思われる。

(一)　句題の出典

(1)　『三体詩』からの題摂取

大まかな論の流れとしては、まず題の出典について述べ、続いて和歌の内容との相関関係に及ぶというようにしたい。おそらく題の出典だけを取り上げてみても、この五十首の特徴がかなりはっきりと確認できるであろう。というのもこの五十題のうち四十九までが『三体詩』からの摂取によるものであるからである。東洋文庫蔵本には、この五十首に続けて「保考考、右句題三躰詩句中」という近世後期賀茂神社祠官岡本保考の注記が付されている。近世後期には『三体詩』享受の裾野は大きな広がりを見せており、この五十首が『三体詩』を典拠としていることなどは、ある程度漢詩の素養がある人物にとっては明瞭なことであったのであろう。なお、個々の題に関する詩の出典については表①を参照されたい（通し番号を私に付した。なお、1・11・21・28・36・46番については『唐詩選』にも収められている）。

ところで最後の「天楽下楼」のみは李白の「宮中行楽詞」其六に拠っている。ここだけ『三体詩』に拠らなかった理由は判然としないが、「天楽下珠楼」は「天上の音楽が真珠の楼閣にまいおりてくる」[5]の意で五十首の最後にふさわしい。有終の美を飾るめでたさを表明するため、ここだけは『三体詩』にこだわらず、お気に入りの表現を探した結果であろう、とひとまず推測しておく。この詩句「天楽下珠楼」は『詩人玉屑』巻三、唐人句法、宮掖の項にも収められており、題選定に当たって『詩人玉屑』の介在の可能性も想定される。

さて、『三体詩』の影響下にあるこの通勝五十首は文学史的に言うとどのような位置を占めているのだろう。最も単純な見取り図を描いてみると、中古や中世初期の和歌では『文選』、『白氏文集』受容が中心であったものが、それ以後、和歌の本説として取るべき漢詩の枠組みが広がってきており、『三体詩』もその広がった本説のひとつとして和歌史に登場してきた、となろう。通勝以前では、頓阿の『句題百首』にも『三体詩』を出典とする題が六例あるが[6]、通勝の場合は四十九首までが『三体詩』という点が特徴的で、より『三体詩』享受の色合いが濃厚であろう。現在までの調査では、通勝以前の和歌で、これほどのまとまった量の『三体詩』享受は見受けられない。このあと近世中期にはいると『唐詩選』の句題への流入が始まり、本説はさらに拡大していくことになるのである[7]。通勝五十首の史的位置付けについてはさらに㈡でふれることにして、ひとまずは右のような大まかな見取り図のなかでこの作品を定位させておくことにする。

(2) 本文異同について

ところで、この句題五十首の本文については、以下六本の写本に収められている。[8]

(a)東洋文庫蔵『也足軒素然集』（三Faへ11）【『新編国歌大観』第八巻所収本文底本】
(b)内閣文庫蔵『冬夜詠百首和歌外十種』（二〇一・四九八）【『私家集大成』第七巻所収本文底本】
(c)国会図書館蔵『也足軒詠草』（一二六・二八三）
(d)宮内庁書陵部蔵『通勝集』（一五二・一六）
(e)京都大学附属図書館蔵『慈西院殿也足院殿御百首』
(f)高松宮家旧蔵『素然百首五十首』（国文学研究資料館紙焼き本C377使用）

これらのうち、内閣・国会本は、通勝の曾孫に当たる中院通茂筆本を筆写しており、また東洋本は通茂門の香川宣阿所持本の写しである。[9] そしてこの六本間における題本文の異同については、単なる誤写と思われるもの（いずれも独自異文）以外に次のような点が認められるのである。

27番　倚車愛楓　高松本以外
　　　停車愛楓　高松本
38番　松偃洞房　東洋本以外
　　　松偃旧房　東洋本

〔但シ「洞」ヲ見セ消チシテ改ム〕

44番　汀洌釣家　東洋・内閣本

汀洲釣家　国会・書陵部・京大・高松本

44番は「汀洌」でも意味が通らないことはないが、以下に挙げる『三体詩』刊本の本文ではすべて「汀洲」となっているので、そちらに従いたい。27・38番はいずれも少数の本文の方がよりよく、通勝の思い違いかと思われるものである。27番は「倚車」では意味不通。やはり「停車」の方がよい。以下に挙げる『三体詩』刊本本文はすべて「停車」。38番の原詩は、故郷の南海に帰る僧に対して、いつの日にか長安へ戻るならば、もといた住居（旧房）の前に松が這い伸びて報せてくれる、と呼び掛けるものであり、「洞房」ではふさわしくない。以下に挙げる『三体詩』刊本本文でもすべて「旧房」となっている。唯一「旧」になっている東洋文庫本も「洞」を見せ消ちして「旧」に改めているので、通勝自身は「洞」と思い違いをしていた可能性が高い。

(3)　通勝参照の『三体詩』本文について

ところで、通勝が題選定に当たって参照した『三体詩』の本文はどの系統であろうか。日本における『三体詩』刊本本文は大きく分けて次の三系統がある。(10)

□集註本（季昌本、古本）

・南北朝刊本（慶応義塾図書館蔵）

□増註本

・明応本、泉南本（東洋文庫蔵）

・室町末期刊本（静嘉堂文庫蔵）

□二十巻本（二十一巻本）

・明、弘治三年跋本（内閣文庫蔵）

・明、経廠庫本（静嘉堂文庫蔵）

このうち、まず集註本が、ついで増註本が渡来し、二十巻本はそれらより遅れて渡来したようで[11]、二十巻本は通勝以前の日本では刊行されていない（したがって通勝がかりに見たとすれば右に挙げた明版という事になる。二十巻本の原態二十一巻本は明応七年日本に渡来したことが『三体詩幻雲抄』に見える）。なお集註本の場合には現存しているのが慶応義塾図書館の一本のみで、しかも零本である[12]。そこで、集註本が現存する絶句の部分（四十九題中十三題分）のみ三系統の本文と通勝本文との字句を照合してみると、(2)で指摘した「倚車愛楓」についてはどの系統も通勝とは異なり「停車愛楓」になっているが、これは前述のように通勝の思い違いであろう。増註本の場合、それ以外の点はすべて通勝の本文と一致する。それに対して、集註本は22番「陰蛩切切」が「陰蟲切切」となっており、また二十巻本では3番「倚村嗅梅」が「倚林嗅梅」となっている。そしてさらに、律詩の部分を増註本と二十巻本について比較検討してみると、二十巻本は42番「魚依岸草」が「魚依雁草」となり、9・19・31番を含む原詩を収めない。それに対して増註本明応本はすべて通勝と一致する。ただし、増註本室町末期刊本の方は42番「魚依沙岸」が「漁依沙岸」とある。以上のことから、通勝が増註本（特に右に掲げたなかでは明応本）を参照した可能性はかなり高いと思われる。増註本系は他を圧して流布した本文であり[13]、通勝もそのような傾向のもとにあったのである。

しかし、ここで忘れてならないのは、五山で作られた抄物類の存在であろう。もちろん、抄物には詩の本文全部がきちんと出ていない場合も多く、また絶句しか収めていないものも大多数なので、通勝が抄物だけを参照したとは思えない。しかし抄物の文学史的意義の大きさを考えると、検討しておく価値は十分にあるだろう。これも次のような主要な五山抄物（いずれも絶句のみ）を取り上げ[14]、通勝本文との照合を行なったところ、やはり刊本の際に問題となった3番「倚村嗅梅」、42番「陰蛩切切」というふたつの点は確認できる限りでは悉く通勝本文（もしくは増註本）のそれと一致した。その他の部分も確認できる範囲ではこれまで述べてきたことに対して特に問題は生じてこない。

・聴松和尚三体詩之抄（蓬左文庫蔵写本、希世霊彦、明応五年、建仁寺系）
・暁風集（国会図書館蔵写本、万里集九、文亀元年、相国寺系）
・簑庵剰複（蓬左文庫蔵写本、湖月信鏡、永正十二年、東福寺系）
・三体詩幻雲抄（内閣文庫蔵写本、月舟寿桂、大永七年、建仁寺系）〈ただし「蛩」の右傍に「作虫」と注記する〉
・絶句瓢庵抄（国会図書館蔵写本、彭叔守仙、天文十一年、東福寺系）
・唐賢絶句江隠抄（尊経閣文庫蔵写本、江隠宗顕、弘治元年、大徳寺系）
・唐賢三躰家法詩（東洋文庫蔵写本、周長、天正十年、足利学校系）
・絶句抄（尊経閣文庫蔵写本、龍誉、天正十一年、足利学校系）

また『三体詩素隠抄』（国会図書館蔵刊本、説心慈宣、元和八年、妙心寺系）は絶句・律詩両方が備わるが、通勝本文との異同はない。おそらくは五山の抄物も殆どが増註本系の本文を参照しているため、このような結果になるのであろう。そして、抄物の文学史的意義の大きさや、次に述べるような通勝と五山文化の親しい関係を考えると、抄物の利用も十分想定できよう。

そもそも公家社会と五山禅林の文化的交流は中世後期からさかんに行なわれ、詩歌の贈答、和漢聯句などによって親交を深めていた。なかでも通勝は五山との関係が深い公家の一人であろう。その関係の深さを最も象徴的に表わしているのは、也足軒の号が、親交のあった南禅寺聴松院住持玄圃霊三が以前住していた宗雲寺開山塔が也足であったことに因んでいるという事であろう。玄圃が通勝に与えた「也足軒記」なるものも存する。[15]

そして、通勝が最も親しかったのは英甫永雄であろう。雄長老の名で狂歌作者としても広く知られている建仁寺住持英甫永雄は、前述した通勝の古典学の師細川幽斎の甥に当たる。通勝と永雄は文芸上の交渉も多く、通勝の月次歌会で永雄が漢詩を詠じたり、永雄の狂歌を通勝が添削した[16]ほか、堺光明院で和漢聯句を巻いたりもしているのである。[17]

その英甫永雄の抄物（『三体詩抄』[18]文禄四年成立）は現在慶応義塾図書館に蔵されているのだが零本で、通勝の和歌題本文の出典となる詩は五首しか含まない。そのなかには特に問題となる「陰蛩切切」を含む原詩もあり「蛩」となっている。他の部分も通勝と一致する。残されている部分が少ないせいもあって、他の抄物と比較して特に永雄の抄物を通勝が参照したという事は、抄物そのものからは証明しがたいのだが、右に述べたような両者の親密な人間関係から、その可能性の高さはやはり認めてもよいのではないか。

以上をまとめると、通勝はおそらく増註本の『三体詩』刊本を基本とし、親しい英甫永雄自身の抄物か、あるいは他の五山僧の抄物をも参考とし自らの和歌題本文を選んだのであろう。

（題は他の人物によって与えられたという事も可能性としては想定すべきであろうが、それを積極的に模索する根拠も見当らないので、そのことについてはこれ以上触れずにおく。ただし、古典学者としての矜持を常に保ち、教養主義的な要素の強い通勝にとって、『三体詩』が近しいものであった事は間違いないと思われる。）

(二) 詠歌内容をめぐって

ところで、以上のような『三体詩』の影響の強いこの五十首の内容にはどのような特徴が見て取れるだろうか。それについて述べる前に、日本、特に五山禅林における『三体詩』の享受について簡単にまとめておきたい。

(1) 五山禅林における『三体詩』の享受

『三体詩』の日本への渡来は、十四世紀初頭の元弘二年、中岩円月の講義の時と言われる[19](『暁風集』・『三体詩絶句抄』序)。また義堂周信も二条良基に「三体詩は学ぶべきや否や」と尋ねられ、「可なり」と答えているし[20](『空華日用工夫略集』)、万里集九も「周伯弼所編之家法詩、海内叢社之諸童子、無不読之者」(『梅花無尽蔵』巻五「周弼三体詩加朱墨」)と述べている。[21] 室町期に五山僧の間で大いに流行し、抄物が多数作成されたことは、(二)(3)で述べたとおりである。

五山の禅僧たちは『三体詩』の何を以て尊んだのだろうか。そもそも禅自体が中国伝来のもので、さらに禅修業と詩作とが密接な関係にあったため、中国詩のアンソロジーとして当時日本に伝来していた『三体詩』を、『詩人玉屑』や『聯珠詩格』などとともに尊重したというのが基本的で外的な理由であろう。また童蒙のための詩学入門書としても用いられたらしい。[22] さらに、おそらく『三体詩』の詩風とも密接な関係があろう。すなわち日常生活の周辺のささやかな事象を淡い抒情性でくるみこむ詩風[23]が、寺内という狭い空間のなかで生きる五山僧たちの感情と共鳴するところが大きかったのではなかったか。

そのように五山禅林の尊んだ『三体詩』を句題として通勝は和歌を詠んだわけであるが、その行為には、五山禅林への親近感、あるいはそこから導き出される憧憬の念を見て取ることができよう。そしてこの場合の憧憬には、宗教的な高みへのそれはもとより、そのうえに禅文化のモダンさへの憧れもあったことを確認しておきたい。五山僧にもたらされた中国大陸からの文化の先進性は中世後期を通して存在したであろうし、そういうモダンな感覚を持つと目されていた五山僧への憧れの気持ちを五山と近しかった通勝自身も抱いたとしても、それは自然なことであろう。

⑵　通勝五十首における『三体詩』の影響～和歌のなかの〈禅僧たちの世界〉

そう考えていくと、この五十首を貫く世界観にも、そのことが反映されているのではないか、と思われてくる。そこで、この五十首における『三体詩』詩句の題設定の背後に、〈中国文化→五山禅林→通勝〉という関係が確認できるといういままでの論証を基盤とした上で、ひとつの読みを提示してみたい。すなわち、この五十首は《禅僧たちの修業生活―あくまでイメージ上の心象風景としてのであるが―を、『三体詩』の詩句の力を借りて映し出そうとしている》のではないかと。ただし、なんらかの禅的思想をここから読み取ろうというのではない。深い山のなかの寺にこもって自然に囲まれつつ、書を読んだり座禅をし心を清らかに保つ禅僧たちの暮らしの気分を読み取ることができるのではないかという意味での、読みの提示なのである。換言すれば、禅僧生活への憧憬の念を表現しようという自らの欲求を満たすため、禅僧たちの気持ちに合致した『三体詩』詩句の持つ抒情性の喚起力を借りた上で、通勝の本領である和歌のことばを用いて、禅僧生活の〈雰囲気〉を和歌的世界において捉え直すということが企図されたものではないか、という事になる（この憧憬の念は、広い意味では中世の文学者が全般的に抱いたような隠者文学への親近感に含まれるものであろうが、ここでは『三体詩』との関わりという個別性を根拠として、もう少し絞りこんで禅僧生活としてみたい）。

では、具体的な検証に移りたい。禅僧の世界を描くと言っても、もちろんすべての題・和歌本文がそのことに対して直結しているわけではない。そこには核になるいくつかの要素が想定される。

全体像は大別してふたつの要素から成り立つと思われる。ひとつは、《自然への没入》、もうひとつは《人間の不在》である。両者が表裏一体の関係にあるのは言うまでもない。《自然への没入》は、花や動物たちと静かな日々を送るというイメージである。特に1～34番は、四季歌であり、ここにある和歌的伝統に基づく景物を中心としたさまざまな自然界の動植物たちが修業生活を見守ってくれている。そして、巻頭歌の

雲霞出海

1明る夜の奥津波間に立わかれやがてひとつに雲ぞかすめる(24)

が一日の修業生活の始まりを宣言し、四季歌が終了した直後の

高岫残照

35爰にみる間近き山に日は入て遠の高ねに影ぞ残れる

が一日の終わりを宣言しているとも読める。一方、《人間の不在》については、主なものとして、28番歌「空林葉声」のように単に人間がいない事を詠む以外に、37番歌（「人煙隔水」「河辺なるむかひのさと」）は人間のいる場所からの距離感、さらに25番歌（「山郭聞砧」「独きくわが山ざとのこひしき」）・47番歌（「遠労書信」）・48番歌（「郷生枕上」）などは故郷という思い入れの強い場からの距離感、19番歌（「結茅遮露」「しげきをもはらはでたのむ浅ぢふ」）・22番歌（「陰蛩切切」「草深き陰をたのむ」）などは草深いことでの人界への拒絶感、6番歌（「毀垣春雨」「ふるきかきほはよしあれぬとも」）・7番歌（「空屋燕巣」「人はかく住あらしたる」）・40番歌（「断橋蘚合」「人の跡絶て」）・43番歌（「萍満敗船」「かたわれ舟」）などは荒廃ゆえの不在感、という点で《人間の不在》を象徴しているのである。

そして、先に表裏一体と述べたこのふたつのイメージ《自然への没入》《人間の不在》は、おそらく《俗塵を遮断

した静謐な世界》という形で統合できるであろう。そのことによって人間存在を見つめ直す、このことこそ修業の主目的に他ならない。

そもそも、禅僧の最もよしとされるようなあり方は、たとえば「人間の是と非とを截断して、白雲深き処柴扉を掩ふ」(『大智偈頌』)に代表されるような世間からの超越、俗塵の遮断、深山における悠悠自適の生活というような文句で語られる状況であろう。まず、この五十首の世界は、そういう世界のイメージを全体的に持ち、それが次に述べるような個別のイメージを支えているのである。では、個別の表現のいくつかを試みに掲げてみよう。

松偃洞房《ママ》

38仙人も住べき洞とみるばかり苔むすみちに松ぞかたぶく

柴門流水

39柴の門松のかきほにすむ人の心きよしと水ぞながる、

38番の題「松偃洞(旧)房」は、先に述べたように松がもといた家の前に伸びるとの意。三蔵法師玄奘が旅立つ際、寺の松に向かって、自分が長安に戻る時には東に伸びて知らせよ、と言った故事に拠っている。「松偃」を「松ぞかたぶく」と詠み、「洞房」は「仙人も住べき洞」「苔むす道」を詠み込むことで具体化している。「仙人」「苔」「松」など禅的雰囲気が満ちている一首と言えよう。たとえば「松」と禅的イメージとのつながりについては、「薬山李翺問答図」(南禅寺蔵、重文)において、薬山に住む惟儼禅師が右手の指を立て天を指して、何事かの問いに対して答えている場面において、松が画面上方一杯に描かれていることなどが想起される。

39番の題「柴門流水」は、柴門の前に川が流れているの意。和歌では、「柴の門」「水ぞ流るる」とほぼ直訳し、「松」という景物を新たに持ち出してきた。「松」は38番につづいて登場し、この二首に共通する背景を形成している。

「柴門」は、やはり禅的イメージである。「柴門新月図」（藤田美術館蔵、国宝）は南禅寺第八十一世玉畹梵芳の序文のほか十八人の五山僧の賛があるものだが、「五山禅僧の中国的な文人趣味への傾倒ぶりを示しており、あわせて隠遁的な書斎生活への憧れが内在している」[25]。原詩「斉山人を送る」の「斉山人」は伝未詳の隠者。全文は以下の通り。

（原漢文）

旧と　仙人白兎公に事う
頭を掉って帰り去り　又た風に乗る
柴門の流水　依然として在らん
一路　寒山　万木の中

この詩の二句目「頭を掉って」は否定することを動作で示したもので、否定する対象は俗世間にほかならない。そして三四句目のような奥深い山中の世界へと帰って行くのである。この離俗の精神をもって和歌では「心きよしとみづぞながるる」と言うのだが、そこでは禅的修業たる隠者生活への通勝の憧れの気持ちがはっきりと看取される。また、この二首に出てくる「苔」「きよし」というキーワードは他の歌（それぞれ40・8番）にも見え、複数回現われることで、それが持つ禅的なイメージを効果的に五十首のなかに拡散・浸透させている。

この二首以外にも目を転じてみると、ほかにも、キーワードとも言うべき複数回登場する語として「窓」「すゞしき」などがある。「窓」は、日々学問に明け暮れる五山僧の生活空間を意識させる。14番歌（迸筍侵窓）・23番歌（月入斜窓）・49番歌（窓下展書）からは、室内で修業に励みつつ、窓という空間を通して外界の自然と触れ合おうとする気分が伝わってくる。書斎生活と自然生活との一体化がなされているのである。また、「すゞしき」という表現を含む11番歌（緑樹重陰）・17番歌（玉階夜涼）・18番歌（中天星河）はいずれも自然物による清涼感を詠んでいるが、その背後に禅僧の精神面での清浄さを象徴していると見たい。

また、一回しか出てこないものからも、禅的イメージを支える要素を汲み取ることができる。たとえば、10番「鳥啼花落」・11番歌「緑樹重陰」・34番歌「疎簾看雪」などについては、禅語集『禅林句集』を繙くと、次のような記述があり、これらの語が禅語的な使われ方をされていたことがわかる。（傍線引用者）

鳥啼人不見、花落水猶香　円機活法四地理門十九葉羅浮山詩

緑樹陰濃夏日長　対緑陰愛夏日長也

疎簾見雪巻深戸映花関　三体詩巻下十二丁

このような禅僧の世界を和歌に移しかえていくという行為にとって、句題という詠歌形式は実に適切なものである。禅僧の世界は、宋・明が創り出した中国文化の斬新な部分をいち早く享受し、それを日本的に取り込もうとする〈和漢〉の対立・融合の状況が中世後期において最も顕在化した場であった。同じく句題和歌も大江千里以来、題の〈漢〉、和歌本文の〈和〉の対立・融合が織りなす響き合いをその主眼としている。そのような〈和〉〈漢〉のあり方の共通性が、この通勝五十首を生み出す根源にあったのである。

ところで、通勝五十首の『三体詩』享受に見られる傾向について今一つ付言しておきたい。表②は、表①の四十九例が『三体詩』中のどの分類から選び取ったものか、について表にしてみたものであるが、ここでは「四実」が五律・七律併せて十九例と最も多く、つづいて「実接」十三例となっており、虚実のうち実の部分が重視されていることに気付く。この虚実の二項対立は『三体詩』の分類のなかでも最も知られたものだが、編者周弼の考えによれば、「実」は景物、「虚」は情思を主眼とし、外界の客観的、具象的な存在を描くものが「実」であり、感情、思考すなわち作

者の胸中を写し出すものが「虚」であるという。そうすると、通勝の場合は「実」に重きを置いた選択がなされていると言えようが、それはつまり客観的な情景描写への志向がこの時の通勝にあるからであろう。

そのことが、禅僧の生活空間をより鮮やかに切り取り、和歌世界に映し出すための力となったのではないか。

（1）通勝の伝記的事実については、井上宗雄「也足軒・中院通勝の生涯」（国語国文、一九七一年十二月）、『中世歌壇史の研究　室町後期』（明治書院、一九七二年。改訂新版、明治書院、一九八七年）が詳述する。古典学については、伊井春樹「『山下水』から『岷江入楚』へ」（国語国文、一九七七年八月）など参照。

（2）林達也「後陽成院とその周辺」（『近世堂上和歌論集』明治書院、一九八九年）

（3）本書第一部第一章第一節四参照。

（4）注（1）井上前者論文。

（5）訳は『中国詩人選集　李白下』（岩波書店、一九五八年、武部利男訳）による。

（6）稲田利徳「「句題百首」（一花抄）の諸本と成立」（国語国文、一九八六年五月）、斎藤彰「句題百首考（一）～（八）」（学苑、一九八六年五月～一九九〇年一月）、「中世後期の句題―頓阿句題百首の題の設定と詠法―」（『〈題〉の和歌空間』笠間書院、一九九二年）。また嶋中道則「近世堂上和歌と漢文学」（『近世堂上和歌論集』明治書院、一九八九年）にも、通勝の時代の少し後の堂上御会の用例についての指摘がある。

（7）拙稿「歌題の近世的展開」（『論集〈題〉の和歌空間』笠間書院、一九九二年）および本書第一部第三章八参照。

（8）注（1）井上前者論文、『私家集大成』第七巻解題、『新編国歌大観』第八巻解題。

（9）注（1）井上前者論文。

（10）『朝日文庫　三体詩』解題（村上哲見）を参考にした。

（11）注（10）村上論文。

（12）川瀬一馬『日本書誌学の研究』（講談社、一九四三年。再版、一九七一年）、阿部隆一「漢籍和刻古刊本三種〈慶応義塾図

書館新収善本解題〉」（慶応義塾図書館月報、一九五七年九月。『遺稿集』二・汲古書院刊にも所収）
(13) 注(12)阿部論文。
(14)『抄物大系　三体詩素隠抄』解説（中田祝夫）を参考にした。
(15) 上村観光「也足軒と玄圃和尚」（『禅林文芸史譚』大鐙閣、一九一九年。『五山文学全集』別巻にも所収）
(16) 小高敏郎『近世初期文壇の研究』（明治書院、一九六四年）
(17) 国文学研究資料館共同研究「近世初期の禅林と堂上の文学的交流の研究―永雄・素然両吟和漢聯句をめぐって―」（一九九一年、共同研究者、花田富二夫・上野英二・菊地明範・鈴木健一・樹下文隆・深澤真二・佐々木孝浩・宮崎修多）
(18) 小高敏郎『松永貞徳の研究』（至文堂、一九五三年。新訂版、臨川書店、一九八八年）
(19) 芳賀幸四郎『中世禅林の学問および文学に関する研究』（日本学術振興会、一九五六年。『芳賀幸四郎歴史論集（三）』思文閣刊にも所収）など参照。
(20) 注(19)芳賀論文。
(21) 注(19)芳賀論文。
(22) 注(19)芳賀論文。
(23) 注(10)村上論文。
(24) 本文引用は、高松宮家旧蔵本による。ただし、清濁を私に付した。
(25)『国宝大事典』第一巻（講談社、一九八五年）

表①

No.	題	『三体詩』の巻数・詩題・作者	詩句
01	雲霞出海	3早春遊望（杜審言）	雲霞出海曙
02	山雪漲渓	1宣州開元寺（杜牧）	正是千山雪漲渓
03	倚村嗅梅	1韋曲（唐彦謙）	独倚寒村嗅野梅

04柳塘煙起	1隋宮（鮑溶）	柳塘煙起日西斜
05細草春香	2同題仙遊観（韓翃）	細草春香小洞幽
06毀垣春雨	1上陽宮（竇庠）	薄暮毀垣春雨裏
07空屋燕巣	2秋居病中（雍陶）	空屋孤蛍入燕巣
08春流飲馬	3送懐州呉別駕（岑参）	春流飲去馬
09園蝶護花	3下第寓居崇聖寺（許渾）	園春蝶護花
10鳥啼花落	1送王永（劉商）	鳥啼花落水空流
11緑樹重陰	1題崔處士林亭（王維）	緑樹重陰蓋四隣
12杜宇呼名	3送人入蜀（李遠）	杜宇呼名語
13梅天風雨	3北固晩眺（竇常）	梅天風雨涼
14迸筍侵窓	3杭州郡斎南亭（姚合）	迸筍侵窓長
15小扇撲蛍	1宮詞（王建）	軽羅小扇撲流蛍
16白蓮満池	3遊東林寺（黄滔）	白蓮開満池
17玉階夜涼	1宮詞（王建）	玉階夜色涼如水
18中天星河	2龍泉寺絶頂（方干）	中天気爽星河近
19結茅遮露	3廬嶽隠者（杜荀鶴）	結茅遮雨露
20野色籠霧	3秋日別王長史（王勃）	野色籠寒霧
21秋風旅雁	3岳陽晩景（張均）	秋風旅雁帰
22陰蛩切切	1送魏十六（皇甫冉）	陰蛩切切不堪聞
23月入斜窓	2鄂州寓厳澗宅（元稹）	月入斜窓暁寺鐘
24長橋夜月	3宿荊渓館呈丘義興（厳維）	長橋今夜月
25山郭聞砧	3七里灘（許渾）	山郭遠聞砧

26菊冒雨開	2秋日東郊作（皇甫冉）	菊為重陽冒雨開
27倚（ママ）車愛楓	1山行（杜牧）	停車坐愛楓林晩
28空林葉声	2過乗如禅師蕭居士嵩丘蘭若（王維）	行踏空林落葉声
29寒潮落汀	3西陵夜居（呉融）	寒潮落遠汀
30寒月照霜	3途中送権曙（皇甫曽）	天寒月照霜
31江水帯氷	3漢陽即事（儲光羲）	江水帯氷緑
32雨洒寒梅	2松滋渡望峡中（劉禹錫）	渡頭軽雨洒寒梅
33晩雲和雪	3途中送権曙（皇甫曽）	山晩雲和雪
34疎簾看雪	3題薦福寺衡岳禅師房（韓翃）	疎簾看雪捲
35高岫残照	3江行（李咸用）	高岫留残照
36遙天浸波	3勝果寺（僧處黙）	遙天浸白波
37人煙隔水	3送陸潜夫延陵尋友（皇甫冉）	人煙隔水見
38松偃洞（ママ）房	3送僧還南海（李洞）	松偃旧房前
39柴門流水	1送斉山人（韓翃）	柴門流水依然在
40断橋蘚合	3孤山寺（張祜）	断橋荒蘚合
41鵶噪暮雲	2洛陽城（許渾）	鵶噪暮雲帰故堞
42魚依岸草	3江行（李咸用）	魚依沙岸草
43萍満敗船	3泊霊渓館（鄭巣）	秋萍満敗船
44汀洲釣家	3江行（李咸用）	汀洲減釣家
45古渡棹歌	2煬帝行宮（劉滄）	古渡月明聞棹歌
46鐘到客船	1楓橋夜泊（張継）	夜半鐘声到客船
47遠労書信	1酬楊八副使赴湖南見寄（劉禹錫）	遠労書信到陽台

48郷生枕上	2潁州客舎（姚揆）	郷夢有時生枕上
49窓下展書	2病起（来鵬）	窓下展書難久読
50天楽下楼		

表②

巻一 七絶	実接	13	虚接	0	用事	0	前対	0	後対	0	拗体	0	側体	0		
巻二 七律	四実	3	四虚	1	前虚後実	6	前実後虚	1	結句	0	詠物	0				
巻三 五律	四実	16	四虚	0	前虚後実	9	前実後虚	0	一意	0	起句	0	結句	0	詠物	0

三、句題「小扇撲蛍」考

『三体詩』の日本的享受については、中世後期に五山禅林がまず先鞭をつけ、徐々に漢詩文以外の分野にも広がっていくという見通しが得られる。[1] ここでは、『三体詩』摂取によるひとつの句題「小扇撲蛍」を取り上げ、そこから覗く事のできる世界について考えてみたい。この句題の含まれる原詩「宮詞」（王建）は、

銀燭秋光冷画屛　　銀燭　秋光　画屛に冷やかなり

軽羅小扇撲流蛍　　軽羅の小扇　流蛍を撲つ

玉階夜色涼如水　玉階の夜色　涼しきこと水の如し
臥看牽牛織女星　臥して看る　牽牛　織女星

である。ここで「小扇」によって「蛍を撲つ」のは、「寵愛ヲ得ザル宮女」が「アナ、ニクノ蛍ヤト、ヲモヒ、トガモナキ、ホタルヲ撲チヲトシタゾ」（『三体詩素隠抄』）だからである。つまり、不遇な宮女に仮託して作者が我が思いを歌ったものと言える（「小扇撲蛍」は『聯珠詩格』『詩人玉屑』にも載っており、この詩句が日本人の目に触れる機会は多々あったろう）。

日本において「小扇撲蛍」を題としたもっとも古い用例としては、五山僧惟高妙安（相国寺住持）の七絶四首（『翰林五鳳集』所載）を知ることができた。

(a) 捲簾携扇立階庭　欲撲飛虫不鎖扃
為我照書惜陰処　何曾一夜可無蛍

(b) 一点流蛍飛又回　誰歟把扇立徘徊
児童莫撲入吾室　為点翌朝佳客来

(c) 数点宵行蛍過楼　童児把扇暫遅留
入嚢合聚照書案　勝作京華撲蝶遊

(d) 団扇揮来溽暑除　夜蒲葵亦是同根
底撲落非他腐草　餘涼時度小蝸廬

これらは原詩の雰囲気を若干残しつつも、しかしそこからは宮女の世界という原詩の内容は殆ど感じ取れない。

そして、慶長十年十一月二日に中院通勝が『三体詩』詩句によって詠んだ句題五十首中にも、「小扇撲蛍」は題として選ばれているのだが、その作品は次の通り。

とぶほたるかろき扇の風にだに又さそはれて影ぞ乱る、

扇の軽やかな風にでさえも蛍の光が揺れ動いてしまうというこの一首の内容は、「小扇撲蛍」という四語のみの逐語訳の臭いが強いが、逆に『三体詩』にあった宮女のイメージはなくなってしまった。

さらに時を経て小沢芦庵『六帖詠草』の

小扇撲蛍

うなゐらがきそふ扇を打ちやめてあがるほたるを悔しとぞみる　（四七七番）

では、題はさらに消化された形で和歌に溶け込み、かつ近世を生きた人間の生活感情と合致した蛍狩りの光景が生き生きと描き出されている。

すなわち、寵愛薄い宮女の不平不満によって八つ当りされた蛍が打ち落とされるという中国的文脈の原詩から、「小扇撲蛍」の四語だけが取り出され、生活実感の反映した庶民的な夏の風物詩蛍狩りの光景という新しい文脈がそこに付与され、「小扇撲蛍」の意味が転換していったのである。逆に言えば、「小扇撲蛍」という『三体詩』詩句は、近世人の実情実景を誘発する可能性を持った多義的な能力を秘めていたとも見做せよう。

そもそも「小扇」によって「蛍」を「撲つ」という行為が、この詩句以前に和歌的世界で描かれたことはなかったのではないか。また近世に至って蛍狩りという行事が一般に浸透していったということも考え合わせると、観念と事実と両方のレベルが相俟って「小扇撲蛍」の意味転換を用意する基盤が整ったと言える。

そして、そのような意味転換と連動して、次のような歌々が成立しているのである。

蛍

うなゐ子がまねく扇にはかられて空ゆく蛍袖にとまれり　（伴蒿蹊『閑田詠草』）

たをや女の扇もて蛍をおふ所

少女子が扇の風に靡きつ、なか〳〵高く行くほたるかな　（賀茂季鷹『雲錦翁家集』）

ところで、「小扇撲蛍」についての以上述べたような事柄を、題の歴史および文芸思潮の変遷という巨視的な視点に照らしてまとめ直しておきたい。

『三体詩』を編集した宋の時代の詩の精神を尊重した人々に近世後期の性霊派の漢詩人たちがいる。性霊派は生活感情を重視し、また格調派の伝統重視に対して実感を重んじた。そのような傾向は近世において漢詩にのみとどまるものではない。それは、和歌における本意本情に対する実情実景の台頭や、俳諧における本意の再構成や不易と流行の問題などとも複雑に絡み合い、近世韻文全体に関する最大の特質と言える。そしてそのような潮流の胎生は、宋詩と通底する精神を持つ『三体詩』が五山以後享受されていく段階にもすでに見出だせるのである。「小扇撲蛍」をめぐる意味転換、また小扇による蛍狩りというような抒情をめぐる日本的な美意識の形成も、そのような文芸思潮の流れのなかでの出来事と言えよう。

（1）本書第一部第三章二参照。

〈補記〉

(1) 次のような狂歌の用例も見出せた。

宇治川の橋はひいたり水は高しながる、蛍いかでうつべき

王建詩軽羅小扇撲流蛍○狂歌は謡の頼政の詞を取れり此ところ古戦場ゆへうつと云

（『雅筵酔狂集』）

(2) 『都名所図会』宇治川、『東海道名所図会』石山、『江戸名所図会』落合、『摂津名所図会』白井、『阿波名所図会』母川の図には、うちわで蛍を追う蛍狩りの様子が描かれている。『町田市立国際版画美術館　名作に見る日本版画』（一九八七年）所載「蛍狩り」（鳥居清広）は、美女がしどけない姿で蛍を団扇で追う図。

四、詩に和す和歌

はじめに

たとえば『前参議時慶卿集』に次のような一節がある。(1)

禁中御番参勤之折節、烏丸大納言、梅之紅白両枝を献、是ヲ題にて御製の詩被賦て云、贈日野亜相

早梅問着此春風　　早梅　問ひ着く　此の春風
香色携（ママ）花袖中　　香色　花を携えて　袖中

吟杖抹過勝認景　　吟杖　抹過すれば　景を認むるに勝へたり

一枝如雪一枝紅　　一枝は雪の如くして一枝は紅なり　　（上平一東）

と有て、亜相に和答を可申上旨仰有し次に、下官にも可申上有しかば、

(a)わづかなる枝とはみしかことの葉のかげまで深きむめの紅

前参議時慶、すなわち西洞院時慶は、後陽成院・後水尾院両歌壇において和歌・連歌・和漢聯句などの活動の際に重用された人物である。「烏丸大納言（光宣）」が梅の枝を献上した際、後陽成院がそれに因んだ詩を詠み、光宣に贈った。そして光宣に「和答」を申し上げるべしとの勅命があり、時慶もまたそうすべしとの仰せがあったというのである。ここで言う「和答」とは、いわゆる詩に和すこと、詩の末尾（この場合、四句目末字）の韻字に対して和歌の末尾の語を同じにして詠むことを言う。右の例に即して言えば、漢詩の末字「紅」に対して和歌でも最後の字を「紅」にして応じるような行為を言うのである。もちろん内容的にも、和歌において紅色に染まっている梅だというのは、漢詩の方の「早梅」が「一枝紅」という点を踏まえてそれに呼応したものである。そして、「ことの葉」「葉陰」が懸詞であることにより、〈後陽成院はこのささやかな早咲きの梅にさえも言の葉を尽くして、そのよさを素晴らしく表現された〉という院への礼賛の文脈と、紅色に染まる梅への賞美という自然の文脈とが、この一首に内包されているのである。なお、「むめの紅」という表現は、たとえば『宋史』に「玉牒旧制、以梅紅羅、面簽金字」とある（『佩文韻府』）ような、漢語「梅紅」に拠るものだろうか。それ以前の和歌では『為尹千首』や三条西実隆の『雪玉集』など数例のみで比較的珍しい表現と言える。

ところで詩に和す和歌自体は中世後期にすでにあった。芳賀幸四郎氏は「五山の僧が貴族化し、室町将軍第や院宮

公卿の邸宅にも出入し、公家社会との接触を深めるにつれて、このように公卿廷臣や上層武将の和歌に対して、漢詩をもつて応酬するというようなことが、南北朝期以降、時代の下るにともない、いよいよ多くなつたろうことは、およそ想像にかたくないところである」と述べて、和歌に和した岐陽方秀らの詩の存在を指摘され、「漢詩には漢詩の世界があるとはいいながらも、その発想が期せずして本歌のそれに制約され、和歌的風趣のいつかそれに滲潤するものあつたであろう」とされた。(2) 実際中世における〈漢詩に和した和歌〉〈和歌に和した漢詩〉の用例については朝倉尚氏によって『再昌草』『翰林五鳳集』を中心にかなりの数が集められており、その種々相について知ることができる。(3)

そして、近世初期という時代は、その傾向が一段と激しくなった時代であった。この時代、最も多く詩歌の贈答をこなした人物の一人に林羅山がいる。羅山が詩をもって和した和歌の作者としては、中院通村・木下長嘯子・松永貞徳・小堀遠州・伊達政宗・石川忠総・榊原忠次・佐河田昌俊・脇坂安元らの名を『羅山詩集』から拾い出すことができる。(4) これらの錚々たる顔触れからしても、この時代の多くの歌人たちが殆ど例外なく漢詩との唱和に関与していたことが容易に想像されよう。もちろん右の例は『羅山詩集』のものであるから〈和歌に和した漢詩〉であって、直接〈漢詩に和した和歌〉の存在を示すものではない。しかし、このような唱和の最大の目的は〈挨拶〉にあったのであり、右の交友関係においても〈和歌に和した漢詩〉のみであった可能性は薄く、どれくらいの頻度であったかどうかはともかく、同じ関係において〈漢詩に和した和歌〉も存在していたことは間違いない。じっさい脇坂安元の『八雲藻』を繙いてみると、羅山の漢詩に和した安元の和歌と、逆に安元の和歌に和した羅山の漢詩が多数掲載されており、(5) 和漢の並立状況が確認される。

以上のような和歌・漢詩の唱和という視点から近世初期和歌史のありようを考えてみたいというのがここでの目論

見である。そのなかでも基本的に堂上歌壇のいくつかの例に絞って考えてみたい。

(一) 中院通村と林羅山の贈答

まず第一に、中院通村と林羅山の贈答について取り上げてみよう。
後水尾院歌壇を指導した歌人中院通村と、徳川家光の側近として活躍した漢学者林羅山との詩歌贈答が行なわれたのは、正保四年十月の事であった。この時、両者は『詩歌仙』という、中国の詩人十八名、日本の歌人十八名、それぞれ一首ずつを選出した書を編んでもいる。[6] 羅山の漢詩とそれに和した通村の和歌を順に掲げよう。

奉呈中院内府　　中院内府に呈し奉る
槐堂懐遠歴山川　　槐堂　遠きを懐みて　山川を歴る
風迸小春官馬前　　風は迸る　小春　官馬の前
武野忽疑為分野　　武野　忽ち疑ふ　分野と為るかと
台星寒影海東天　　台星の寒影　海東の天
（下平一先）
（羅山詩集巻四十三）

任槐ののち関東下向ありし時、林道春（引用者注・羅山）詩を送りし和韻に
(b) 正保四冬
かげたかき星の位やおろかなる身にはうかべる雲の半天
（後十輪院内府集、一五八〇番）

「台星の寒影海東（「東海」に同じ）の天」という四句目末字「天」に対して和歌五句目「雲の半天（なかぞら）」の

「天」が呼応している。通村の詞書にある「任槐」は、この年七月二十八日に通村が内大臣に任ぜられたことを言う。一首の意は、星のように高い位を頂戴したことです、つたないわが身にとっては中空にうかんでいる雲くらいがふさわしいのに、となる。「雲」は雲上人の意がこめられている。また、「星の位」も雲上人を星に譬えて言うもので、その位もしくは公卿・殿上人を指す（『八雲御抄』は大臣を指すと特定する）。ここでは詞書に「任槐」とあるので官位を指していよう。「星の位」の用例は古く、『宇津保物語』菊の宴に、

雲の上にほしのくらゐはのぼれどもこひかへすにはのびずとかきく

とあり、また定家の用例、

春くれば星の位にかげ見えて雲ゐのはしにいづるたをやめ

（拾遺愚草八〇一番、六百番歌合、玉葉集・春上）

もある。また「雲の半天」という表現自体は『新編国歌大観』索引を検すると、通村以前には以下の一例のみ。

かへるかりいまだ旅にぞまよふらんとほきこしぢのくもの中空

（法性寺為信集、二九番）

ただし、「雲」と「半天（中空）」という組み合わせでは『伊勢物語』二十一段の、

中ぞらに立ちゐる雲のあともなく身のはかなくもなりにける哉

などの表現がある。

以上を整理して、通村の和歌表現を考えてみると、ここでは〈高々と位置する星に比べれば、中空に浮かぶ雲は低いものだ〉という星と雲の位置関係を現わす自然の文脈と、〈内大臣という位は高すぎて私などにはふさわしくありません〉という謙遜の気持ちを現わす人事の文脈とが重ね合わされているという事になる。そして、羅山の漢詩との

対応で見ると、四句目で星が東海の天に輝いている（星のように高い位についた通村が関東の地を訪ねてくれた）という羅山の感謝の気持ちに対して、右のような謙遜の意をもって応じることで返答しているのである。

ところで、「星の位」という表現は、やはり漢詩文から来ているものではないか。たとえば、『佩文韻府』や『大漢和辞典』で「星位」を検してみると、

天施気而衆星而布精、人稟気而生、含気而長、貴或秩有高下、富或秩有多少、皆星位尊卑大小之所授也。（論衡・命義）

などの用例や、

礼楽風流美、光華星位尊（楊浚・贈李郎中詩）

文学秋天秋郎官星位尊（盧照隣詩）

などの詩を見出すことができる。和歌や物語における「星の位」という表現自体は先に述べたように古くからあるものの、さほど用例は多くない。そのように和語として未成熟でやや硬質なことばが詩に和すという状況に誘発されて用いられたと言えるのではないだろうか。

また同時に、羅山男鵞峰との贈答もあった。ただし、こちらは漢詩四句目末字で和韻しておらず、二句目末字で和すという変則的なことが行なわれている。この時の鵞峰の詩、通村の歌は以下の通り。

丁亥孟冬、内府源公、以其任槐故、遠過江城、登府、以被謝之。其留滞之際、余幸得執謁焉。及其回軫、漫綴蕪詞一章、以達左右。

天暦雲仍一世雄　　天暦の雲仍　一世の雄

霜蹄枉駕到溟東　　霜蹄　駕を枉げて溟東に到る
槐門高与士峰比　　槐門は高く　士峰と比す
五岳従来準擬公　　五岳　従来　公に準擬す　　（上平一東）

（鵞峰詩集巻十四）

おなじ時、春斎（引用者注・鵞峰）詩に

(c)同　出づる日のかげなびくにもあふぐなり光あまねき関の東を

（後十輪院内府集、一五八一番）

この時どうして四句目末字で和韻しなかったのだろうか。その理由としては漢詩四句目末字「公」を最後に置くべき和歌五句目の歌句を思いつかなかったからではないか、ということが想像される。そのため、二句目末字「東」をもって和韻の対象としたということになる。「東」も「公」と同じく東韻であり、両者は脚韻を形成しているので、代用可能との判断がはたらいたのであろう。和歌のおおよその意は、日の出の光がなびいて、あたりをあまねく照らしている関の東を仰ぎ見ることだ、となる。これは鵞峰の、「五岳（中国で古くから国の鎮めとして崇拝された五つの名山）」が官位になぞらえられることからすると通村の内大臣という位は高い「士峰（富士山）」のようだという呼びかけに対し、関東、すなわち鵞峰のいる江戸、また羅山・鵞峰の仕える徳川幕府を讃えて、挨拶の気持ちを表現しているのである。「かげなびく」については、『草庵集蒙求諺解』において「おとこ山花のしらゆふかけてげりかげなびくべき君が春とて」の「かげなびく」が「大臣の異名也。八雲御抄に出」と評言がある。これもまた内大臣就任に因んでいるのである。

なお、羅山はこの通村の和歌に対して再度和韻している。詞書からは通村が江戸を出発したのちの作であることがわかる（土肥経平『風のしがらみ』は、ここで取り上げた一連の贈答を記載し、①次の羅山の詩に(C)の通村歌が和した、②次の羅山の詩は実は鵞峰の作であり、それに通村の(c)の歌は和した、の二説を載せるが、①は通村の詞書に「春斎詩に」とある点、②は『羅山詩集』〈鵞峰編集〉に収められているという点によって、いずれも従いがたい）。

前頃、卒綴蕪詞、奉呈中院内府君、聊表微志。豈図忽得瓊玖之報、感賞殊甚。可以怡悦。乃欲抒謝語。則高駕既発途。無奈之何。不堪瞻望之至。復摘佳篇尾字。以附行李、遣于京師、謹献閣下、伏乞乙覧。

千歳倭歌山柿風　　千歳倭歌　山柿の風
鼎材新峙百僚中　　鼎材　新たに峙つ　百僚の中
清華水漲禁池外　　清華　水漲る　禁池の外
江漢朝宗流向東　　江漢朝宗　流れて東に向かふ

（上平一東）
（羅山詩集巻四十三）

(二)　後水尾院と一絲文守の贈答

次に後水尾院が一絲文守の詩に和した和歌について取り上げてみる。

一絲文守は、沢庵に師事した禅僧で、近衛信尋の仲介により後水尾院の帰依をうけた人物である。寛永十五年には一絲のために京都西賀茂に霊源庵を創建するなど、後水尾院の一絲に対する思い入れは大変大きいものであった(7)。ここで言及する贈答は寛永十七年に行なわれたものである。では、後水尾院の和歌本文を以下に引用する。

山陰道のかたはらに世捨人有り、白茅を結びてすめる事十とせばかりに成りぬ、かの庵に銘して桐江といふ、三公もかへざる江山をのぞみては詩情のたすけとなし、一鳥なかざる岑寂をあまなひては禅定を修し、すでに詩熟し禅熟せり、ここに十篇の金玉をつらねて投贈せらる、幽賞やまず翫味あくことなきあまりに、韻をけがしつたなき言葉をつづりて是にむくふといふ、愧赧はなはだしきものならし

(d)うら山し思ひ入りけん山よりもふかき心のおくの閑けさ
(e)いかでそのすめる尾上の松風に我も浮世の夢を醒さん
(f)思へこの身をうけながら法の道ふみも見ざらん人は人かは
(g)うぐひすも所えがほにいとふらん心をやなく人来人来と
(h)心して嵐もたたけとぢはてて物にまぎれぬ蓬生の門
(i)山里も春やへだてぬ雪まそふ柴の籬の草青くして
(j)こぞよりもことしやしげき雪おもるみ山の杉の下折の声
(k)此の国につたへぬこそは恨なれたれあらそはむ法の衣を
(l)世にふるはさても思ふに何をかは人にもとめて身をば拳めむ
(m)故郷にかへればかはる色もなし花もみし花山もみし山

(後水尾院御集、一〇二五～一〇三四番)

これらの和歌は七言絶句十篇のそれぞれ末字「間」「醒」「人」「来」「門」「青」「声」「衣」「拳」「山」を押韻している (d)の「間」と「閑」は同字ではないが、ともに刪韻で、それが指し示す意味内容もある程度通い合うものがあるので、押韻の関係が成立していると思われる)。しかし、いかに〈挨拶〉とはいえ、十首の漢詩の末字に和すのは大変な手間がかか

る。それをしてしまうのは、やはり後水尾院の一絲に対する敬愛（あるいは親愛）の情が深かったからであろう。これらの応酬を適宜引用しながら、唱和の仕方についていくつかの点を指摘してみたい。

まず、(d)の和歌が和した詩は次のようなものである。

憶昔誅茅空翠間　憶ふ昔　茅を誅す　空翠の間
随縁幾度入人寰　縁に随ひて　幾度か人寰に入る
而今悔識聖天子　今　悔ゆらくは　聖天子に識られて
滅却生前一味間　生前一味の間を滅却することを
（上平十五刪）
（仏頂国師語録）

この詩は、後水尾院の招きを受けて山居から出ていかねばならないことを嘆いたもの。「聖天子」つまり後水尾院の招きを受けると山居から出て「人寰（人間社会）」に入らねばならず、「生前一味の間（生きているうちの味わいあるいとま）」を失ってしまうことが実に残念だと率直に言う。それに対する後水尾院の歌は、「山よりもふか」い、あなたの「心のおくの閑けさ」を「うら山し」く思うのだというのだから、一絲文守の悩んでいる気持ちをきちんと汲み取らずに、立派な境地を羨ましがるという表面的な答に終わっている。もっとも、一絲文守の悩みに正面から向き合ってしまった場合、後水尾院が一絲文守との付き合いをやめることが現実的な対応策だということが露呈してしまうので、後水尾院としてはこう答えるしかなかったのだろう。

また(g)が和した詩は以下の通り。

扶宗微志化為灰　扶宗の微志　化して灰と為る
杲日西傾魔不回　杲日西に傾きて魔けども回らず

自恨卜居山甚浅　自ら恨む　居を卜して山の甚だ浅きことを
未流菜葉惹人来　未だ菜葉を流さざるに　人を惹き来たる
（上平十灰）
（仏頂国師語録）

一絲は「人を惹き来たる」つまり訪問されることを「自ら恨」んでいる。これに対して後水尾院は景物を鶯に設定し、「いとふらん心（俗世間との交わりを厭う心）」を持っている一絲を思って、「人来人来（人が来た人が来た。『古今集』の「梅の花見にこそ来つれ鶯のひとくひとくと厭ひしもをる」（誹諧歌）に拠る）」と「所えがほ（得意顔）」に鳴いていると詠む。あなたの厭俗の精神を鶯もきっと理解して同情してくれますよと言って、一絲の不満をなだめようとしているのである。そして、ここでは、『古今集』を踏まえるという和歌的な内容をもって応酬しており、歌人としてのアイデンティティーの発揮がなされていると言えよう。

ところで、若干視点を変えて、漢詩に和した結果として和歌表現そのものも影響を受けているかどうか、について言及しておきたい。そう思ってみると、(m)の下句「花もみし花山もみし山」という表現が目に付く。この対句表現の硬質さは和歌本文としては異質で、むしろ漢詩のそれに近いものを感じさせる。もっとも、このような表現は近世初期という時代にとってさほど独自なこととは言えまい。長嘯子の和歌を批判した『難挙白集』では

よしやたゞうき世に何か久かたの月をのみこそ花をのみこそ
（前略）前にもいふが如、二句はたゞ詩のとなへ也。此類あまたあり。このめるにや。

とあり、「月をのみこそ花をのみこそ」という対句表現に対して「詩のとなへ」のようだとの批判がなされている。それが和歌的伝統からは外れているとの認識は当然なことであって、むしろ、このような表現をいちいち叩いていかなくてはならないという気持ちに『難挙白集』の著者をさせたこと自体、「詩のとなへ」のような表現が大手を振っ

てまかり通っていたという当時の状況が看取される。嶋中道則氏は右の例以外にも用例を挙げられ、長嘯子の和歌における「重ねことば」の多用は漢詩文の伝統的方法である「畳字」の援用であることを詳説しておられるが[8]、長嘯子が地下ゆえに顕著に示せたそのような傾向は、堂上の頂点に立つ後水尾院の場合は漢詩との贈答という特殊な〈場〉に誘発されることによってはじめて成されるものであったのだろう。それだけ後水尾院の方が伝統に従順であったわけだが、逆に言えば、時代的状況と言える和歌の漢詩文摂取の加速度化から後水尾院も無縁ではいられなかったということになるだろう。

(三) 烏丸資慶と中縁禅師との贈答

つづいて後水尾院から古今伝授をうけた後水尾院歌壇の主力歌人の一人烏丸資慶の作品の中から〈漢詩に和した和歌〉の例を拾ってみよう。和韻した詩の作者中縁は烏丸資慶末子、若くして出家した人物である。

中縁侍者歳旦試筆を見て一句に一首をそへてかへしつかはしける

白雪漸消亀嶺顛

(o)かめの尾の岩根に千世の数そへて雪とけぬらし滝のしらたま

紅霞淡抹鳳城辺

(p)先とはむ子日わかなにあらずとも梅咲そむる春の山辺を

緇林礼楽誰先進

(q)大井河人をもわたせ亀山のうきゝにのりの道にすゝみて

花亦少年吾少年
(漢詩は下平一先)

(r)こゝろむる筆にもしるや花の色の咲そはむ春を契る年々
(秀葉集〈奏覧本〉、九九五~九九八番)

この歌は『秀葉集』初撰本にも掲載されているが、四首目の二句が「筆にもしるき」とあり、また五句目「契る」の部分が「祝」となっており「契る」と右傍に記してある。あとは異同なし。

(o)、漢詩「亀嶺」和歌「かめの尾の岩根」ともに大井河北岸にある亀尾山を指す。亀尾山は、『古今集』の「亀の尾の山の岩根をとめて落つる滝の白玉千代の数かも」(賀歌)で著名な小倉山東南の山である。「亀」は長寿につながり、したがって、この古今歌は、水滴が見立てられた無数の白玉に無限の寿命という意味を付与しているのである。さて(o)の漢詩・和歌はともに亀尾山の雪解けを歌うが、和歌ではさらにこの古今歌を踏まえて「滝のしらたま」を引き出し、無限の寿命への願いをこめて歳旦試筆への挨拶としている。ところで、この(o)では韻が「顛(山頂の意)」「たま」で共通していない。あるいは和歌の方で歌材を盛り込み過ぎ韻を踏めなかったという技術的な問題もあるのだろうか(絶句の場合、一句目は必ずしも押韻しなくてよいという法則も想起されるが、この場合、押韻しなくてよい三句目(q)も和しているので、その法則との関係はないであろう)。

ところで亀尾山が出てくるのは、このとき中縁が亀尾山麓の天竜寺にいたからである。資慶の和歌では他にも、

末子出家せしめて祝髪号中縁時、中慶和尚天竜寺住偈をあたへられしにその韻をもてよみをくりける

(s)今日よりは小松の千世の生するを君にぞ契る亀の尾の峰
(t)亀山やたのむ仏の種をうへて小松に千世の陰ちぎる峰

（秀葉集〈奏覧本〉、九九三・九九四番）

という中虔の詩に和韻した作品があるが、ここでも亀尾山が詠み込まれている。

(p)の漢詩は、紅色の霞が鳳城のあたりを淡く染めていると歌う。「鳳城」は中国では長安を指すが、ここでは日本のことを詠んでいるので京都であろう。それに対して和歌は、なにはさておいても春のはじめに梅の花を探しにいこうと言う。この光景の相違は、「紅霞」を和歌では、紅色の花があたり一面咲いているのを霞に譬えて言う意にとり、紅色の花を和歌的美意識において春のはじめの花としてもっとも自然な梅花に設定したことによる。一語における両義を漢詩・和歌おのおのが別々に解釈したことで、「紅霞」を中心とした観音開きの光景が映し出され、その対称性がイメージの広がりを創り出している。

(q)の漢詩「緇林」は寺院、「礼楽」は礼節と音楽という寺院における主要科目であり、その熟達はだれが速いだろうかと少年らしい競争心を詠む。それに対して和歌では亀尾山の亀にちなんで盲亀浮木（盲目の亀が浮いている木の穴にはいろうとすることの困難さ、転じてめったにない幸運に出会う譬え、また仏の教えに出会うことの困難さを言う。この場合は最後の意。出典『涅槃経』など）の故事を援用し、亀尾山の脇を流れる大井河をわたる亀に我が子中縁を譬え、盲亀が浮木の穴にはいるように我が子の仏道修業も成就しますようにと祈り上げているのである。「のり」には、浮木に「乗り」と「法の道」が懸けてある。この応酬には、まだ人生を無邪気に考えている子と、人生の苦難を諭し教えようとする父との対比が鮮明に映し出されている。

(r)の漢詩は、自分は初春の花と同様まだ若輩だとの思い。和歌では「こころむる筆」すなわち我が子の試筆に接し、花の色によって寿がれるような未来を予感したとの親心を歌い、末尾を締め括っている。なお、「こころむる筆」は漢語「試筆」の訳語。陸亀蒙の「村夜詩」には「開瓶浮緑蟻、試筆秋毫勁」とある（『佩文韻府』）。

以上、(o)〜(r)を貫いているのは、仏道修業に励む若き息子へ贈る親としての餞の気持ちであり、それが、和韻という遊戯的雰囲気のなかで伝えられている。

おわりに

ここまで、詩に和すという行為をめぐって近世堂上和歌の諸相を概観してきた。

ところで、この三例を選んだ理由だが、それぞれ代表的な歌人たちの作品ということ以外にもう一つ、場の問題がある。すなわち、㈠中院通村と林羅山の場合は、武家伝奏もつとめた通村と幕政にも参与した羅山という、公武双方の代表的知識人同士の邂逅という点で〈政治〉性のある場であること。また、㈡後水尾院と一絲文守の場合は、天皇がその精神的境地を高めようとして当代最高の禅僧との交友を望んだという点で〈宗教〉的な場であったこと。さらに、㈢烏丸資慶と中縁の場合は、歌人の父と僧侶の子という具合に親子の情愛が絡む〈家族〉の場であったこと、である。つまり、〈文学〉専門の場ではなく、〈政治〉〈宗教〉〈家族〉というような他の場における和漢の接触において、〈文学〉的要素も加味されているような状況なのである。そして、これこそが重要と思われるのだが、〈文学〉専門の場ではないからこそ気軽に和漢の応酬がなされているのである。すなわち、詩人と歌人との間の社交性を帯びた挨拶という形で、いかに漢詩／中国に対して和歌／日本が応じるかという知的遊戯がなされている。この、挨拶をするという洒落た感覚が気軽に行なわれたところに、むしろ新感覚への突破口が切り開かれているのである、ということを重要な点として指摘しておきたい。

さて、内容に目を転じた場合、和歌にとって、相手の漢詩の内容を汲み取りつつ応じるという点で〈漢〉との同一性を示す一方、和歌的な発想で応酬する(g)(o)(p)歌など）ことで〈和〉としての独自性の発揮も示すという〈和〉〈漢〉の変化に富んだ融合状況を呈していることが確認できる。また発想のレベルだけでなく表現のレベルでも漢語調(a)(b)(r)歌など）や対句表現(m)歌）のように、〈詩に和す〉という場が、〈漢〉的な要素の〈和〉への流入をも助長している。内容と表現のふたつの局面において、〈和〉〈漢〉両者の同一性と異質性、共通性と個性、連続と断続が小刻みに繰り返されながら、相互の魅力の響き合うひとつの空間が成立しているのである。

これらの傾向は、詩に和す和歌に限ったことではなく、詩に和すこと同様中世後期から盛んになってきた和漢聯句[9]やそれ以前からある句題和歌[10]においても同じ精神が見出せるであろう。

またそれらにとどまらず、和漢の接近は漢詩や俳諧、散文のジャンルでほぼ同時進行的に加速度がついていくのである。[11]というよりも、むしろ漢詩・俳諧や散文において従来指摘されてきた和漢の接近が、近世和歌というジャンルにおいても見出せることで、この傾向の相渉る範囲の広さをここで確認できた、と言うべきであろう。この和漢をx軸とするなら、y軸には雅俗がある。[12]この両軸が織りなす平面上においては、近世の詩歌史が、和漢・雅俗の接近のなかでそれ以前のジャンル意識を薄めさせる形で、一体化した近世詩歌というひとかたまりのジャンルへと変貌していく過程が大局的には確認できるわけだが、その大きなうねりの胎動が、すでに詩に和す和歌とその基本的精神のなかにも見出せるのである。

（1）以下、引用した漢詩には脚韻を注記した。

（2）「国文学と禅」『中世禅林の学問および文学に関する研究』（日本学術振興会、一九五六年。『芳賀幸四郎歴史論集（三）』思

文閣刊にも所収）

（3）「和歌・漢詩唱和の際における韻の問題（一）（二）」（中世文芸、一九六七年三月、六八年七月）。冒頭の時慶の例も朝倉氏の挙げられた用例のなかのひとつである。（ただし内容についての言及なし）

（4）以下の参考文献に和漢の唱和があったという事実の指摘のみあり。宇佐美喜三八「木下長嘯子の生涯」（『和歌史に関する研究』若竹出版、一九五二年。復刻、刊行会、一九八八年）、小高敏郎『松永貞徳の研究』（至文堂、一九五三年。復刻、臨川書店、一九八八年）、宗政五十緒「佐河田昌俊—近世初期の一武家歌人の生涯—」（『論集日本文学・日本語4』角川書店、一九七八年。『近世の雅文学と文人』同朋舎出版刊にも所収）、渡辺憲司「佐河田昌俊の連歌資料」（日本文学研究、一九八一年十一月）、拙稿「林羅山と武家の関係について」（解釈、一九八六年三月）

（5）『八雲軒脇坂安元資料集』（和泉書院、一九九〇年）所収。

（6）拙稿「『詩仙』『武仙』『儒仙』」（書誌学月報、一九八六年四月）

（7）古田紹欽「一絲文守」（『日本の禅思想』春秋社、一九六六年。『著作集』第三巻、一九八〇年）

（8）「長嘯子と惺窩の和歌について」（中世文学論叢、一九八三年十二月）

（9）深沢真二「聯句と和漢聯句」（国語国文、一九八八年九月）の和漢聯句についての見解、「和句が漢句に対しどのような解釈をしどのような句を付けるかは、漢字文化をいかにやわらげるかに苦心してきた日本の文化の縮図であると言っても、決して大袈裟な物言いではないであろう」はまた詩に和す和歌についても当て嵌まることであろう。

（10）拙稿「歌題の近世的展開」（『論集〈題〉の和歌空間』笠間書院、一九九二年）および本書第一部第三章。

（11）漢詩や俳諧、小説類における漢詩的なものの流入については従来の研究史の他、『和漢比較文学叢書』（汲古書院）も参照されたい。なお、近世和文のジャンルでも、〈漢〉的なものの流入が田中康二「江戸派の和文—『琴後集』文集の部をめぐって—」（国文学研究ノート、一九九一年九月）などにより報告されている。

（12）注（10）拙稿および本書第一部第二章五参照。

五、近世五言句題和歌史のなかの堂上

はじめに

近世和歌研究において、歌題研究は必須の課題と思われる。[1] 題詠をする場合、その題の本意に反しない範囲で以前にはない〈新しさ〉を生み出さねばならない。どうしたらその〈新しさ〉を生み出せるかという問題に対処する方法について、たとえば小沢芦庵は次のように述べる。

同一の人情を以って、同題を詠ず。何ぞ同歌なからざらん。同詠たりとも、又何ぞいたまん。同歌としらば速に詠じ可改のみ。古今無数の歌、同心有無をしり尽して詠ぜんとせば、一首数月に及ぶべし。且たくみに落ちて、自然の情を失ふ。

(『ふるの中道』)

右の一言をもってしても、近世において伝統的な歌題を詠む場合、踏まえねばならない多くの要素が存在したことは容易に想像しうる。芦庵の言説は、多くの先行例にとらわれてしまうことで「自然の情」が失われてしまうことへの警告と言える。右のような問題が生じてくるのは、題詠という詠法が盛んに行なわれるようになって以来五百年以上にもなろうという近世においては、必然的であったろう。以上のような点から、近世歌人における基本的な詠歌態

度は、題詠への対処方法と密接に関連していると考えられる。題詠への対処方法の分析は、具体的には、

(a) どのような題を詠んだか、あるいは詠まなかったか。

(b) その題がどのような過程を経て近世歌人の目に達したか。

(c) 彼らがどのような態度・方法でそれを詠んだか。

というような視点のもと、様々な事例を検討することによって試みられるはずである。

(一) 歌題の採択〜堂上から地下へ

歌題研究の対象のひとつに、句題和歌がある。

金子彦二郎『平安時代文学と白氏文集』(培風館、一九四三年。芸林舎、一九五五年)は、大江千里とその『句題和歌』について精査した上で、その後の句題和歌の系譜を、定家・慈円らの句題百首、頓阿の『句題百首』、さらに近世後期の小沢芦庵・橘千蔭・香川景樹らの作品のなかへというように素描した。そののち岩崎佳枝「句題和歌の系譜――三条西実隆から小沢芦庵へ――」(和歌文学研究、一九八五年四月)は、芦庵・千蔭・景樹らの歌の句題が、中世後期に三条西実隆が『白氏文集』から五言句を選びそれを歌題とした「夏日詠百首和歌」(『雪玉集』所収)の影響下に選定されたことを報告し、和歌史における句題選定の重層的な連なりを証した。具体的に言うと芦庵の十首、千蔭の六首、景樹の四首の句題が実隆の「夏日詠百首和歌」の句題と一致しているとして、実隆から芦庵・千蔭・景樹へと線を引いている。また稲田利徳「句題百首の諸本と成立」(国語国文、一九八六年五月)は、芦庵の七首、千蔭の三首、景樹の五首の句題が頓阿『句題百首』の題と一致しているとして、頓阿から芦庵・千蔭・景樹へという線を引いている。

ここでは、それらを踏まえた上で、さらに中世後期から近世前期の宮中和歌御会の句題をも新たな資料として加え、二条派の流れから芦庵・千蔭・景樹ら近世地下へというように、より全体的に句題和歌史の展開を捉えるように試みていく。そのことによって、近世堂上の史的位置もより鮮明に浮かび上がってこよう。

また、近世地下歌人については芦庵・千蔭・景樹以外にも次のような私家集を調査対象とした。

小沢芦庵『六帖詠草』
同　『拾遺』
橘　千蔭『うけらが花』初編
香川景樹『桂園一枝』
同　『拾遺』
加藤枝直『あづま歌』
賀茂真淵『賀茂翁家集』
田安宗武『天降言』
塙保己一『松山集』
村田春海『琴後集』
本居大平『稲葉集』
本居春庭『後鈴屋集』
上田秋成『藤簍冊子』
伴　蒿蹊『閑田詠草』

賀茂季鷹『雲錦翁家集』
熊谷直好『浦の汐貝』
木下幸文『亮々遺稿』
清水浜臣『泊洦舎集』
橘　守部『橘守部家集』
海野遊翁『柳園家集』
鹿持雅澄『山斎家集』
加納諸平『柿園詠草』
中島広足『橿園歌集』
幽真　『空谷伝声』
和田厳足『和田厳足家集』
橘　曙覧『志濃夫廼舎歌集』
八田知紀『しのぶぐさ』
井上文雄『調鶴集』
福田行誡『後落葉集』
大国隆正『真爾園翁歌集』

なお、さらに『類題草野集』『類題鰒玉集』などの類題集を検すると、より広範に地下歌人たちの句題を網羅できるのであるが、ここでは全体的な見取り図を描くことをひとまずの目的とし、著名な歌人たちの私家集に的を絞って論じていく。以下、頓阿、三条西実隆、中近世の堂上歌会の順に地下歌人への影響の諸相を見ていきたい。

（1）　頓阿の句題

まず稲田論文が指摘した頓阿の五言句題について考えてみる。(2) 頓阿は近世堂上歌論などでも実隆と並び称されている。頓阿をはじめとする五人の歌人たちが詠んだ『句題百首』は康安元年頃成立、写本も『待需抄』（宮内庁書陵部蔵）に収められているほか数本が存する。岡山大学附属図書館池田家文庫蔵『頓阿百首』は宝暦五年土肥経平書写本であり、今治市河野美術館蔵『句題百首』は清水宗川自筆本を元禄十二年に書写したものである。版本『草庵和歌集類題』にも所収。さらに三条西公条の『称名院殿句題御百首』も同じ題で詠んでおり、天文十一年成立。

頓阿『句題百首』が近世地下歌人に与えた影響の詳細は《表Ⅰ》の下段に掲示した。（《表Ⅰ》では、芦庵・千蔭・景樹以外にもかなりの影響があったことを示すため、彼ら三人に用例がある句題をまず列挙し、次にその三人以外の歌人たちだけに用例がある句題を列挙した。《表Ⅱ》《表Ⅲ》も同じ）。

頓阿については、たとえば『詞林拾葉』（武者小路実陰述、似雲記）に次のような後水尾院の言説が紹介されている。

後水尾院の仰せに、頓阿の歌は奥のしれぬなりと、仰せられしより、ある人もの語せられしに、なるほど此方なども同様に思ふなり。此方先祖逍遙院なども歌上手にて候へども、あまり口が自由にまはり、あひだにはちと平懐なるやうに聞えし歌もありしが、是はたけもありきようなることは頓阿にもまさりたる様にもみゆれども、頓阿の方歌まさりたりとおもふなり。そうじて後水尾院仰せられしやうに、奥のしれぬうた、奥には無尽の心ざしあるを、おとなしくかしこだてなく、つゝましく、見せずよまれたるやうの歌の体なり。歌の手本にはとかく頓阿の歌なり。

実隆よりも頓阿の方が上だとする説は後水尾院だけではない。長野義言の『歌の大意』では、頓阿と実隆の和歌を比較して前者をよしとしたあと、

後世人、草庵集は詞たくみならねばさのみも思はず、雪玉集の類ひをのみうらやむなるは、色どれる絵をのみめで、、実の花をばさのみも思はぬにおなじ。情すくなき人の心はあさましきものなり。

とある。このように頓阿と実隆とを比較して頓阿の方が本当は良いのだとする主張があるということは、裏を返せば実隆を第一に賞揚する考えが一般に有力だったからであろう。それにしても次のような言説を見ると、やはり頓阿は実隆と並んで二条派における代表的存在であったと思われるのである。

常に見習ふべきものには、三代集の古今は云ふにおよばず歌の命也。（中略）其の外は心まかせに一部々々とりきはめて見習ふべし。柏玉集、雪玉集、草庵集にてもなるべし。第一草庵可ㇾ然との給へり。

（烏丸資慶述、岡西惟中記『資慶卿口授』）

つね〳〵見もてならふべきは為家、頓阿、逍遙院殿等、（下略）

（武者小路実陰著『初学考鑑』）

また『草庵集』は承応二年と寛文四年に刊行されているし、刊本『草庵和歌集類題』なども存する。その注釈書には、香川宣阿編・香川景新増訂『草庵集蒙求諺解』（享保九年序）、桜井元成著『草庵集難註』（享保十四年序）、本居宣長著『草庵集玉箒』（明和四五年頃成）、芝山持豊著『草庵集聞書』（文化十一年奥書）などがある。さらに頓阿の歌論書『井蛙抄』『愚問賢注』は、近世において各々五回、一回刊行されている。以上のような近世における頓阿の評価を背景として、頓阿の句題の影響がもたらされたのだろう。(3)

(2) 三条西実隆の句題

次に岩崎論文の指摘した三条西実隆の句題「夏日詠百首和歌」(『雪玉集』)についてであるが、それが近世地下歌人に与えた影響については《表Ⅱ》下段に提示した。なお享保十三年には烏丸光栄も同じ題で詠んでいる(『栄葉和歌集』)。また表には掲げなかったが、「夏日詠百首和歌」以外にも『雪玉集』には実隆の句題和歌が収められており、それを芦庵らも採用している。さらに『雪玉集』と同じ三玉集の『碧玉集』(下冷泉政為)のなかからも採られている。以下にその句題を挙げる(実隆・政為の下の数字は『新編国歌大観』の歌番号である)。

狂雲妬佳月	実隆1375	芦庵・千蔭
瞿麦勝衆花	実隆817・政為304	景樹
三五月正円	実隆1373	景樹
林下幽閑気味深	実隆2611・政為1123	千蔭

岩崎論文では近世における実隆ら三玉集の享受例として堂上歌論『資慶卿口授』や、『今様職人尽歌合』鹿都部真顔跋文、藤井高尚著『歌のしるべ』などの言説を紹介している。三玉集を尊しとするのは近世堂上における基本的な姿勢であって、そのような背景のもとで、実隆の句題の影響がもたらされたのだろう[4]。

(3) 宮中和歌御会の句題

次に中世後期から近世前期の堂上歌壇で行なわれた和歌御会の題として採用された句題について考えてみたい。『続史愚抄』によって明らかになるものを調査対象とした。宮中和歌御会が近世地下歌人に与えた影響は《表Ⅲ》下段に提示した。

堂上は地下にとって権威であり、規範であった。反伝統的な立場が見られたとしてもそれは伝統を踏まえてのものである。そういう点では、堂上の句題を地下が使用したことは自然な成り行きと言える。

	頓阿の句題	実隆の句題	中世後期から近世前期にかけての宮中和歌御会の句題
芦庵	8	10	5
千蔭	3	7	16
景樹	6	4	9
枝直	2	2	7
真淵	0	0	1
宗武	0	0	1
保己一	0	1	3
春海	2	2	10
大平	0	1	3
春庭	0	0	1
秋成	0	2	0
蒿蹊	4	0	1
季鷹	0	1	4
直好	6	1	3

	頓阿の句題	実隆の句題	中世後期から近世前期にかけての宮中和歌御会の句題
幸文	2	2	1
浜臣	4	3	5
守部	0	1	1
遊翁	1	1	3
雅澄	0	1	0
諸平	1	1	1
広足	1	2	3
幽真	2	0	0
厳足	0	0	1
曙覧	1	0	1
知紀	3	1	6
文雄	1	0	3
行誠	0	1	1
隆正	2	1	3

さてここまでのまとめとして、左に、頓阿・実隆の句題、中世後期から近世前期にかけての宮中和歌御会の句題と

一致する用例数のみを、地下歌人毎にまとめた一覧表を掲げる。

とくに右表のうち、加藤枝直・村田春海・熊谷直好・清水浜臣・八田知紀らについては、芦庵・千蔭・景樹に次ぐ影響関係の大きさがみとめられよう。

このことから、近世地下歌人たちは、句題選定の際、頓阿・実隆、また中世後期から後水尾院・霊元院の時代にかけての堂上歌壇で行なわれた和歌御会で用いられた句題をかなり参考にしていると言える。言うまでもなく頓阿以下の歌人たちは二条派の流れに属している人々である。そして従来の近世和歌史研究では芦庵・千蔭・景樹といった数人の地下歌人たち、および彼らの活躍した中期以降のみが突出した形で取り上げられがちであった。その場合二条派の流れとの関連は無視される事が多い。しかし少なくとも句題選定においては、以上見てきたように近世地下は二条派の流れを受けていると言えよう。

(二) 歌題享受の過程

次に、冒頭で触れた(b)「その題がどのような過程を経て近世歌人の目に達したか」という視点のもとで、もう少しこの題材について考えてみたい。具体的には、題が多数収録されている堂上関係の類題集などの刊行本の存在を考慮に入れることによって、句題選定の道筋をより明らかにすることを目的とする。

類題集については、以下に挙げる七本を調査の対象とした。これらはいずれも後水尾院・霊元院両歌壇の歌人たちに関わりが深いものと言える。

（ⅰ）『一字御抄』　元禄三年刊
（ⅱ）『類題和歌集』　元禄十六年刊
（ⅲ）（a）『新明題和歌集』　宝永七年刊
（b）『新後明題和歌集』　享保十五年刊
（c）『新題林和歌集』　享保元年刊
（d）『部類現葉和歌集』　享保二十年刊
（e）『新続題林和歌集』　明和元年刊

（ⅰ）（ⅱ）は、後水尾院とその周辺の歌人たちの共同編集によって、近世以前の作品を収録したものであり、（ⅲ）は、逆に近世堂上歌人たちの作品を収めたものである。

以上の（ⅰ）（ⅱ）（ⅲ）が、頓阿・実隆の句題、中近世の宮中和歌御会の句題から近世後期の地下歌人の句題への影響という道筋にどのように携わったか、ということに関する個々の句題についての調査結果は、本稿巻末に掲載した表（Ⅰ）（Ⅱ）（Ⅲ）の各中段に提示した。ここでは、芦庵・千蔭・景樹についてのみ、（ⅰ）（ⅱ）（ⅲ）の介在し

	（ⅰ）	（ⅱ）	（ⅲ）	芦庵・千蔭・景樹の句題合計数
頓阿の句題と一致する数	0	4	0	16
実隆の句題と一致する数	1	5	8	18
中世後期から近世前期にかけての宮中和歌御会の句題と一致する数	4	12	23	23

た用例数を示しておく。

右表からは、頓阿についてはともかく、実隆や中世後期から近世前期にかけての宮中和歌御会の句題が、刊行された類題集という媒体を通じても芦庵・千蔭・景樹ら三人に伝わっていった可能性を考慮に入れるべきだという結論が導き出せよう。なかでも、中世後期から近世前期にかけての宮中和歌御会の句題の流布には、(iii) 堂上の作品を収めた五本の類題集が非常に大きく関与している（(iii) はその主たる資料として和歌御会での作品を用いているため、御会の題がほぼ網羅されている）。

しかし、頓阿・実隆の句題については、それぞれの作品が収められている単独の刊行本『草庵和歌集類題』『雪玉集』からの影響の可能性も十分考えられよう。

また、頓阿・実隆の句題、中世後期から近世前期にかけての宮中和歌御会の句題は、題のみだが、『増補和歌明題部類』にも収められている。ただし『増補和歌明題部類』の原型となった『明題部類抄』(慶安三刊) には右にあげた句題はいずれも収められておらず、『増補和歌明題部類』は寛政六年刊とやや時代が下る。しかし、単独の刊行本同様、その存在は句題和歌史の展開を考える上で注意すべきものであろう。

また、以上刊行本を中心に論を進めてきたが、写本による道筋ももちろん無視することはできない。さらに、堂上の師から地下の弟子への出題などによる題の伝承も考慮すべきではあろう。

なお『一字御抄』『類題和歌集』は、頓阿・実隆の句題、中世後期から近世前期にかけての宮中和歌御会の句題以外にも、句題伝達の媒体として機能した可能性がみとめられる。たとえば、芦庵の句題のなかから、それらを拾い出してみると、次表のようになる。○はその題が存在することを示す。

芦庵の句題	中古・中世前期の用例[5]	『一字御抄』	『類題和歌集』
花時無外人	『津守国基集』		○（歌ナシ）
雲花無定樹	『和歌一字抄』[6]（為義）（ア）	○（為義）（ア）	○（歌ナシ）
風静盧橘芳	『清輔朝臣集』	○（清輔）	○（清輔）
泉声入夜寒	『後拾遺集』『古来風躰抄』『和歌一字抄』（師賢）	○（師賢）	○（師賢）
秋花逐夜開	『和歌一字抄』（元輔）（イ）	○（元輔）（イ）	○（歌ナシ）
江山夜月明	『順徳院御集』		○（順徳院）
対鏡知身老	『和歌一字抄』	○（実隆、政為ほか）	○（実隆、政為、後柏原院）
落葉契千秋	『和歌一字抄』（則季）	○（則季）	○（則季）
波洗氷不定	『和歌一字抄』（俊綱、国房）	○（俊綱、国房）	○（俊綱、国房）

〈本文異同〉（ア）雲→雪　（イ）夜→露

右表から、『和歌一字抄』の句題が『一字御抄』や『類題和歌集』を媒体として、芦庵の句題に採り込まれている可能性を指摘できるだろう。ただしこの場合には、前章で触れた『明題部類抄』にもやはり「一字抄題」が載ることから、同書の存在も考慮に入れる必要があろう。

たとえば「雲花無定樹」は、『一字御抄』には、

雪花無定樹

春待て梅もさくらも雪降はおなしいろなる花そさきける　為義

（三百三「樹」）

とある（傍点引用者。以下同）。『類題和歌集』には、巻四に「雲花無定樹」と題のみあり、歌は引かれていない。また『明題部類抄』の刊本（静嘉堂文庫蔵本使用）でも「雲花無定樹」となっている。それに対して『和歌一字抄』では、「雪花無定樹」の句題で『一字御抄』と同じ為義の歌が載る。すなわち「雲花無定樹」であるのは芦庵の句題と『類題和歌集』『明題部類抄』の題だけなのである。

また「秋花逐夜開」は、『類題和歌集』には、巻十に題のみあって歌が引かれていない。しかし、『類題和歌集』では、その直前四首が次のようになっている。

秋花逐露開　（歌ナシ）

秋花帯露開　ほころひて花さきにけり藤袴匂ひにむすふ露に任せて　元輔

秋花露置鮮　いろ〳〵にうすくもこくもをきわたる露と花との中そゆかしき　兼澄

秋花露滋　（歌ナシ）

秋花逐夜開　（歌ナシ）

右のうち「秋花逐露開」「秋花帯露開」の句題と元輔の「ほころびて」の歌は、『一字御抄』では百六十三「逐」の

項と二百二十一「帯」の項にそれぞれ存する。また、この元輔の歌は、『元輔集』、『和歌一字抄』、『夫木和歌抄』に見られるが、その題もしくは詞書は次のようになっている。

・天とく二年八月十四日、大納言源のあそん、右大将ふちはらのあそん本のまゝ
（『元輔集』書陵部本）

・天徳二年八月、白河の院に権大納言源朝臣、右大将藤原朝臣などまかりて、秋の花露など思ひひらくといふたいをよみて侍しに
（『元輔集』・正保版本「歌仙家集」）

・秋花逐露開　（『和歌一字抄』）

・秋花帯露開　（同右）

・天徳二年八月右大将家にて、秋花露を思ひてちらずといふことを　（『夫木和歌抄』）

以上から、『和歌一字抄』を参考にして『一字御抄』『類題和歌集』が元輔の歌を収録したこと、さらに『類題和歌集』の成立時点までに「秋花逐夜開」と改変された題も『類題和歌集』に収められたことがわかる。また『明題部類抄』も「秋花逐夜開」となっている。すなわち「秋花逐夜開」であるのは芦庵の句題と『類題和歌集』『明題部類抄』の題だけなのである。なお『類題和歌集』の補訂版『類題和歌補闕』（加藤古風編、文政十三年序・刊）には、

秋花逐夜開　碧玉。　色にめて光にあかて宮城野の月もこゝなる露の萩はら　政為

とあるが、刊行された『碧玉集』（寛文十二年刊）をみると、この政為歌の題・詞書は、

月下萩　八月十五夜に徳大寺左府すすめ侍る

となっており、「秋花逐夜開」という句題ではない。あるいは『類題和歌補闕』は写本に拠ったのかもしれないが、これ以上の点については不明である。

ほかにも「泉声入夜寒」「対鏡知身老」「落葉契千秋」「波洗氷不定」などが、『和歌一字抄』にある句題で『一字御抄』『類題和歌集』に収められているものである。

そもそも『和歌一字抄』は写本でしか伝わっていないわけで、それを吸収して刊行された『一字御抄』『類題和歌集』は、『和歌一字抄』の句題を近世歌人たちに広めるのに大きな役割を果たしているのではないか。もちろんそれが唯一の道筋だったわけではなく、先にあげた『明題部類抄』なども考慮に入れた複雑な道筋が想定される。

また「風静盧橘芳」の用例がある『清輔朝臣集』（元禄十二年刊）、「江山夜月明」の用例がある『順徳院御集』（寛文六年刊）は、『一字御抄』『類題和歌集』より少し前かほぼ同じ頃に刊行されているので何ともいえないが、必ずしも単独の刊行本による影響とは言えまい。むしろここまでみてきた様々な事例から想像するに、類題集という媒体によって提供された、まとまった情報の一部なのではないか、と思われる。

以上のように、比較的目に入りにくい書に収められている句題を吸収して『一字御抄』『類題和歌集』もしくは『明題部類抄』が刊行されていること、そしてその句題を地下歌人たちが用いていることも、やはり句題和歌史上注目すべきであろう。

おわりに

本書においては、句題和歌史の展開に関して、二条派の堂上歌人と芦庵ら地下歌人という二項対立を、比較的無批判に論の前提条件として設定してきた。しかし、堂上地下いずれも一括りにできる程その内部が等質であるわけではない。たとえば後者を例にとってみても、句題を多用した歌人と殆ど用いていない歌人の差、また枝直と隆正では百歳位違うといった世代の差、などを考慮に入れれば、問題はさらに複雑多岐にわたってこよう。さらに句題個々の詠まれ方や歌人各々の資質の違いというレベルにまで立ち戻って、個々の事例を検討することは、不可避の次なる課題である。

ここでは、五言句題の選定という限られた枠内ではあるが、従来あまり関連づけられなかった二条派堂上の流れから近世地下への影響を論証すべく、微視点な問題には目をつぶり、巨視的な見取り図を描くことを主眼とした。

そのなかでの近世堂上の史的位置は次のようにまとめておこう。時間軸に沿って見た場合、頓阿、三条西実隆の句題の流れを近世堂上が受けとめつつ、量的にさらに拡大させた上で、それらが地下へと継承されていく。その際、近世堂上が深い関わりのあった類題集は句題をまとまった形の情報として伝える働きを有していた。したがって、題の拡大と流布というふたつの点で近世堂上の果たした役割は評価されるべきであると。

(1) 拙稿「歌題の近世的展開」(『論集〈題〉の和歌空間』笠間書院、一九九二年)

(2) 稲田論文以外にも、斎藤彰「句題百首考(一)〜(八)」(学苑、一九八六年五月〜九〇年一月)、「中世後期の句題」(『論集〈題〉の和歌空間』笠間書院、一九九二年)も詳細に論じる。

(3) 頓阿の近世における享受については、稲田利徳「『草庵和歌集』の享受の様相――「詞林拾葉」(磯の浪)の場合――」(岡山大学教育学部研究集録、一九八三年一月)、「『草庵和歌集』の享受の様相――澄月の「和歌為隣抄」の場合――」(岡山大学教育学部研究集録、一九八六年七月)、「「草庵和歌集類題」の成立と諸版本」(岡山大学教育学部研究集録、一九八六年一一月)など参照。

(4) 三玉集の近世における享受については、本書第一部第二章一、三参照。

（5）参考文献として、瞿麦会編『平安和歌歌題索引』（私家版、一九八六年）を用いた。

（6）本文は『新編国歌大観』（底本宮内庁書陵部蔵写本）、『丹鶴叢書』、彰考館・内閣文庫・神宮文庫蔵写本などを参照したが、結果は同じであった。

〈補記〉本稿初出後、本稿所引の類題集については三村晃功『中世類題集の研究』（和泉書院、一九九四年）によって詳細な成立過程の解明がなされた。同じく初出後、ここで取り上げた句題のうちのひとつ「江山春興多」について、神作研一「景樹和歌の一側面」（和歌文学研究、一九九一年四月）がさらに考証している。さらに「人跡板橋霜」については、小野恭靖「室町時代和歌・狂歌と歌謡」（和歌文学会例会口頭発表、一九九五年七月十五日、於共立女子大学短期大学）が考察している。

《表I》頓阿の句題のうち、近世後期の地下歌人たちに用例があるもの

		類題集			地下歌人	
		（i）	（ii）	（iii）	芦庵・千蔭・景樹	その他
5	清月上梅花				景樹	隆正
11	坐久落花多				芦庵	幸文
12	花落樹猶香				芦庵	
15	春尽鳥声中				景樹	直好
22	扇罷風生竹				景樹	曙覧
28	野色混秋光				千蔭	
37	月向白波沈				芦庵	
43	人跡板橋霜				千蔭	直好・隆正

46	一鳥過寒水		○		景樹	
48	晴雪落長松		○		千蔭・景樹	直好
57	空閨残燭夜				芦庵	
63	舟行夜已深		○（ア）		景樹	知紀
68	路明残月在				芦庵	
77	残生随白鷗				芦庵	
84	流水浸雲根		○		芦庵	
93	遠嶂収残雨				芦庵	
1	遙峯帯晩霞	○	○			春海
6	柳間黄鳥路					浜臣・知紀
17	緑樹連村暗					（イ）蒿蹊・直好
19	松風五月寒					枝直・幽真・知紀
34	江清月近人		○			幽真
35	鶏声茅店月					枝直
39	風便数砧声					蒿蹊
40	新霜染楓樹					浜臣（ウ）
42	木落見他山					直好
44	破林霜後月					春海

45	山寒水欲氷					浜臣
47	清晨雪擁門					蒿蹊・直好
62	江辺問船子					遊翁
71	幽居有餘楽					蒿蹊・浜臣・文雄
72	尽日掩柴扉					幸文
80	竹径通幽處					諸平
95	清風隔世塵					広足

〈本文異同〉（ア）舟行→行舟（イ）暗→晴（ウ）樹→葉

＊ 句題上の数字は百首中の通し番号である。

《表Ⅱ》三条西実隆の句題のうち、近世後期の地下歌人たちに用例があるもの

		類題集			地下歌人	
		（i）	（ii）	（iii）	芦庵・千蔭・景樹	その他
1	春風来海上	○	○		千蔭	
2	雪消氷又釈		○	○ abcd	芦庵	保己一
4	南枝暖待鶯		○	○ acde	千蔭	枝直・春海・季鷹
5	風揺白梅朶		○		芦庵	
16	萎花蝶飛去		○		千蔭・景樹	

22	鳥思残花枝			○ d	千蔭	
23	杜鵑声似哭			○ d	景樹	
25	苔雨初入梅			○ cd (ア)	芦庵(ア)・千蔭(ア)	
26	梢々筍成竹				景樹(イ)	
31	西風飄一葉				芦庵	
46	城暗雲霧多				芦庵	
50	霜園紅葉多			○ e	芦庵	
62	誰識相念心				芦庵	
81	宮樹影相連				芦庵	
89	林幽不逢人				芦庵	浜臣
91	雲有帰山惜				芦庵(ウ)	秋成(ウ)
99	君恩如雨露			○ e	千蔭	広足
100	幸逢太平代			○ ce	千蔭・景樹	枝直・幸文・浜臣・守部・諸平・知紀・行誠・隆正
14	花時鞍馬多		○	○ ce		大平
29	樹々風蟬声			○ d		広足

30	近水微涼生			○ d		春海（エ）
49	移座就菊叢					直好（オ）
80	音信日已疎					浜臣
83	心与竹倶空					秋成（カ）
92	行客舟已遠					雅澄
94	只将琴作伴					遊翁
95	静談古人書			○ c（キ）		幸文（キ）

〈本文異同〉（ア）苔→苦　（イ）梢→稍　（ウ）惜→情　（エ）微→瀬　（オ）就→看　（カ）心与竹→竹与心　（キ）談→読

＊　句題上の数字は百首中の通し番号である。

〈付記〉「4南枝暖待鶯」「100幸逢太平代」については、本書第一部第三章六、七参照。

《表Ⅲ》中世後期から近世前期の宮中和歌御会の句題のうち、近世後期の地下歌人たちに用例があるもの

	和歌御会年月日	類題集 (i)	類題集 (ii)	類題集 (iii)	地下歌人 芦庵・千蔭・景樹	地下歌人 その他
（1）花添山気色	寛文3・3・10	○	○	○ cd	千蔭	春海
（2）霞添山気色	永正10・正・21 寛永13・正・9 享保20・正・24		○	○ abde	景樹	

(3) 牛女悦秋来	正保3・7・7 寛文12・7・7 元禄7・7・7		○	○ a b c d e	芦庵	
(4) 江山春興多	慶安2・正・17 元禄15・正・12 延享2・正・24			○ a c d e	千蔭(ア)・景樹	春海(ア)
(5) 幸逢太平代	慶長5・正・16 慶長19・正・19 元禄14・正・12 元文元・正・24			○ c e	千蔭・景樹	枝直・幸文・浜臣・守部・諸平・知紀・行誠・隆正
(6) 三五月正円	寛文6・8・15 (和歌当座御会)		○	○ a	景樹	文雄
(7) 残雪半蔵梅	正保5・正・12		○	○ a c d	千蔭・景樹	
(8) 春生人意中	寛文7・正・25 元禄10・正・24	○	○	○ a b c d	芦庵・景樹	枝直・保己一・春海・浜臣・隆正
(9) 春到管絃中	正保元・正・23 元禄8・正・12 正徳5・正・24			○ a c d e	千蔭	季鷹・直好・遊翁
(10) 春風春水一時来	寛永16・正・9 元禄10・正・14	○	○	○ a b c d	千蔭・景樹	枝直・真淵・浜臣・知紀
(11) 春風先発苑中梅	享保7・正・14			○ a b c d	芦庵・千蔭	
(12) 心静酌春酒	元禄7・正・12 寛保2・正・24			○ c e	千蔭	春海・直好
(13) 水樹多佳趣	寛永9・正・19	○	○	○(イ) c d e	千蔭	広足・厳足(ウ)

(14) 雪消山色静	寛永18・正・11 元禄12・正・24 寛保元・正・24			○ abcde	千蔭・景樹	春海・知紀
(15) 雪消春水来	承応2・正・23			○ ab	千蔭	
(16) 雪消氷又釈	延宝2・正・19		○	○ abcd	芦庵	保己一
(17) 泉響滴春氷	天和3・正・28			○(エ) ab	千蔭(オ)	春海(オ)
(18) 多春採若菜	延宝3・正・19		○	○ abcde (カ)	千蔭	春海(キ)
(19) 東風暖入簾	貞享元・正・27 元文2・正・24			○ cde	景樹	季鷹・知紀・文雄
(20) 南枝暖待鶯	天文17・正・19 寛永14・正・12 延享元・正・24		○	○ acde	千蔭	枝直・春海・季鷹
(21) 風光日々新	寛永17・正・17 天和2・2・12 享保19・正・26			○ abcd	千蔭	春海・蒿蹊・広足・隆正・曙覧
(22) 万物陽感和	宝暦9・正・24			○ e	千蔭	
(23) 夜深憶牛女	元禄4・7・7 寛保元・7・7		○	○ e	芦庵(ク)	
(24) 花為佳会媒	寛文10・正・23 享保14・正・24			○ abde		遊翁
(25) 鶴全千年寿	大永6・正・19		○			大平・春庭・浜臣

(26)歓遊不限年	享保17・正・14			○ e		大平
(27)禁苑春来早	寛永18・正・19 元禄5・正・24 享保元・正・24 延享3・正・24			○ cde		文雄(ケ)
(28)松竹増春色	寛永17・正・17 元禄11・正・24			○ ac		宗武
(29)水石歴幾年	永正11・正・19 寛永11・正・17 元禄14・正・24	○	○	○ c		直好・遊翁
(30)世治文事興	貞享2・正・24			○ cd		広足・浜臣・知紀
(31)泉温草色春	宝水4・正・24	○	○	○(コ) ce		枝直・春海(サ)・大平(サ)
(32)池岸有松鶴	延宝5・10・24 享保12・正・24			○ ad		季鷹
(33)朝日円如鏡	正徳2・正・13			○ e		枝直
(34)風光處々生	寛文11・正・23 宝暦10・正・24			○ abcde		枝直・保己一
(35)毎春花有約	元禄9・正・9	○	○	○(シ) ce		知紀(ス)

〈本文異同〉（ア）山→上　（イ）多佳趣→佳趣多　（ウ）多→有　（エ）氷→水　（オ）氷→風　滴→添（千蔭のみ）
（カ）eのみ多→毎　（キ）採→摘　（ク）深→更　（ケ）苑→中　（コ）cのみ春→青　（サ）温→暖

春→緑（大平のみ）（シ）cのみ春→年（ス）春→年

＊御会は特に注記していない場合、7・7は七夕御会、9・9は重陽御会、その他は御会始である。

【付記】「5幸逢太平代」「20南枝暖待鶯」については、本書第一部第三章七、六を参照されたい。

六、句題「南枝暖待鶯」考

はじめに

「五、近世五言句題和歌史のなかの堂上」で論じた五言句題のうちの個々の題について、個別の検討を「六」「七」では行ないたい。

「六」では、「南枝暖待鶯」という句題の解釈史をたどりながら、中世から近世にかけての和歌史の一面を素描することを意図したい。「南枝暖待鶯」は『白氏文集』巻十七所収「江州赴忠州至江陵已来舟中示舎弟五十韻」中の一句であり、これを歌題として詠まれた和歌が多く存している。

（一）中院通村書翰

最初に、一通の書翰を紹介することで、問題の所在を明らかにしたい。本書翰は、後水尾院歌壇において中心的な役割を果たした中院通村が、宮中の和歌御会始で詠む為の和歌をあらかじめ添削してほしい、というある人物からの依頼に対して認めた返書である。依頼人については今のところ手がかりは得られていない。まず全文を提出する[1]（傍線引用者）。

尚々堯胤法親王御詠も松にて之由承存候。梅ヲ詠候ハ一首も不見及候。

御会始御詠

北南日影をわきてさく梅の

たち枝にきなけ春の鶯

日かけをわきてと候ハヽ、南枝ニ可聞候哉。[a]抑此南枝の事、松可然之由前内府被命候き。[b]又少々管見候も皆松ニて候。[c]愚詠又松可仕存候。[d]相談之人々皆以梅を被詠候故、不及是非其分被仕候。松になり候へきをハ随分改正候成候ハヽ、松にて御思案も可然候歟。[e]但仙洞ゟ御尋之處、何木にても不可苦歟之由前内府被申入之由承存候。それも御尋の様ニ申上へく存候。尚々期参上之時存候由。

相談之詠草今日一度之到来、失度為体候。

通村

右の本文中には「南枝暖待鶯」という句題自体が直接記されてはいないが、和歌に詠まれている内容や「南枝の事」

とあることから、「南枝暖待鶯」に関するものであることは間違いない。また、本書翰の執筆年次は寛永十四年正月初めと推定される。通村が出席できた可能性のある時期の宮中和歌御会始で、「南枝暖待鶯」という題が詠まれたのは、寛永十四年正月十二日の御会始のみなのである。『続史愚抄』同日条には、

院和歌御会始。題。南枝暖待レ鶯。読師日野大納言資勝。講師蔵人頭左中将隆量朝臣。講頌四辻大納言。季継。発声。按察中納言。業光卿。詠進。院御会初度云。

とある。

さて書翰冒頭「北南」の歌は、相談の依頼者の詠であろう。「さく梅の」とあるから、鶯を待つ「南枝」をこの人物は「梅」ととっている。一首の意は、北と南とで、日光の当たる所とそうでない所を区別して咲いている梅の、高く伸びた枝に来て鳴きなさい、春の鶯よ、となろう。それに対する通村の評を、私に引いた傍線毎にまとめてみた。

(a)「南枝」は「松」ととるべきだ、と「前内府」は述べた。
(b)自分の目に触れたものも皆「松」ととっている。
(c)自分も「松」と解釈して詠んでいる。
(d)相談にくる人々が皆「梅」ととっているがなるべく改めている、あなたも「松」にしてはどうか。
(e)「仙洞」(後水尾院)から「前内府」がこの件について尋ねられた時、「前内府」は何の植物でも構わないと答えたことがある。

「前内府」は三条西実条。通村より十三歳年上。通村とほぼ同時代の堂上歌壇における指導者の一人である。実条の意見は(a)と(e)で異なるが、通村は(b)(c)(d)から「南枝」を「松」ととることを主張しているように見える。「南枝暖待鶯」の「南枝」は「松」なのか、それとも「梅」なのだろうか。本書では、この二説についての様々な事例を検討

してみたい。

なお「南枝暖待鶯」が収められている原詩は、冒頭でも述べたように『白氏文集』巻十七「江州赴忠州至江陵已来舟中示舎弟五十韻」であるが、そこで「南枝暖待鶯」は「北渚寒留雁」と対句になっている。北岸は寒くしていることで雁を引き留め、南側の枝は暖かくしながら鶯を待っている、の意だが、ここからは「南枝」が何の木の枝かはわからない。

(二)『中院通村日記』

(一)で述べたような事の次第は、『中院通村日記』を繙くことによって、さらに詳しく知ることができる。「南枝」が何の植物なのかという問題に関連する記事は寛永十四年正月六・七・十一日の条に見出せた。この時、通村は五十歳である。

(1) 正月六日

日を追って記事を挙げていきたい。まず正月六日条には次のようにある。

仙洞御使具起朝臣、御会始御題之事也。一昨歟、定矩《左兵衛佐》以書状伝仰、雅胤卿所撰進題南枝暖待ㇾ鶯。此題ハ永正二年歟、水無瀬殿御法楽之時、以文集句勅撰云々。前内府実《隆字脱カ》云逍遙院撰出《注文カ》為勅題云々。見于日次記。初春待花・松色浮水・毎春翫松梅・柳糸緑新・寄国慶賀・寄道祝、如此也。此内以何題可被定哉之由也。柳鶯等可然歟。松先年寛永九年歟雖出来其趣也。異又隔年序若可被用歟。花者十一年出来歟之由申入了。今日重而仰云、南枝難題歟、可為如何様哉、重而可申入云々。申云、南枝花難題歟、然而無用之又何有乎、猶柳ハ可為風流歟之由申了。

「具起」は岩倉具起。のちに後水尾院から古今伝授をうける歌人の一人である。「定矩」は梅小路定矩。「雅胤」は飛鳥井雅胤（難波宗勝）。雅胤が撰進した御会始の題「南枝暖待鶯」についての意見を通村は後水尾院から求められている。この題は、永正二年水無瀬宮御法楽和歌御会の時に「逍遙院」すなわち三条西実隆が、後柏原院に代わって「文集」（白氏文集）から詩句を選んで勅題としたもののひとつである。右の文中「日次記」とあるのは『実隆公記』をさすのであろう。同書永正二年二月二十二日条には、次のようにある。

水無瀬宮御法楽百首続歌可被披講云々、仍参内、今度新編題文集一、二帙五言句題、被染宸筆、被講者也、読師下官、講師為孝朝臣、初度、発声民部卿、彼卿歌左金吾講之、講頌了入御、有小盃酌、則退出、今日参仕人々、

下官　民部卿　左衛門督　按察　中山中納言　甘露寺中納言　源中納言　三条中納言　菅宰相　右兵衛督　賢房朝臣　公条朝臣　為孝朝臣　為和初参、

此外詠進輩、

竹園御両所　仁和寺宮　座主宮　右大将　中納言入道　飛鳥井中納言

この時の作品は宮内庁書陵部蔵『水無瀬殿法楽』などいくつかの写本で確認できる。そこでは後述する実隆の文集百首と同題の百首が後柏原院ほか十五名によって詠まれており、「南枝暖待鶯」の題は堯胤法親王が、

春もときみなみのやまの松のうへに君が代ならへひなのうぐひす

と、「南枝」を「松」ととって詠んでいる。㈠で取り上げた通村書翰に「堯胤法親王御詠も松にて之由承存候」とあるのは、この時のことを言っているのだろう。

そして同じ日ふたたび、「南枝」は難題だろうかという問い合わせがあったため、通村は「南枝」の花は（何の花

と特定するかということが）難題なのではないでしょうかなどと申し入れている。

(2)　正月七日

今日参仙洞御対面。今日御会始題被賜之。奉行前大納言実顕卿南枝歌逍遙院詠昨日進上之。今日又土御門院御製徳大寺相国実淳公詠等令書進之。

露暖南枝花始開

春の日の光にゝ《（ママ）》はふ梅花南よりこそ露もを《おカ》きけめ　土御門院

南枝暖待鶯

めくる日のかた山松に鶯のつれなくとはぬ雪のふるこゑ　実淳公

同題

春日さす春日の野への松にこそ待かひあらめうくひすの声　逍遙

この日は、通村が「南枝暖待鶯」もしくは「南枝」に関する題の先例を院に伝えている。実隆の歌は昨日のうちに阿野実顕が伝えてあったらしいが、この日はさらに土御門院や徳大寺実淳の歌を参考として挙げている。

土御門院の歌題は「南枝」という語が使われているものの「南枝暖待鶯」ではない。したがって、題全体をどう詠むかという例としてよりも、「南枝」を何の植物とするかという一例として挙げられたものである。徳大寺実淳は、実隆とも親交のあった歌人で実隆よりは十歳年上である。実隆の歌は『雪玉集』巻八所収の文集百首(2)のうちの一首である。この歌については㈢でもう少し詳しく触れたい。

以上、「南枝」についてみると、土御門院は「梅」ととり、実淳、実隆は「松」ととって詠んでいる。

(3) 正月十一日

正月十一日条は、便宜上段落(A)〜(D)を私に設けた。

(A)自仙洞賜御製仰云、南枝暖待鶯、命通純卿令写之、則閉加之。清閑寺亜相為参賀、又為明日和歌談合。其後水無瀬前中納言各勧一盞、前黄門和歌被見之、予詠少々談之。氏成卿餘分歌、越鳥巣南枝之心詠之。予詠之、然而出所慥不覚悟、如何之由申之。彼卿咲云、以謡為本歌云々。予又同前謡ノ註、故秀次公之時、仰諸家被註之、彼註文選之由記之、定而有所見歟、仍予詠之由語之。

(B)未刻斗今出川前納言被尋之、対顔之処、明日仙洞御会詠歌之事也。自院御所直被来云々。初而被来先年、時々有相談之事歟、忘却。各被詠梅之間、松可然由、前内府被命之、如何。彼卿不可及其儀之由也。仍梅歌少々申所存之後、被帰。相談于予之歌、松可然之由、昨日前内府命也。

(C)通純卿参会之時、

南枝暖待鶯

鴈《ゆく鴈は》かねの跡にみすてむ花の香にうくひすいそけ春の初かせ

またきよりきなけやとりはかさゝきのめくる木すゑの春のうくひす

月明星稀烏鵲南飛繞ㇾ樹三迊何‐枝可ㇾ依短歌行如此也。されとも一切分はきこへすと。

鶯のこゑ待かたは雪きへてみなみとりなる春の松かえ

題ノ字ヲタチ入候事如何候やらん。

会始之愚詠何ともならすして迷惑千万云々。以泰重朝臣、前内府相尋候処、南枝何に候てもくるしかるましき由返答候。松は猶以無趣向候。返々わけてもきこへぬ事共書付候条、可然様に改正憑入斗候也。

　　立春十一

　　　　中院大納言とのへ

御会始御製かしこまりて拝見仕候。先以端尤可然候歟。初御句行雁ニて可然哉と存候。鵲も短歌行の心南枝たしかにきこへ候へきやらんと存し候。但上句のつゝき両首には少劣候やらん。松かえ、題の字たち入られ候。自然にはなとか候へからさらんと存し候。例初一念憚多存し候。よろしきやうに御ひろう申入候。かしく

(D)今日通純卿歌持参。前内府之時予申云、松可然之由雖存之、人々皆以詠梅ニ松ニ、難改詠等在之歟、然者少々可定梅歟之由存之由申之。被命云、松可然、少々難改詠可被改之由可命之云々。仍少々梅歌定遣之人有一両輩之間、重而又改遣了。一昨日摂政詠給之六首歟、皆以為梅。其内加所存可被得仙洞叡慮之由、以頭弁申之。十日、前内府伝言之後也。其後又御詠之内松在之歟、忘却。松御詠可給之由申之。無彼御詠草歟、両首今朝書給。仍松歌一首合点。昨日梅御詠又此松被詠。両首之内可被得叡慮之由申入了付頭弁。

（内閣文庫蔵『近代御会和歌集』）

(A)の、「清閑寺亜相」は清閑寺共房。「氏成卿」は水無瀬氏成。通村は氏成と互いの歌を論評しあっている。ともに『文選』の「越鳥巣南枝」を詠みこんでおり、その典拠がわからないと通村が言ったところ、氏成は「なあに謡曲によったのさ」と言って笑った。なるほど謡曲「蟻通」には「越鳥南枝に巣を掛け、胡馬北風に嘶えたり」とある。氏成の歌は「餘分歌」とあるように、本番の御会では、

　十かへりの花も南に指えだをさしてもまつや鶯の声

と「越鳥巣南枝」には直接関係ない歌を詠んでいる。通村の方は「越鳥巣南枝」を詠み込んだ歌を御会でも披露した

（四参照）。

(B)の「今出川前納言」は今出川経季。通村のところへやってきた経季は、「前内府」すなわち三条西実条が、「南枝」を皆が「梅」として詠んでいることに対して、「松」とすべしと言っていることをきき、通村に「梅」でもよいのではないかとの意見を述べている。「相談于予之歌、松可然之由、昨日前内府命也」とあるから、通村も同様のことを実条に言われたのだろう。

(C)の「通純卿」とあるのは、通村男の中院通純である。ここでは後水尾院の試作が検討されている。三首のうち前二首はそれぞれ「南枝」を「花」「木」ととり、後一首は「松」ととる。通村の評「松かえ題の字たち入られ候。自然にはなとか候へからさらんと存し候」は三番目の歌についてのもの（本番の御会では一番目の歌が詠まれている）。

(D)では、通村と実条の間の話し合いの詳細がわかる。通村は、「松」にすべきだということは承知しているが皆が「梅」やら「松」やら各々違ったように詠んでおり今更改めにくい、だから「梅」も認めることにしたらどうか、と提案している。それに対して、実条はあくまで「松」で統一すべきだ、と主張している。しかし結局のところ「梅」で詠んだものも残ってしまったようである（四参照）。御会が明後日に迫っている時点で今更いちいち改めることは無理だったのであろう。そのような状況を考慮して通村は妥協案を出したのである。それに対して「松」を主張する実条のよりどころは何か。それは実隆の歌が「松」で詠まれているからであろう。近世とくに堂上において実隆の影響力は絶大であったわけだが(3)、特に実条にとっては同じ三条西家の歌人である。思い入れがあるのも当然と言える。

以上(一)(二)で取り上げた資料から、通村や実条の考えを次の二点に整理できる。

(α)〈南枝＝松〉を尊しとした。

「松可然」（実条・「中院通村書翰」）、「愚詠又松可仕存候」（通村・「中院通村書翰」）、「松可然」（実条・『中院通村日記』正月十一日ⒷⒹ）、「松可然之由雖存之」（通村・『中院通村日記』正月十一日Ⓓ）など。

(β)(α)と同時に〈南枝＝松〉〈南枝＝梅〉の混在を許容する雰囲気もあった。

「何木にても不可苦歟」（実条・「中院通村書翰」）、「少々可定梅歟」（通村・『中院通村日記』正月十一日Ⓓ）

なお、実条の日記、内閣文庫蔵『香雲院右府実条公記』も参照したが、こちらの寛永十四年正月十二日の条には「院御会始南枝暖待鶯」とのみあり、それ以上詳しい記事はなかった。

(三)　中古・中世の用例

(一)(二)では通村の言説を資料に、〈南枝＝松〉〈南枝＝梅〉の二説について議論があることを見てきた。ここでは、「南枝暖待鶯」という題の用例について時代を遡って古い方から順に検討していきたい。

(1)　中古の用例

まず中古和歌の用例は次の一首である。

南枝暖待鶯

かぜぬるみむめのはつはなさきぬればいづらは宿のうぐひすのこゑ

（大弐高遠集、一六五番）

これによると、高遠は「南枝」を「梅」ととっていたことがわかる。(一)で紹介した通村書翰には「梅ヲ詠候ハ一首も不見及候」とあるが、通村は『大弐高遠集』を読んでいなかったのだろうか。
また中古の漢詩の用例は、『類聚句題抄』中の橘正通の一首である。

南枝暖待鶯

綻風更恨嬌歌嬾。薫露遙期軟語来。花契雨和林計会。樹嗟雲隔路徘徊。

ここでは、「南枝」は「樹」とのみ表現されていて「梅」とも「松」とも判断しようがない。

(2) 中世和歌の用例（その二）

次に中世和歌の用例を挙げる。中世とはいっても、㈡で挙げた堯胤法親王や徳大寺実淳・三条西実隆の作が登場するまで、用例は見出しえなかった。しかし中古から中世にかけては「南枝」を「梅」ととるのが普通ではなかったか。それは『白孔六帖』所収の「太庾嶺上梅、南枝落北枝開」が日本では非常に著名であったと想像されるからである（たとえば『和漢朗詠集』にもこの詩句をふまえた菅原文時や大江維時らの作品が収められている）。さて中世後期に話を戻したい。実隆の歌を再度あげる。

南枝暖待鶯

春日さすかすがの野べの松にこそまつかひあらめうぐひすのこゑ　（雪玉集、三〇五三番）

一首の意は、春の日がさしている春日野に生えている松だからこそ、鶯の初音を待つという甲斐があるものだ。「春日」と「かすが（春日）」、「松」と「まつ（待つ）」という具合に、同音的な要素が繰り返し出てくる点、ややくどいと感じられるほど技巧的と言える。もっとも「松で（が）鶯を待つ」というモチーフはさして珍しいわけではなく、

松のうへになく鶯のこゑをこそはつねの日とはいふべかりけれ

（拾遺集・春、宮内）

など、その代表的な例と言える。ただし、実隆の場合には『源氏物語』初音の巻に見られる次の明石の君の歌の方が念頭にあったかもしれない。

年月をまつにひかれて経る人にけふうぐひすの初音きかせよ

と言うのも三条西家ではこの頃正月になると『源氏物語』初音巻を読むということが慣習になっていたからである。(4)したがって右にあげた歌は実隆にとっても馴染深いものだったのではないか。

さて実隆の歌についてもう少し考えてみたい。これまで〈南枝＝梅〉という考えや〈梅と鶯〉という景物の取り合わせが一般的であったため句題「南枝暖待鶯」の「南枝」も「梅」ととりがちだが、そうではなく「松」にこそ鶯を「待つ」甲斐があるのだ、という自己主張が実隆の歌にはあると思われる。その自己主張は、とくに「こそ」という強調の助詞によって強く打ち出されている。㈡でも述べたように、通村・実条らは、その解釈を尊しとして継承したのであろう。

堯胤法親王や実淳の歌も〈南枝＝松〉であり、その点注目すべきだが、後世に影響力があった実隆と比べると影響関係という点では軽く扱われるべきであろう。実隆の歌（永正三年三月頃成立）は少なくとも堯胤法親王の歌（永正二年二月二十二日）よりは遅い成立だが、そのことは右に述べた実隆の自己主張の史的意義を減じさせはしない。この自己主張はもっと長い射程を持って重く和歌史において受けとめられているのだから。

(3)　中世和歌の用例（その二）

つづいて、宮内庁書陵部蔵『詩歌南枝暖待鶯』(5)を挙げる。これは天正十八年正月十二日詩歌会の記録である。「南枝暖待鶯」の句題で、和歌十二首、漢詩（七言絶句）八首が詠まれている。和歌十二首と歌人は以下の通り。（　）内は引用者注。

正二位雅春（飛鳥井）

ひかげさすみなみはさける梅がえになどかまたるゝうぐひすのこゑ

正二位公遠（四辻）

うつる日のえだもみなみの梅がゝにこゑうちいでよたにのうぐひす

権大納言光宣（烏丸）

はるの日のかたえわけつゝさく梅のはなをわするな野辺のうぐひす

権大納言輝資（日野）

なかぞらの日かげにむかふむめがえのたかきにうつれ春のうぐひす

権中納言兼勝（広橋）

なには津のはるをみやこにさくやこの花にまたるゝうぐひすのこゑ

右衛門督永孝（高倉）

雪もまづきゆるかたえはみどりそふまつにひかれよ春のうぐひす

左近衛権中将雅継（飛鳥井雅庸）

えだわけてみなみよりまづさくやこの花もまつらむうぐひすのこゑ　左近衛少将実条（三条西）

はる日さすかたえのむめはかつさきていかにまたるゝうぐひすのこゑ　法印玄旨（細川幽斎）

うぐひすのこゑぞまたるゝ朝日かげにほひをそふる梅の立枝に　法橋紹巴（里村）

はるといへばうぐひすならぬ鳥だにもすかくる梅にうつりきてなけ　昌叱（里村）

むかふるはひらくともなしかた分てまづ梅がえのうぐひすのこゑ

うぐひすのこゑをまてとやみなみよりまだきに咲るやどの梅がえ　左衛門尉藤原友益

以上十二首のうち「南枝」を「梅」とするものが九首、「松」とするものが一首である。三条西実条は、㈠㈡で見たように、〈南枝＝松〉を主張しつつ、どちらでもよいとも述べている。しかし、天正十八年のこの時点では「南枝」を「梅」ととって詠んでいる。㈠㈡における実条の言説は寛永十四年の時点でのものだから、天正十八年とは五十年近い時の隔たりがある。実条は天正十八年時十六歳、寛永十四年時六十三歳である。したがって両者を同一レベルで論じることはできないが、逆に言えば、右は実条が生涯を通じて〈南枝＝松〉の解釈を否定していたわけではない一証とも言える。

『続史愚抄』によると天文十七年正月十九日御会始でも「南枝暖待鶯」の題が用いられている。しかし、井上宗雄『中世歌壇史の研究室町後期』所収「室町後期歌書伝本書目稿」の同日条には該当記事がなく、他にも具体的な作品本文を見る手がかりは摑めなかった。

なお、五山の詞華集『翰林五鳳集』三にも「南枝暖待鶯」で詠んだ七絶二首が掲載されているが、ここでは柳や梨花を詠む。

(四) 近世の用例——堂上

次に近世の用例について見ていきたい。「南枝暖待鶯」の題を用いた堂上の歌会は次の三回が知られる。

(a) 寛永十四年正月十二日院和歌御会始
(b) 寛保四年（延享元年）正月二十四日和歌御会始
(c) 寛政五年正月十八日和歌御会始

このうち(一)で掲げた通村書翰は、通村の生没年から寛永十四年の時のものであることは既に述べた。寛永十四年は通村五十歳、すでに後水尾院歌壇でかなりの実力を発揮している時期であり、『中院通村日記』に名前が見える人物以外にも、通村のところへ相談にくる人は多かったにちがいない。通村書翰にも「相談之詠草今日一度之到来」とある。そして(一)(二)でみたように、「南枝」を「松」ととるか「梅」ととるか、についての判断が人によって違った。では本番の御会始ではどのようになったのだろうか。『近代御会和歌集』『寛保集』『公宴御会和歌』によって各々の会の記録を調べてみると、「南枝」を何かの植物として明示した用例数は、

(a)寛永十四年
院和歌御会始

松	35
梅	8
桜	2
柳	1

(b)寛保四年
和歌御会始

松	17
梅	70
柳	1
竹	1
梅と柳	1

(c)寛政五年
和歌御会始

松	14
梅	56
柳	1

となっており、〈南枝＝松〉〈南枝＝梅〉が混在するが、寛永十四年が〈南枝＝松〉の数はもっとも多い。これは通村・実条らによる〈南枝＝松〉指導の賜物ではなかったか、と考えられる。もっとも通村自身は、

鶯もきなけ巣つくる鳥もあるかた枝は春の長閑なる日に　（内閣文庫蔵『近代御会和歌集』）

と詠んでおり、この歌においては〈南枝＝松〉か〈南枝＝梅〉かという判断を明示してはいない。

では堂上の作品を集めた類題集ではどうだろうか。「南枝暖待鶯」の句題和歌十六首を列挙する。（　）内は引用者注。

(ア)ゆく鴈はあとに見残す花の香にうぐひすいそげ春の初風　後水尾院

(イ)うぐひすもきなけ巣つくる鳥もあるかたえは春の長閑なる日に　通村（中院）

(ウ)うつる日のかたえの梅の雪とともに声うちとけよ春の鶯　道晃（法親王）

(エ)鶯も先うつらなんなかぞらの日かげにむかふ松の梢に　通純（中院）

(オ)春日山春ひさしそふ松がえに移る声まつ谷のうぐひす　堯然（法親王）
(カ)君が為けふはみなみに子日して長閑にも待鶯のこゑ　実条（三条西）
(キ)日のめぐるみぎりの松にうぐひすのなれて鳴べき声ぞ待る、　具起（岩倉）
(ク)かた枝まづ梅さく山にふく風の匂ひにさそへ春の鶯　季信（阿野）
(ケ)かたぶかで日影うつろふ松がえに初音またる、春のうぐひす　松丸
(コ)をぐるまのさすかたに咲花をとへ深山の霧にむせぶうぐひす　仙洞（桜町天皇）
(サ)声の色をそへようぐひす梅はとく春しる花の枝うつりして　公福（三条西）
(シ)咲そむるかたも南の窓の梅に初音をそへよ春のうぐひす　雅香（飛鳥井）
(ス)めぐる日のかたえよりさく梅園のたかきにうつれ谷の鶯　隆英（八条）
(セ)咲梅をとふ鶯の声もあれなのどけき日かげめぐるかた枝に　職仁（親王）
(ソ)告ばやなまた冬ごもるうぐひすに難波の里の梅は咲ぬと　宗家（下冷泉）
(タ)めぐる日のかげもさしそふ梅がえの雪消にいそげうぐひすの声　為村（上冷泉）

右のうち(ア)(イ)は『新明題和歌集』、(ウ)(エ)は『新題林和歌集』、(オ)〜(ケ)は『部類現葉和歌集』、(コ)〜(タ)は『新続題林和歌集』に収められている。また、(ア)〜(キ)は寛永十四年院和歌御会始、(ク)(ケ)は阿野家会始、(コ)〜(タ)は寛保四年和歌御会始の時の作品である。

右十六首のうち、「松」とあるもの四首（(エ)(オ)(キ)(ケ)）、「梅」とあるもの八首（(ウ)(ク)(サ)(シ)(ス)(セ)(ソ)(タ)）となっている。また(カ)は「子日して」とあるから、これも「南枝」を「松」ととったものと考えられる。〈南枝＝松〉〈南枝＝梅〉の解釈が混在しているという状況は御会の時と変わりはない。

なお後水尾院の歌（ア）について付言しておく。『後水尾院御集』では、この歌は

行く雁は跡に見すてん花の香に鶯いそげはるの初風

となっている（『中院通村日記』から第一句目には「鴈がねの」という案があったことがわかる。『新明題和歌集』所収歌は第二句目「あとに見残す」）。これは『古今集』の二首、それぞれ伊勢、紀友則の

春霞立つを見捨てて行く雁は花なき里に住みやならへる　（春上）

花の香を風のたよりにたぐへてぞ鶯さそふしるべには遣る　（春上）

をふまえており、[6]『井蛙抄』巻二において六種に分類されている本歌取りのうち「本歌二首をもてよめる歌」の類に当たる。あるいは下句だけ見ると家隆の歌、

谷河のうちいづる浪もこゑたてつ鶯さそへ春の山風　（新古今集・春上）

の下句と類似しているように見える。しかし家隆の方は風に鶯を誘うよう命令しているのに対し、後水尾院は直接鶯に命令している点に違いがある。

また堂上関係の資料としては他に『文翰雑篇』巻之二所収「〔寛文十三年〕正月廿六日阿野家会始」および烏丸光栄「句題百首」[7]（享保十二年）がある。前者は阿野季信をはじめ十四名がすべて題「南枝暖待鶯」で詠んでおり、うち十一名が「南枝」を「梅」ととっている（ほか〈南枝＝松〉〈南枝＝竹〉各一名）。このうち季信と松丸の二首は『部類

現葉和歌集』に収められている。後者の題「南枝暖待鶯」の歌は、

鶯も露あたゝかにめぐる日の南の枝に初音なかなむ

であり、これもやはり「南枝」を「梅」ととっている。

(五) 近世の用例——地下

堂上に対して、地下歌人たちはどうだろうか。主たる私家集類を検したところ、左に挙げるようにすべて「南枝」を「梅」ととっている[8](すべて題は「南枝暖待鶯」である)。

雪きえて先さくかたのうめのえにやがてまたるゝ鶯の声　加藤枝直（あづま歌）

うぐひすの声待ちかねて露ぬるむかた枝ににほふうめのはつ花　橘千蔭（うけらが花）

うめ柳はるにいり江のみなみにははつ鶯の音もまたれけり　村田春海（琴後集）

梅がゝは枝をわきてもにほひけり鶯さそへ園のはる風　賀茂季鷹（雲錦翁家集）

花山をうけしかきねの梅が枝はいかに待つらん鶯のこゑ　香川景樹

（桂園遺稿）

枝直・千蔭は同じ一本の梅でも南北で春来に遅速があるというモチーフを基本に、題のうち「枝」「待鶯」を歌中の語として取り込み、「南」「暖」をまわして詠んでいる。春海は「南枝暖待鶯」以外に、「梅柳渡江春」（出典は『三体詩』巻三之一所収の杜審言「早春遊望」[9]）という漢詩句も詠み込んでおり、「いり江」と「はるにいり（入る）」が懸詞になっている。季鷹の作も枝直・千蔭と同巧だが、下句「鶯さそへ園のはる風」は㈣で取り上げた家隆歌の下句「鶯さそへ春の山風」と近似している。

以上㈢から㈤まで句題「南枝暖待鶯」のさまざまな用例を見ていくと、全体に〈南枝＝梅〉が多数派であるなかで、「松」にこそ鶯を「待つ」甲斐があると主張した実隆や、その解釈を継承しようという姿勢のあった実条や通村ら後水尾院歌壇の中心人物たちの存在はやや異例と言えるだろう。

㈥　中国漢詩の用例

以上日本における句題「南枝暖待鶯」で詠まれた用例のなかに、「南枝」を何の植物ととるかについて「松」「梅」の二説があることをみてきた。ここでは「南枝暖待鶯」に限らず「南枝」の用例を中国漢詩から拾い出してみたい。『佩文韻府』を手がかりにすると次のような用例を見つけることができる。

(ア)大庾嶺上梅南枝落北枝開（『白孔六帖』）

(イ)越鳥巣南枝（『文選』雑詩上「古詩十九首」）

(ウ)南枝鶴已飛（周弘正「学中早起聴講」）
(エ)郢樹発南枝⑽（『杜少陵詩集』四「元日寄韋氏妹」）
(オ)梅花一夜満南枝（劉禹錫詩）
(カ)客亭門外柳折尽向南枝（張籍詩）
(キ)謝公含笑向南枝（李嘉祐詩）
(ク)南枝向暖北枝寒一種春風有両般（無名氏詩）
(ケ)君見南枝巣応思北風路（楊素詩）
(コ)江辺不識朔風勁墻頭亦有南枝早（蘇轍「和奉観梅花詩」）
(サ)予起南枝怨子結北風愁（『古詩源』巻十三何遜「送韋司馬別」、『古詩賞析』巻二十「送韋司馬別」）
(シ)独結南枝恨応思北鴈行（皇甫冉「送従弟豫貶遠州」）
(ス)終年已結南枝恋更羡高鴻避弋飛（楊億詩）
(セ)願及南枝謝早随北雁翩（『蘇東坡詩集』巻三十五「次韻蘇伯固遊蜀岡送李孝博奉使嶺表」）
(ソ)道人身似南枝鵲更尽秋宵一再飛（朱松「宿石龍寺詩」）
(タ)一花両花春信回南枝北枝風日催（『陸放翁詩鈔』七言絶「梅花」）
(チ)南枝北枝春事休楡銭可穿柳帯柔（『黄山谷詩集』九「王立之承奉詩報梅花已落尽次韻戯答」）
さらに『漢詩大観』索引によって(タ)(チ)、『大漢和辞典』によって(ツ)(テ)(ト)(ナ)(ニ)の用例を見出すことができる。
(ツ)銜花落北戸逐蝶上南枝（梁簡文帝「双燕離」）
(テ)斜光隠西壁暮雀上南枝（王僧孺「秋閨怨」）（『玉台新詠』にも所収）

(ト)可憐鶺鴒飛飛向樹南枝南枝日照暖北枝霜露滋（李嶠「鶺鴒」）
(ナ)苦竹嶺頭秋月輝苦竹南枝鶺鴒飛（李白「山鶺鴒詞」）
(ニ)越鳥恋乎南枝胡馬懐夫朔風（夏侯湛「夜聴笳賦」）

右のうち、(ア)(オ)(コ)(タ)(チ)は本文もしくは詩題から〈南枝＝梅〉とすぐわかる。しかし〈南枝＝松〉とする例は見当たらない。これはやはり〈南枝＝松〉が「鶯」を「待つ」と「松」の懸詞という日本語音の同一性に起因するからであろう。それと関連して、鶯の「初音」、松の子日の正月の「初子」という懸詞による、鶯と松の密着化も指摘されよう。そのような日本語のことばの問題に還元される点で、〈南枝＝松〉は日本独自のものと言える。

おわりに

本書では「南枝暖待鶯」というひとつの句題の詠まれ方を、とくに「南枝」を「松」ととるか「梅」ととるかという解釈上の問題に注目しながら考察した。

ここで取り上げた「南枝暖待鶯」というひとつの句題の解釈史は、実隆ら三玉集の時代から近世堂上へのひとすじの流れを照らし出し、第一部第二章で示したような、勅撰集以後の時代における近世堂上にとっての此岸としての三玉集という史的見取り図に関する、ささやかな、しかし確たる証例ともなりえていよう。

（1） 本書翰は、東京手紙の会において一九八七年三月二十三日に取り上げられたものである。波多野幸彦氏をはじめとして出席された諸氏の御教示に厚く御礼申し上げる。なお翻字に当たっては、改行は原に従わず、新たに句読点を打ったが、清濁は原のままとした。

（2）岩崎佳枝「句題和歌の系譜——三条西実隆から小沢芦庵へ——」（和歌文学研究、一九八五年四月）に詳しい考証がある。

（3）本書第一部第二章一、三参照。

（4）山脇毅『源氏物語の文献学的研究』（創元社、一九四四年）などによる。

（5）井上宗雄『中世歌壇史の研究 室町後期』所収「室町後期歌書伝本書目稿」にも掲載されている。

（6）吉沢義則編『頭註後水尾院御集』（昭和五年、仙寿院、ぐろりあそさえて）の頭註でも指摘されている。

（7）烏丸光栄の歌集『栄葉和歌集』に収められるほか、内閣文庫蔵『句題百首』（二〇一・四一六）に収録されている。本文引用は内閣文庫蔵『句題百首』による。

（8）千蔭・春海歌は『類題草野集』にも収録されている。

（9）『詩人玉屑』巻十五には韋応物の詩として載る。

（10）(エ)の「郢樹」は『続国訳漢文大成』注によると「鍾離地方の海樹などをさしていふなり」とある。

〈付記〉第一部第三章五に全体的な見取り図があるので、参照されたい。

七、句題「幸逢太平代」考

はじめに

ここでは「六」に引き続いて、「幸逢太平代」という五言句題ひとつを取り上げ考察したい。この題は近世において非常に使用頻度が高く人気があった。その人気の原因については、この句題が近世の人々の属していた時代の気分、もしくは彼らの有していた生活感情を表現する上で非常に適した題であったことに求められよう。今現在が「太平の代」だという認識が近世の人々にとっていかに普通のことであったか、については贅言を要すまい。

太平之世には、鬼も神ならずとも申せば、めでたきものとも覚えず。

（新井白石『折たく柴の記』）

いにしへの百物語に太平の御代を冠しめて、筆を浪花菅生堂の窓中に抛といふ事しかなり。

（菅生堂人恵忠居士『太平百物語』序）

端午

太平の代にもせうぶを忘じと家々ごとに甲はちまき

（『狂歌戎の鯛』）

泰平の世にそばへてや虫の鳴く　（一茶『文政句帖』）

などのように、「太平の代」という語の用例を挙げればきりがない（傍線引用者）。

「幸逢太平代」は『白氏文集』巻五の「常楽里閑居偶題十六韻」中の一句である。その詩からは「太平の代」に生まれた「懶慢者（なまけもの）」が「小才」なりにのんびりと生きていく、そんな風情が伝わってくる。もっとも「白楽天は（中略）時に三十二歳、壮にして「閑居」と言ふは、心の平安（ピースオヴマインド）を得て隠居するのでは決してない」（太田晶二郎「小野道風書　白楽天　常楽里閑居詩　解説」『前田育徳会尊経閣文庫小刊』一九八一年六月）との指摘もあり、必ずしものんびりした風情ばかりとは見做されていないようである。

(一)　堂上の用例

この「幸逢太平代」という一句を『白氏文集』から抜き出し、新たに歌題としたのは三条西実隆であった[1]。

幸逢太平代

つかへきて嬉しきせにもあへる代や戸ざしもきかぬ関の藤川　（雪玉集、三一四九番）

これは『古今集』の

美濃の国関の藤川絶えずして君に仕へむ万代までに　（大歌所御歌）

を踏まえ、天皇の徳を讃えた歌を詠んだものと言える。

また、近世の堂上歌壇では、『続史愚抄』によるとこの句題で四回和歌御会始が行なわれている。

・慶長五年正月十六日

今夜。有二和歌御会始一。題。幸逢二太平代一。読師日野大納言光宣。講師蔵人頭左中将基継朝臣。講頌持明院中納言基孝。発声。御製読師右大臣晴季。同講師右中将為満朝臣歟。奉行右大弁宰相光豊。此日蔵人右少弁資俊詠進。

・慶長十九年正月十九日

和歌御会始。題。幸逢二泰平代一。飛鳥井中納言雅庸出レ之

・元禄十四年正月十二日

院和歌御会始。題。幸逢二太平代一。左衛門督雅豊出レ之　読師新大納言熙定。講師蔵人頭左中弁輝光朝臣。講頌東園前大納言基量。発声。奉行左中将為信朝臣。

・元文元年正月二十四日

和歌御会始。題。幸逢二太平代一。左衛門督雅香出レ之　読師日野前大納言光栄。講師蔵人頭権左中弁兼胤朝臣。講頌持明院中納言基雄。発声。奉行中山中納言栄親。蔵人頭左中弁光綱朝臣詠進。

また右の御会を基礎資料として成った一連の堂上和歌類題集からも、この句題の用例を拾い出すことができる。

世のめぐみ春にくはゝる風やしる民の草葉も霜をわすれて
通茂

（新題林和歌集・雑下）

あめがしたながくたのしむ春を今名におふ鳥もいでゝ告なん
法皇（後水尾院）

君が代にあへるを時とあふぐよりわかなこまつの野べもたのしき
実陰

なべて世にとりおさめてしあづさゆみやしまのほかもなびくをぞみる　仝

春をへてしづかになるゝ花鳥もしるやみだれぬ世のめぐみとは　仝

のどかなる世のよろこびにとりそへて身の春にあふ恵をぞ思ふ　為久

（新続題林和歌集・雑下）

右六首は、正月の御会始に詠まれたという事情もあってか、冬が終わり春が来たという喜びを基本に、天皇の威光の恩恵を蒙ったことで、自らの立身や戦乱のない世が実現したことなどを讃えている。

右のうち一首目通茂の「世のめぐみ春にくはゝる風」や二首目後水尾院の「ながくたのしむ」は歌ことばとしてはやや硬質な漢語調という印象を受ける。「ながくたのしむ」は、あるいは詩歌に関わりの深い京都長楽寺に因んだ訓と考えるべきだろうか。

㈡　地下の用例――私家集

次に地下歌人の用例を見る。最初に主だった私家集から拾い出した十名の十五首を列挙する。

◎橘千蔭

幸逢太平代

⑴大御代はのどけかりけり春がすみふたらの山に立ちそめしより　（うけらが花）

◎香川景樹

幸逢太平代

(2)うらやすき御世にはあひぬいざや子ら硯の海の玉ひろはなむ
（桂園一枝拾遺）

◎加藤枝直

幸逢太平代

(3)うれしともいへばかしこし安国のおほみたからのかずならぬかは
（あづま歌）

◎木下幸文

幸逢太平代

(4)みだれたる昔を見するふみなくは世はかくのみと思ひはてまし
（亮々遺稿）

◎清水浜臣

幸逢太平代

(5)糸竹のしらべにのみも耳なれて小角のおときかぬ身こそやすけれ

(6)をさまれる御代は御代にてしづけさに生れあひたる我ぞ嬉しき
（泊洦舎集）

◎橘守部

幸遇太平世

(7)君が代にあへるをおもへばいにしへにうまれざりしもうれしかりけり
(橘守部家集)

◎加納諸平

幸遇泰平世

(8)君がため花とちりにしますらをに見せばやと思ふ御代の春かな
(9)つかへ人きのふは鳥狩けさは釣いとまある世ぞいとまなげなる
(柿園詠草)

◎八田知紀

幸逢太平代

(10)おもふどち月と花とのかげふみて遊ふ道さへ広き御代かな
(11)波だゝぬ世にあひてこそしられけれ海より深き君が恵みは
(しのぶぐさ)

◎福田行誡

幸逢太平世

(12)玉ぼこの道ある御世に生まれきて後の世までの道を見しかな
(13)梓弓袋のまゝに虫ばみていらぬものともなれる御世かな
(後落葉集)

◎大国隆正

幸逢太平代

⒁ありし世の軍がたりを写絵にみてのみ暮すみよぞ嬉しき

⒂矢叫びの声は昨日の木枯とふきをさまれるみ代ののどけさ

（真爾園翁歌集）

右の歌々のなかには、旧来の詠み方とはやや異なった傾向を見出すこともできる。

第一に、⑴千蔭の「ふたらの山」という表現である。「ふたらの山」は二荒山すなわち東照宮のある日光山であり、「大御代」は徳川の治世をいう。霞は『古今集』以来「春霞立てるやいづこみ吉野の吉野の山に雪は降りつつ」（春上、読人不知）などのように、春の訪れを告げる代表的な景物である。徳川の治世となったことによってこの世の春（平和な時代）も訪れた、という意を込めた徳川礼讃の歌と言える。「ふたらの山」の近世以前の用例は、

ちかき夜にきみとふたらの山のなはあくともしらぬ秋きりにたつ

（のふあきら、一八番）

玉くしげふたらの山の月かげはよろづよをこそてらすべらなれ

（能宣集、四八〇番）

の二例のみ知り得た。このことからも歌枕として古くから定着していたとは言い難い。やはり徳川礼讃という当代性が反映された詠みぶりと言えよう。「ふたらの山」は、㈢に掲げた⒁⒆⒇の歌々にも見られる。なお金子彦二郎『平安時代文学と白氏文集』（培風館、一九四三年。芸林舎、一九七八年）も⑴千蔭歌について「君恩や治世の恵沢の光被する京畿の観念が、武蔵野にまでも拡大されてゐる」と指摘している。

第二に、⑷幸文歌・⑸浜臣歌・⑻諸平歌・⒁⒂隆正歌などのように戦乱の世との対比を強調することで、この太平

の代を寿ごうとする姿勢が見られる点にも注意したい。堂上の場合には、歌を詠む場がめでたい正月の御会始であるということもあって、全体に穏やかな詠みぶりになっている。それに対して地下のなかには、(4)「みだれたる昔」・(5)「小角のおと」・(8)「花とちりにしますらを」・(15)「矢叫びの声」などの語句を用い、戦乱の世のことを表現の中に積極的に取り込もうとすることで、対照的に戦乱のない世にどっぷりと浸っている生活感情をより鮮明に浮かび上がらせている。(三)で掲げた歌のなかにも、(24)「もの、ふの矢にはの跡」・(29)「みだれたる世」・(34)「鞆の音に角のひゞき」・(35)「負征矢の矢の根ぬきかへ」・(36)「うちかはす石火矢の音」・(39)「剣太刀さやにをさめて」・(43)「矢にきられたる」・(47)「くえがきの古城」・(50)「波かぜのさわぎし昔」・(56)「よろひ」などの用語を見出すことができる。

第三に、第二点の例も含めて考えられることだが、非伝統的な表現が用いられている点を挙げたい。特に(13)「袋のまゝに虫ばみて」や第二点で指摘した歌句などのような表現は、伝統的な詠歌内容の枠からは外れたものと言えよう。また、いちいち語句としては指摘しにくいが、全般に口語調の印象を受け、雅語に固執する姿勢は感じられない。

(三) 地下の用例——類題集

次に、近世、特に後期において多数刊行された類題集を繙いてみると、さらに多くの句題「幸逢太平代」の用例を見出すことができる。以下列挙していく。( ) 内は引用者註。

◎『類題草野集』(木村定良編。文政五年刊)

幸逢太平代

(16)〈(1)千蔭歌と同じ〉

(17)むさしの、草葉もろむき天のしたなびかふ御代に逢にけるかも　千蔭（橘）

(18)〈(3)枝直歌と同じ〉

◎『類題鰒玉集』（加納諸平編。初編文政十一年刊～七編安政元年刊）

幸遇太平代

(19)かくながら千年もがもな梓弓やしまの浪の音たてぬ世に　信友（伴）

幸逢泰平代

(20)大国にうまる、だにもうれしきをかくたぐひなき御代に逢けり　春門（村田）

(21)二神の作りかためしうら安のくにの名しるき御代にも有かな　千広（伊達）

幸遇泰平代

(22)日のもとの人とうまれて山ざくらさかりの御代に逢にけるかな　広臣（平野）

(23)あすしらぬ老の命を千とせにとおもふ御代にも逢にける哉　淇園（皆川）

(24)もの、ふの矢にはの跡の山川にうちはしわたしかよふ御代かな　大江広海

学士幸遇泰平代といふことを

(25)君が代の光そはずはあつめつる蛍も雪もかひなからまし　内遠（本居）

幸逢太平代

(26)松浦がたまつとはなしにこと国の船もよりきてあふぐみ世かな　充資（玉上）

幸逢泰平世

(27)むかしよりをさまる時はまれなるをまれなる世にも逢にけるかな　南里有隣

※(19)(20)は初編、(21)は二編、(22)(23)(24)(25)は四編、(26)は五編、(27)は七編所収。

◎『類題玉石集』（鈴木高鞆編。嘉永四年刊）

幸遇太平代

(28)君が代はかしこき世々の古ごとをあまねく民の上にみるかな　尊晴（千家）

(29)みだれたる世のふるふみはつれ〴〵のなぐさめ草となりにける哉　直足（丹羽）

(30)松風をそでのしらべにきゝなすもをさまれる世にあへば也けり　泰州（富田）

(31)月花にふみならしけんをさまれる世に相坂の関の岩かと　正輔（大堀）

◎『類題和歌鴨川集』（長沢伴雄編。初編嘉永元年刊、二編同三年刊、三編同四年刊、四編同五年刊、五編同七年刊）

幸遇太平代

(32)花をまち月をたゝみてことのはの種とする世にあふぞうれしき　義直（和泉）

(33)〈(22)広臣歌と同じ〉

幸遇太平代

(34)鞆の音に角のひゞきも今の世のむかしがたりになりにける哉　容盛（猿渡）

(35)負征矢の矢の根ぬきかへゆたかにもまどゐてくらす君が御世かな　東平（岡部）

幸遇太平代

(36)うちかはす石火矢の音も貢物はこぶえみしがつてにきく哉　春平（岡部）

(37)つちぐものすみし岩屋も里の子があそび所となれるみよ哉　広行（中島）

幸逢太平代

(38)わかめかる海士も時えてをり〳〵は硯の海にあさる御代かな　長澄（河瀬）

(39)剣太刀さやにをさめて月花にたはれ遊ぶも安き御代かな　豊貞（長崎）

(40)いにしへの人におくれて生れずはかく治れる御代にあはめや　信正（河本）

(41)月花を見るばかりだにうれしきをいとまある代にあひにける哉　吉雄（吉見）

(42)うすらひの薄き板戸を大城にも楯にもかへてすめる御代かな　古樹（中林）

幸遇太平代

(43)うらやすくなびくしの竹なれもその矢にきられたるよをな忘れそ　春雄（隈河）

(44)ふたら山高きひかりを玉くしげあけくれ安き御世にこそみれ　直守（中条）

(45)たがことをしらざる民のこゝろにもおもふことなき御世にもある哉　忠綱（高橋）

(46)をさまれる御世のかたきは春秋の月と花との外なかりけり　西田 直養

(47)くえがきの古城のあとに家居して民草しげる君が御世かな　古樹

(48)人かずにあらぬ我身も人数にもれぬは御代のめぐみなりけり　高鞆（鈴木）

※(32)(33)は初編、(34)(35)は二編、(36)(37)は三編、(38)(39)(40)(41)(42)は四編、(43)(44)(45)(46)(47)(48)は五編所収。

◎『類題和歌清渚集』（熊代繁里編。安政五年刊）

幸遇泰平代

(49)あふげたゞひかりあまねき玉くしげふたらの山の動きなきよを　末田 正勝

(50)波かぜのさわぎし昔ふみのうへにみるもたのしき君がみよかな　有安 蔭象

(51)〈(41)吉雄歌と同じ〉

(52)もろ人のあふな〱にものごとのたのしきみよにあへるうれしさ　清秋（長谷川）

(53)〈(8)諸平歌と同じ〉

◎『類題青藍集』（秋元安民編。安政六年刊）

幸遇太平代

(54)なびかずはふたらの山の春がすみたちのをすてゝ誰かあそばん　小川寛

(55)山にいね野にふすことも月花の外はならはぬ御代にも有かな　一足（秋間）

(56)よろひにはあらぬ春のゝ草摺の袖ゆたかなる世にもふるかな　直兄（松田）

◎『類題千船集』（佐佐木弘綱編。初・二編は万延元年刊、三編は慶応四年刊）

幸遇泰平世

(57)〈(8)諸平歌と同じ〉

幸遇太平代

(58)〈(9)諸平歌と同じ〉

(59)しづけさのむかしにまさる末のよをおとるとのみも思ひけるかな　義標（高木）

幸逢太平代

(60)たま〱に人とあるみもかゝるよに生れあはずはかひなからまし　真寿（藤井）

(61)武士も弓弦ならさず太刀の緒をときは今こそ盛なりけれ　淑蔭（井上）

※(57)は初編、(58)(59)は二編、(60)(61)は三編所収。

◎『類題春草集』（物集高世編。文久二年刊）

幸遇太平代

(62)くえ彦がとるや真弓のつるくちて鳥もさわがぬ君が御代かな　光徳

(63)から人もすまゝほしさにまゐくらしうらやす国のうらやすき世に　直幸（手嶋）

(64)花をめで月にあそぶも天の下おだしき御代にすめばなりけり　英子（物集）

(65)いにしへはつねにありけんたゝかひのまねびもまれになれる御代哉　重素（直江）

(66)春日野の飛火は何のためなりとしる人もなききみが御代かな　直養（西田）

幸遇太平代

(67)天の下うごかぬ道を大君の今の御代にもひらきつるかな　資雄（樺山）

(68)野も山も道ある御代のすさみにはこと葉の花をつむべかりけり　信隆

(69)〈(37)広行歌と同じ〉

(70)籬にもさしつる梅を花がめにうつしてあふぞ御代の春かな　守雄（橋本）

(71)〈(10)知紀歌と同じ〉

※(62)(63)(64)(65)(66)は初編、(67)(68)(69)(70)(71)は二編所収。

◎『類題和歌玉藻集』（村上忠順編。初編文久三年刊、二編慶応元年刊）

幸逢太平世

(72)〈(56)直兄歌と同じ〉

(73)うれしさは治る御代にあふ坂の関も戸ざゝぬうら安の国　寺田長樹

幸逢泰平代

(74)月花に心をそめて春秋をおくるも御代のめぐみなりけり　吉雄（吉見）

(75)か丶る世にあへばこそあへあはずあらばあはじな月と花のまどゐに　泰足（村田）

(76)〈(9)諸平歌と同じ〉

(77)浦安の国のさかへをあふぐかな浪た丶ぬ世にうまれあひつ丶　茂枝（竹村）

おわりに

以上、太平を寿ぐ気分が雅の世界にも及んでいることを歌の諸相を見つつ確認した。それにしても、

幸逢太平代

松浦がたまつとはなしにこと国の船もよりきてあふぐみ世かな

（類題鰒玉集五編、弘化二年刊）

というような歌に接すると、ロシア使節ラスクマンの根室来航、同レザノフ長崎来航、イギリス船フェートン号事件、アメリカ船モリソン号事件などの外国船来日（いずれも弘化二年以前）という時代の風潮が強く実感される。弘化元年にはオランダ国王が開国を幕府に進言してもいる。

そして、やがてくる西欧文明の嵐への恐怖は微塵もなく、ひたすら太平を寿ぐこの一首は、そう詠むのが詠歌の発想の型として自然であるという点を割り引いても、楽観的な気分に溢れており、その分だけよりいっそう日本人が西欧から受ける衝撃の大きさを想像せずにいられない。

（1）岩崎佳枝「句題和歌の系譜――三条西実隆から小沢芦庵へ――」（和歌文学研究、一九八五年四月）。実隆ら三玉集時代の歌人たちの近世堂上に対する史的位置は、本書第一部第二章一、三参照。

〈補記〉第一部第三章五に全体的な見取り図があるので参照されたい。

八、『唐詩選』の日本的享受―千種有功の『和漢草』

はじめに

いまでこそ『唐詩選』といえば日本人にとってもっともなじみ深い中国漢詩のアンソロジーだが、これが編まれたのは明代末期、日本に渡来したのは近世にはいってからのことであった。もちろん、『唐詩選』に収められている個々の詩については、個人の詩集や他のアンソロジーなどを通じて享受されていたものもあるわけだから、この場合、『唐詩選』としてまとまって『唐詩選』所収の詩を日本人が享受したのは近世にはいってからである、というのがより正確な言い方であろう。日本に渡来の時期は正確にはわからないが、慶長・元和のころ、すなわち近世初頭と言われている。

そして近世中期の享保九年正月に服部南郭校訂本が刊行されて以後、『唐詩選』は爆発的に流行し、幕末まで多々版を重ねていくことになる。その結果、近世の文学作品において、『唐詩選』の影響は色濃く投影されることになった。たとえば日野龍夫「『唐詩選』と近世後期詩壇」（文学、一九七一年三月。『徂徠学派』筑摩書房刊にも所収）においては漢詩を中心とした享受の諸相が論じられている。そして、日本的な美意識の形成過程にもっとも大きく寄与してきた和歌作品もその例外ではなかった。なかでも、近世後期に堂上歌人千種有功が詠じた『和漢草』という歌集は、『唐詩選』所収の五言絶句七十四首、七言絶句百六十五首、合計二百三十九首の詩の世界をすべて和歌に移しかえるという、なかなか凝った趣向に取り組んでいる。つまり、まず原詩の題が掲げられ、次にその原詩の世界に基づいた和歌を詠むということが、二百三十九首すべてにわたって行なわれているのである。具体的に一例を挙げてみよう。最初に原詩の題と作者、本文とその訓読、訳を挙げ、それから有功の和歌を記す。

〈唐詩選〉

竹里館　　王維

独坐幽篁裏　　独り坐す　幽篁の裏
弾琴復長嘯　　琴を弾じて復た長嘯す
深林人不知　　深林　人知らず
明月来相照　　明月　来りて相照らす

奥深い竹藪のなかにただ一人すわって
琴を弾じ、声を長く引いてうたう
この深い林のなかの世界を人は知らないが

ただ明月が月光を差し込ませながら私を照らしていることだ
〈和漢草〉

琴とればこよひも月のてらしきて友をならぶる竹のかげかな

この例からもわかるように、有功は漢詩に詠まれている竹藪、琴、月というような素材をバランスよく和歌に取り込み、自然のなかですごす隠遁者的な生活の趣をうまく再現している。歌の四句目「友をならぶる」とは、〈月光によってできた竹の影が一人でいる私の近くまで延びてきて、まるで友が並んで坐っていてくれるかのようだ〉の意であり、詩において見られる孤独感を、竹影のみが友だという形で表現してみせたものと言える。この手腕だけでも、なかなかのものと言える。

さらに、竹を友とするという点については『和漢朗詠集』竹部の「晋の騎兵参軍王子猷、栽ゑて此の君と称す。唐の太子賓客白楽天、愛して吾が友となす」（藤原篤茂）も影響を与えていよう。有功は、この篤茂の詩によって『唐詩選』の王維の詩をもうひとひねりしてもいるのである。

(一) 懸詞、日本への舞台の移しかえ～先行研究に即して

この趣向の面白さと和歌としての質のよさに加えて、有功が歌人として高名であることに起因してか、従来の研究史においても短いものではあるが、この作品に対して検討がなされている。まず宇佐美喜三八「唐詩選と和歌の句題」（『日本演劇史論叢』一九三七年五月。『和歌史に関する研究』若竹出版・復刻刊行会刊にも所収）は、主として句題和歌における『唐詩選』の影響を述べていく過程で、『唐詩選』の訳和集の代表的なものとして『和漢草』を取り上げ、その訳

し方が、原詩全体の趣を和歌に移しかえているもの、原詩の一句の意味のみを詠んだもの、また、詩と不即不離の関係をもって別に新しい趣を詠みだしたものに分類されるとして、それぞれに二三例ずつ挙げ、若干の評言を付している。

また、久徳高文「『わかくさ』覚えがき」（金城国文、一九七〇年九月。『国文学草径』桜楓社刊にも所収）は、版本の書誌について考察し、さらに作品の特質として二点を指摘する。ひとつは懸詞が駆使されている点、もうひとつは中国の景色が日本のそれに置き換えられている点（中国風光の日本的消化）である。この指摘はいずれも重要なものと思われるので、具体例を挙げながらもう少し確認しておきたい。

まず前者の懸詞について。久徳論文は、有功が「歌作りとしての主体性を強く把持していたことの証左」と述べる。久徳論文には引かれていない具体例をひとつ挙げよう。

〈唐詩選〉

田家春望　　高適

出門何所見　門を出でて何の見る所ぞ
春色満平蕪　春色　平蕪に満つ
可歎無知己　歎ずべし　知己無きを
高陽一酒徒　高陽の一酒徒

門を出ても何も見るべきものはない
ただ春の景色が雑草の茂った野原に満ちているだけだ
歎かわしいことだ、私を理解してくれる人が一人もおらず

高陽（中国河北省の地名）の一酒徒としか扱われないのだ

〈和漢草〉

すきかへす門田の水のにごり酒いつまでくまむ友なしにして

漢詩においては、うららかな春景色と孤独な自分自身というものが対照的に描かれており、その対照性は和歌にも引き継がれている。しかし、和歌では「濁酒」に「門田の水」が濁っているの意が懸けられており、酒を飲むことで身の憂さを晴らすしかない孤独な人物と春の光景というふたつの映像が重ね合わされている。いわば対照的な二要素がひとつの詩のなかに凝縮されて詰まっているわけで、鑑賞する側からすれば、和歌の方が漢詩よりもより一瞬のうちにないまぜとなった二要素を味わうことができるのである。なお、「友なしにして」は旅人の万葉歌「君がため醸みし待ち酒安の野にひとりや飲まむ友なしにして」（巻四、五五五番）を踏まえている。

つづいて、第二の要素である中国の風景の日本の土地への移しかえ、という点であるが、これも一例を挙げてみよう。

〈唐詩選〉

贈蘇綰書記　　杜審言

知君書記本翩々　　知る　君が書記本と翩々たるを
為許従戎赴朔辺　　為に許す　戎に従って朔辺に赴くを
紅粉樓中応計日　　紅粉楼中　応に日を計ふべし
燕支山下莫経年　　燕支山下　年を経ることなかれ

私は知っています、君の文才がすばらしいことを
その君は従軍して北方の辺境へ赴くことになってしまった
美しい女性が楼のなかで日数を数えながら君の帰りを待っているだろう
燕支山（任地の近く）のふもとでいつまでも年月を過ごしてはいけませんよ

〈和漢草〉

みちのくのつぼの碑としなへそ妹がまゆずみ色やかはらむ

辺地に従軍して赴任する男性に、あなたを愛する女性をあまり長いこと待たせてはいけませんよ、と呼びかける点は、漢詩と和歌に共通する。しかし漢詩の場合、西北の節度使に任命されたのに対し、和歌では任地を「つぼの碑」に設定している点に違いがある。「つぼの碑」は、現在の宮城県多賀城址、奈良時代に中央政府が蝦夷征伐のため築いた城の遺蹟であり、『新古今集』の頼朝の歌や芭蕉が『おくのほそ道』の旅で訪れたことで知られる。『おくのほそ道』には「天平宝字六年、参議東海東山節度使、同将軍恵美朝臣獦修造而」との碑文があることが紹介されている。この「節度使」は中国のそれとは性質が異なろうが、そうしてみると、「つぼの碑」も「節度使」に縁のある土地柄である。そして、中国のなじみの薄い地名よりも、心情を投影しやすい日本の土地に舞台を移すことで、鑑賞する側にとっても親近感を保ちやすく、それだけ味わいも深くなっていると言えよう。この多賀城址は近世後期に歴史的・文学的に注目を浴びた場所でもあった(1)。

なお、このように歴史的な重みを有する土地を軸として中国と日本における歴史的事実を変換するという手法は、他にもいろいろと見受けられるので、そのうちいくつかを紹介しておこう。

たとえば「贈喬侍御」では辺境の地で任に当たる喬侍御（喬知之）のことを詠んでいるが、有功の和歌では「つくし潟」という土地を設定して大宰府に左遷させられた菅原道真の境遇に置き換えている。また「上皇西巡南京歌」は玄宗皇帝が安禄山の反乱軍のため南京に避難したことを詠んだものだが、有功は「おきの海」や「舟上の山」を登場させ、後醍醐天皇の隠岐配流とそこからの脱出に置き換えているのである。

(二)　和歌における要素の密着性

さて、(二)からは先行の研究史から離れたところで、『和漢草』の世界を辿ってみたい。

(一)において、懸詞の使用によって二つの要素が一瞬のうちに重ね合わされるという効用について触れたが、懸詞は使っていなくとも要素相互の結びつきの強さが和歌においてより強く生じている点にまず着目してみよう。

〈唐詩選〉

静夜思　　李白

牀前看月光　　牀前　月光を看る
疑是地上霜　　疑ふらくは是れ地上の霜かと
挙頭望山月　　頭を挙げて山月を望み
低頭思故郷　　頭を低れて故郷を思ふ

ベッドの前を照らす月光を見ていると

地上におりた霜ではないかと疑ってしまう
頭を挙げて山の端の月を眺め
頭を垂れて故郷のことを思い出すのだ

〈和漢草〉
もとゆひの霜もむすぶや旅人の身をさらしなの里の月影

漢詩は月夜に望郷の念に駆られ、和歌は旅（もしくは人生）の苦労を思っている。そして、漢詩では月光が霜に見立てられているだけなのに和歌ではさらに「もとゆひの霜」という設定によって、頭髪の白さが霜に見立てられてもいるのである。すなわち和歌の場合、〈月影に身をさらして旅を続けていたので、頭髪も月光を浴びつづけた結果、月光のように白い霜で満ちてしまった、この霜は旅の苦労のせいで出た白髪であるよ〉という意なのである。白髪を霜に見立てること自体は、中国漢詩にも例があり、日本でも『万葉集』にすでに見られる比喩である。しかし、少なくとも右の李白の漢詩では白髪のことなど出てこない。この場合は「霜」「頭」という漢詩の語から連想して有功が独自に設定したものと言える。そして、これにより、「もとゆひの霜」という語句のなかに、白髪になるまでの旅におけるさまざまな苦しみや悲しみなどの体験が暗示されており、月光・霜と人生の辛苦の間に距離がなく、密接な形で表現されていて、深い心情が表出したと言える。それに比較してみると漢詩の方では、月光・霜と望郷の念の間にやや距離がある。このことについて思い合わされるのは、吉川幸次郎「国語の長所」（日本語、一九四四年五月。『全集』第十八巻）の〈中国語より日本語の方が「結びつきの意欲」があり、ある事柄を「密接にくっつけて一息にいい下す」点に日本語の特徴がある〉という指摘である。いわば、「もとゆひの霜」という表現によって、月光・霜と人生の辛苦は吉川論文言うところの「密接にくっつ」いた形として鑑賞する側により強い印象を与えている、と言えるのではないだろうか（なお、「身をさらしな（身をさらす）」と更級の里は懸詞になっている）。
このように考えてみると、冒頭で紹介した「竹里館」でも、漢詩より和歌の方が竹藪と月光の関係が密接であると言えるだろう。

(三)　日本的抒情の加味

さきに日本の地名とそれに結びついた歴史的事実への置き換えという点を挙げたが、それ以外にも日本的抒情を加味する手法がなされている。そのもっとも特徴的な例をひとつ掲げてみよう。

〈唐詩選〉

　長安道　　　儲光羲
鳴鞭過酒肆　鞭を鳴らして酒肆に過り
袨服遊倡門　袨服して倡門に遊ぶ
百万一時尽　百万　一時に尽くるも
含情無片言　情を含んで片言無し

　貴公子は鞭を鳴らしつつ酒場に行き
美しい服を着て遊廓に遊ぶ
百万の金を一度に使い果たしても
女への思いを胸に秘めたまま一語も発することはないのだ

をしむべき春はかぎりに成ぬれどいはぬいろなるさとの山吹

〈和漢草〉

漢詩の方は貴公子の心意気を詠んだもの。和歌は、それを晩春の山吹という自然の景に置き換えた。両者に共通するのは「もの言はぬ」という属性とそのことを称揚する気持ちである。漢詩「無片言」は、女のために百万の金を擲ったのに、そのことは口に出さないということで、それが格好いいと詩の作者は言いたいのである。それに対して和歌「言はぬ」には、〈春が暮れていくのが惜しい気持ちを山吹は口にこそ出しはしないものの胸のうちにそういう思いを秘めているのですよ、いやむしろ黙っているからこそ思いは非常に深いのです〉という作者の主張がこめられている。日本において山吹が物言わぬ花であるのは梔子色に因む「くちなし」（口無し）の異名を持つからで、この山吹という設定の導入によって日本的自然把握がなされ、漢詩の世界とは趣を異にした日本独自の情緒が醸し出されたと言えよう。

ただし、この歌はたんなる自然詠ではない。「いろなるさと」が色里を暗示しており、「山吹」は小判を意味する。とすると、色里でお金のことをあれこれ言うまいというニュアンスも自然詠に隠されて存在し、原詩の世界の和歌への流入もなされていたのであった。

(四) 性の転換

また、漢詩から和歌への移しかえの際に、性別を変換させてしまうという場合もある。

〈唐詩選〉

秋夜寄丘二十二員外　　韋応物

懐君属秋夜　　君を懐うて秋夜に属す
散歩詠涼天　　散歩して涼天に詠ず
山空松子落　　山空しうして松子落つ
幽人応未眠　　幽人　応に未だ眠らざるべし

君のことを思っている、この秋の夜
そぞろ歩きながら、涼しげな空に向かって詩を詠じている
人気のない山のなかで、まつぼっくりが落ちる音が聞こえてくる
人知れず住んでいる君は、まだ眠らずにいるのだろう

〈和漢草〉

ゆめはまだかよはぬまどの月にゐてたれまつのみのおとを聞らむ

漢詩の方は、「丘二十二員外（丘丹）」という親友のことを思いやって詠んだ詩で、男同士の友情が表現の主眼である。それに対して和歌は、〈あなたと夢のなかでお逢いすることもなく、月を眺めながら窓辺に坐って誰を待つともなく所在なげにしていると、松の実が落ちる音が聞こえてくることだ〉の意であり、これはやはり男女の仲を詠んだものと言ってよいだろう。「たれまつのみ」には「誰待つのみ」と「松の実」が懸けられている。この一首に関しては、男同士の友情よりも男と女の恋情の方が和歌になじみが深いことによる転換と言えよう。いわば和歌的美意識の側からの自己主張がなされたのである。(2)

㈤　漢詩的情念の導入

ここまでは、漢詩に対抗して和歌の持っている伝統的な美意識の発露がどうなされてきたか、という点を中心に述べてきた。そのため和歌的な特質のみを強調したきらいがあったかもしれないが、そもそも選りすぐりの唐詩の世界が基調にあればこそ和歌の特質もいっそう際立つのである。したがって和と漢の双方が各々の特質を出し合っての作品成立という点はもちろん言うまでもない。なお、㈤からはここまでとは逆に、漢詩の世界を基盤に置いたことで和歌の世界に漢の要素がどう取り込まれているか、について少し考えてみたい。たとえば和歌にはあまり見られないような激しい感情表現がそのまま和歌に移しかえられている例をここでは掲出しよう。

〈唐詩選〉

　易水送別　　　駱賓王

此地別燕丹　　此の地　燕丹に別る
壮士髪衝冠　　壮士　髪　冠を衝く
昔時人已没　　昔時　人已に没し
今日水猶寒　　今日　水猶ほ寒し

　この地で燕の太子丹に別れた際
　壮士荊軻の髪の毛は悲しみ嘆くあまり冠を突き上げるほど逆立った
　むかしの人はもう死んでしまったが

今日もなお川の流れはさむざむとしている

〈和漢草〉

いにしへの水のさむさしかはらねばわかるゝけふは髪さかだつも

漢詩では、太子丹と荊軻の悲壮な別れの故事を踏まえて、〈それらの人々はみな死んでしまったが、その精神はいま僕と君の間で生きているのだね〉という気持ちを詠んでおり、和歌にもそれは踏襲される。そして逆立つ髪という形容も同時に詠み込まれていく。日本でも忿怒形の神将の「炎髪」や能・歌舞伎における嫉妬心としての逆髪などがあるが、それが和歌で表現されたわけである。

㈥　漢詩的素材の導入

また、和歌ではなじみの薄い素材が、漢詩からの世界の移しかえによって和歌の世界に導入されたという例もある。たとえば松浦友久『詩語の諸相』(研文出版、一九八一年)では、「蛾眉」が漢詩では重要なモチーフとして用いられているのに対して、日本の和歌ではあまり好まれなかったということが説明されているのだが、この『和漢草』の世界ではそれも登場する。

〈唐詩選〉

怨情　　李白

美人捲珠簾　　美人　珠簾を捲き

深坐顰蛾眉　　深坐して蛾眉を顰む

但見涙痕湿　但だ見る涙痕の湿ふを
不知心恨誰　知らず　心に誰をか恨む
美しい女性が御簾をまきあげ
奥深くすわり美しい眉をひそめている
見ると涙のあとが湿っている
その心は誰のことを思っているのだろうか

〈和漢草〉

白つゆの玉こきちらしくはまゆのいとかく何にものおもふらむ

「くはまゆ」とは「くはご」（カイコガ科のガ）の異名、この場合は漢詩同様女性のまゆの形容として用いられている。「くはまゆ」の用例は和歌ではきわめて少なく、『新撰和歌六帖』の「山がつのそのふの桑のくはまゆのいでやらぬよは猶ぞかなしき」（藤原家良、『夫木和歌抄』にも所収）など数例のみしか見出せない（『万葉集』にも「新桑繭」一例あり）。しかも、これらの「くはまゆ」には女性の眉の意はないのである。和歌において女性の眉をなにかに喩えるとしたら「柳の眉」「三日月の眉」がふつうであろう。これらも中国漢詩の影響によるものであるが、同じく中国漢詩に頻出する「蛾の眉」が和歌において詠まれなかったのは、松浦論文の説明するように「穏やかで、繊細、かつ普遍化しやすいイメージしか好まない日本的な感覚」に起因するところが大きいのであろう。その点で、『和漢草』のこの一首は従来の和歌には用いられなかった蛾眉という形容を、これまた和歌にはなじみの薄い「くはまゆ」という語を用いることで表現し、新しい趣を醸し出していると言えよう。すなわち従来の繊細で優しげな和歌からの脱却、ある種の激しさと強烈さの獲得といったものを指摘できるのではないだろうか（ただし『和漢草』の別の一首は「蛾眉」を

「柳の眉」に置き換えているので、以上の指摘はあくまでこの一首に限ってのことである）。

ところで松浦論文では、「蛾眉」と同様「猿声」「断腸」も、漢詩ではおなじみなのに和歌では好まれなかった表現として挙げている。このふたつのうち、「断腸」の方は『和漢草』では「はらわたをたつ」という表現ではなく「涙もくだけぬる」「我がたま（魂）くだく（砕く）」のような柔らかなイメージに転換して詠まれてしまい、和歌的伝統が勝ったと言えよう。また、「猿声」の方は「ましらなく」「猿の三叫」などという表現によって、『和漢草』のなかで何度も何度も猿の鳴き声が響きわたっている。この作品における猿の鳴き声の頻度が他の歌集に比べて高いであろうことが漢詩の世界を基盤とすることに起因しているという点には、一応注意を払っておいてもよさそうに思われる。

おわりに

以上見てきたように、漢詩の世界を基盤とし、それを和歌の世界に移しかえようとするという試みの過程においては、和歌的美意識もしくは日本的抒情とでも言うべきものをそこに投影しようとする行為と、それとは逆に、漢詩独特の美意識を取り込みつつ和歌にとっての新しさを摑もうとする行為、という相反するものが共存していたことが看取されよう。このことによって、和歌的世界と漢詩的世界という二項対立のみならず、千種有功という歌人と唐の詩人たち（日本人対中国人）、和語と漢語（日本語と中国語）というようなさまざまなレベルにおける日本と中国、和と漢の二項対立を、ある時は際立たせ、ある時は消去してしまうような、非常にダイナミックな世界がそこに出現したのである。言い換えれば、詩と歌が相互に響きあうことでイメージが無限に膨らんでいくような言語空間が生まれたのである。そのようなこの作品のたくらみは、稀有な手腕を持った歌人の手によってはじめて達成されるものであったのは言うまでもない。そして、もう一言付け加えておくと、〈和〉の要素が屹立するよりも、〈和〉と〈漢〉の要素が相互作用を引き起こしつつ動的に関わりあっていくことによって、奥行きを二倍にも三倍にも広げようとした日本文学の伝統が、この『和漢草』の世界の背後に大きく横たわっており、『唐詩選』受容の一齣としての同書もその系譜に連なる精神を高度に達成したものなのである。

（1） 鈴木淳「多賀城碑と文人墨客」（国学院雑誌、一九九一年三月）に詳しい。

（2） 蛇足ながら付け加えておくと、大田南畝の『通詩選笑知』（天明三年刊）も、『唐詩選』のパロディだが、「秋夜寄丘二十二員外」の詩をやはり男女の仲のことに置き換えている。しかし、こちらは『和漢草』に比べるとかなり卑俗な感じになった。

祝夜寄嫁二十二位　　至大物

抱君属昼夜　　君を抱いて昼夜に属す
腎虚呑地黄　　腎虚　地黄を呑む
蝿空頬骨落　　蝿空しうして　頬骨落つ
両人応未忘　　両人　いまだ忘れざるべし

これは新婚夫婦の房事を詠んだもので、それが過度になってしまったため腎虚になってしまい、蝿を追い払う気力もないほどなのである。しかし、そんな状態になってもその悦楽は忘れがたいのであろう。この狂詩は、『和漢草』の手法とは違った意味で、『唐詩選』の日本的享受を達成していると言える。原詩の高雅な趣を日本人の生活感情にとってなじみ深い俗な題材に転換することによって生じる落差が生み出す笑い、という視点を通じて『唐詩選』を受容しようとする姿勢がここにはある。

第二部　年表編

第一章　後水尾院歌壇主要事項年表

〈凡例〉

一、本章では後水尾院歌壇における文学活動を中心として記述し、さらに後水尾院歌壇内における文学活動ではなくても後水尾院とその周辺に関係の深い事項も適宜加えた。

二、和歌御会などの定期的な歌会および後水尾院歌一首一首の成立年代については、年表項目が膨大かつ煩雑になることを恐れ、人間関係にとって特に重要と思われるものを除き割愛した。なお和歌御会全体についての論・資料として、坂内泰子「御会集の成立」（『近世堂上和歌論集』）、古相正美「近世御会和歌年表」（中村学園研究紀要、一九九五年三月）がある。

三、年号下の数字は後水尾院の年齢を示す。

四、項目毎の頭に付した記号のうち、□は主として後水尾院個人の文学活動であることを示し、○は後水尾院と公家たちによって行なわれた集団性の強い文学活動であることを示し、△はそれ以外のもので、後水尾院とその歌壇を考える上で参考になると思われるものであることを示し、●は出版であることを示す。□○は分類し難い場合も多いが一応の目安とされたい。

五、和田英松『皇室御撰之研究』（明治書院、一九三三年）、大津有一『伊勢物語古註釈の研究　増訂版』（八木書店、一九八六年）、熊倉功夫『後水尾院』（朝日評伝選、一九八三年。『後水尾天皇』岩波・同時代ライブラリー、一九九四年）、近世堂上和歌論集刊行会編『近世堂上和歌論集』（明治書院、一九八九年）は頻出するため、出版社名と刊年は省略した。

慶長元年（一五九六）　一歳

□六月四日、後陽成天皇第三皇子政仁親王、のちの後水尾天皇誕生。母は近衛前久女中和門院前子。（『本朝皇胤紹運録』）

後陽成院の文学活動のうち、『伊勢物語』『百人一首』などの注釈類や、慶長勅版などの出版事業は、後水尾院に影響を及ぼしていよう。たとえば、『百人一首』における批判的態度が両者に共通するとの指摘がある（田中宗作『百人一首古注釈の研究』桜楓社、一九六六年）。外祖父近衛前久もまた和歌や連歌に関係の深い人物である。古今伝授を近衛稙家から受け島津義久に授けたほか、『鷹百首』などの和歌作品がある（井上宗雄『中世歌壇史の研究 室町後期』明治書院、一九七二年。改訂新版 一九八七年）。なお中和門院前子を母とするのは、後水尾院以外に清子内親王・近衛信尋・好仁親王・一条兼遐・貞子内親王・尊覚法親王などである。

慶長五年（一六〇〇）　五歳

□十二月二十一日、政仁親王が儲嗣に定まる。（『本朝皇胤紹運録』）

一宮良仁親王・二宮幸勝親王が後陽成院の命によって仏門に入ったため、政仁親王が儲嗣となった（熊倉功夫『後水尾院』）。こののち、後陽成院と後水尾院の仲も不和になる。その理由は「再三、譲位の意志が幕府によって拒否され、最後には幕府の定めたスケジュールで譲位せざるを得なかった後陽成天皇の絶望のなかで誕生した」儲嗣であるため、「家康のイメージが親王に重なって、親王に対する憎悪の念が消しがたく後陽成天皇の心に残ることになった」（熊倉功夫）からだという。以後元和三年後陽成院の死まで、両者の関係が修復されることはなかった。

慶長九年（一六〇四）　九歳

□十二月十三日、読書始。船橋国賢が政仁親王に『孝経』を進講する。

『慶長日件録』同日条に「儲君御読書始、家君御伺候也、於小御所、南妻戸、授之給、広橋大納言申次也」とある。こののち十四・十七日にも『孝経』を進講した(『慶長日件録』)。国賢が講師であるのはこの三回のみ、あとは国賢の長男秀賢が講師をつとめる。

なお、『大学』『論語』『孟子』など二十一書から金言を抜き出し、その解釈を施した『逆耳集』という書がある。和田英松『皇室御撰之研究』は後水尾院著とするが、辻善之助「後水尾天皇宸翰逆耳集について」(『斎藤先生古稀祝賀記念論文集』刀江書院、一九三七年)によれば、本書は国賢著であるという。すなわち、辻氏蔵本の奥書には「右一冊為童蒙為愚昧、抜論孟史漢之文萃、而任筆従心注之、依渋眼、魚魯誤、令忘却上下章、可有高免者乎、備今林　右衛門尉硯左、天正第廿暦孟冬初三　従三位清原朝臣」とあり、また表紙裏には「清原朝臣著逆耳集」とあるところから、「御若い頃」の天皇が書写したものが現存する『逆耳集』(東山御文庫蔵)であるとする。このことからも後水尾院と船橋国賢の関係の近さを窺い知ることができよう。

慶長十年(一六〇五)　十歳

□二月七日から八月七日まで、船橋秀賢が政仁親王に『孝経』を進講する。

『慶長日件録』二月七日条に「於御前、親王御方ヘ孝経序中程五六行、奉教授之」、同八月七日条に「親王御方ヘ参、孝経奉授之、全部相終者也」とある。

□八月二十一日から十二月二十五日まで、船橋秀賢が政仁親王に『大学』を進講する。

『慶長日件録』八月二十一日条に「親王御方ヘ参、大学奉授之、今日初度也」、同十二月二十五日条に「親王御方、御煤払参、次大学奉授之、今日終全部」とある。

□九月十六日、慶長千首和歌御会に政仁親王も参加し三首詠。
『慶長千首和歌』巻末に「三首茶地丸」とある。
□十一月一日、船橋秀賢が政仁親王に謡本を献上する。
『慶長日件録』同日条に「親王之御方へ参、謡本二番書之、進上之」とある。

慶長十一年（一六〇六）　十一歳

□正月二十二日、読書始。船橋秀賢が政仁親王に『論語』を進講する。
『慶長日件録』同日条に「親王御方へ参、論吾《ママ》従今日令読始給」とある。

慶長十二年（一六〇七）　十二歳

□十月四日から十一月二十一日まで、船橋秀賢が政仁親王に『孟子』を進講する。
『慶長日件録』十月四日条に「親王御方御読書ニ参、孟子序今日初度也」、同十一月二十一日条に「孟子講之、今日終全部功者也」とある。

慶長十四年（一六〇九）　十四歳

□三月十二日、政仁親王の四書卒業御祝。
『時慶卿記』同日条に「親王御方ハ御読書四書分被相果、御盃御祝アリト」とある。
○三月十三日、親王御所連歌御会あり。
『時慶卿記』同日条に「陽明発句、脇親王御方、第三一門」とある。「陽明」は近衛信尹、「一門」は尊勢親王。
調査しえた範囲では初の連歌御会。

慶長十五年（一六一〇）　十五歳

△三月二十五日、中院通勝没、五十三歳。（『公卿補任』）

通勝の人生については、井上宗雄「也足軒・中院通勝の生涯」（国語国文、一九七一年十二月）、日下幸男『中院通勝歌集歌論』（私家版、一九九三年）のほか、本書第一部第三章二参照。

通勝の長男通村は、後水尾院歌壇の中心的存在となる。

○四月二十五日、親王御所和歌御会あり。

調査しえた範囲では初の和歌御会。『慶長日件録』同日条には、「親王御方、和歌御会也」として、近衛前久・信尹、空性・興意・良恕法親王、鷹司信尚、三条公広、白川雅朝、西洞院時慶、五辻之仲、広橋総光、庭田重定、正親町三条実有、四辻季継、阿野実顕、富小路秀直、西洞院時直、中御門宣衡（尚良）、持明院基久、滋野井冬隆（季吉）、白川顕成、船橋秀賢、竹内孝治、大中臣種忠らが出席したとある。「兼日題、新緑勝花、当座五十首」（『慶長日件録』）。なお智仁親王は懐紙のみ（『時慶卿記』）。

△八月二十日、細川幽斎没、七十七歳。（『細川家記』ほか）

幽斎自身は後水尾院歌壇に直接関わったとは言えないが、その門流にある烏丸光広・三条西実条・中院通村らによって後水尾院歌壇の基礎作りがなされた。幽斎の人生については、林達也「細川幽斎年譜稿（一）」（青山学院女子短期大学紀要、一九七四年十一月）、土田将雄『細川幽斎の研究』（笠間書院、一九七六年）など参照。

□十二月二十三日、政仁親王元服。

『本朝皇胤紹運録』同日条に「於二小御所一御元服。加冠関白。九条幸家公。理髪頭中将実有朝臣」とある。

慶長十六年（一六一一）　十六歳

□三月二十七日、後陽成天皇譲位。政仁親王受禅。四月十二日、後水尾天皇即位。（『本朝皇胤紹運録』）

□七月二十一日、読書始。船橋秀賢が後水尾天皇に『尚書』を進講する。

『言緒卿記』同日条に「今日、御読書始有、侍読船橋式部少輔也、則其次第ヲ書記也」とある。

□九月十二日、山科言緒が後水尾天皇に『兼輔集』を進献する。

『言緒卿記』同日条に「禁裏ヨリ、兼輔集、写可進之由候、則今日書写、中御門右中弁へ持遣、則披露之由有之了」とある。「中御門右中弁」は資胤。

慶長十七年（一六一二）　十七歳

□四月十日から十六日まで、船橋秀賢が後水尾天皇に『大学』を進講する。

『言緒卿記』四月十日条には「於禁裏、大学之講尺、船橋式部少輔、従今日始」として、五辻之仲、四辻季継、阿野実顕、中院通村、庭田重定、中御門宣衡（尚良）、山科言緒、滋野井冬隆（季吉）、鷹司信尚らが聴聞したとある。同四月十六日条に「大学ノ講尺、今日済了」とある。十六日は信尚、尊純法親王、重定、実顕、通村、言緒、冬隆、白川顕成、土御門泰重らが聴聞した。

△五月八日、近衛前久没、七十七歳。（『公卿補任』）

慶長元年六月四日条参照。

□七月八日、御所の書物類が後陽成院から後水尾天皇に引き渡される。

この引き渡しは順調にはなされず、前年には京都所司代板倉勝重が徳川家康の裁可を仰ぐほど大きな問題となった。結局即位から一年以上経た後の引き渡しとなり、両者の関係はますます悪化した（熊倉功夫『後水尾院』）。この時引き渡された内容は「草紙百四拾八冊、連歌双紙拾一冊、連歌懐紙二百韵、太閤軍記補歴二冊」「御会紙短尺、ふるき書物、御文等」であった（『言緒卿記』）。

□八月十日から、月渓聖澄が後水尾天皇に『古文真宝』を進講し始める。

『言緒卿記』同日条には「禁裏ニ御講談アリ、月渓、古文真宝ノ講尺被申候」として、智仁親王、近衛信尹・信尋、良恕法親王、白川雅朝、正親町三条実有、庭田重定、四辻季継、阿野実顕、中院通村、持明院基久、高倉永慶、滋野井冬隆（季吉）、日野光慶、広橋兼賢、藪嗣良、白川顕成、上冷泉為頼、土御門泰重らが聴聞したとある。講釈の記事は十月七日条まで見える。

□十月二十日、後水尾天皇が山科言緒に命じて『日本書紀』に加点させる。

『言緒卿記』同日条に「禁裡ヨリ仰トテ、阿野中将ヨリ、日本記可点仰アリ、則古本両冊、新本三冊請取了」とある。「阿野中将」は実顕。

慶長十八年（一六一三）　十八歳

△六月十六日、『公家諸法度』制定。

『駿府記』同日条に「諸公家法度」として五ケ条が載る。第一条は「公家衆家々之学問、昼夜無㆓油断㆒様可㆑被㆓仰付㆒事」である。

□八月十日、清韓文英が後水尾天皇に『東坡集』を進講する。

『言緒卿記』同日条には「禁裏ニ東坡ノ講談、韓長老被申」として、飛鳥井雅庸、四辻季継、阿野実顕、中御門尚良、中院通村、滋野井冬隆、高倉永慶、白川雅朝、藪嗣良、土御門泰重、今出川経季、智仁親王、近衛信尹・信尋、興意・良恕法親王らが聴聞したとある。

慶長十九年（一六一四）　十九歳

□二月十九日から八月二十三日まで、月渓聖澄が後水尾天皇に『古文真宝』を進講する。

『言緒卿記』二月十九日条には「禁裏古文真宝講尺アリ」として、鷹司信尚、近衛信尋、中院通村、高倉永慶、土御門泰重らが聴聞したとある。また『時慶卿記』八月二十三日条に「禁中古文真宝講尺満トテ、平松参上候、時直ハ当番勤之」とある。

△十一月二十五日、近衛信尹没、五十歳。（『公卿補任』）

それまで後水尾天皇の和歌の添削には信尹があたっていたが、以後中院通村・三条西実条が主として担当することになる。『中院通村日記』元和元年正月六日条には次のようにある。

其後依召又参御前、御前両三首御談合也。非年始之御製不残所在可言上之由、以中御被仰下、雖固辞、為内々之儀可申入之由、再往被命、旧冬如此事在之、依連々御談合申入之。従三藐院御存生之時分内々御談合也少時而出、御直所存可書付之由、又勅定也。度々雖固辞、不可為止愚存為聞食也。是非可申入之由仰也。仍所存書付進上之、剰依仰令添削。

「中御」は中御門宣衡（尚良）。「三藐院」は信尹。

元和元年（慶長二十年。一六一五）　二十歳

○二月三日、毎月の諸芸稽古が、「三日御手習　九日当座御歌会　十三日御楽付読書　二十日御連歌　二十六日御手習」と定まる。（『中院通村日記』）

後水尾天皇在位中存続した諸芸稽古、いわゆる「禁中御学問講」の始まりである。これについては本田慧子「後水尾天皇の禁中御学問講」（書陵部紀要、一九七八年三月）に詳しい。本田論文はこの諸芸稽古を三期に分類する。

・第一期……元和元年二月以降同三年六月以前。御学問所で天皇中心に開催。
・第二期……元和三年六月以降同七年十月以前。清涼殿で天皇の出欠に関係なく開催。
・第三期……元和七年十月以降。御学問所で天皇中心に開催。

△七月十七日、『禁中並公家諸法度』制定。
第一条に「天子者諸芸能之事。第一御学問也。（中略）　和歌自光孝天皇未絶。雖為綺語。我国習俗也。不可棄置云々。所載禁秘抄御習学専要候」とあるのが、徳川幕府が天皇の権限を制限しようとする意図に基づいているのは言うまでもない。逆に言えば「天皇が文化の面の最高権威であり、文化そのものの体現者である」（熊倉功夫『後水尾院』）ことを幕府が公認したことにもなる。

△七月十八日、中院通村が女院御所で『源氏物語』を講釈する。
『中院通村日記』同日条に「参女御殿、依召也。光照院（御比丘尼御所　女御御別腹御姉也）・右府（信尋公）等御座。女御御里亭於御池辺亭、御対面。源氏令読之。依仰、予之本取遣了。先乙女（十丁余）、次桐壺（七八丁也）」とある。通村が公的な場で『源氏物語』を講釈した最初か（日下幸男「中院通村の古典注釈」『みをつくし』、一九八三年一月）。以後没するまでの約四十年間、通村は様々な場所で『源氏物語』を講釈することになる。詳細は日下論文を参照されたい。

△七月二十日から、中院通村が二条城で徳川家康に『源氏物語』を進講する。
『駿府記』七月二十日条に「中院令レ読二源氏物語初音巻一云々」とある。『中院通村日記』同日条には、南光坊天海・伊達政宗・藤堂高虎らも聴聞したとあり、家康については「御本被取出（青表紙　ミノカミ本也）初子読之事外高声也」とある。また『駿府記』七月二十九日条にも「於二御数奇屋一、令三中院読二源氏物語篝《ママ》木巻一給、金地院、冷泉伺候云々」、同八月二日条に「於二御数奇屋一、中院源氏篝《ママ》木之巻令レ読給」とある。『大沢随筆』には「『源氏物語』大樹御上洛の時、中院家初音巻を講釈ありし。広通云、此巻初春の祝を書て一巻に哀傷なし、尤可然事也」とある。

□七月二十八日から九月二十五日まで、利峯東説が後水尾天皇に『論語』を進講する。
『泰重卿記』七月二十八日条に「禁中ニ論語御講尺在之也、建仁寺両足院講之、予倉橋聴聞、諸公家数多也」と

ある。「両足院」は利峯東説。また同九月二十五日条に「禁中論語講尺相終申候」とある。

元和二年（一六一六）　二十一歳

○正月二十一日から二十四日まで、中院通村が『源氏物語』を校合し、内々の講釈をする。

『中院通村日記』正月二十一日条に「自令源氏御校合、内々為講尺也、明石巻廿三四丁、女御渡御、彼御本同御校合也」、同正月二十二日条に「同昨日」、同正月二十三日条に「同巻、身をつくし也」、同正月二十四日条に「同」とある。

○二月九日から十一日まで、中院通村が後水尾天皇に『源氏物語』を進講する。

『中院通村日記』二月十二日条に「絵合半巻九日　松風十一日　絵合残十日　参内講源氏」とある。

○二月十八日、毎月の諸芸稽古が「三月御手習　十一日当座御歌会　十五日御読書　十九日御手習　二十七日御歌」と改定される。（『中院通村日記』）

この時、楽の稽古がなくなっており、そのため式日の組替えが行なわれたのであろう（本田慧子「後水尾天皇の禁中御学問講」『書陵部紀要』一九七八年三月）。なお、元和元年二月三日条参照。

△四月十七日、徳川家康没、七十五歳。（『徳川実紀』ほか）

○四月二十九日、中院通村が後水尾天皇に『源氏物語』を進講する。

『中院通村日記』同日条に「参内、依源講朝かほの巻過半」とある。

元和三年（一六一七）　二十二歳

△三・四月、故徳川家康の日光山移葬に、烏丸光広が勅使として供奉。『日光山紀行』成る。

三月十五日から四月四日までの記事が収められる。ただし、『東武実録』など信頼しうるこの時の記録類には光広の名が見られないため、真の作者はこの時奉行を務めた光広の父光賢とする説もある（松田修「日光山紀行」

の作者」『香椎潟』、一九五八年七月）

写本多数、そのうち国学院大学附属図書館蔵本（外題ナシ、内題「東照宮御遷座之記」）に奥書あり。

右秘記以写本行于世得諸鵜橋者片岡宣親謄写卒業永蔵吾慎徳館焉

寛政元年己酉初夏望　　菅沼休復謹書

本作品は、版本『東照宮御鎮座記』にも『東照大権現縁起』『法華八講記』とともに収められている（内題「御鎮座之記」）。また、『扶桑拾葉集』下にも所収。

○六月二日、諸芸稽古の式日決定。

『小槻孝亮宿禰記』同日条に「参関白殿、自禁中被仰出事有之、有職・学問・歌道・神楽・郢曲・管絃・能書等之事云々、条々有之」とある。元和元年二月三日条参照。

□八月二十六日、後陽成院崩御、四十七歳（『本朝皇胤紹運録』）。後水尾天皇、追悼の和歌八首詠。

『後水尾院御集』雑々次第不同には、「九月のすゑつかた思ひもあへずいろにうつろひしは、ただ夢のうちながらさむべきかたなき悲しさに仏を念じ侍りけるついでに、諸法実相といふ事をはじめにおきてつたなき言の葉をつづり、いささかしうたんのおもひをのべ侍るならし」として、

しら雲のまがふばかりをかたみにて煙のすゑもみぬぞ悲しき

など八首が載る。『風のしがらみ』上にも所収。

「後陽成天皇升遐の記」（西洞院時慶）、「後陽成天皇をいたみ奉る辞」（水無瀬氏成）、「後陽成天皇をいたみ奉る辞」（烏丸光広）が成る。いずれも『扶桑拾葉集』下に所収。

元和四年（一六一八）　二十三歳

□正月十八日から二十九日まで、以心崇伝が後水尾天皇に『錦繡段』を進講する。
『時慶卿記』正月十八日条に「伝長老参内、講尺被申聞由候、錦繡段也、平松参聴聞申候」、同二十九日条に「禁中ニハ御講尺アリ、平松参上候」とある。
△六月十八日、烏丸光広が江戸へ下向、同二十九日江戸着。『あづまの道の記』成る。
『扶桑拾葉集』下所収。本文中に「ことし元和四かへりには近衛殿准后にも御下りありとて」とある。

元和五年（一六一九）　二十四歳

○正月二十八日、諸芸稽古の日課発表。毎月「二日有職　六日和歌　十日儒学　十三日楽郢曲　十九日連歌　二十三日詩文学　二十五日歌学　二十七日聯句　二十九日詩」とし（『資勝卿記』）、このうち二つか三つの稽古会に出席するよう義務づけられる（『泰重卿記』）。
元和元年二月三日条参照。
△二月十四日、上冷泉為満没、六十一歳。（『公卿補任』）
○二月二十五日、三条西実条・烏丸光広・中院通村が後水尾天皇に『伊勢物語』を進講する。
『資勝卿記』柳原本同日条に、
禁裏歌学ノ聴聞ニ伺公申候也。則清涼殿ニ出御にて御聴聞也。三条西伊勢物語講尺有一段。ケンダイ中ダンニ有を、下ダンへ持て下テカウシャクナリ。微音也。其後又烏丸大納言又講尺。又題号以下三条西講尺ノ所ヲ被読候共、御気色にて次ノ段をと御意ノ処ヲ、次ノ段ヲ地ヨミ被申。又初段ヲ講尺ニテ、次段講尺無之にて了。又逸興千万之義也。但次段無覚悟。依之其後中院宰相講尺被申也。三段メヲ講尺也。其後退出也。御聴聞陽明・青蓮院殿御伺公也。

とある（大津有一『伊勢物語古註釈の研究』）。

□六月二十日、後水尾天皇第一皇女梅宮（文智女王）誕生。母四辻公遠女藤原与津子（およつ御寮人）。（『本朝皇胤紹運録』）

元和六年（一六二〇）　二十五歳

□五月二十二日、集雲守藤が後水尾天皇に、黄山谷の詩について進講する。

『泰重卿記』同日条に「於禁中、藤長老、山谷演雅之詩講之」として、智仁親王、興意親王、近衛信尋、一条兼遐、尊純法親王らが聴聞したとある。

□六月十八日、徳川和子、女御として入内。（『徳川実紀』ほか）後水尾天皇、一首詠。

『後水尾院御集拾遺』に、

　女御入内の御時、将軍家よりの使藤堂和泉守高虎に橘の折枝につけてくださる

名にしおはば花たちばなはそれながら昔ばかりの匂やはある

とある。

△冬、沢庵が百首を詠じ、その添削を烏丸光広に請う。

『万松祖録』元和七年条に、

和尚和歌の才もかしこくて、烏丸光広卿などとは、殊に睦も深かりき。此年正月元日、百首を詠じて光広卿に添削を請。此百首は世に能しる処なり。其歌にそれ〴〵添削賞詞し給ふが中にも、郭公の題にて、

　老らくの耳にはうときほとゝぎす思ひ出るや初音なるなむ

初音僧正非同日論作などゝ、賞したまへり。

にある。

とある。この沢庵百首は「東海百首」とも称され、翻刻が『沢庵和尚全集』に備わる。沢庵・光広奥書が次のよう

元和六年冬罹欝病隠和泉之山中加保養之日閑暇継旧題詠一百首者也

漫点八十一首　此内長点六　十竹叟

ひとつふたつひろはぬ玉も残るらんわが愚なる袖のせばさに

大納言光広

単独の写本多数。そのうち奥書を有するのは以下のものである。

。陽明文庫蔵本

写本延良令忍借写置者也

寛永拾弐暦極月廿六日　貞公

万治三庚子年八月三日写之

。東京都立中央図書館加賀文庫蔵本（『梶の葉』と合）

此歌書文字うつしあやまりかとみへいか、なるところあれとも類本おもとめえさるゆへ本書のことく写し置もの也

寛文十二年林鐘中旬

（このあと享保十八年・宝暦六年・寛政三年奥書あり）

。神宮文庫蔵本

延宝九年五月十四日　韶光写（花押）

（「韶光」は勘解由小路韶光。このあと安永四年奥書あり）

元和七年（一六二一）　二十六歳

○二月八日、中院通村が後水尾天皇に『源氏物語』を進講する。こののち女院御所にても進講する。『泰重卿記』二月八日条に「召御前（中略）其以後源氏物語講尺はしまる、中院よみ、予聴聞仕候」、同二月十四日条に「女院御所ニテ、中院源氏よみ被申候」とある。女院御所での講釈は、翌八年四月二十二日まで続いたらしい。通村の家集『後十輪院内府集』雑に、

元和八年四月廿二日、女院にて源氏物語の講談をはりしに　女院御方

あかなくもさらにみはてぬ心ちして名残を思ふ夢のうきはし

御返し

うちわたす夢のうき橋けふは猶うれしきせにもかけてみるかな

とあり、また近衛信尋・好仁親王・阿野実顕との贈答が記されている。野村精一「源氏物語古注釈の成立過程」（実践国文学、一九九二年九月）も参照。

△五月十五日、烏丸光広「医師浄珍がいたみの辞」成る。『扶桑拾葉集』下所収。本文中に「元和七年五月十五日、みまかりにしよりはじめて七日にあたる」とあり、光広の歌十四首が載る。

○八月、後水尾天皇が江少虞編『皇朝類苑』七十八巻十五冊を復刻出版する。翌月、林羅山が加点して後水尾天皇に進献。（『羅山文集』巻五十四）

後陽成天皇時の「慶長勅版」に対して「元和勅版」と呼ばれる。『泰重卿記』八月二十三日条に「御番昼夜伺公申候、召御前御酒被下候、皇朝類苑御判一部拝領忝事也」とある。七十八巻はこれのみであり、貴重な本文である

（川瀬一馬『増補古活字版之研究』Antiquarian Booksellers Association of Japan、一九六七年）。巻末には勅版を賞讃する有節瑞保の跋（元和七年六月晦日）がある。
○十月十一日、諸芸稽古の式日が毎月五・十一・十七・二十三・二十九日に変更された。『泰重卿記』同日条に「禁中御学文講之式日、飯後早々伺公申候」とあり、以後式日は毎月五・十一・十七・二十三・二十九日となっている。なお、元和元年二月三日条参照。
元和八年（一六二二）　二十七歳
○正月二十三日、二月から御稽古和歌会が毎月二・九・十六日の三回となることが定められる。『資勝卿記』同日条に「禁裏御歌会二日実条・九日光広・十六日通村、三ケ度御歌会可有之間、何レに成とも伺公可仕由御触候也」とある。また、元和元年二月三日条参照。
○二月十四日、後水尾天皇が日野資勝に『源氏物語』（後陽成院筆）を書写させる。『資勝卿記』同日条に「禁裏ヨリ源氏夕顔ノ本写候て可進之由被仰出候也、料紙四半、写本ハ後陽成院ノ宸筆候也、御本六半、表紙ハづシ紙、外題逍遙院筆也」とある。「逍遙院」は三条西実隆。
△十一・十二月、中院通村が江戸へ下向。「関東海道記」成る。『扶桑拾葉集』下所収。冒頭「元和八年十一月廿四日、俄に勅を奉て東関下向せし」とある。
元和九年（一六二三）　二十八歳
□六月二十三日、日快上人（安楽庵策伝）が後水尾天皇に「曼荼羅変相之大意」について進講する。
『西方寺過去帳』日快上人伝に、
忝奉後水尾院百九代勅詔、而拝講曼荼羅変相之大意於清涼殿。弁河如流、玄理如湧、上皇叡信不浅、乃詔曰、此変相円融院六十四代勅横川源信于時歳四十五令模写、自瞻仰己来、毎歳六月廿三日掛清涼殿所拝信也。今授汝。永可為使人欣慕之亀鏡。遂以賜之於快上人矣。于時元和九癸亥六月廿三日之事也。恭拝授而後永属誓願寺常什、納宝蔵矣。

とある。（鈴木棠三『安楽庵策伝ノート』東京堂出版、一九七三年）

△六月、後水尾天皇の命により『翰林五鳳集』撰進。

虎関師錬・義堂周信・絶海中津ら中世の五山僧から近代の作者にいたるまでの詩を博捜した書である。なかにはその僧の家集が伝わっていなかったり、あるいは伝わっていても、その家集に収められていない詩もあり、貴重な本文と言える。しかし、撰進を急いだためか、錯簡や作者注記の錯誤脱落などが多い（『大日本仏教全書』玉村竹二解題）。序を以心崇伝、跋を剛外令柔が著した。国会図書館蔵（二本）・内閣文庫蔵（二本）・尊経閣文庫・宮内庁書陵部蔵の各写本の書誌と、国会図書館蔵本の翻刻が、『大日本仏教全書』に備わる。

□十一月十九日、和子が皇女（興子内親王、のちの明正天皇）を出産。（『本朝皇胤紹運録』）

寛永元年（元和十年。一六二四）　二十九歳

□十一月二十八日、和子が皇后に冊立。（『続史愚抄』ほか）

寛永二年（一六二五）　三十歳

○正月二十六日から三月一日まで、中院通村が後水尾天皇に『伊勢物語』を進講する。

『泰重卿記』正月二十六日条に「竹門・青門御参内。伊勢物語中院よみ被レ申候。聴聞仕候」とあり、『お湯殿の上の日記』二月十五・二十六・二十八日にも伊勢講釈の記事がある。また同三月一日条にも「いせ物かたりの御かうしやくあり。めうほうゐん殿。八の宮御かたなる。しやうれん院殿さんだいあり」とある。「竹門」は良恕法親王、「青門」は尊純法親王、「めうほうゐん（妙法院）」は堯然法親王、「八の宮」は良純法親王、「しゃうれん院（青蓮院）」は尊純法親王。日下幸男「中院通村の古典注釈」（みをつくし、一九八三年一月）も参照。

△三月、烏丸光広が『めざまし草』の跋文を記す。

『めざまし草』巻末に「于時寛永の初弥生の下の弦、徳峯老人洛陽のほとり草庵にしてしるし終りぬ」とあり、その後跋文が続き「寛永第二季春日　烏丸大納言光広」という日付・署名がある。『めざまし草』を光広作とすることについて現在では積極的に肯定する説は見られない。『めざまし草』の影印は『近世文学資料類従　仮名草子編11』に、翻刻は『近世国文学（第一輯）』（千歳書房、一九四二年）に備わる。

△七月、三条西実条『仮名遣近道』成る。

仮名遣について説明したのち、「仮名遣近道略歌」を挙げてある。

東北大学附属図書館狩野文庫・京都大学文学部国文学研究室蔵の二写本を知り得た。東北大本は外題・内題とも「仮字遣近道」、京大本は外題「仮名遣近道」、内題「仮字遣近道」。東北大本巻末には、

寛永二季

七月日　　実条 西三条殿 前右大臣

久脩侍従とのへ参

とあり、京大本にもほぼ同様の記載がある。さらに京大本には、次のような奥書がある。

右入道伝授之一巻必不可有他見被背此旨者可被蒙違誓約之罰者也仍如件

源公風謹誌之

寛政五癸丑季三月吉日　越智正芳謹誌之

寛政十二年歳次庚申夏四月晦以越智正方稲葉数馬之書写焉　蝦彦

○八月三日から二十七日まで、烏丸光広が後水尾天皇に『伊勢物語』を進講する。

『お湯殿の上の日記』八月三日条に「からす丸大なこんいせ物かたりの御かうしゃく御申あり。くはんはく殿。三の宮の御かた。たけのうち殿。しゃうれん院殿御さんたいあり」、同八月二十七日条に「御かうしゃくけふにてすみて。からす丸大なこんへ御あはせ三つ。ひしくい下さるゝ」とある。その間、七・十・十四・十七・二十・二十二日にも講釈の記事がある。「くはんはく」は近衛信尋、「三の宮」は好仁親王、「たけのうち（竹内）殿」は良恕法親王、「しゃうれん院（青蓮院）」は尊純法親王。大津有一『伊勢物語古註釈の研究』参照。

○九月四日から十一月一日まで、三条西実条が後水尾天皇に『伊勢物語』を進講する。

『お湯殿の上の日記』九月四日条に「いせ物かたりの御かうしゃくあり。三てう大納言申さるゝ。くはんはく殿。八の宮の御かた。しゃうれん院殿御さんたいあり」、同十一月一日条に「三てう大納言いせ物かたりの御かうしゃくけふまてにて。御ふく一かさね。御たかのとり下さるゝ。かたしけなきよし申さるゝ」とある。その間、九月十日、十月二十八日にも講釈の記事がある。「くはんはく」は近衛信尋、「八の宮」は良純法親王、「しゃうれん院（青蓮院）」は尊純法親王。

○十一・十二月、智仁親王から後水尾天皇への古今伝授あり。

古今集講釈・切紙伝授・誓紙提出などが行なわれた。講釈の際には阿野実顕が次の間で聴聞している。また、後水尾天皇の和歌三十首の添削も行なわれた（『後水尾院御集』所収）。なお、小高道子「御所伝受の成立について―智仁親王から後水尾天皇への古今伝受―」（近世文芸、一九八二年五月）に詳しい。また、いわゆる御所伝授に関しては、小高道子「御所伝受の成立と展開」（『近世堂上和歌論集』）をはじめとする一連の小高論文が詳しく論じている。

寛永三年（一六二六）　三十一歳

△三月十日、昌琢亭にて山何百韻の連歌あり。（国会図書館蔵『連歌合集』第五十七冊ほか）

和中文庫蔵『明応二年三月九日宗祇快勝等何人百韵他』（国文学研究資料館マイクロフィルム紙焼き本D七六六）には「古今竟宴於昌琢亭興行」とある。後水尾院から里村昌琢への伝授。発句「開くより花の香深し家の風」。

○九月六日から十日まで、二条城へ後水尾天皇が行幸。八日、和歌御会。題「竹契遐年」。

この時の記録は多数残っているが、刊本としては『寛永行幸記』（川瀬一馬『増補古活字版之研究』一九六七年に詳しい）があり、また写本の翻刻としては、日下幸男「寛永御即位略記」（みをつくし、一九八六年七月）がある。

内閣文庫蔵『近代御会和歌集』から、主要な人物の詠を列挙する。

もろこしの鳥もすむべしくれ竹のすぐなる世こそかぎりしられね　後水尾院

呉竹の万代までと契るをあふぐにあかぬ君が行幸を　徳川秀忠

行幸する我大君は千代ふべき千尋の竹をためしとぞおもふ　徳川家光

幾千世ちぎりおくらしくれ竹の世々にこへたる行幸待ゑて　智仁親王

千々の秋老せぬやどの呉竹に君こそ契れ大和ことの葉　三条西実条

天下ときはのかげになびかせて君は千代ませ宿のくれ竹　烏丸光広

いく度に行幸まちみむ呉竹の末の世長き秋にかはらで　中院通村

なお、熊倉功夫『後水尾院』参照。

○十二月、中院通村が後水尾天皇に『源氏物語』を講釈する。（『中院通村日記』）

日下幸男「中院通村の古典注釈」（みをつくし、一九八三年一月）参照。

寛永四年（一六二七）　三十二歳

△七月十九日、幕府は、禅僧で元和元年以後に紫衣勅許を受けたものに対し取り消し処分にするなど、五ケ条の制禁を出す（『徳川実紀』ほか）。

いわゆる「紫衣事件」の発端である。朝廷の寺社に対する権限を弱めようとした幕府の動きの一環。

寛永五年（一六二八）　三十三歳

○四月十六日、東照権現祭礼。『東照宮十三回忌法華廿八品和歌』成る。

徳川家康の十三回忌に堂上歌人二十八名が各一首を詠じたもの。二十八名とは、後水尾天皇、智仁親王、貞清親王、好仁親王、九条幸家、良恕法親王、尊性法親王、堯然法親王、良純法親王、道晃法親王、尊純法親王、三条西実条、日野資勝、烏丸光広、広橋綱《（総）》光、四辻季継、阿野実顕、日野光慶、中院通村、広橋兼賢、柳原業光、水無瀬氏成、西洞院時慶・時直、高倉永慶、難波宗勝、烏丸光賢、近衛信尋。翻刻は『釈教歌詠全集』第四巻に備わる（底本神宮文庫蔵写本）。『後水尾院御集』雑々には、

　　東照権現十三回忌につかはさる心経のつつみ紙に

ほととぎす鳴くは昔のとばかりやけふの御法を空にそふらし

梓弓八島の浪ををさめおきて今はたおなじ世を守るらし

とある。

寛永六年（一六二九）　三十四歳

△四月一日、烏丸光広が『法華経』を三嶋大社に奉納した。「三嶋明神に法華経を納奉る和歌序」成る。

『扶桑拾葉集』下所収。本文中にある「いのるより水せきとめよ天河これも三嶋の神のめぐみと」（慶長十八年八月二十七日詠）は、かなり有名な一首であった（大谷俊太「烏丸光広論序説」『国語国文』一九八六年六月）。なお、小松茂美『烏丸光広』（小学館、一九八二年）も参照。

△四月七日、智仁親王没、五十一歳。（『本朝皇胤紹運録』）

良恕法親王「式部卿智仁親王をいためる和歌序」、烏丸光広「式部卿智仁親王をいたみ奉る和歌序」、阿野実顕「式部卿智仁親王をいためる和歌序」が『扶桑拾葉集』下に収録されている。

○八月二十日、定家祥月祥忌日。後水尾天皇の与えた題で烏丸光広・中院通村が歌を詠む。

『玉露藁』に「寛永六年八月廿日、中院亜相、烏丸亜相侍ス、今日小倉黄門祥月祥忌日也、勧和歌陪臣各々勅題ス」として、「中院亜相」（通村）「烏丸亜相」（光広）の歌各一首が載る。

○九月二十三日、後水尾天皇が烏丸光広・中院通村に「鵼鵺」について答える。

『玉露藁』に、

同年九月廿三日、烏丸亜相参ル、旧本之和名集二冊携之、同本異冊也、其中ニ唐韻ヲ引て、鵼音空漢語抄云沼江 怪鳥也、鵺を以鵼と同名とすと有、此鵼并鵺を以怪鳥として置り、又別ニ鵺鳥有、何れか是何れか非なるやと、

とあり、「鵼鵺」に関する後水尾院の説が記されている。

□十一月八日、後水尾天皇が第一皇女興子内親王（明正天皇）に譲位。（『本朝皇胤紹運録』）一首詠。

譲位の理由・経過については、辻善之助『日本仏教史』第八巻（岩波書店、一九六一年）、熊倉功夫『後水尾院』に詳しい。元和元年『禁中並公家諸法度』制定により幕府からの圧力が強化されたことや、寛永四年紫衣事件、寛永六年春日局拝謁事件などにより、少しずつ蓄積された天皇の不満が爆発した結果とされる。こののち半世紀にわ

たって院政が行なわれた。

『後水尾院御集拾遺』には、

御位ゆづらせたまへるとき

思ふ事なきだに背く世の中にあはれ捨てても をしからぬ身を

とある。

△十一月下旬、阿野実顕が『古今和歌集』を書写する。

宮内庁書陵部蔵『古今和歌集』（五一〇・三五）巻末には貞応二年・慶長十八年奥書（烏丸光広）ののち、次のような実顕の奥書がある。

此古今和歌集者以幽斎翁筆痕字様不違一畫所謄写也李部智仁親王思而不企吁既薨矣嗣君智忠親王令人而速終其志可謂至孝也予於是于再于三加考訂而已

寛永第六十一月下浣　　権中納言実顕（花押）

寛永七年（一六三〇）　三十五歳

△七月三日、中和門院前子（後水尾院母）没、五十三歳。（『続史愚抄』ほか）

△九月十二日、明正天皇即位。（『本朝皇胤紹運録』）

△九月十三日、中院通村が武家伝奏を罷免された。（『東武実録』）

『徳川実紀』九月十四日条に、

中院大納言通村卿、年頃武家の伝奏たりといへども、つかふまつりざま両御所の御心にかなはず、よて別人に命ぜらるべし。（中略）中院（中御門カ）、阿野の両納言大に驚き、崇伝をかたはらによび、通村武家の御旨にかなはざる子細、何様の事にや、ひそかに承りたしとありしが、崇伝も両御所の盛慮、いかで愚僧等がはかるべき、たゞし二条城行幸のころのはからひ様よりして、通村とにかくにものあらく、細密ならぬよし伝へ承れば、もしさることにやと申けるが、その夜にいり何事も武家次第たるべき旨、院の御けしきありとぞ伝へらる。

とある。通村罷免の主たる理由は、前年十一月八日後水尾院の譲位の際、事前にその事を知りながら幕府に注進しなかったとの疑いを持たれたためであろう。しかし、右の記事からもわかるように、幕府側には寛永三年の二条城行幸の頃からあまり良い感情を持たれていなかったようで、罷免の遠因はこのあたりにあるのかもしれない。なお、本書第一部第一章第一節四参照。

寛永八年（一六三一）　三十六歳

○正月二十八日、後水尾院の命により、毎月二十四日に月次歌会を行なうよう通達がなされた。（『涼源院殿御記』）

『古典文庫　烏丸資慶家集』下解題（高梨素子）参照。

□九月二十五日、烏丸光広と中院通村が、聖廟御法楽和歌御会の後水尾院の和歌を添削する。

宮内庁書陵部蔵『聖廟御法楽和歌』に題「深山鹿」の後水尾院歌五首についての光広・通村の添削・評が載る。

□十一月二十五日、烏丸光広と中院通村が、聖廟御法楽和歌御会の後水尾院の和歌を添削する。

宮内庁書陵部蔵『聖廟御法楽和歌』に題「惜別恋」の後水尾院歌五首についての光広・通村の添削・評が載る。

□『後水尾院御製詩集』にはこの年から寛永十二年までの漢詩が収録されている。

内閣文庫蔵『後水尾院御製詩集』（『続々群書類従』十三に翻刻）が七絶三十三首、『列聖全集』はその三十三首に加えて「梅柳争春」「賦七夕喜晴」「除夜」の七絶三首を載せる。無窮会図書館神習文庫蔵『後水尾院御集』によって右の三十三首中、二十九首の成立年次がわかる。その内訳は、寛永八年十二首、同九年七首、同十年六首、同十一・十二年各二首となる。和田英松『皇室御撰之研究』は、『後水尾院御製絶句』と題して寛永七年から同十一年までの作品を収める書を紹介する。

□この年、一絲文守が後水尾院に法要を説く。

『仏頂国師語録』所蔵の「仏頂国師年譜」同年条に「太上皇召問法要奏対契旨大加嘆賞」とある。一絲文守が後水尾院の知遇を得たのは近衛信尋を介してである(『本朝高僧伝』巻四十五)。これ以後、後水尾院と一絲文守の交流が始まる。一絲の出生が久我家であり、俗兄の岩倉具起が後水尾院の側近にあって、両者の間柄には近しいものがあったろう。

以下、文学的事績以外の両者の交流を列挙する(いずれも「仏頂国師年譜」による)。

(ア)寛永十一年春、烏丸光広が桐江庵を建て、一絲を迎えた。後水尾院も千箇田の荘田を寄進した。

(イ)同十二年、後水尾院が一絲に梵鐘を与える。

(ウ)同十五年六月、一絲の病気に対し、後水尾院が医官を遣した。

(エ)同年八月、後水尾院が京都西賀茂に霊源庵を創建し、同年十一月一絲に入庵を促す。

(オ)正保元年、後水尾院が釈迦文仏飲光慶喜三尊像を与える。

(カ)同二年、後水尾院が医官に命じて薬を与える。

また、古田紹欽『日本の禅思想』(春秋社、一九六六年。『著作集』第三巻)、『季刊・禅文化』一九八一年七月一絲文守特集号、上村観光「仏頂国師一絲文守」(『禅林文芸史譚』大鐙閣、一九一九年)なども参照。なお、寛永十七年、同十九年十月、正保元年八月、正保三年三月十九日条参照。

寛永九年(一六三二)　三十七歳

○三月、水無瀬氏成が後鳥羽院隠岐墳墓へ参り、後水尾院の和歌を納める。

『続史愚抄』同月条に「水無瀬前中納言氏成、参二後鳥羽院隠岐御墳墓一（或作去月、廿二日）此序院被レ納二御製和歌一（二十首）、又自二公家一被レ献二御剣馬等一」とある。寛永十五年二月二十二日条参照。

寛永十年（一六三三）　三十八歳

○春、後水尾院が烏丸光広・中院通村に『万葉集』の語について教示する。

『玉露藁』に、

同十年春、両卿ニ授与する所の名目

九白コシロ　九百の事なり
三千年桃　みちゞばな
香具山　かぐやま
香来山　かぐやま
夕端山　ゆふべやま

右万葉によめる

とある。「両卿」は光広と通村。

○春、後水尾院が尭然法親王・烏丸光広・中院通村に『源氏物語』などの語について教示する。

『玉露藁』に、

同年の春、妙法院并両卿参ル刻、授与せり、黙言じ゜ゝま責怨恨せめき政事《まつりごち》、右源氏ニ書リ、輝照てごら沍ひちて和歌《やまぁとうた》あハ上声ニよむ、すきか゜てなどのかはすみてよむ事也、難き心也（三人ともに退出）

とある。

□八月二十五日、烏丸光広と中院通村が、聖廟法楽和歌御会の後水尾院の和歌を添削する。

宮内庁書陵部蔵『聖廟御法楽和歌』に題「寄秋枕恋」の後水尾院歌二首についての添削・評が載る。

△九月、徳川和子皇女出産。女院御所にて烏丸光広が『伊勢物語』を講釈する。

大津有一『伊勢物語古註釈の研究』参照。

○秋、後水尾院が「そが菊」について中院通村・烏丸光広に答える。

『玉露藁』に「同十年秋、両卿参ル、そが菊の事をとへり」として、「そが菊」に関する後水尾院の説が記されている。「両卿」は通村と光広。

△十月、烏丸光広「石清水法楽百首」成る。巻頭は、

立春

鳥の声花のにほひをことのはの種とやけさの春は立らん

である。『黄葉和歌集』巻一にも所収。単独の写本としては京都大学文学部古文書室蔵『石清水法楽百首』を知り得た。奥書に、

寛永十七年九月十一日　　小槻紀学書之

とある。

寛永十一年（一六三四）　三十九歳

△七月、徳川家光上洛。（『続史愚抄』ほか）

△八月、沢庵宗彭が参内する。

『東海和尚紀年録』同月条に「上皇召レ師、師入ニ仙宮一玄談」とある。同寛永四年条に「帝召レ師、師辞而不レ朝又入ニ但山一」とあり、この時は断っている。

寛永十二年（一六三五）　四十歳

△二月六日、烏丸光広が二条康道らと江戸へ下向する。「春の曙の記」成る。

『扶桑拾葉集』下に収録されている。また、寛文八年、天和三年、元禄六年に刊行されている。

◦寛文八年刊本（神宮文庫蔵本）

装幀　大本、一巻一冊、袋綴。表紙　薄茶色。縦二六・一×横一六・八糎。外題　刷題簽左肩「春の明ほの光広卿」（双辺）。内題「春の明ほのの記」（巻首題）。匡郭　ナシ。柱刻　丁数のみ。行数　一面九行書。丁数　全十三丁。刊記「寛文八年戊申仲春日／田村五郎右衛門板」。印記「林崎文庫」「智秀」。

〈他に寛文八年刊本は、加賀市立図書館聖藩文庫蔵本がある。〉

◦天和三年刊本（静嘉堂文庫蔵本）

装幀　半紙本、二巻一冊、袋綴。表紙　砥粉色。縦二三・二×横一五・九糎。外題　書題簽左肩「春のあけほのゝ記」（無辺）。内題「春のあけほのゝ記」（巻首題）。匡郭　ナシ。柱刻「あけほのゝ記（巻数・丁数）」。行数　一面九行書。丁数　全十九丁。刊記「天和三癸亥八月吉旦　参河屋開板」。印記「奥村文庫」ほか。

◦元禄六年刊本（東北大学附属図書館狩野文庫蔵本）

装幀　半紙本、二巻二冊、袋綴。表紙　紺色地に布目文様。縦二三・〇糎×横一六・五糎。外題　刷題簽中央「烏丸光広卿道の記上（下）」（双辺）。内題「春のあけほのゝ記」（巻首題）。匡郭　ナシ。柱刻「あけほのゝ記（巻数・丁数）」。行数　一面九行書。丁数　全十九丁。刊記「元禄六年丙正月日　須原茂兵衛開板」。印記

「荒井泰治氏寄附金ヲ以テ購入セル文学博士狩野亨吉氏旧蔵書」「渡部文庫珍蔵書印」「東北帝国大学図書印」。
〈他に元禄六年刊本は、筑波大学附属図書館・国会図書館・刈谷市中央図書館蔵本などがある。〉

□八月中旬、江戸に幽閉された中院通村に対して後水尾院が和歌五首を遣す。

『後水尾院御集』雑々に、

八月中旬の比、中院大納言武家の勘当の事ありて、武州にある比つかはさる

思ふより月日経にけりひとひだにみぬはおほくの秋にやはあらぬ

秋風に袂の露も故郷をしのぶもぢずりみだれてやおもふ

いかに又秋の夕をながむらんうきは数そふたびのやどりに

見る人の心の秋にむさし野もをばすて山の月やすむらん

何事もみなよくなりぬとばかりを此秋風にはやも告げこせ

とある。土肥経平『風のしがらみ』中にも所収。

△十月一日、江戸に幽閉されていた中院通村が赦免される。

『徳川実紀』同日条に、

中院大納言通村卿并息宰相通純卿拝謁せらる。これは故ありてしばらく籠居の所。大僧正天海聞えあぐる旨ありて。御ゆるし蒙りしとぞ。

とある。なお、寛永七年九月十四日、同十二年八月中旬条参照。

寛永十三年（一六三六）　四十一歳

△三月二十一日、水無瀬氏成が日光へ旅立つ。この旅行で「日光山路行記」成る。

冒頭に、

寛永十三年三月廿一日日光山へ参向せしに人々会坂にて別し時　氏成

名残ある身をなぐさめて思へなをわかれてこそは相坂の山

とあり、以下八十八首及び発句一が載る。本文は祐徳稲荷神社中川文庫蔵『桑弧』四所収。八十九首のうち「富士五十首」あり。自筆巻子本が天理図書館に存する。また、この五十首を収録する『水無瀬殿富士百首』が文政二年に刊行される。ここでは神宮文庫蔵刊本の書誌を記す。

装幀　半紙本、一巻一冊、袋綴。表紙　水色、縦二二・八×横一六・一糎。外題　刷題簽中央「水無瀬殿富士百首」（単辺）。内題「水無瀬殿富士百首」（扉題）。匡郭　天地ノミ。柱刻　ナシ。行数　一面十行書。丁数　八丁。序　文政二年正月清水浜臣。刊記　ナシ。印記「宮崎文庫」「神宮文庫」。

なお、刈谷市中央図書館村上文庫蔵刊本は巻末に書肆英平吉の広告十三丁分が載る。

○五月十三日から十五日まで、仙洞和漢千句興行あり。（国会図書館蔵『連歌合集』第三十冊ほか）出席者は、近衛信尋、阿野実顕、後水尾院、滋野井季吉、勧修寺経広、園基音、昕叔顕晫、高倉（藪）嗣良、俊甫光勝、岩倉具起、土御門泰重、鳳林承章、九岩中達、棠陰玄召、雪岑梵崟および梅渓季通・野宮定逸（執筆）である。田中隆裕「後水尾院の連歌活動について」（『連歌研究の展開』勉誠社、一九八五年）参照。

○十月二十日、当座百首の和歌御会あり。

『後水尾院御集』にはこの時の八首が収められている。また、内閣文庫蔵『近代御会和歌集』には百首すべてが収められている。出席者は、後水尾院のほか堯然法親王、水無瀬氏成、中院通村、滋野井季吉、今城為尚、近衛信尋、飛鳥井雅宣（難波宗勝）、中院通純、七条隆脩。

△十月、後水尾院の命により、林羅山らが『律令』を書写・校合する。

『寛政重修諸家譜』巻四百六十四の星合具枚の項に、

（寛永）十年十二月二十日御書物奉行にうつり、十三年仙洞御所より律令の書をもとめたまふにより、松平伊豆守信綱仰をうけたまはり、十月鎌倉の建長寺円覚寺の西堂をよび僧徒二十余人を江戸の海禅寺に招きて、金沢文庫の律令を書写せしめ、林道春林永喜これを校合す。

とある。大田南畝『一話一言』巻三十五にも同様の記事が載る。

○十一月十六日、当座二百首の和歌御会あり。

『後水尾院御集』にはこの時の十首が収められている。また、内閣文庫蔵『近代御会和歌集』には二百首すべてが収められている。出席者は、後水尾院のほか道晃法親王、水無瀬氏成、阿野公業、尊純法親王、七条隆脩、姉小路公景、良純法親王、中院通純、西園寺実晴、近衛信尋、中院通村、飛鳥井雅宣（難波宗勝）、山本勝忠、高倉永慶、六条有純、白川雅陳、下冷泉為景。

□この年、後水尾院が三浦為春『あだ物語』を読み、感動する。

『寛政重修諸家譜』巻五百三十、三浦為春の項に、

為春かつて和歌をたしなみ仏学に長ぜり。ひとゝせ女のためにあだ物語二巻をつくる。大覚寺の宮空性法親王号随庵これを後水尾院の叡覧に備へらるゝのところ御感ありしかば其故をしるして跋をそへられ、また烏丸大納言光広其後へに筆をくはへて跋をつくる。

とある。国会図書館蔵寛永十七年刊本『あだ物語』（屋代弘賢旧蔵本）には弘賢写になる空性法親王及び烏丸光広跋（「寛永十あまりみつの年霜ふり月はしめの酉日」）がある（『近世文学資料類従　仮名草子編14』渡辺守邦解題）。

また『扶桑拾葉集』下には光広の「あだ物語跋」が収められている。

寛永十四年（一六三七）　四十二歳

○三月三日から五月十四日まで、後水尾院の着到百首和歌がある。

巻頭は、

立春

梓弓やまとの国はおしなべてをさまる道に春やきぬらん

である。『後水尾院御集』に収められているほか、単独の写本も伝わる。そのうち、早稲田大学図書館蔵『後水尾院百首』には貞享四年・正徳三年の奥書があり、前者は、

此御制（ママ）秘可書世雖稀従宮御所被下写畢

貞享四丁卯仲夏

とある。また、烏丸光広・中院通村・平松時庸も同じ時期に百首を詠んでいる。光広の『黄葉和歌集』には「院御着到百首寛永十四年」として、この時の百首が載るほか、単独の写本として東京都立中央図書館加賀文庫蔵『御着到百首』、学習院大学文学部国文学研究室蔵『烏丸光広百首』、京都大学文学部古文書室蔵『光広卿御詠草』などが伝わる。通村家集『後十輪院集』には「寛永十四　仙洞着到御百首」という詠作年次が付されている歌が散見される。また、京都大学附属図書館蔵『於仙洞御着到百首』は、平松時庸の百首である。三条西実条にもほぼ同題の百首あり。この時のものか（『古典文庫　中世百首歌』七）。

寛永十五年（一六三八）　四十三歳

○二月二十二日、後鳥羽院四百年忌。追善三十首の歌会あり。

『新日本古典文学大系　近世歌文集上』が「後鳥羽院四百年忌御会」を翻刻する。氏成の「後鳥羽天皇四百年御忌御廟参詣記」が『扶桑拾葉集』下に収録されているほか、「隠岐記」として大田南畝『一話一言』巻三にも収録されている（『新大系』も翻刻）。本書第一部第二章二および芦田耕一「村上助九郎氏所蔵『和歌』」（山陰地域研究、一九九一年七月）参照。

△七月十三日、烏丸光広没、六十歳。（『公卿補任』）

光広の人生については小松茂美『烏丸光広』（小学館、一九八二年）、高梨素子「烏丸光広年表稿」（研究と資料、一九八九年七月～九二年七月）など参照。

□九月九日、沢庵宗彭が参内、数日後、後水尾院に『原人論』を進講する。

『東海和尚紀年録』同日条に、

師侍二仙院一而賀二佳節一祝二聖躬一、又召二別殿一玄談、越数日上皇召レ師講二原人論一、甚契二聖旨一忝賜二皇朝類苑一部及青磁香炉紫石硯一

とある。こののち後水尾院が沢庵に国師の号を与えようとしたところ、むしろ徹翁義亨に国師号を与えるよう沢庵が請願し、受け入れられた。

寛永十六年（一六三九）　四十四歳

□三月、後水尾院が徳川家光に一首を遣す。『後水尾院御集』雑々に、右のようにある。

かしはの葉のかたしたる石を将軍家光公につかはさるるとて

色にこそあらはれずとも玉がしはかふるにあかぬ心とはみよ

□七月七日、後水尾院詠「七夕七首」成る。

『後水尾院御集』所収。
□九月九日、後水尾院詠「重陽九首」成る。
　『後水尾院御集』所収。
○十月五日、歌合御会あり。
　三十六番。題は一～十二番が「冬天象」、十三～二十四番が「冬地儀」、二十五～三十六番が「冬植物」である。出席者は女房（後水尾院）、貞清親王、智忠親王、近衛信尋、良恕法親王、尭然法親王、九条道房、三条西実条、中院通村、西園寺実晴、阿野実顕、飛鳥井雅宣（難波宗勝）、園基音、勧修寺経広、中院通純、水無瀬氏成、平松時庸、白川雅陳、飛鳥井雅章、阿野公業、岩倉具起、三条西実教、下冷泉為景、竹内俊治の二十四名。判者は実条。歌合の経過を記録した『歌合記』が宮内庁書陵部に存する。「中世最末に位置する注意すべき歌合」（井上宗雄『中世歌壇史の研究　室町後期』明治書院、一九七二年、改訂新版、一九八七年）。

　寛永十八年に風月宗智から刊行されてもいる。二年後という短期間に刊行されたのは、「後水尾院の承諾のもと」「この歌合の成功を版本という新しい書物の形式で世に送り出して祝した」のであろう（市古夏生「類題集の出版と堂上和歌」『近世堂上和歌論集』）。版本は、東北大学附属図書館狩野文庫、宮内庁書陵部、刈谷市中央図書館村上文庫各蔵本などがある。ここでは東北大本の書誌を記す。

　装幀　大本一冊、袋綴。表紙　紺色地で雷文繋ぎに蓮華唐草。縦二七・〇×横一七・七糎。外題　書題簽中央「仙洞卅六番（仙洞御所歌合）」（無辺）。内題　「仙洞卅六番歌合」。匡郭　ナシ。柱刻　「歌合　一（～十九終）」。行数　一面十行書。丁数　十九丁。刊記　「寛永十八辛巳陽月吉辰　二条通観音町風月宗智刊行」。印記　「荒井泰治氏ノ寄附金ヲ以テ購入セル文学博士狩野亨吉氏旧蔵書」「氷室図書」「東北帝国大学図書印」。

書陵部本も右と同じ刊記を有し、表紙が灰色地の改装表紙で書題簽「仙洞三十六番歌合寛永時代」とある以外は東北大本と同じ体裁である。刈谷本は無刊記。

写本も多数あり、そのうち彰考館蔵本には、

右寛永十六年仙洞歌合寛政四年正月以相馬侯士人宇佗氏本比校未書了

との奥書がある。なお、『未刊国文資料　中世歌合集と研究続』、『古典文庫　仮名題句題和歌抄』に翻刻が備わる。

市古夏生「冷泉為景年譜稿(上)」(お茶の水女子大学人文科学紀要、一九九三年)も参照。

△十一月二十日、西洞院時慶没、八十八歳。(『公卿補任』)

寛永十七年（一六四〇）　四十五歳

△十月九日、三条西実条没、六十六歳。(『公卿補任』)

□この年、一絲文守が後水尾院に「山偈十篇」を進献したのに対し、後水尾院が「御和之御製」を添える。

『後水尾院御集』雑々に、

山陰道のかたはらに世捨人有り、白茅を結びてすめる事十とせばかりに成りぬ、かの庵に銘して桐江といふ、三公もかへざる江山をのぞみては詩情のたすけとなし、一鳥なかざる岑寂をあまなひては禅定を修し、すでに詩熟し禅熟せり、ここに十篇の金玉をつらねて投贈せらる、幽賞やまず翫味あくことなきあまりに、韻をけがしつたなき言葉をつづりて是にむくふといふ、愧赧はなはだしきものならし

と詞書があって、後水尾院の和歌十首が載る。一絲の詩の方は後水尾院に知られて京都に出なくてはならなくなったり、山居を訪問される煩しさを慨嘆している（古田紹欽『日本の禅思想』春秋社、一九六六年。『著作集』第三巻にも所収）。『仏頂国師語録』『風のしがらみ』下にも所収。翻刻は倉光大愚編『一絲文守遺墨集』にも備わる。

なお、寛永八年条、本書第一部第三章四参照。

寛永十八年（一六四一）　四十六歳

●十月、『仙洞三十六番歌合』刊。

寛永十六年十月五日条参照。

△この年、飛鳥井雅章が『飛鳥井家秘伝集』の書写を許可する。

詠歌の際の心得を説いたもの。写本は宮内庁書陵部・東京大学総合図書館蔵本など。書陵部本は外題・内題とも「飛鳥井家秘伝集」、東大本は外題・内題とも「飛鳥井秘伝集」。書陵部奥書に、

右一帖者大樹飛鳥井家江被仰出注之上覧抄物也尤以可為秘説者也聊不可他見而已右従三位雅章卿江数年望申

寛永十八辛巳於武州江戸写之

とあり、東大本にもほぼ同様の奥書がある。「大樹」は徳川家光。

寛永十九年（一六四二）　四十七歳

□十月、後水尾院が三則の公案を和歌に詠み、一絲文守に与える。（『仏頂国師語録』所収「仏頂国師年譜」。『後水尾院御集』、『風のしがらみ』下）

寛永二十年（一六四三）　四十八歳

△九月十二日、藤原惺窩二十五回忌あり。

市古夏生「冷泉為景とその周辺」（近世文芸、一九七九年三月）参照。

△九月二十七日、紹仁親王元服、十月二十一日、即位（後光明天皇）。（『本朝皇胤紹運録』『続史愚抄』）

この元服については、のち『親王御元服次第』としてまとめられる。和田英松『皇室御撰之研究』参照。

正保元年（寛永二十一年。一六四四）　四十九歳

□八月、後水尾院が「御硯の御製」を一絲文守に与える。

『後水尾院御集』雑々に、

硯の命は世をもてかぞへしるとかや、人の世のさしもみじかきにかへまほしきことよ、故院の常に御手ふれしものをと思へば、崩御の後は座右に置き、朝夕もてならして、いつしか廿年余り七とせになりぬ、今はとて永源寺の住持にゆづりあたへてかのてらの具となさしむ、おのづから経陀羅尼書写の功をつまば、などか結縁にならざらんやとてなん

海はあれど君が御影をみるめなき硯の水のあはれ悲しき

我が後は硯の箱のふたよまでとりつたへてしかたみともみよ

とある。「故院」は後陽成院。「永源寺の住持」は一絲文守。『風のしがらみ』中にも所収。翻刻は『列聖全集』御撰集第一巻、『一絲文守遺墨集』に備わる。

正保三年（一六四六）　五十一歳

△三月十九日、一絲文守没、三十九歳。（『仏頂国師語録』所収「仏頂国師年譜」）

●三月、後水尾院著『胡蝶物語（花づくし）』刊。

寛永八年条参照。

親孝行で母に尽くした胡蝶という人物が、母の死後、世をはかなみ出家したところ、かつて植えた花の精たちがやって来て教化を授かる、という粗筋。和田英松『皇室御撰之研究』は、「これを以て、世のはかなき事、仏道修

行に志すべき事などを示し給へり」と言う。

東京大学文学部国文学研究室蔵刊本の書誌を以下に記す。

装幀　大本、一巻一冊、袋綴。表紙　紺色紙に銀泥草木文様。縦二五・八糎×横一七・五糎。外題　書題簽中央「花つくし　全」（無辺）。内題「花つくし」（巻首題）。匡郭　画にのみあり。柱刻「花　一（～廿五）」。行数一面十行書。丁数　二十五丁。画　六面。刊記「正保参年三月吉日／杉田勘兵衛尉開板」。印記「水谷文庫」「東京帝国大学図書印」。

また、慶応義塾図書館は無刊記。書誌を以下に記す。

装幀　中本、一巻一冊、袋綴。表紙　黒色地に紗綾形文様。縦十九・一×横十三・五糎。外題　ナシ。内題「花つくし」（柱題）。匡郭　四周単辺、縦十六・二×横一一・八糎。柱刻「花つくし　一（～二十）」。行数　十四行書。画　十面。丁数　十七丁。刊記　ナシ。印記「慶応義塾図書館蔵」。

慶応義塾図書館蔵写本外題、賀茂別雷神社三手文庫（泉亭本）蔵写本外題・奥書に「後水尾院御製」との記述がある。『列聖全集』御撰集第一巻に翻刻が備わる（底本国会図書館蔵本）ほか、英語訳が付されている明治聖徳記念学会編『胡蝶』（金尾文淵堂、一九二二年）がある。

正保四年（一六四七）　五十二歳

△五月二十六日、下冷泉家再興。

市古夏生「冷泉為景とその周辺」（近世文芸、一九七九年三月）参照。

△冬、中院通村・林羅山共編『詩歌仙』成る。

『羅山林先生集』附年譜同年条に、

今年、中院内府源通村、在レ府有レ日矣。先生訪レ之、談二本朝歌人唐宋詩人対偶之事一。及二其帰レ京、有二贈答詩歌一。先レ是、摂家・親王・諸門跡・伝奏・昵近之公卿来レ府者、無レ不レ通レ交。此後、以二其年齢漸高一、故世情稍疎。而朔望之外、不レ召則不二肯登一。

とある。文中「贈答詩歌」は『羅山詩集』巻四十三所収「奉レ呈二中院内府一」などと題する七絶二首と『後十輪院内府集』所収一首を指す。そのうち一首には「正保四年十月」、他一首には「正保四年」の注記がある。

国会図書館蔵刊本の書誌を以下に記す。

装幀　大本、一巻一冊、袋綴。表紙　丁字茶色。縦二七・〇×横一七・七糎。外題　書題簽左肩「詩歌仙　全」（単辺）。内題「詩歌仙／後十輪院内府通村卿／夕顔巷道春叟／同選／半林氏守清甫書」。匡郭　四周双辺、縦一九・九×横一三・七糎。柱刻「詩歌仙　乙（～三十一）」。丁数　三十一丁。奥書「唐宋詩人三十人本朝歌仙三十人配対各載秀逸者一首　羅山子」。刊記「寛文八戊申歳六月吉旦／室町通鯉山町／小嶋弥左衛門梓行」。印記「国立国会図書館蔵書」。

また、内閣文庫蔵写本奥書に、

右一冊依松平式部大輔忠次之求而所択出也倭歌者与中院内府通村是議以定之　夕顔巷叟

とある。「松平式部大輔忠次」は、榊原忠次。『武家百人一首』を撰し、羅山と親交があった（拙稿「林羅山と武家の関係について」『解釈』一九八六年三月）。なお、拙稿「『詩仙』『武仙』『儒仙』」（書誌学月報、一九八六年四月）も参照。

慶安元年（正保五年。一六四八）　五十三歳

□四月十七日、東照宮三十三回忌。後水尾院が「蜘手の御製」を東照宮に奉納する。

『後水尾院御集』雑々に「東照宮三十三回の遠忌をむかへられて、彼社に奉納せしめ給ふ御歌」として載る。『列聖全集』の本文には、「慶安元年四月十七日」と注記がある。

□九月十三日、後水尾院詠「九月十三夜」以下十三首成る。

『後水尾院御集』『風のしがらみ』上所収。

慶安二年（一六四九）　五十四歳

□六月二十五日、聖廟御法楽和歌御会において、後水尾院詠「雲外郭公」以下十首成る。

『後水尾院御集』所収。

△十月十一日、近衛信尋没、五十一歳。（『公卿補任』）

慶安三年（一六五〇）　五十五歳

△九月七日、中院通村著『歌書之大事（通村公抄）』成る。

詠歌の作法書。東京都立中央図書館（特別買上文庫）・刈谷市中央図書館蔵本がある。中央本は外題「通村公抄」、内題「歌書之大事」、奥書に、

右冷泉家之秘極大事種々依懇望相伝之全不可覃他見

慶安三九月七日　　中院正二位通村記

とあり、続いて元禄十五年仁木充長の奥書がある。刈谷本は『蓬廬雑鈔』第十八冊所収、内題「歌書之大事」。中央本とほぼ同様の通村奥書を有する。

△十二月、中院通村著「宇治興聖禅寺記」成る。

『扶桑拾葉集』下所収。巻末に「時に慶安三の年冬十二月これを記す」とある。

慶安四年（一六五一）　五十六歳

□四月二十日、徳川家光没。後水尾院が東福門院に追悼和歌五首を遺す。

『後水尾院御集』雑々に、「将軍家光公薨去の時女院御方へつかはさる」として、

あかなくにまだき卯月のはつかにも雲がくれにし影をしぞ思ふ

ほか四首が載る。

□五月六日、後水尾院落飾。法諱、円浄。（『本朝皇胤紹運録』）

『続史愚抄』同日条に「戒師相国寺中悼《（ママ）》長老慈照院、奉行蔵人頭右大弁俊広朝臣」とある。「中悼長老」は昕叔顕晫、「俊広」は坊城俊広。林羅山「仙洞祝髪」あり（内閣文庫蔵『羅山林先生別集』）。

□七月二日、後水尾院が智忠親王の和歌六十首を添削する。

宮内庁書陵部蔵『智忠親王詠草短冊集』は全八丁に六十二枚の短冊が貼付されており、一枚目「慶安四年七月二日於桂未刻」、二枚目「慶安四年七月二日於桂亭未刻始之同下刻詠終」とある。三枚目から六十二枚目までには、各一首ずつ歌が記されている。

△九月十二日、藤原惺窩三十三回忌あり。

市古夏生「冷泉為景とその周辺」（近世文芸、一九七九年三月）参照。

△十一月二十五日、良仁親王（のちの後西天皇）元服。（『本朝皇胤紹運録』）

この時の次第については、『御元服次第』としてまとめられる。和田英松『皇室御撰之研究』参照。

承応元年（慶安五年。一六五二）　五十七歳

□正月一日、後水尾院詠「処々立春」以下十首成る。

『後水尾院御集』所収。

○二月から十二月まで、中院通村指導による稽古和歌会がある。

内閣文庫蔵『近代御会和歌集』および岡山大学附属図書館池田家文庫蔵『慶安五年仙洞御月次和歌』によると、二月四日および三月から十二月までの各月の十日に行なわれた。主な出席者は道晃法親王・近衛尚嗣・三条公富・藪嗣孝・日野弘資・烏丸資慶・白川雅喬の七名。智忠親王・飛鳥井雅章・藤谷為条は二月四日のみ。

通村没年前後から古今伝授にかけての稽古会を見ていくと、指導力を発揮していた通村の没後、後水尾院がその指導的役割を継承していく過程がよく窺える。本書第一部第一章第一節二・四参照。

△三月十五日、下冷泉為景没、四十一歳。（『公卿補任』）

為景の人生については、市古夏生「冷泉為景とその周辺」（近世文芸、一九七九年三月）、「冷泉為景年譜稿（上）」（お茶の水女子大学人文科学科紀要、一九九三年）参照。

○三月二十日、中院通村指導の和歌稽古会あり。（内閣文庫蔵『近代御会和歌集』）

出席者は、上冷泉為清、岩倉具詮、常磐直房、松木宗条、河鰭実陳、西園寺実晴、水無瀬氏信、四辻季有、万里小路雅房、実伯、庭田雅純、四辻季賢、良仁親王（後西天皇）、雅広（野宮定縁）、清閑寺熙房、竹屋光久、花園実満、通信である。承応元年二月条参照。

□六月二十五日、聖廟御法楽和歌御会において、後水尾院詠「朝霞」以下十首成る。

『後水尾院御集』所収。

○十月二十一日、中院通村指導の和歌稽古会あり。（内閣文庫蔵『近代御会和歌集』）

出席者は、承応元年三月二十日とほぼ同じ。（為清・実晴・実伯が不参加で、新たに風早実種・正親町三条実昭・

実信が参加している。）承応元年二月条参照。
□この年、徳川家綱が後水尾院に鶴を贈る。
『後水尾院御集拾遺』に、
承応元年大樹より鶴をたてまつりけるをり
鶴かめも知らじな君がよろづ代の霜のしらぎく残る日かずは
とある。

承応二年（一六五三）　五十八歳

□正月一日、後水尾院詠「嶺上霞」以下十首成る。
『後水尾院御集』所収。
□正月二十六日、後水尾院が大聖寺へ御幸。「京之誹諧師之歳旦之発句」および河路又兵衛（正量）の発句に接する。
（『隔蓂記』）
○二月十日、中院通村指導の和歌稽古会あり。（内閣文庫蔵『近代御会和歌集』）
出席者は、日野弘資、道晃法親王、白川雅喬、近衛尚嗣、烏丸資慶の五名。承応元年二月条参照。
△二月二十九日、中院通村没、六十六歳（一説、六十七歳）。（『公卿補任』）
通村の死によって、後水尾院歌壇は有力な指導者を失ったことになる。通村は死の直前まで和歌稽古会を行ない、その出席者のなかから、やがて後水尾院歌壇の中心人物となる人物が多く輩出した。また後水尾院にとっても最も信頼を置いていたのが通村であった。このの ち数年を経ずして開始される後水尾院指導の稽古会（いわゆる「万治御点」）や後水尾院の古典講釈は、通村の死と密接に関連している。後水尾院の文学活動が、指導者的役割を強力

に打ち出していくようになる分節点に、通村の死を据えることで、この時期の後水尾院歌壇の状況は捉えられるべきであろう。なお、承応元年二月条参照。

通村の人生については柳瀬万里「寛永三年　中院通村」（国文学論叢、一九八一年三月）、日下幸男「中院通村年譜稿――少青年期――」（国文学論叢、一九八六年三月）などがあるが、全体にわたる年譜はまだない。本書第一部第一章第一節二・四も参照。

△四月八日、中院通純没、四十二歳。（『公卿補任』）。

○五月二十四日、周易伝授のための和歌御会あり。

『続史愚抄』同日条に、

有㆓和歌御会㆒、勅題、寄㆑道祝言、御製和歌不㆑被㆑出云、按、此御会依㆓周易御伝受㆒歟　奉行阿野前中納言公業日野宰相資行卿詠進歟、

とある。「資行」は柳原資行。

○六月一日から十二月一日まで、後水尾院指導の和歌稽古会あり。

内閣文庫蔵『近代御会和歌』によると、出席者は、良仁親王（後西天皇）、道晃法親王、徳大寺実維、正親町実豊、飛鳥井雅章・雅直、園基福、烏丸資慶、勘解由小路資忠、坊城俊広、正親寺三条実昭、阿野季信、東園基賢、庭田雅純、白川雅喬で、六月から十二月まで各月の一日に、合評形式の稽古会が行なわれている。承応元年二月条参照。

△七月十九日、近衛尚嗣没、三十二歳。（『公卿補任』）

△九月上旬、後水尾院の命により、飛鳥井雅章編『数量和歌集』成る。

三十六歌仙、八景、十体など、数量を基準としてまとめられた和歌を集成したもの。東北大学附属図書館林文庫・

宮内庁書陵部蔵の二写本がある。東北大本には、次のような奥書がある。

右数量和歌集二冊者依勅命令撰進之者也　飛鳥井一位雅章在判

時承応二癸巳季秋九月上浣

這二冊者自堂上申出写留之訖寔此道之詮要奈加之哉最可珍秘者也

貞享二乙丑暦三月中浣　風観斎長雅在判

于時正徳元年辛卯九月中旬令書写之畢　大宅姓近文

「風観斎長雅」は平間長雅。書陵部本には、右のうち正徳元年奥書のみなく、代りに宝永四年北条氏朝の奥書がある。日下幸男「平間長雅年譜稿」（高野山大学国語国文、一九八四年十二月）、「北条氏朝年譜稿」（みをつくし、一九八四年六月）も参照。

□秋、後水尾院著『玉露藁』成る。

和歌に関する様々な事柄、たとえば、ある語句の意味、古歌の鑑賞などについての覚え書き。多数の和漢典籍および古歌を引く。烏丸光広、中院通村らの名が文中に登場する。（寛永六年八月二十日、同年九月二十三日、同十年春、同十年秋条参照）。

彰考館・内閣文庫（二本）・東京大学文学部国文学研究室（桐葉記）・神宮文庫蔵各写本がある。いずれにも同様の奥書がある。ここでは内閣本（二〇一・七一七）のそれを挙げる。

承応二暦癸巳秋依照高院主道晃法親王之御懇望綴御宸手三巻之秘義亦別准御茶話被綴御一小冊之仮名切紙都四巻被准御遺勅且擬仙洞之宝祚者也臣等潜写之秘縉紳之闕者也

寛文三年癸卯仲春中浣日　交野内匠頭芙蓉軒在判

「交野内匠頭」は交野時貞。翻刻は『列聖全集』御撰集第六巻に備わる（底本和田英松氏蔵本）。

なお、本文中に、

ほの〴〵との歌は実は仏意をなし、王道のおとろへを観じ、敷嶋のみちの万代もたへまじき事をふくみてよめる歌のよし、五点万葉の肩書に記せり

とある。現在の万葉集研究によって知られているのは四点までであり、五点のものはない。このことは是沢恭三「後水尾天皇と五点万葉集」（歴史と国文学、一九四三年）にも取り上げられているが、結論を得るに至ってはいない。

承応三年（一六五四）　五十九歳

□正月二十一日、後水尾院が安原貞室・河路正量の発句に接する。

『隔蓂記』同日条に「河地又兵衛・紙屋彦左衛門試筆之発句共達叡覧也」とある。「河地又兵衛」は河路正量、「紙屋彦左衛門」は安原貞室。

△三月中旬、飛鳥井雅章著『芳野紀行』成る。

承応三年三月成立は内閣文庫蔵『賜蘆拾葉』巻七所収「吉野紀行」奥書に「雅章夙歴覧南国之志官事鞅掌無暇果焉、一日請于朝而発駕入芳野古跡美景随見随詠歌凡三十一首、時承応三年暮春中浣也」とある事による（島原泰雄「『芳野紀行』」『国文学研究資料館紀要』一九八一年三月）。翻刻は右の島原論文に備わる（底本吉田幸一氏蔵写本）。また、内閣文庫蔵写本（一七七・一〇九八）（『中院通茂公和歌秘書』と合）は、巻末に他のどの諸本にも見られない、

つたへてよきよきながれの水くきをかきにごすとも跡をとゞめて

という一首を載せる。

□六月三日から九月十三日まで、後水尾院と鳳林承章との両吟狂聯句あり。（『隔蓂記』）巻末に「承応三年六月三日始同年九月十三日満」とある。翻刻が『列聖全集』御撰集第一巻に備わる。

□九月二十日、後光明天皇崩御、二十二歳。（『本朝皇胤紹運録』）後水尾院が追悼和歌一首を詠じる。

『後水尾院御集拾遺』に、

後光明院崩御の御ときに壬生院へつかはされし承応三年九月

をりをりに思ひいづれば草も木も見るに涙のたねならぬかは

とある。

後光明天皇は、和歌よりも漢詩に秀でていたという。後光明天皇の『鳳啼集』は和歌五首に対し漢詩九十二首を収める。漢詩を好むあまり和歌には熱心になれなかったらしく、和歌が必要かどうかという議論が後水尾院と後光明天皇の間であったという話も伝わる（『鳩巣小説』『槐記』）。後水尾院が後光明天皇に送った訓誡書が三通伝存するが、そのなかの一通にある「和歌第一に御心にかけられ、御稽古あるべきにや。先づ和国の風義といひ、近代ことにもてあそばるゝ道なり」という一文は、右のような状況を踏まえての言であろう。そこには、才気換発で血気に走り勝ちな若者に対する父親の期待と不安がこめられている。熊倉功夫『後水尾院』参照。

後光明天皇の死は後水尾院にとって衝撃的であったろう。前年の通村の死に加え、この年後光明天皇と、後水尾院は承応年間に二人の信頼する人物を失ったことになる。

明暦元年（承応四年。一六五五）　六十歳

○七月二十七日から八月二十九日まで、後水尾院が『伊勢物語』を講釈する。

大津有一『伊勢物語古註釈の研究』は、京都大学附属図書館蔵『勢語御抄』を紹介し、「これまで私の見た唯一の本」とする。『勢語御抄』は、

　七月廿七日　初段斗御文字読

から始まり、終わりは、

　八月廿九日　自㆓百十段㆒至㆓百十六段㆒御文字読、御講尺。次自㆓百十七段㆒至㆓百廿四段㆒御文字読、御講尺。今日悉皆也。奥一段不㆑被㆑遊。

である。この時の聞書としては、他に東奥義塾図書館・大阪市立大学附属図書館森文庫蔵写本がある。（いずれにも「明暦元年七月廿六日初段斗御文読」とある。）東奥義塾本奥書には、

　右一冊者後水尾法皇御講尺文義而聖護院道寛親王之御聞書抄也梶井盛胤親王之以御本書写之畢

とあり、大阪市大本奥書には、

　右抄物者後水尾院御講談之御聞書也令道寛親王御講談秘書聞書中院亜相御説其外書入為相伝之書所也努々不可有他見者也

　　元禄九晩冬日　　藻虫庵雲泉楼

とある。「藻虫庵雲泉楼」は、相馬藩和歌師範打它光軌。中院通茂門。

明暦二年（一六五六）　六十一歳

□正月一日、赤塚芸庵が進献した試毫の詩に後水尾院が「別才の褒」を与える。

『赤塚芸庵雑記』同日条に「試毫の詩を賦して上皇に献じ、辱くも別才の褒を賜ふ」とある。芸庵は儒学者で後水尾院に勤仕した。『赤塚芸庵雑記』には幕府批判や公家との交流の日々が記されている。

△正月二十三日、後西天皇即位。(『本朝皇胤紹運録』)

○八月二十二日から九月二十九日まで、後水尾院が『伊勢物語』を講釈する。内題に「伊勢物語聞書明暦二年八月廿二日初度至同九月廿九日御満座十二度ニ満」とある。聴衆は、道晃法親王、堯然法親王、飛鳥井雅章、岩倉具起、日野弘資、中院通茂、烏丸資慶、白川雅喬の八名。このうち、道晃法親王、雅章、具起の聞書が確認でき、雅章・具起のそれは広く流布した(大津有一『伊勢物語古註釈の研究』)。

明暦三年(一六五七)　六十二歳

○二月、後水尾院から堯然法親王・道晃法親王・岩倉具起・飛鳥井雅章への古今伝授あり。横井金男『古今伝授沿革史論』(大日本百科全書刊行会、一九四三年。増訂版『古今伝授の史的研究』臨川書店、一九八〇年)参照。なお、『赤塚芸庵雑記』二月二十五日条には、

凡そ古今伝受の儀は、御代々欠くることなく相伝、事故なく相続なり。今法皇の御伝授は先八条殿智仁親王よりぞ授かり給ふ、今妙法院堯然親王、飛鳥井大納言雅章卿、岩倉中納言具起卿、此四人、素歌道の鍛錬珍重なりし故にや、今日御伝授ありしこそ目出けれ。

とある。年齢は具起五十七歳、堯然法親王五十六歳、雅章四十七歳、道晃法親王四十六歳といずれも四十を越えている。

右の古今伝授に関する資料と思われるものとして、国会図書館蔵『古今和歌集聞書』がある。写本で、袋綴四冊本。外題「古今集御講尺序聞書」。奥書に、

此古今集聞書四冊者法皇此集御講談聴聞之剋於其座早卒馳筆説聞誤写落等之事数多可有之堅禁外見者也

明暦三年二月吉辰　　雅章

とある。

□十二月二日から万治元年閏十二月十八日まで、後水尾院と碧梧との両吟狂聯句あり。

巻末に「始明暦三年十二月二日満万治元戊閏十二月十八日」とある。翻刻が『列聖全集』御撰集第一巻に備わる。

□この年、後水尾院が烏丸資慶に『拾遺集』の注を与える。『古典文庫　烏丸資慶家集下』解題（高梨素子）参照。

万治元年（**明暦四年。一六五八**）　**六十三歳**

□二月九日、赤塚芸庵が後水尾院に『孟子』を進講する。後水尾院が感動のあまり、『大学』の一句「止至善」の三文字の宸筆を与える。

『事実文編』次編六に、

後水尾天皇宸翰止二至善一三大字、賜二肥前守春原正隅一者、正隅藤森祠官兵部少輔正成子也、別氏二赤塚一（中略）

明暦四年二月九日蒙レ召、進二講孟子於南内一、帝因賜レ此

とある。

○五月六日から六月九日まで、後水尾院が『詠歌大概』を講釈する。

土田将雄『細川幽斎の研究』（笠間書院、一九七六年）は、『詠歌大概聞書　明暦四、五』など八本の宮内庁書陵部蔵写本を紹介し、「内容はほとんど異なるところがない」と言う。また、和田英松『皇室御撰之研究』も、『歌書目録』三抄擔子目録に「詠歌大概聞書　明暦雅章卿聞書一冊」とあるとし、別に『詠歌大概御聞書』という書（表題の下に「明暦四五六被始講尺」とあり）を紹介する。東北大学附属図書館狩野文庫蔵写本は、外題「詠歌大概抄」、内題「詠歌大概聞書　明暦四五六」、奥書に、

此一冊以実考冷泉入道殿御自筆之本令書写遂校合之巧畢

安永七年戊戌六月　　従二位大中臣季忠

とある。そのほか日下幸男「道晃親王略年譜」（『近世初期聖護院門跡の文事』私家版、一九九二年）も参照。

万治二年（一六五九）　六十四歳

○五月一日から後水尾院が『詠歌大概』を講釈する。

和田英松『皇室御撰之研究』は『詠歌大概御講釈聞書』（和田英松氏蔵本）を紹介し、「表題の下に、「万治二年五月一日御講釈」とあり」、中院通茂の「筆録にか丶るものならんか」とする。高松宮家旧蔵『詠歌大概御抄』も内題に「万治二年五月一日」とある。

○五月一日から寛文二年四月七日まで、後水尾院指導の和歌稽古会がある。

いわゆる「万治御点」である。明暦三年に後水尾院から古今伝授をうけた四名のうち堯然法親王、道晃法親王、飛鳥井雅章の三名、寛文四年に後水尾院から古今伝授をうける後西院、日野弘資、烏丸資慶、中院通茂の四名、および飛鳥井雅直、白川雅喬、智忠親王の計十名が主として添削をうけている。雅喬は古今伝授許可が出たが「歌はおのづから家々の候へば、あながちに執し候はず」という理由で辞退（富士谷成章『おほうみのはら』）、雅直は寛文二年九月九日没、智忠親王も寛文二年七月七日没ということからすれば、「万治御点」の主たる出席者はすべて伝授資格を有していたと推測される。

なお、寛文二年二月七日の会のみ、花山院定誠、烏丸光雄、勧修寺経慶、清閑寺熙房、中御門資熙、穂波経尚、櫛笥隆胤、七条隆豊、平松時量らも出席している。

写本多数、そのうち奥書を有するものは以下の通り。

。静嘉堂文庫蔵本

右一冊中院家御本写也
元禄第九冬廿七日
（このあと、享保十九年度会久氏奥書、元文五年細井知文〈九皐〉奥書、寛保三年藤原直房奥書、延享元年亨弁奥書、明治十五年土井通成奥書がある。）
◦早稲田大学図書館蔵本
于時享保五年庚子季春上澣
武陽城下睡吟子七十一歳書写之
◦名古屋大学附属図書館皇学館文庫蔵本
宝暦九己卯年二月中旬　藤原有親所蔵
そのほか、日下幸男「柳沢文庫の蔵書と古今伝授との関係」（研修余滴、一九九四年十一月）が柳沢本の奥書を紹介する。
また、宗政五十緒「江戸時代前期における宮廷の和歌」（龍谷大学論集、一九七七年五月。『近世の雅文学と文人』同朋舎出版刊にも所収）、上野洋三「堂上と地下」（『和歌史』和泉書院、一九八五年）および本書第一部第一章第一節二、第一部第一章第二節三参照。承応元年二月条も参照。
□五月十九日、鳳林承章が賀茂の南可の和歌を後水尾院に呈上する。（『隔蓂記』）
上野洋三「『歌枕名寄』の板下筆者」（近世文芸、一九九二年七月）参照。
○六月十四日、後水尾院が五山僧に、修学院に飾る新八景詩を作るよう命じる。
『隔蓂記』同日条に、

自仙洞、被仰、修学院之内之御殿新八景之詩五山前住八人江可申付之旨、被仰出也。予亦被召加其員也。

とある。この八景詩は、同年七月十八日に進献される（『隔蓂記』）。また、『隔蓂記』同年十二月十八日条には、

今度新八景詠歌、妙法院宮・烏丸大納言・中院中納言被呈上、詠草御所持、御添削之御物語也。

とあり、八景詩に対して八景歌を、尭然法親王、烏丸資慶、中院通茂らが作ったことがわかる。

○七月十八日、後水尾院が『源氏物語』を講釈する。

『隔蓂記』同日条に「今日者源氏物語之御講尺故、予急令退出也」とある。

△十月中旬、日野弘資が『未来記雨中吟』を書写する。

東京大学総合図書館蔵写本奥書に次のようにある。「也足軒」は中院通勝。

以侍従中納言入道素然也足軒潤筆之本令書写校讐畢

万治第二冬十月中旬　弘資判

万治三年（一六六〇）　六十五歳

△二月六日、岩倉具起没、六十歳。（『公卿補任』）

○五月三日、後水尾院が烏丸資慶と中院通茂に『伊勢物語』『源氏物語』の切紙伝授を授ける。（『古今伝受日記』）

『古典文庫　烏丸資慶家集下』（解題高梨素子）参照。

○五月二十三日から後水尾院が『伊勢物語』を講釈する。

宮内庁書陵部蔵『伊勢物語聞書』（F四・四八）は冒頭に「万治三年五月廿三日於禁中御学文所仙洞御講尺聞書」とあり、表紙には「智忠親王御筆」の附箋が貼付されている。また、高松宮家旧蔵『伊勢物語聞書』（延享元年三月烏丸光栄講釈）の奥書にも、

万治之比後水尾院御講尺モ是マテ也此以後ハ御咄ノヤウ被遊仍伺其例是マテ言上ノ義也
とある。「是マデ」とは第六段迄を言う。大津有一『伊勢物語古註釈の研究』参照。
□八月十六日、後水尾院が松平信綱に自詠を記した懐紙を与える。
『寛政重修諸家譜』松平信綱の項に、
（万治三年八月）十六日、いとまたまふのとき、海道人が筆竹の絵の御屏風をたまひ、法皇より信綱を賀せらる、御製の懐紙、ならびに文台、硯箱、堂上寄合書の短冊三十枚（中略）をたまふ。
とあり、土肥経平『風のしがらみ』中にも、
万治三年松平伊豆守上洛の時、拝領の色紙の御歌、
松有歓声　かぜ吹ば空にはしらぬ白雲の律にしらぶる松の色かな
とある。なお本書第一部第一章第一節二参照。
□九月八日、後水尾院が野々口立圃の「十八番之発句合二巻」を読む。
『隔蓂記』同日条に「野々口立圃述作仕十八番発句合二巻奉献叡眷也」とある。
○この年以前、狩野永納筆『三十六人歌仙』成る。
後水尾院歌壇の歌人常磐直房・竹中季有の筆。蔵中スミ氏蔵本の影印が桜楓社から刊行されている。

寛文元年（一六六一）　六十六歳

△三月十五日、中院通茂と烏丸資慶が東山へ桜見物へ行く。
高松宮家旧蔵『さくらがりの記』冒頭に、次のようにある。
寛文元年三月十五日、けふは東山の花みむと、かねて中院大納言申あはせけるに、雨ふりければ、資慶さくら

かり雨はふりきぬおなしくは、といふ心はへ申をくりしに、あなたよりもいひをくられし

ぬれつゝも猶さそはれよおもふとちかたるにさはる雨ならはこそ

かくて雨にぬれて東山にまかり侍りし

なお『風のしがらみ』上、『古典文庫　烏丸資慶資料集』参照。

○五月六日から二十五日まで、後水尾院が『百人一首』を講釈する。

内題に「百人一首御講釈聞書寛文元年五月六日被始之」とある。聴衆は後西院、道寛親王、道晃法親王、智忠親王、穏仁親王、飛鳥井雅章、日野弘資、中院通茂、白川雅喬、烏丸資慶ら。このうち雅章の聞書は広く流布した。（田中宗作『百人一首古注釈の研究』桜楓社、一九六六年に詳しい。）

写本多数、そのうち奥書を有するものを以下列挙する。

◦高知県立図書館山内文庫蔵本

御厨子所領　采女正紀宗直拝写之　在判

右百人一首御鈔全二百六葉蒙谷先生之命謹謄写

天明三年癸卯二月七日　瀬尾半内藤弘海

◦今治市河野美術館蔵本

寛政元年九月十五日　皆川美（花押）

◦東京大学総合図書館蔵本

文化十三年二月十一日以冨田畦臣本写畢畦臣二条家御門人也

◦香川大学附属図書館神原文庫蔵本

文政三庚辰年二月中旬写之　本書秦姓之所持鈴木重常

。慶応義塾図書館蔵本（一一五・五六・一）

維時文久三癸亥臘月吉日写之者也　益田精武漫筆

。酒田市立図書館光丘文庫蔵

右此本者後水尾院法王御勅講之聞書并口決従転法論三条殿御家姉小路殿江御伝承之秘本令伝写者也

。宮城県図書館伊達文庫蔵本

右百人一首後水尾院御講釈聞書抄上下二冊者江間氏親所持之本也予令懇望書写之畢

他にも野宮定輔（定縁）聞書が存する（『野州国文学』七～十三に翻刻が備わる）。なお『百人一首注釈書叢刊6　後水尾天皇百人一首抄』も参照。

●六月、細川幽斎述・烏丸光広記『耳底記』刊。

慶長三年八月四日から同七年十二月二十八日まで、和歌をはじめ俳諧・連歌・笛・太鼓・乱舞・料理などについて尋ねた問答の記録である。翻刻が『歌学文庫』第四巻・『日本歌学大系』第六巻に備わる。

寛文元年刊本以外に元禄十五年刊本、無刊記本が存する。その他、元禄二年に改題本（「和歌読方記」）刊。

。寛文元年刊本（蓬左文庫蔵本）

装幀　大本、三巻三冊、袋綴。表紙　藍色、縦二六・〇×横一八・九糎。外題　刷題簽左肩「耳底記」（無辺）。内題「耳底記巻之一（～三）」（巻首題）。匡郭　ナシ。柱刻「耳底記（巻丁数）」。行数　一面十一行書。丁数全百一丁。刊記「于時寛文元年／六月吉祥日／二条通靍屋町田原仁左衛門板行」。印記「蓬左文庫」

。元禄十五年刊本（内閣文庫蔵本）

装幀　半紙本、四巻一冊、袋綴。表紙　茶色地に雲英摺麻の葉文様。縦二一・九×横一二・六糎。外題　書題簽左肩「耳底記細川幽斎口義」（無辺）。内題「幽斎口義」（巻首題）。匡郭　ナシ。柱刻　巻丁数のみ。行数　一面十行書。丁数　全九十五丁。序あり。刊記「元禄十五壬午正月吉日／日本橋万町万屋清兵衛板」。印記「書籍館印」「和学講談所」「日本政府図書」「内閣文庫」「浅草文庫」。

なお、島津忠夫「耳底記をめぐって」（国語国文、一九七三年六月）も参照。

△閏八月二十二日、堯然法親王没、六十歳。（『本朝皇胤紹運録』）

○この年以前、『三十六人歌仙御手鏡』成る。

後水尾院歌壇の主要歌人たちの筆。橋本守正氏所蔵本の影印がエムアンドエッチから刊行されている。蔵中スミ「狩野永納筆『三十六人歌仙』についての考察」（親和女子大学研究論叢、一九九二年二月）参照。

寛文二年（一六六二）　六十七歳

□二月七日から、延宝八年九月までの記事が、国会図書館蔵『飛鳥井雅章卿聞書』に載る。

後水尾院の歌論。翻刻が『近世歌学集成』に備わる。

△五月二十九日、狩野探幽が法眼に叙せられる。（『徳川実紀』）

後水尾院の肖像を描いた功績。狩野派と近世堂上との関係は、拙稿「近世初期の題画文学」（国語と国文学、一九九五年十月）参照。

△七月七日、智忠親王没、四十四歳。（『桂宮系譜』）

□八月六日、後水尾院口授による『和漢朗詠集』の訓点本成る。

四天王寺国際仏教大学図書館蔵寛永十八年刊『和漢朗詠集』（『和泉書院影印叢刊』所収）の巻末に、左記の書込みがある。

右和漢朗詠集全部訓点清濁等辱蒙法皇仰口授畢何幸如之哉誠聖恩無所于奉謝而已

寛文二歳八月六日　　　春秋十六 桑門道寛

△九月九日、飛鳥井雅直没、二十八歳。（『公卿補任』）

○この年以前、『三十六人歌仙寄合書』色紙帖成る。

後水尾院歌壇の主要歌人たちの筆。蔵中スミ「狩野永納筆『三十六人歌仙』についての考察」（親和女子大学研究論叢、一九九二年二月）参照。

寛文三年（一六六三）　六十八歳

△正月から、宮内庁書陵部蔵『後西院宸翰御消息』の記事始まる。

市野千鶴子「後西院宸翰御消息」（書陵部紀要、一九九一年二月）参照。

□三月十六日から寛文六年十一月六日までの記事が宮内庁書陵部蔵『後水尾院御仰和歌聞書』に載る。

翻刻が『近世歌学集成』に備わる。

○四月、後水尾院が「ひたやごもり」について飛鳥井雅章・烏丸資慶に答える。

「ひたやごもり」は『源氏物語』帚木巻「艶なる歌も詠まず、気色ばめる消息もせで、いとひたや籠りに情なかりしかば」など、『源氏物語』に四回用いられている語（『源氏物語大成』索引篇による）。『布勢屋之塵』は、『源氏物語』中の語句について後水尾院が注釈したものだが、左記のような記述がある。

ひたやごもりの事。説あまた侍り。また催馬楽などにも心得たがへること多し。寛文三年卯月の比、故郷の卯花といへるうたさぐりてよみ侍るに、ふるさとのひたやごもりにむかひみんまどの外面の雪の卯の花。（中略）

直休籠にてこそ侍れ。上日のもの、休番してわたくしに侍るを申侍る。さてこそ物語の心にもかなひぬるといへば。両卿（引用者注・飛鳥井雅章と烏丸資慶）かしこまり申て。よろこびてまかでぬ。

本書第一部第二章四参照。

△四月二十七日、霊元天皇即位。（『本朝皇胤紹運録』）

△五月十五日、飛鳥井雅章著『飛鳥井家懐紙之法』成る。

内閣文庫蔵本は外題「飛鳥井家懐紙之法」、内題「懐紙之法」、奥書に、

寛文三年五月十五日　藤原雅章之書

右之一巻者飛鳥井雅章卿依知門主尊光法親王之御懇望調進之書也尤不可出宮中之御事也

寛文四年十月下旬　武田散位信俊判

とある。

□この頃、後水尾院著『王代年代略頌』成るか。

文武天皇から後西天皇寛文二年まで、天皇の在位期間などを覚えやすいように七五調に詠んだもの。本文が寛文二年までしかないことから成立は寛文三年頃かと思われる。和田英松『皇室御撰之研究』が紹介する書には、

此年代之号、法皇御口誦之時、候聴衆之席末、而与有聞不悉令異朝之四声、為欲訂本朝連声之訛、略加国字朱圏、以伝子孫者也

寛文九歳次己酉二月日　藤華押共方卿

という奥書がある。「共方」は梅小路共方。『列聖全集』御撰集第六巻に翻刻が備わり（底本和田英松氏蔵本）、その奥書には、

貞享二年九月一日清原宣通以本写者也　臣藤原宗尚

とある。「宗尚」は難波宗尚。

寛文四年（一六六四）　六十九歳

□四月二十五日、後水尾院記『寛文四卯廿五聞塵』成る。

後水尾院が、黄檗宗の禅僧達の講談を筆録したもの。後水尾院筆録の「聞塵」として、和田英松『皇室御撰之研究』は九本を紹介する。それらは、すべて寛文年間の成立である。本項にまとめて列挙しておく。

『寛文四卯廿五聞塵』（寛文四年四月二十五日）
『臨済四料簡聞塵』（寛文四年十月二十五日。慧昭大師講）
『円覚修多羅了義経聞塵』（寛文七年五月二十九日。龍渓性潜講）
『碧巌講談聞書』（寛文八年七月三日〜寛文九年。龍渓性潜講）
『請益録龍渓講演聞塵』（寛文九年八月晦〜十月二十九日。龍渓性潜講）
『證道歌聞塵』（寛文十年三月二十六日）
『大恵書聞塵』（寛文十年四月七日〜七月二十三日。正順講）
『三体詩絶句聞塵』（寛文十一年二月十七日。顕令通憲講）
『信心銘聞塵』（寛文十二年十月七日〜二十七日。鑑智禅師講）

○五月、後水尾院から後西院・日野弘資・烏丸資慶・中院通茂への古今伝授あり。

事の次第は、中院通茂『古今伝受日記』（京都大学附属図書館蔵）、日野弘資『後水尾院より後西院へ古今伝授之儀 寛文四年　全』などに詳しい。この時の資料として、『近世堂上和歌論集』所収小高道子「御所伝受の成立と展開」が『古今伝受

誓紙等　全』（宮内庁書陵部蔵）を、鶴崎裕雄他編『紀州玉津島神社奉納和歌集』（玉津島神社、一九九二年）が「寛文四年六月朔日御法楽」を、高梨素子『古典文庫　烏丸資慶資料集』が被伝授者四人の三十首（底本九州大学附属図書館細川文庫蔵本）を、各々翻刻・解説している。また、『古今集』の聞書として、京都大学附属図書館蔵『古今和歌集聞書』もある。奥書には、

右寛文四年五月後水尾院御講談聞書也　　特進通茂

とある。なお、小高道子「細川幽斎から後西院へ」（『古今集の世界』世界思想社、一九八六年、『古典文庫　烏丸資慶家集下』解説（高梨素子）、日下幸男「道晃親王年譜」（『近世初期聖護院門跡の文事』私家版、一九九二年）、森山由紀子「後水尾院と側近の音調観と音調注記」（叙説、一九九三年十二月）および本書第一部第一章第一節四参照。

○七月十日から二十四日まで、後水尾院が『伊勢物語』を講釈する。

宮内庁書陵部蔵『伊勢物語聞書』には、七月十日から二十四日までの年次があるが、十日は十一段から始まっているので、それ以前から講釈が開始されていたか。（大津有一『伊勢物語古註釈の研究』）

○この年九月以降寛文六年七月以前、狩野永納筆『三十六人歌仙』成る。

後水尾院歌壇の構成員による筆。蔵中スミ「狩野永納筆『三十六人歌仙』についての考察」（親和女子大学研究論叢、一九九二年二月）参照。

○十二月十一日、後水尾院から中院通茂へ三部抄伝授、日野弘資へ伊勢物語・源氏物語切紙伝授あり。（『古今伝受日記』）

日下幸男「道晃親王略年譜」（『近世初期聖護院門跡の文事』私家版、一九九二年）

寛文五年（一六六五）　七十歳

□二月下旬、後水尾院撰『集外歌仙』成る。

勅撰集に載せられていない歌人三十六名の和歌一首ずつ計三十六首を収録する。ただし、本書は後西院撰であるとする書もあり、和田英松『皇室御撰之研究』も後西院著作にあげる。成立の状況については、以下にあげる写本の奥書から窺うことができる。（傍線引用者）

(a)大阪市立大学附属図書館森文庫蔵本

右歌仙者依東福門院之御懇望被染宸筆者也

寛文五年二月下旬　交野内匠頭写之

院御覧之後命狩野蓮長被製画図与各詠合符畢

這書者為二条家末流無上之秘珍也

宝永三丙戌暦　六喩居士長雅

青和上院

（「交野内匠頭」は交野時久、「長雅」は平間長雅）

※「各詠合符畢」まではほぼ同文だが、そのあと大東急記念文庫蔵本（四一・一八・三〇三六）には「山井図書定重記之」とのみある。また大東急記念文庫蔵本（四一・一八・三〇三〇）にはその部分に享保五年忍鎧奥書、群馬大学附属図書館蔵本には宝永四年伊勢貞方、元文元年継伝、宝暦八年田中蕃高奥書があり、賀茂別雷神社三手文庫今井似閑本は、「各詠合符畢」までしかなく、「交野内匠頭写之」の後に「千種左中将源有統書」とある。

(b)国会図書館蔵本（『勅撰集外歌仙』）

集外歌仙往日依東福門院御懇請後水尾帝御撰亦宸翰被為染狩野連長而其像被令摸門院特御秘蔵云々

勅撰集外歌仙又地下三十六歌仙共寛文五年二月下旬狩野《ママ》内匠頭写之

院御覧之後命狩野連長被製画図与各詠合符畢于時図書山井定重記之

右以或人本摸

文政十一年六月　松崎（花押）

(c)宮内庁書陵部蔵『片玉集前集』巻二十七

右近代歌仙者依東福門院懇望後水尾院御撰且見染宸翰所也画図者狩野蓮長奉勅写上す予其餘写の本を得て秘翫する事久し宝暦己亥夏豆州熱海の温泉に遊行せし時浴泉の暇筆を染て其閑を慰するのみ

東武無碍子海（花押）

※東北大学附属図書館狩野文庫蔵本もほぼ同じ。

(d)国会図書館蔵『清水千清遺書』二十

右者依東福門院御懇望為龍慰被染宸翰ものなり

寛文五年二月下旬　交野内匠頭写之

右者後西院之御撰なり院覧之後命狩野蓮長被製画図与各之詠合符畢

右暫時写之一校訖　山井図書定重写

右からは、東福門院の依頼により成ったこと、狩野連長が画図を作成したことがわかる。誰が撰したかについては、後水尾院とするもの（b・c）と後西院とするもの（d）があるわけだが、以下に紹介する刊本も後水尾院撰とし、また内閣文庫蔵『賜蘆拾葉』第十三冊所収本にも「円上法皇御自撰」とあり、後水尾院撰の可能性もかなり考えられるのではないか。なお、翻刻が『続々群書類従』十四（底本版本）、『列聖全集』御撰集第六巻（底本内閣文庫蔵写本）、『新編国歌大観』第十巻（底本大東急記念文庫蔵写本）に備わる。また、橘南谿『北窓瑣談』巻之四にも所収。

なお、本書は寛政九年に刊行されている。調査したのは、茨城大学附属図書館菅文庫・宮内庁書陵部（二本）・東京都立中央図書館加賀文庫・静嘉堂文庫・慶応義塾図書館蔵本の六本。そのうち中央加賀本の書誌を左に挙げる。

装幀　半紙本一冊、袋綴。表紙　縹色地に布目文様。縦二二・八×横一六・二糎。外題　刷題簽左肩「集外三十六歌仙」（無辺）。内題　ナシ。匡郭　ナシ。柱刻　ナシ。画三十六面。丁数　二十四丁。序　安田貞雄。跋　稲梁軒風斎。刊記「寛政九丁巳正月吉旦／東都山下町万屋太治□（右）衛□（門板）」。印記「加賀文庫」など。

また、刊記と同じ丁に、「緑毛斎栄保典繁画」「芝江釣叟書」とある。

書陵部本（二〇六・五六八）・静嘉堂本・慶応本も右と同じ刊記を有する。吉田幸一氏蔵本には「山下町」が欠けている。また、書陵部本（一五一・六七）・茨大本は無刊記。いずれにも右と同じ本文・序・跋を有する。以下、序および跋を掲げておく。

是はかけまくもかしこき後水尾の上皇のおり居させ給ひし比の御すさひにして神なをひの直き御心に白妙の雲井の人は置せ給ひ御下司よりして世捨人等のやまと歌にかしこかりしを三十あまり六草に撰はせ給ひて東福門院の御屏風の色紙におさせたまへりしを今世につたへなから長柄のはしの橋柱の波に朽なんも本意なくこたひ風斎老人とはかりて桜木にうつしおのれ〳〵同しこゝろのひとにたよりすみつかきのひさしく玉椿の八千代にもつたへてむとねかふことしかなり　　安田貞雄（花押）

右集外歌仙は近代歌仙とも云寛永の太上皇御自撰にして詠歌は宸筆を下し給ひ画像は狩野蓮長に勅して画かし

めたまひしも雲上月宮の御事なれはしるへきに非す人々の官職によりておろ〳〵に図せしむ和歌は松永貞徳翁の男昌三子の広沢長孝子に書て贈られしを我師六陽斎長雪居士まて相伝ありし秘本のまゝを許されて写し置ぬ此歌仙の人々のめいほく昔の歌仙の人々にもおさ〳〵劣るましく有難くも覚侍りぬ今世たま〳〵みる所の詠歌の写書損不少原本をもて改め正して世に普く弘めむと思ふ事久して果さす爰に安田貞雄の主の力にてこたひ梓とはなしぬ年比のあらまし成て老の悦はしさになし時に寛なる政も八といふ年の霜ふり月の事に社あなれ

ふところにまきおさめたる文までもしらるゝ御代にあふそかしこき　稲梁軒風斎

寛文六年（一六六六）　七十一歳

△八月十二日から、烏丸資慶述『資慶卿口授』の記事が始まる。

本文冒頭に「寛文六年八月十二日候二彼門下一所レ承也」とある。資慶は寛文九年十一月二十八日に四十八歳で没しているので、『資慶卿口授』は資慶最晩年の歌論ということになる。巻末には資慶の辞世歌、

さめにけり五十年の夢にみしやなに龍田の錦みよし野の雲

が載っている。本書は『資慶卿口伝』『資慶卿消息』とともに『日本歌学大系』第六巻に翻刻が備わる。

○この年、後水尾院が『源氏物語』を講釈する。

和田英松『皇室御撰之研究』源氏聞書の項に、「歌書類聚目録に、「源氏聞書寛文六年後水尾院御講義一冊」とあり。何人の筆記したるものか詳ならず」とある。

寛文八年（一六六八）　七十三歳

●二月、烏丸光広著『春の曙の記』刊。

寛永十二年二月六日条参照。

□五月、後水尾院の画賛の求めに石川丈山応ぜず。（『東渓石先生年譜』）
小川武彦・石島勇『石川丈山年譜』（青裳堂書店、一九九四年）参照。

○六月五日から十一日まで、後水尾院が『和漢朗詠集』を講釈する。
『无上法院殿御日記』六月五日条には「法わう、朗詠御をよみあそはされ内府にも参り給ふ」とあり、同月七・九・十一日にも同様の記事が見える。「内府」は近衛基熙。和田英松『皇室御撰之研究』は、寛文八年三月後西院奥書の『和漢朗詠集御訓点』という書を紹介する。

●六月、中院通村・林羅山共編『詩歌仙』刊。
正保四年冬条参照。

△八月二十八日、鳳林承章没、七十六歳。
承章の記した『隔蓂記』によって、後水尾院歌壇における文事の詳細を知ることができる。なお、小高敏郎「貞門時代における俳諧の階層的浸透」（国語と国文学、一九五七年四月。『近世初期文壇の研究』明治書院刊にも所収）も参照。

寛文九年（一六六九）　七十四歳

△二月二十三日、三条西実教、出仕をとめられる。
市野千鶴子「三条西実教の蟄居をめぐって」（書陵部紀要、一九九五年三月）に詳しい。

△五月上旬、烏丸光広の家集『黄葉和歌集』成る。
巻末に、光広の年譜が二丁半分載り、「寛文九年仲夏上浣　嫡孫特進資慶」とある。元禄十二年と寛保三年刊本があるが、それ以前にも刊行されていたか。元禄十二年刊本については、早稲田大学図書館蔵本の書誌を左に記す。

装幀　大本、十巻合一冊、袋綴。表紙　紺色、縦二七・一×横一八・五糎。外題　刷題簽左肩「烏丸光広卿家集」（無辺）。内題「黄葉和歌集巻第一（〜十）」（巻首題）。匡郭　ナシ。柱刻　ノドに巻・丁数のみ。行数　一面十二行書。丁数　全百四十三丁。刊記「于時元禄十二己卯六月晦日夜亥刻校正成功畢」。印記「早稲田大学図書」「渡辺千秋蔵書」。

盛岡市中央公民館・内閣文庫・東京大学総合図書館・陽明文庫・神宮文庫・大阪市立大学附属図書館森文庫蔵本も右と同じ刊記を有する。

寛保三年刊本については、東洋文庫蔵本の書誌を左に記す。

装幀　半紙本、五巻五冊、袋綴。表紙　鳥の子色地草花唐草に草花二重丸文様。縦二二・六×横一六・〇糎。外題刷題簽（一〜四冊は書題簽）左肩「黄葉和歌集一（〜五）」（無辺）。内題「黄葉和歌集巻第一（〜五）」（巻首題）。匡郭ナシ。柱刻　ノドに巻・丁数のみ。行数　一面十三行書。丁数　全百三十五・五丁。刊記「烏丸家黄葉和歌集近年伝世書／写之誤及魯魚故需家司能登守／栄縁正本令改板者也／寛保三癸亥年正月吉日／京師書林／二条通冨小路東江入町吉田四郎右衛門／寺町通竹屋町下町中井平治郎」。印記　ナシ

宮城県図書館伊達文庫・静嘉堂文庫・東京大学総合図書館・名古屋大学附属図書館・刈谷市中央図書館・陽明文庫蔵本も右と同様の刊記を有する。

なお、橘りつ「『黄葉和歌集』の諸本解題」（東洋大学短期大学紀要、一九七二年三月）など一連の論、大谷俊太「編者自筆本『黄葉和歌集』考説」（南山国文論集、一九九一年三月）参照。また、翻刻が『新編国歌大観』第九巻、『古典文庫』に備わる。

□五月十日、後水尾院が『職原抄』を講釈する。

『続史愚抄』同日条に、「法皇自二今日一被レ始二職原抄御講談一」とある。

●五月、後柏原院の家集『柏玉集』刊。

『柏玉集』刊行に続いて、翌年には三条西実隆『雪玉集』、寛文十二年には下冷泉政為『碧玉集』と、いわゆる三玉集が相次いで刊行される。三玉集は、後水尾院歌壇において、実隆らの歌風を尊しとして編集された（井上宗雄「室町和歌から戦国和歌へ」『日本文学全史3中世』学燈社、一九七八年）。三玉集は『私家集大成』Ⅴ・Ⅵ、『新編国歌大観』第八巻に刊本の翻刻・書誌が備わる。なお、『柏玉集』の刊記は「寛文九己酉歳蕤賓吉辰　小川通一条上ル町　田中理兵衛開板」（宮内庁書陵部蔵本（五〇一・六六三））、神宮文庫蔵本は「小川通」以下が「下御霊前谷岡七左衛門板行」となっている。本書第一部第二章三も参照。

△十一月二十八日、烏丸資慶没、四十八歳。（『公卿補任』）

烏丸資慶の人生については、柳瀬万里「烏丸資慶」（『江戸時代上方の地域と文学』同朋舎出版、一九九二年）、『古典文庫　烏丸資慶家集下』解説（高梨素子）参照。

寛文十年（一六七〇）　七十五歳

●正月、三条西実隆の家集『雪玉集』刊。

刊記「寛文十庚戌年正月吉日　二条通松屋町　書肆武村市兵衛刊行」（北海道教育大学附属図書館・井上宗雄氏蔵本）。寛文九年五月条参照。

□四月二十一日から延宝八年まで、後水尾院が堀田一輝の和歌を添削する。（宮城県図書館伊達文庫蔵『後水尾院勅点』）

○四月二十五日から、後水尾院が『源氏物語』を講釈する。

『无上法院殿御日記』四月二十五日条に、

きん中へ法皇御幸にて、我みも参、けふ《ママ》ゟ源紙の御かうしやくはしまる、先桐つほを四五枚程あそはさるゝ、しゅこうの御かた女御なとも御ちやうもん也、内府にもまいりたまふ、御内義にて也、女中衆残らずちやうもん也、中院大納言御しやうしのそとにてうけ給はるゝ、

とあり、そののち五月一日、六月二・十一日、七月二日などにも後水尾院の源氏講釈の記事が見える。

□七月以後、『後水尾院和歌作法』成立か。

和田英松『皇室御撰之研究』参照。『列聖全集』御撰集第六巻に翻刻が備わる。

△十月八日、中院通茂・日野弘資が武家伝奏となる。(『徳川実紀』)

寛文十一年(一六七一)　七十六歳

△十二月、後水尾院命名の細川幽斎家集(衆妙集)成る。

雅章跋に、

此集者法印玄旨之詠歌也。(中略)偶以清書之本備法皇之御覧辱賜其名号衆妙集是玄旨之集而玄之又玄之意歟又被染御筆被下外題法印身後之栄道之冥加何事可過之乎誰人不仰之乎件清書之本任其懇望贈行孝之間以事之始終記紙尾者也

寛文十一暦極月吉旦　　雅章

とある。右の跋には、幽斎の曾孫細川行孝が幽斎家集の編纂を烏丸資慶に依頼し、その没後、資慶の遺言により飛鳥井雅章が編集したことも記されている。

土田将雄氏蔵本の奥書には「後水尾院被号衆妙集御外題被染宸筆」とあり、また熊本大学松本教授研究室蔵本

（雅章自筆）の題簽「衆妙集」は後水尾院筆か（土田将雄『細川幽斎の研究』笠間書院、一九七六年）。なお、幽斎家集については、小高道子「細川幽斎の家集について」（国語と国文学、一九八四年四月）も参照。

寛文十二年（一六七二）　七十七歳

●正月、下冷泉政為の家集『碧玉集』刊。

刊記「寛文十二壬子年正月吉　書林　渋川清右衛門」（井上宗雄氏蔵本）。久保田淳氏蔵本は書肆名が「二条通武村新兵衛刊行」となっている。寛文九年五月条参照。

○十一月二十八日から、後水尾院が『伊勢物語』を講釈する。

『无上法院殿御日記』十一月二十八日条には、

きん中へ法皇御幸にて、伊勢物語の御かうしやくあそはさるゝ、新院の御かたにも御幸也、しやうこ院宮・しやうれん院宮・かち井宮御ちやうもんになる、しゅこうの御かた・女御・大しやう寺殿なともなる、我身もまいる、新中納言殿・ゐん光院殿もまいらるゝ、

とあり、十二月二・二十二日、延宝元年正月十一日、二月五・二十四日、四月十四・二十六日、五月七日にも後水尾院の伊勢講釈の記事がある。大津有一『伊勢物語古註釈の研究』参照。

○冬、『易然集』成立。

「孔子」「盧山瀑布」など中国の人名・地名十を和歌に、「菅家」「吉野山」など日本の人名・地名十を漢詩に詠んだもの。和歌は、後水尾院、後西院、近衛基熙、道晃法親王、道寛親王、日野弘資、烏丸光雄、中院通茂、白川雅喬、飛鳥井雅章の十名が詠んでいる。本文は、宮内庁書陵部蔵『片玉集』前集巻二十八などに収められる。和歌のみ、神沢杜口『翁草』巻百五十四および安藤為章『年山紀聞』六に収録。尾崎雅嘉『群書一覧』の「易然集」の項

に、

寛文十二年壬子冬竟宴あり、此集にのするところの詩歌の題はもと文明年中禁裏御《ミ》屏風の画の題也

とある。

寛文年間

□後水尾院作とも擬せられる『諸国盆踊唱歌』（『山家鳥虫歌』）成るか。

我自刊我叢書本『諸国盆踊唱歌』には、後水尾院撰を疑問視する柳亭種彦の識語がある。その他、和田英松『皇室御撰之研究』、『日本古典全書　近世歌謡集』笹野堅解題などをはじめ、後水尾院撰説を疑問視するものが殆どである。

口承文芸と後水尾院の関係としては、うるか問答における後水尾院歌の存在などの問題も検討されている（堀口育男「「うるか問答」資料の二三」『武尊通信』一九八八年一月）。

延宝元年（寛文十三年。一六七三）　七十八歳

□このころ、後水尾院の言説を主とする霊元院の聞書『麓木鈔』なるか。本書第二部第二章参照。

延宝二年（一六七四）　七十九歳

○五月十九日、後水尾院が霊元天皇に三部抄および『伊勢物語』を伝授する。

『続史愚抄』同日条に、「主上御年廿一有㆓三部抄伊勢物語等御伝受㆒、法皇幸㆓内裏㆒被㆑奉㆑授」とある。

○十月七日、後水尾院が日野弘資・中院通茂を和歌所に出仕させる。

『徳川実紀』同日条に、

法皇、本院へ鶴駅進したまふ、これまで伝奏にてありし日野前大納言弘資卿、中院前大納言通茂卿を和歌所に

定める、法皇の叡慮による所とぞ聞えし、
とある。

延宝三年（一六七五）　八十歳

○十一月十四日、後水尾院八十歳の賀宴あり。

『続史愚抄』同日条に、

於二宮中一仮皇居、近衛殿、有二法皇八十御賀一、因法皇早旦幸二内裏一、先有二舞楽一（中略）有二和歌御会一、題、対レ亀争レ齢飛鳥井前大納言雅章出レ之、不レ及二披講一者、奉行日野中納言光雄、柳原前大納言資行卿、左大弁宰相資廉卿等詠進、

とある。「光雄」は烏丸光雄、「資廉」は柳原資廉。

『後水尾院御集拾遺』には、

延宝三年十一月二十四日（ママ）法皇八十の御賀に禁中よりしろがねの杖につけさせたまひて「君が手に今日とる竹の千代の坂こえてうれしきゆくすゑも見む」といふ御歌をたてまつりけるに御かへし

つくからに千年の坂も踏みわけて君が越ゆべき道しるべせむ

とある。

延宝四年（一六七六）　八十一歳

△三月八日、道寛親王没、三十歳。（『本朝皇胤紹運録』）

道寛親王の人生については、日下幸男「道寛親王年譜」（『近世初期聖護院の文事』私家版、一九九二年）参照。

延宝五年（一六七七）　八十二歳

□正月、後水尾院詠「山早春」以下五十首成る。

『後水尾院御集』所収。

□正月から、後水尾院述・霊元天皇記『聴賀喜』の記事始まる。宮内庁書陵部蔵写本あり。大谷俊太「『聴賀喜』」（アカデミア、一九九四年一月）、『近世歌学集成』にも翻刻が備わる。

△二月、阿野公業が家蔵の「万葉集」を書写し、某氏に与える。是沢恭三「後水尾天皇と五点万葉集」（歴史と国文学、一九四三年）が、契沖が『万葉代匠記』を著す際に用いた伝本のひとつとして紹介する阿野本の奥書に、

此万葉集我家所秘之点本、雖未免他見、因希望不得辞令之繕写者也、以予所校正之本故書其尾云爾

延宝五年二月　日　正二位　藤公業

とある。

○五月五日、後水尾院から近衛基熙に近々古今伝授を許可する由の沙汰があった。『基熙公記』同日条には、古今伝授のことを後水尾院に依頼していたが満三十歳にならなかったため許可が出ず、今年三十歳になる旨奏上したところ許しがあった、という記事が見える。（横井金男『古今伝授沿革史論』大日本百科全書刊行会、一九四三年。増訂版、臨川書店、一九八〇年）。しかし、そののち基熙の母が病気になり伝授は延期され（『基熙公記』延宝五年六月二十四日条）、結局後水尾院からの伝授はなかった。

□七月五日、新広義門院没。後水尾院が六首詠。

新広義門院は霊元天皇の生母。『後水尾院御集拾遺』に、

延宝五年七月五日新広義門院国子かくれさせ給ひしのち今上におくらせ給へる御歌、六字の名号を初句のかしらにすゑて瓦礫をつらねかのなきかげにたむけて懐を述ぶるといふことしかり

として、

なにごとも夢の外なる世はなしと思ひし事もかきまぎれつつ

など六首が載る。『風のしがらみ』中にも所収。

□この年、後水尾院詠「春暁月」以下二十首成るか。

『後水尾院御集』所収。ただし、延宝四年秋との説もあり。

延宝六年（一六七八）　八十三歳

□六月十五日、東福門院和子没、七十二歳。後水尾院一首詠。

『後水尾院御集拾遺』に、

東福門院崩御の御時に

かかる時ぬれぬ袖やはありそ海のはまの真砂のあめのした人

とある。

□七月上旬、飛鳥井雅章が稲葉正則に『後水尾院御集』を書写し与える。

京都大学文学部国文学研究室蔵『後水尾院御集』（Ｅｒ・６ａ）の奥書に、

此一冊者法皇御製也小田原侍従正則叙長朝臣懇望不能固辞以染禿毫聊可被禁外見也

延宝六年孟秋上旬　　従一位雅章

とあり、さらに元文三年奥書がある。和田英松『皇室御撰之研究』も、右と同じ奥書を有する和田氏蔵本を紹介する（ただし、両者の所収歌は著しく異なる）。

『後水尾院御集』には、自撰説と後西院勅宣・中院通茂撰説があるが、後水尾院存命中に成立していることから自撰説が有力なのではないか。

『御水尾院御集』は写本多数。そのうち奥書を有するものを以下に列挙する。

◦東京大学文学部国文学研究室蔵本（近世一一・三・二）

右円静（ママ）法皇御製集予令書写不出遣底有年然風雅同志桑門文武房依所望以老眼愚毫再令書写爰後為可請一反廻向

奉授之者也　　中院通茂卿門弟時哉軒

延宝八庚申暦七月廿九日焉於武揚江城書之何水印

〈このあと、嘉永七年延栄奥書あり。〉

◦島根県某家蔵本（国文学研究資料館紙焼き本C二三一九による）

右後水尾院御製也花園宰相実満卿依書写之本写之者也

于時天和弐年壬戌仲冬念日終之

右件本且以多本校合部類而令繕写畢

宝永五戊子季春望日於宣風坊京極寄亭終　　明珠庵釣月叟

◦天理図書館蔵本

此一帖者後水尾御集也依小田原侍従正通朝臣所望而不顧禿筆令書写之并加奥書秘不可被出函底者也

天和三稔初夏上旬候　　黄門侍郎藤原宗量

〈「小田原侍従正通」は稲葉正通、「藤原宗量」は難波宗量〉

◦静嘉堂文庫蔵本

〈天理本とほぼ同文の天和三年奥書ののち〉

元禄二己巳歳九月　　菅子涛清謄焉

◦高松宮家旧蔵本（国文学研究資料館紙焼き本C四二〇による）

後水尾院御製集一巻菅前亜相豊前卿秘書ヲ以写留是尤不可入他之弥見者也

貞享元甲子暦小春下旬　　長祇判と在之

〈他に享保八年奥書もあり。「長祇」は大坂天満宮神主〉

◦宮内庁書陵部蔵本（一五一・三七七）

貞享三年仲冬天　　源尚成

◦刈谷市中央図書館村上文庫蔵本

元禄二己巳暦九月上旬

◦刈谷市中央図書館村上文庫蔵本

右一冊者後水尾院帝御製也不可有他見尤秘本依御所望令書写進入候

元禄二己巳歳十月下旬

◦彰考館蔵本（巳五・〇六九一三～五）

右後水尾帝御製集 壱冊小野沢介之進 壱冊安藤主殿 元禄三庚午得之京師而写合為壱冊

◦東京大学文学部国文学研究室（本居文庫）蔵本

右後水尾院御製者以或所持之秘本不訛一字写之者也

元禄七閼逢閹茂之年夷則上弦於尚聚堂書之　　桑門　瑞恕

〈このあと享保六年奥書もあり〉

○宮内庁書陵部蔵本（五〇一・六四五）

元禄丁丑夏四月七十二老夫卓甫写（花押）

〈「元禄丁丑」は元禄十年〉

○宮内庁書陵部蔵本（二六六・四一）

右後水尾院御製御自撰也以照高院道晃親王真跡正本不差一字令書写猶又風早中納言実種卿法皇御校合之本与実種卿読合改正者也

元禄十六癸未年二月上浣　瑞圭（花押）

○東京大学史料編纂所蔵本（二〇三一・五八）

〈書陵部本（二六六・四一）とほぼ同じ奥書を有する〉

○簗瀬一雄氏蔵本（簗瀬「『後水尾院御集』の一伝本」『簗瀬一雄著作集5　近世和歌研究』加藤中道館、一九七八年）

〈書陵部本（二六六・四一）とほぼ同じ奥書ののち、正徳四年・享保十二年・安永六年奥書を有する〉

○九州大学文学部国文学研究室蔵本

于時宝永四丁亥年夏五月廿五日逐於写功畢　肥後々学　慎軒松田子敦秀誠蔵本

○宮内庁書陵部蔵本（鷹・七四六）

宝永四丁亥年矢野不卜翁為記念得之

右鷺巣一巻蔵高向氏家介度会末幹神主借以写之

延享五戊辰四月　荒木田息房

○久保田淳氏蔵本
正徳元辛卯初冬不澣ノ日書畢　勝敷
○茨城大学附属図書館菅文庫蔵本
右此本平岡為清与利借写留
享保十乙巳年菊月中七　碓氷性盛庸　小沢政彬（花押）
○内閣文庫蔵本（二〇一・三四四）
享保十三申中秋　宇津直之拝書
〈一丁裏に「世に鷗巣集といへる有奥書ニ後西院之勅宣中院通茂卿撰集といへり正疑不知して書ニ載さるかの御製朱点にしるし侍りぬ余ハ出所に任せ侍るものならし本書風早実種卿の御本且清水谷実業卿御本に載らす三書を以一書ニつくり侍ることしかり」とある〉
○宮内庁書陵部蔵本（五〇一・六五六）
享保十五年戌二月十五日　梅泉斎
○宮内庁書陵部蔵本（鷹・三三一）
〈書陵部本（五〇一・六五六）と同じ奥書を有する〉
○国学院大学附属図書館蔵本（Ⅳ・三二八九）
文化五戊辰十二月中三日芳府院様之仰付写之　永田調悦
○名古屋市鶴舞中央図書館蔵本（河コ・一〇四）
文政二年己酉十月十三日燈下閲了　草奔益根

〈「益根」は河村益根。本書第一部第一章第一節二参照。〉

。国会図書館蔵本（二〇二・二一二）

此一冊者或人秘蔵之本ヲ以校正畢

于時文政十二年冬十月十五日於浪速官舎一過此日時雨打窓三更月明

東都六街人小林源教寛（花押）

。東京都立中央図書館加賀文庫蔵本

天保四年初夏上旬冷泉殿同門渡辺一真写本乞而写秋末之部冬恋雑得写不終他日再写置度事

苾蒭真空

。早稲田大学図書館蔵本（イ四・六九六・二〇九）

天保十二丑七月中旬写之　児島徳昌

。宮内庁書陵部蔵本（伏・三四）

此御集はさる上つかたより洛西の是空法師にをほせて書しめ給ひし時うつしとめられしをきゝつたへしまゝこふことあまたゝひにをよひしかはいなひかたくて終にゆるされ侍りしおりふし身のいたつかはしきまゝ他の助筆をもとめて急うつしとりぬ仮名つかひなとのいふかしき所なをまたおなしうたのかさねて出たるなとあれと本のまゝうつしをき侍り

。宮内庁書陵部蔵本（五〇一・六五二）

元和帝御製之写従清水山城権助備之書写仕者也　大江俊包

。東京大学史料編纂所蔵本（押お・二）

此一冊後西院勅宣中院通茂卿而撰集焉名鷗巣集
。射和文庫蔵本
〈東大史料本（押お・二）とほぼ同じ奥書を有する〉
。筑波大学附属図書館蔵本
〈東大史料本（押お・二）とほぼ同じ奥書ののち「右以久我大納言殿通茂卿御蔵本写之令校合畢」とある〉
。大阪市立大学附属図書館森文庫蔵本　本主岡田善右衛門
なお、翻刻が『続々群書類従』第十四巻、『列聖全集』御製集第七巻、『頭註後水尾院御集』（吉沢義則編、仙寿院、一九三〇年）、『新編国歌大観』第九巻に備わる。
□このころ、後水尾院が毛利綱元の和歌を添削する。
渡辺憲司「毛利綱元文芸関係略譜」（日本文学研究、一九八六年十一月）参照。

延宝七年（一六七九）　八十四歳

△六月十八日、道晃法親王没、六十八歳。（『本朝皇胤紹運録』）
道晃法親王の人生については日下幸男「道晃法親王略年譜」（『近世初期聖護院門跡の文事』私家版、一九九二年）参照。
△十月十二日、飛鳥井雅章没、六十九歳。（『公卿補任』）
飛鳥井雅章の人生については『古典文庫　飛鳥井雅章集』解説（島原泰雄）参照。

延宝八年（一六八〇）　八十五歳

□五月八日、徳川家綱没、後水尾院が二首詠。

『後水尾院御集拾遺』に、

大樹家綱公薨去のとき延宝八庚申年五月八日

あはれなり鳥部野に立つゆふ煙それさへ風におくれさきだつ

世のあはれ知るかとぞ思ふ時鳥おのがさつきの空に鳴く音は

とある。

□八月十九日、後水尾院崩御、月輪陵に葬られる。（『本朝皇胤紹運録』）

『後水尾院御集拾遺』には、

御辞世

ゆきゆきて思へばかなし末とほくみえしたか根も花のしら雲

とある。追号「後水尾」は、水尾帝と称された清和天皇が第四皇子でありながら即位した境遇と似ているところから付けられたという（徳川光圀『西山雑録』）。

天和元年（延宝九年。一六八一）

○八月十九日、後水尾院一回忌あり。（『続史愚抄』ほか）

高松宮家旧蔵『霊元院御集』（国文学研究資料館マイクロフィルム紙焼き本番号C八九九）に、「延宝九年八月後水尾院一周御忌」として「法華廿八品和歌」二十八首が載る。

天和二年（一六八二）

○八月十七日から二十一日まで、後水尾院三回忌あり。（『続史愚抄』ほか）

天和三年（一六八三）

●八月、烏丸光広著『春の曙の記』再刊。

寛永十二年二月六日条参照。

貞享三年（一六八六）

○八月十七日から二十一日まで、後水尾院七回忌あり。（『続史愚抄』ほか）

貞享四年（一六八七）

△九月二十九日、日野弘資没、七十一歳。（『公卿補任』）

元禄元年（一六八八）

△十月十五日、白川雅喬没、六十九歳。（『公卿補任』）

元禄三年（一六九〇）

●十月、『一字御抄』刊。

天・地・人などの題三八五を掲げ、それらを含む結題の証歌約千八百首を挙げる。刊本の序に、

此御抄は太上天皇の御自撰也太上天皇と申たてまつるは人皇百九《（ママ）》代御諱は政仁後陽成院第二《（ママ）》皇子（中略）奉レ号二後水尾院ト一（下略）

とある。また、本書の類書『百題拾要抄』（元禄四年三月刊）が宮内庁書陵部にある。

ここでは東京大学総合図書館蔵元禄三年刊本の書誌を記す。

装幀　大本、八巻合一冊、袋綴。表紙　薄茶色地布目文様、縦二五・二×横一八・三糎。外題　直書左肩「勅撰一字御鈔　全」。内題「一字御抄巻第一（～八）」（巻首題）。匡郭　ナシ。柱刻　ノドに巻丁数のみ。行数　一面十四行書。丁数　全二四七丁。序あり。刊記　「元禄三歳庚午十月吉日／江戸日本橋音羽町／田方屋伊右衛門板行」。

印記「南葵文庫」「東京帝国大学図書印」など。
右と同じ刊記を有するものとしては、刈谷市中央図書館村上文庫・宮城県図書館伊達文庫蔵本（以上序あり）東京大学文学部国文学研究室・明治大学附属図書館（以上序なし）蔵本が、また書肆名が「御書物屋　出雲寺和泉掾」となっているものとしては、八戸市立図書館・東北大学附属図書館狩野文庫・今治河野美術館（以上序あり）蔵本が、書肆名が「新和泉町／版木屋四郎兵衛」となっているものとしては大阪市立大学附属図書館森文庫蔵本（序なし）がある。

元禄五年（一六九二）

○八月十八・十九日、後水尾院十三回忌あり。（『続史愚抄』ほか）

元禄六年（一六九三）

●正月、烏丸光広著『春の曙の記』再刊。
寛永十二年二月六日条参照。

元禄九年（一六九六）

○元禄九年八月十八・十九日、後水尾院十七回忌あり。（『続史愚抄』ほか）
『霊元院御集』（天和元年八月十八日条参照）に、「元禄九年八月後水尾院十七回忌追善」として「詠品経和歌」二十八首が載る。

元禄十二年（一六九九）

●六月、烏丸光広の家集『黄葉和歌集』刊。
寛文九年五月条参照。

元禄十五年（一七〇二）

●正月、細川幽斎述・烏丸光広記『耳底記』再刊。

寛文元年六月条参照。

元禄十六年（一七〇三）

●正月上旬、『類題和歌集』刊。

尾崎雅嘉『群書一覧』の「類題和歌集」の項に「後水尾院延宝年中諸臣に勅して今古の類歌を纂めしめて類題と号したまひ」とある。ただし、和田英松『皇室御撰之研究』は、『公規公記』寛文五年七月十一日条に「先日難波中将江仙洞法皇御撰之類題之事、令書写度之由、申遣候」とあることから寛文五年以前成立を示唆する。「難波中将」は難波宗量。また、日下幸男「尊経閣文庫本『類題和歌集』について」（みをつくし、一九八五年六月）は、尊経閣文庫蔵本の中院通茂奥書（延宝七年）に「類題和歌集者、寛永末年於仙洞仰諸臣、所被聚類也」とあることを報告する。

ただし、上冷泉為村述・宮部義正記『義正聞書』には「類題は後水尾院の御代御世話ありて中清書迄出来候得共未成就せぬ内に崩御にて今の世上へ出たる類題も吟味たらぬ物なり」とあるように、若干の脱漏があり、そのため霊元院歌壇では『新類題和歌集』が編集されたり、そののち補訂版として加藤古風編『類題和歌補闕』（文政十三年三月条参照）や『類題落穂集』（『大日本歌書綜覧』）が刊行されたのであろう。なお、三村晃功「後水尾院撰『類題和歌集』の成立」（光華女子大学研究紀要、一九九〇年十二月。『中世類題集の研究』和泉書院刊にも所収）に詳論がある。

刊本は元禄十六年刊本・無刊記本以外知り得なかったが、現在の残部状況や刷りからは、何度も版を重ねた様子が窺える。ここでは、慶応義塾図書館蔵刊本の書誌を記す。

装幀　半紙本、三十一巻三十一冊、袋綴。表紙　灰白色地に雲英摺唐草文様。縦二二・六×横一六・〇糎。外題　刷題簽左肩「類題和歌集　春之一巻一（〜公事）」（無辺）。内題「類題和歌集巻第一（〜三十）」（巻首題）。匡郭　ナシ。柱刻　丁数のみ。行数　一面十四行書。丁数　全一二九二丁。刊記「旹元禄十六癸未歳孟春上旬梓行／京師三条通竹屋町／御書物所／出雲寺和泉掾」。印記「慶応義塾大学国文学研究室印」。

宝永七年（一七一〇）

●八月、『新明題和歌集』刊。

翻刻・書誌は、『近世和歌撰集集成　堂上篇上』に備わる。刊記「宝永七庚寅歳仲穐吉辰／武陽牛込肴町／書林燕雀堂／平野屋吉兵衛新板」（刈谷市中央図書館村上文庫蔵本）。

正徳二年（一七一二）

○八月十八・十九日、後水尾院三十三回忌あり。（『続史愚抄』ほか）

享保元年（正徳六年。一七一六）

●正月、『新題林和歌集』刊。

釣月編者説は望月三英『鹿門随筆』、中神守節『歌林一枝』、石野広通『大沢随筆』、『霞関集』作者目録、「関東歌道系伝」などに見える。（松野陽一「陸奥紀行文芸資料㈡」『東北文学論集』一九八一年七月、島原泰雄「『新題林和歌集』の編者にまつわる取り沙汰」『書誌学月報』一九八五年十一月など参照。）

翻刻・書誌は、『近世和歌撰集集成　堂上篇上』に備わる。刊記「正徳六丙申歳孟春穀旦／江城書肆／須原屋平助／近江屋源蔵／平野屋吉兵衛／寿梓」（上野洋三氏蔵本）。

ただし内閣文庫蔵刊本は、右の刊記のあとさらに次の丁に「京都書林　冨小路通三条下ル町須原屋平左衛門」とある。

享保十四年（一七二九）

○八月十八・十九日、後水尾院五十回忌あり、（『続史愚抄』ほか）

享保十五年（一七三〇）

●五月、『新後明題和歌集』刊。

翻刻・書誌は、『近世和歌撰集集成　堂上篇上』に備わる。刊記「享保十五庚戌歳仲夏吉日／京都書肆堀河錦上ル町西村市良右衛門／江都書肆通本町三丁目西村源六　蔵板」（祐徳稲荷神社中川文庫蔵本）。

なお書肆名が、東京大学総合図書館蔵本では「京都書肆　須原屋平左衛門／江都書林　須原屋平助」となっている。また、宮城県図書館伊達文庫・宮内庁書陵部・静嘉堂文庫・静岡県立図書館葵文庫蔵本は、いずれも刊記（祐徳中川本と同じ）ののち、「文刻堂寿梓目録」（西村源六）を付載する（すべて内容が異なる）。

享保二十年（一七三五）

●八月、『部類現葉和歌集』刊。

翻刻・書誌は、『近世和歌撰集集成　堂上篇上』に備わる。刊記「享保廿年乙卯仲秋日／江戸日本橋南一町目万屋清兵衛／京寺町通五条上ル丁額田正三郎／同寺町通松原上ル丁辻井吉右衛門／版行」（大阪市立大学附属図書館森文庫蔵本）。島原泰雄「江戸時代前期の堂上歌界における「家集」について」（近世文芸、一九八四年十一月）は、島原氏蔵本の書誌を紹介するが、右と同じ刊記を有している。

ただし、神宮文庫蔵本は書肆名のところが「江戸日本橋南一町目万屋清兵衛／京寺町通五条上ル丁北尾八兵衛／合版」となっており、東洋文庫（小田切文庫）蔵刊本は書肆名のところが「京都　額田正三郎／仝　辻井吉右衛門／江戸万屋清兵衛／大坂　増田源兵衛／仝　葛城長兵衛」となっている。さらに宮内庁書陵部（一五〇・六三二）・吉田幸一氏蔵本は「増田源兵衛」のところが「森川久兵衛」になっている。また、和歌山大学附属図書館紀州藩文庫蔵刊本は、右の阪市大本と同じ刊記を有するが、そのあと額田屋正三郎の広告が付されている。

寛保三年（一七四三）

●正月、烏丸光広の家集『黄葉和歌集』再刊。

寛文九年五月条参照。

明和元年（宝暦十四年。一七六四）

●正月、『新続題林和歌集』成。

翻刻・書誌は『近世和歌撰集集成　堂上篇下』に備わる。奥書「新題林以後之和歌、義正打聞数首並広通・宗固写本、延享千首等、是彼令類聚畢、猶、追々従聞伝而、可書加者也、明和元年の春　憐霞斎」。刊記「弘所／江戸日本橋通一町目出雲寺和泉／同南伝馬町一町目鈴木伊右衛門／京三条通高倉東へ入出雲寺文治郎／大坂心斎橋筋順慶町柏原屋清右衛門」（上野洋三氏蔵本）。ただし、臼杵市立臼杵図書館・吉田幸一氏蔵本は「大坂心斎橋筋順慶町柏原屋清右衛門」が「大坂心斎橋筋南一丁目敦賀屋九兵衛」となっている。

市古夏生「類題集の出版と堂上和歌」（『近世堂上和歌論集』）は、右の出雲寺和泉等四軒版二種以外に、再版本として、

于時明和元甲申孟春開版
寛政十一己未正月求版
東都書肆　須原屋茂兵衛

という刊記を有するもの、三版として、

東都書肆　日本橋通壹町目須原屋茂兵衛

という刊記を有するものがあるとする。

初版本系（柏原屋を含む）は宮城県図書館伊達文庫・刈谷市中央図書館村上文庫・陽明文庫、初版本系（敦賀屋を含む）は臼杵市立臼杵図書館・吉田幸一氏、再版本は内閣文庫、三版本は宮内庁書陵部（一五一・九）・臼杵市立臼杵図書館、各蔵刊本がこれに当たる。なお、東北大学附属図書館狩野文庫・宮城県図書館伊達文庫・宮内庁書陵部（一五〇・六三九）・陽明文庫蔵本は無刊記。

また、蓬左文庫には天保十二年刊本も存する。刊記「天保十二年辛丑年正月／三都書林／京都二条通松原下ル町勝村治右衛門／大坂心斎橋通安堂寺町秋田屋太右衛門／江戸日本橋通壹丁目須原屋茂兵衛」。

安永八年（一七七九）

○八月十八・十九日、後水尾院百回忌あり。（『続史愚抄』ほか）

寛政八年（一七九六）

●五月、『新三玉和歌集類題』刊。

後水尾院・中院通茂・烏丸光栄の類題歌集。無窮会図書館神習文庫蔵刊本の書誌を以下に記す。

装幀　中本、一巻一冊、袋綴。表紙　薄藍色布目。縦一七・三×横一二・一糎。外題　直書左肩「新三玉和歌集全」。内題「新三玉和歌集類題」（巻首題）。匡郭　四周単辺。縦一四・〇×横九・四糎。柱刻ノドに「新三玉目一（～二八）」「新三玉　一（～二百八尾）」。行数　一面十二行書。丁数　二三六・五丁。刊記「寛政八辰年五月刻成／大坂書肆／葛城長兵衛／増田源兵衛」。印記「円陵文庫」。

なお、早稲田大学図書館蔵刊本は、右の刊記の前に増田源兵衛の広告二丁分がある。また、宮内庁書陵部蔵刊本は、右の刊記はなく、巻末に河内屋源七郎の広告二丁分と須原屋茂兵衛など八軒の書肆名を記した半丁分がある。ほかに井上宗雄氏蔵本にも刊記なく、須原屋茂兵衛など五軒の書肆名がある（簗瀬一雄「烏丸光栄研究序説」(一)『愛知淑徳大学国語国文』一九八九年三月）。また慶応義塾図書館蔵刊本は「文化四丁卯年／書林大坂心斎橋南久太郎町塩屋喜助」の刊記がある。

●八月、『三槐和歌集類題』刊。

中院家の通村・通茂・通躬の類題歌集。左に鶴見大学附属図書館蔵本の書誌を記す。

装幀　中本、二巻二冊、袋綴。表紙　練色地に雲母摺唐草文様。縦一七・八×横一一・八糎。外題　刷題簽左肩「三槐和歌類題　上（下）」（無辺）。内題「三槐和歌集類題」（巻首題）。匡郭　ナシ。柱刻　ノドに巻・丁数のみ。行数　一面十行書。丁数　上百五十九丁、下百三十八・五丁。刊記　「寛政八丙辰之歳秋八月発行／皇都書林／出雲寺文次郎／須原屋平左衛門／木村吉兵衛」。印記　「学校法人総持学園蔵書之印」「袖子ケ浦文庫」。

ただし、八戸市立図書館・大阪市立大学附属図書館森文庫蔵刊本は、本文と刊記の間に編者慈延の跋文がある。

寛政九年（一七九七）

●正月、『集外歌仙』刊。

寛文五年二月条参照。

寛政十一年（一七九九）

●正月、『新続題林和歌集』再刊。

明和元年正月条参照。

文化四年（一八〇七）

●この年、『新三玉和歌集類題』再刊。

寛政八年五月条参照。

文政二年（一八一八）

●正月、水無瀬氏成詠『水無瀬殿富士百首』刊。

寛永十三年三月二十一日条参照。

文政十二年（一八二九）

○八月十八・十九日、後水尾院百五十回忌あり。

宮内庁書陵部に『後水尾院百五十回聖忌御法会雑記』が存する。

天保元年（文政十三年。一八三〇）

●三月、加藤古風編『類題和歌補闕』刊。

『類題和歌集』（元禄十六年正月条参照）の欠落部分を補ったもの。三村晃功『中世類題集の研究』（和泉書院、一九九四年）に所収歌の詳細な検討がある。

ここでは国会図書館蔵刊本の書誌を記す。

装幀　六巻合三冊、袋綴。表紙　白色地に雲英摺唐草文様。縦二二・六×横一六・一糎。外題　刷題簽左肩「類題和歌補闕　春（〜雑）」（無辺）。内題「類題和歌補闕巻第一（〜六）」（巻首題）。匡郭　ナシ。柱刻　ノドに巻丁数のみ。行数　本文一面十四行書。丁数　全百五十五・五丁。序　成嶋司直・松田久道・自序。跋　大熊瑋。刊記「文政十三年庚寅三月刻成／染古楼蔵版／発行書林／京都三条通竹屋町出雲寺文次郎／大坂心斎橋安堂寺町秋田屋太右衛門／江戸浅草新寺町和泉屋庄次郎」。

右の国会本の構成は、A成嶋司直序→B松田久道序→C自序→D凡例→E本文→F大熊璋跋→G刊記となっているが、同様のものとしては大阪市立大学附属図書館森文庫蔵刊本㈹（二本あり）、臼杵市立臼杵図書館蔵本㈹（二本あり）がある。

また、ＡＢＦＣＤＥとあるものとして、宮内庁書陵部・東京大学総合図書館・無窮会図書館神習文庫蔵刊本がある。ほか、ＡＢＣＤＥＦに須原屋佐助の広告六丁分があるのが阪市大森本(乙)、ＡＢＣＤＥＦに須原屋佐助の広告半丁分があるのが刈谷市中央図書館蔵刊本、ＡＢＣＤＥＦに須原屋伊八の広告半丁分があるのが臼杵市立臼杵図書館(乙)本である。

天保十二年（一八四一）

●正月、『新続題林和歌集』再刊。

明和元年正月条参照。

第二章　霊元院歌壇主要事項年表

〈凡例〉

一、本章では霊元院歌壇における文学活動を中心として記述し、さらに霊元院歌壇内における文学活動ではなくても霊元院とその周辺に関係の深い事項も適宜加えた。
二、和歌御会などの定期的な歌会および霊元院歌一首一首の成立年代については、年表項目が膨大かつ煩雑になることを恐れ、人間関係にとって特に重要と思われるものを除き割愛した。なお和歌御会全体の論・資料については、本書第二部第一章凡例参照。
三、年号下の数字は霊元院の年齢を示す。
四、項目毎の頭に付した記号のうち、□は主として霊元院個人の文学活動であることを示し、○は霊元院と公家たちによって行なわれた集団性の強い文学活動であることを示し、△はそれ以外のもので、霊元院とその歌壇を考える上で参考になると思われるものであることを示し、●は出版であることを示す。□○は分類し難い場合も多いが、一応の目安とされたい。
五、本章に限り『霊元院御集』については以下の略称を用いる。（　）内は国文学研究資料館所蔵マイクロフィルムの紙焼き本番号。

A　高松宮家旧蔵『桃蘂集』（C四〇四）
B　同『桃蘂集』（C八九九、『新編国家大観』第九巻に翻刻が備わる。）
C　同『霊元院御集』（C九〇〇）
D　東北大学附属図書館狩野文庫蔵『桃蘂集』
E　列聖全集本

六、和田英松『皇室御撰之研究』（明治書院、一九三三年）、近世堂上和歌論集刊行会編『近世堂上和歌論集』（明治書院、一九八九

年）は頻出するため、出版社名と刊年は省略した。

承応三年（一六五四）　一歳

□五月二十五日、後水尾天皇第十九皇子識仁親王、のちの霊元天皇誕生。母は新広義門院藤原国子。（『本朝皇胤紹運録』）

寛文二年（一六六二）　九歳

□十二月十一日、識仁親王、元服。

『本朝皇胤紹運録』同日条に「加冠関白。二条光平公。理髪頭右中弁昭房朝臣」とある。

寛文三年（一六六三）　十歳

□正月二十六日、識仁親王践祚。（『本朝皇胤紹運録』）

○二月十二日、和歌御会始故院御代始　初度あり。（『続史愚抄』、内閣文庫蔵『近代御会和歌集』ほか）

題「鶯有慶音」（出題飛鳥井雅章）。霊元院歌は、

鶯のこゑものどけし久方のくも井の春は千代も限らじ

である。後水尾院から古今伝授をうけた歌人としては、中院通茂・雅章・日野弘資・烏丸資慶が出席した。

○二月二十二日、水無瀬宮法楽和歌御会初度あり。（『続史愚抄』）

○二月二十五日、北野天満宮法楽和歌御会初度あり。（『続史愚抄』）

□四月二十七日、霊元天皇即位。（『本朝皇胤紹運録』）

寛文九年（一六六九）　十六歳

□三月三日から、霊元天皇が五十首を詠じる。（霊元院御集B）

巻頭は、

関早春
あふ坂やまた夜をこめて来る春に関の杉むら今朝かすむらし

である。「寛文九年上巳以後日歌以替歌百首成満但替歌者殊更不足言仍略之」という注記が付されている。

寛文十年（一六七〇）　十七歳

□三月三日から、霊元天皇の着到百首が始まる。（霊元院御集A・D）

巻頭は、

歳中立春
雪は猶ふるとしながらけふこそといふばかりなる春やたつらむ

である。霊元院御集A・Dには、

抑百首之詠、寛文七八年之比、為初学、堀川百首之題詠之、以同題再返雖終其篇、尤不及書留令破却畢、寛文十年詠此百首後玉吟集題（巻頭暁立春）詠之、同雖申請於法皇添削四季已後有事障不遂功、仍不載于此、

という注記がある。

寛文十一年（一六七一）　十八歳

□四月七日、霊元天皇とその近習、花見の酒宴にて不行跡あり。（『中院通茂日記』）

これを契機に、後水尾院らが霊元天皇とその近習に学問を励行させた。（鈴木淳「武者小路家の人々」『近世堂上和歌論集』）

寛文十二年（一六七二）　十九歳

□三月二十三日、霊元天皇三十首詠。（霊元院御集B）

白川雅喬・裏松意光らが同席した。

延宝元年（寛文十三年。一六七三）　二十歳

□三月二十一日、霊元天皇十首詠。（霊元院御集B）

□このころ、後水尾院の言説を主とする霊元院の聞書『麓木鈔』成るか。

影印・翻刻が一九四七年宮内省図書寮から刊行されている。また『近世歌学集成』にも翻刻あり。

延宝二年（一六七四）　二十一歳

□正月、霊元天皇十首詠。（霊元院御集B）

□三月十一日、霊元天皇が一昼夜百首詠。（霊元院御集A・D）

巻頭は、

立春氷

いつしかとこほり吹とく朝風のたつ春しるき池のおもかな

である。

□五月十九日、後水尾院が霊元天皇に三部抄及び伊勢物語伝授をする。（『続史愚抄』）

延宝三年（一六七五）　二十二歳

□二月二十五日、霊元天皇十五首詠。（霊元院御集B）

□十月から、中院通茂が霊元院に『源氏物語』を進講する。（『続史愚抄』）

延宝五年（一六七七）　二十四歳

日下幸男「後水尾院歌壇の源語注釈」（『源氏物語古注釈の世界』汲古書院、一九九四年）参照。

□正月から後水尾院述・霊元天皇記『聴賀喜』の記述始まる。
宮内庁書陵部蔵本は、外題「聴賀喜」、内題「幾喜賀来」。表紙裏に、「自延宝五年正月」とある。第二部第一章参照。
△六月十五日から翌年まで、中院通茂が武者小路実陰の和歌を添削する。（『芳雲秘底』）
延宝六年（一六七八）　二十五歳
□春、霊元天皇十首詠。（霊元院御集B）

延宝七年（一六七九）　二十六歳

□冬、霊元天皇十首詠。（霊元院御集B）
△二月、中院通茂が武者小路実陰の和歌を添削する。（『芳雲秘底』）
□この年から、霊元天皇が当時九歳の尚仁親王の和歌を添削し始める。
宮内庁書陵部蔵『尚仁親王詠草』には延宝七年から元禄二年までの和歌が収められている。『列聖全集』御撰集第五巻は、霊元天皇添削の尚仁親王の和歌（貞享三〜五年）を収録する『仙洞御添削聞書』を収める。

延宝八年（一六八〇）　二十七歳

□四月、後西院が霊元天皇灌頂三十首を添削する。（霊元院御集B）
□五月上旬、後西院が霊元天皇に古今集講談を始めるが、五月八日徳川家綱薨去のため中断。（霊元院御集B）
□夏、霊元天皇十首詠。（霊元院御集B）
△八月十九日、後水尾院崩御、八十五歳。（『本朝皇胤紹運録』）
後水尾院の人生については、熊倉功夫『後水尾院』（朝日評伝選、一九八二年。岩波・同時代ライブラリー、一

九九四年）および本書第二部第一章参照。

△十二月、徳川光圀が霊元天皇に『扶桑拾葉集』を献上する。

延宝六年に後西院から題号下賜、同八年四月後西院へ献上、元禄六年に刊行された（井上宗雄他「扶桑拾葉集伝本書目」『立教大学日本文学』一九六四年六月。井上「中古中世和歌資料を含む叢書類について」『国文学研究』一九六四年三月）。

天和元年（延宝九年・一六八一）　二十八歳

□正月、霊元天皇十首詠。（霊元院御集Ｂ）

○四月十七日から八月九日まで、『当座和歌難陳』あり。（宮内庁書陵部蔵写本）

霊元院・烏丸光雄・白川雅喬・中院通茂・上冷泉為綱・飛鳥井雅豊・押小路公音・日野資茂出席。『歴代天皇宸翰展示目録』（宮内庁書陵部、一九九三年）参照。

□八月十九日、後水尾院一周忌あり。霊元院の「法華廿八品和歌」成る。（霊元院御集Ｂ）

『列聖全集』御製集第十巻に翻刻が備わる。

△八月末、水無瀬兼豊著『東路紀行』成る。

東北大学附属図書館狩野文庫蔵本がある。冒頭に「延宝九のとし八月すゑつかた」とある。

□八月、日野弘資・中院通茂が霊元天皇の和歌十首を添削する。（霊元院御集Ｂ）

○この年以前、霊元天皇指導の和歌稽古会あり。

出席者は、鷹司兼煕・烏丸光雄・今出川伊季・庭田重条・裏松意光・清水谷実業・竹内惟庸・押小路公音・藤谷為教（為茂）・白川雅光・五辻英仲・武者小路実陰・久我通規（通誠）・醍醐冬基・油小路隆真・今城定経・山科持

言・清閑寺熙定・四条隆盈・梅溪英通・花園公晴・上冷泉為綱・坊城俊方の二十三名である。年次は不明だが、五辻英仲は天和元年二月三十日、二十八歳で没しており、それ以前の会であろう。知り得た三本のうち、宮内庁書陵部蔵本は外題「霊元院九十七点和歌秘御点全」、奥書に、

右九十七題の和歌霊元院御点写直訖はなはた秘する所也他見を禁する者なり

光雄
実陰
為綱

とある。吉田幸一氏蔵本は外題「寛文帝勅点千首」、内題「寛文皇帝千首　勅添削」、奥書に、元文四年五月二十五日紀宗直および延享三年四月七日中原友俊のものがある。静嘉堂文庫蔵本は外題「霊元法皇勅点和歌集　全」、寛政元年井関敬正士済奥書および文化元年八月一日白性庵照盛奥書がある。熊谷武至「「芳雲和歌集類題」傍註(『類題和歌集私記』私家版、一九七二年)もこの時の写本を紹介する。

天和二年(一六八二)　二十九歳

□三月、後西院から霊元天皇への古今集講談再開。(霊元院御集B)

△秋、徳川光圀が、後水尾院遺愛の硯の銘を霊元天皇に献上する。(『常山文集』巻二十「今上皇帝制鳳足硯銘并序」)

□十月二日、霊元天皇五十首詠。(霊元院御集B)

巻頭は、

初春

雪残る野山もあらじあら玉の春はくまなき風のひかりに

である。

△十月二日、中院亭において中院通茂が『百人一首』を講釈する。

東京都立中央図書館加賀文庫蔵本は、外題「百人一首講釈実陰公聞書　完」、内題「天和二年十月二日／中院亜相百人一首講尺」。出席者は、清水谷実業・庭田重条・竹内惟庸・下冷泉為経・中院通躬・野宮定基・久世通夏・武者小路実陰ら。中央本には、実陰自筆本を転写した由を記す明治三十二年可汲奥書がある。

□冬、霊元天皇百首詠。（霊元院御集A・B）

巻頭は、

立春

一とせの光をみつの朝づくひ先のどかなる春はきにけり

である。

△この年から、大阪市立大学附属図書館森文庫蔵『実陰公聞書』の記事が始まる。

天和三年（一六八三）　三十歳

△正月二十日から、烏丸光雄述・岡西惟中記『光雄卿口授』の記事が始まる。

本文冒頭に「天和三年正月廿日列二御門下一」とある。『日本歌学大系』第六巻に翻刻が備わる。

□二月九日、霊元天皇第四皇子朝仁親王（東山天皇）の立太子の儀あり。（『本朝皇胤紹運録』）

立太子の儀は、北朝崇光院が花園天皇皇子直仁親王を皇太子に立てて以来、三百三十五年ぶりのことであり、霊元院の朝儀再興の一環と言える（『日本の近世』第二巻〈中央公論社〉など参照）。

□四月十六日、後西院から霊元天皇への古今伝授あり。（『続史愚抄』）

横井金男『古今伝授沿革史論』（大日本百科全書刊行会、一九四三年。増訂版『古今伝授の史的研究』臨川書店、一九八〇年）が『基熙公記』を引用し詳細に論じている。ほかに資料として宮内庁書陵部蔵『古今伝授竟宴和歌御会』および山岸徳平氏旧蔵『古今御伝授竟宴御会抜萃』などがある。前者内題に「天和三年四月廿二日道御伝授竟宴和歌御会」とある。また鶴崎裕雄他編『紀州玉津島神社奉納和歌集』（玉津島神社、一九九二年）が「天和三年六月一日御法楽」を翻刻する。『風のしがらみ』中にも所収。いわゆる御所伝授に関しては、小高道子「御所伝受の成立と展開」（『近世堂上和歌論集』）をはじめとする一連の小高論文に詳しい。

□秋、霊元天皇百首詠。（霊元院御集A・C・D）

巻頭は、

立春

久かたの光のどかに明そめて神代かはらぬ春は来にけり

である。

貞享二年（一六八五）　三十二歳

△二月二十二日、後西院崩御、四十九歳。（『本朝皇胤紹運録』）

後西院の人生については、田中隆裕「後西院の和歌・連歌活動について」（和歌文学研究、一九八六年十月）参照。

□春、霊元天皇百首詠、中院通茂添削する。（霊元院御集A・C）

巻頭は、

正朔子日

あら玉の春も今日こそ初子日さらにや松の千世をいは、む

である。

○四月十五日、霊元天皇が冷泉家文庫の文書三百二十余巻を召し寄せ、翌日から公卿・殿上人に書写させることになる。(『続史愚抄』)

後西院崩御直後のこの行動は、歌学に対してさらに本格的に取り組みたいと考えた霊元天皇の決意の現われであろう(久保田啓一「冷泉家の人々」『近世堂上和歌論集』、田中隆裕「霊元院下の堂上和歌の行方」『文教国文学』一九八九年)

○七月三十日、霊元天皇が後西院文庫の書籍を引き取る。(『続史愚抄』)

○九月から翌年九月まで、十二回にわたり、中院通茂・白川雅喬・霊元天皇指導の稽古会あり。

三康図書館蔵『御点取』によると出席者は、西洞院時成・幸仁親王・竹内惟庸・清水谷実業・庭田重条・烏丸宣定・野宮定基・鷹司兼熙・飛鳥井雅豊・岩倉乗具・白川雅光・水無瀬兼豊・石山師香・武者小路実陰・難波宗尚・上冷泉為綱・中院通躬・藤谷為茂・押小路公音・義延親王である。

□十月六日、霊元天皇撰『百首句題』成る。

『基熙公記』同日条に、

朗詠集、新朗詠集之中、百首句題御親撰云々、即拝見不叶所存者也、雖然箝口退出、

とある(和田英松『皇室御撰之研究』)。「朗詠集、新朗詠集」は『和漢朗詠集』『新撰朗詠集』。

□この年、霊元天皇五十首詠。(霊元院御集B)

巻頭は、

海路霞

和田の原なれし舟路もたどるまでいくへかすみの浪をわくらむ

である。

貞享三年（一六八六）　三十三歳

○四月二十二日から二十四日まで、霊元天皇ら十五名が各五十首詠。（霊元院御集B）

宮内庁書陵部蔵『五十首貞享三当座御会』には、次のような奥書がある。

右五十首和歌者、貞享三年四月廿一日当座御会之次賜題、自明日二ヶ日之間廻風情可献之旨、依仰所令詠進也、卒尒之詠定有後悔歟、叡覧之後雅豊朝臣奉之、一日之中終書写校合、尤可謂早速也、今随綸命加微言、恐怖不少者乎、

正二位源通茂

同じく書陵部蔵『五十首和歌貞享三』『公宴五十首御会和歌』にもほぼ同内容の奥書がある。（前者は前半のみ。）

出席者は霊元天皇の他に、烏丸光雄・中院通茂・日野資茂・庭田重条・西洞院時成・竹内惟庸・押小路公音・白川雅光・飛鳥井雅豊・中院通躬・上冷泉為綱・武者小路実陰・野宮定基・烏丸宣定。

霊元天皇の巻頭歌は、左記の通り。

早春

けさとくや霜もこほりもときつかぜいつ吹そめて春を見すらん

○五月十九・二十日、「内侍所御法楽千首（貞享千首）」あり。（『続史愚抄』）

霊元天皇在位中の最も大規模な和歌活動で、慶長十年後陽成院の催した慶長千首以来の千首御会である。出席者

は、霊元天皇・近衛基熙・中院通茂・烏丸光雄・白川雅喬・日野資茂・園基福・庭田重条・裏松意光・西洞院時成・風早実種・竹内惟庸・押小路公音・水無瀬兼豊・藤谷為茂・平松時方・上冷泉為綱・武者小路実陰・石井行豊・白川雅光・中院通躬・久我通誠・野宮定基・烏丸宣定・今出川伊季である。写本多数。『碧冲洞叢書』第六十七巻、『古典文庫　近世堂上千首和歌集』翻刻が備わる。

貞享四年（一六八七）　三十四歳

□三月二十一日、霊元天皇、東山天皇に譲位。（『本朝皇胤紹運録』）

△九月二十九日、日野弘資没、七十一歳。（『公卿補任』）

弘資の人生については、柳瀬万里「日野弘資」（国文学論叢、一九七八年一月）など参照。

△十一月十六日、東山天皇の大嘗祭あり。（『本朝皇胤紹運録』）

後土御門天皇の時以来、二百二十一年ぶりの大嘗祭であった。霊元院の朝儀再興の一環。天和三年二月九日条参照。また、武部敏夫「貞享度大嘗会の再興について」（書陵部紀要、一九五四年。『大嘗祭と新嘗』所収）も参照のこと。

元禄元年（貞享五年・一六八八）　三十五歳

□九月三日、霊元院、住吉社法楽にて百首詠。（霊元院御集Ａ・Ｂ）

巻頭は、左記の通り。

立春

梓弓やしまの外のなみ風ものどかなる世の春やきぬらむ

△十月十五日、白川雅喬没、六十九歳。（『公卿補任』）

○十二月十六日、霊元院から幸仁親王、烏丸光雄、清水谷実業へ天爾遠波伝授あり。（『続史愚抄』）
『基熙公記』にも経緯が詳しい。田中隆裕「霊元院下の堂上和歌の行方」（文教国文学、一九八九年）参照。

□この年、霊元院三十首詠。（霊元院御集B）

元禄二年（一六八九）　三十六歳

○十二月四日、霊元院から武者小路実陰へ天爾遠波伝授あり。（『武者小路系図』）
鈴木淳「武者小路家の人々」（『近世堂上和歌論集』）参照。

元禄三年（一六九〇）　三十七歳

△三月二十八日、園基福七十賀会あり。（内閣文庫蔵『近代賀算詩歌』）

△十月十七日、烏丸光雄没、四十四歳。（『公卿補任』）

元禄五年（一六九二）　三十九歳

○九月二十六日、明正院七十賀あり。（『続史愚抄』）
『風のしがらみ』下に霊元院らの「屏風色紙之和歌」掲載。

元禄六年（一六九三）　四十歳

□正月一日、霊元院が人麻呂・定家の影像を前にして和歌を詠じる。（霊元院御集E）
この年から毎年元旦の恒例となる。享保九年からは三条西実隆の影像が加わる。

△十一月から、清水谷実業述・恕堅記『水青記』の記事始まる。
宮内庁書陵部蔵本。『近世歌学集成』に翻刻が備わる。

元禄七年（一六九四）　四十一歳

□三月十七日、一乗院宮（真敬親王）から桃の枝を贈られて、霊元院一首詠。（霊元院御集E）
□十二月二日、勘解由小路韶光の氷を詠んだ詩に和して霊元院二首詠。（霊元院御集E）
△この年、中院通茂が『拾遺愚草』を書写する。
冷泉為臣『藤原定家全歌集』（文明社、一九四〇年。国書刊行会、一九七四年）には、『拾遺愚草』の一伝本として「中院通茂卿筆、元禄七年写本（東大）」とある。

元禄八年（一六九五）　四十二歳

□二月十三日、徳川綱吉五十賀。霊元院二首詠。（霊元院御集E、内閣文庫蔵『近代御会和歌集』・『風のしがらみ』上）
△三月、武者小路実陰が葉室頼重蔵の『詠歌大概』注釈書を書写する。
宮内庁書陵部蔵『大綱抄玄旨聞書』奥書に、
右一冊借請葉室中納言頼重卿本書写之
元禄八年季春　　右中将実陰
とある（土田将雄『細川幽斎の研究』笠間書院、一九七六年）。
□八月十五日、一乗院宮（真敬親王）の詩に和して、霊元院一首詠。（霊元院御集E）
○九月二十四日から十二月二十一日まで、四回にわたり中院通茂・霊元院指導の和歌稽古会あり。
三康図書館蔵『御点取』によると、出席者は、野宮定基・六条有藤（有慶）・久世通夏（通清）・済深法親王・東園基雅・日野輝光である。
□秋、霊元院瘧疾。詩歌あり。（『風のしがらみ』中）

○十月十一日から十二月七日まで、霊元院が『詠歌大概』を講釈する。（『続史愚抄』）

　この時の資料としては、講釈を聴聞した東園基量の『基量卿記』や中院通躬の『詠歌大概聞書』（和田英松『皇室御撰之研究』）、および柳沢文庫蔵『仙洞於御会間御講談』（鈴木淳「武者小路家の人々」『近世堂上和歌論集』紹介）『芳雲秘底』などがある。

△十一月二十日から元禄十二年五月二十七日まで、中院通茂が『拾遺愚草』に注を加える。

　国会図書館蔵『拾遺愚草俟後抄』によって、加注した日付を知ることができる。兼築信行「中院通茂の『拾遺愚草』注釈」（国文学研究、一九八四年十月）参照。

元禄九年（一六九六）　四十三歳

□八月、霊元院が後水尾院十七回忌詠品経和歌二十八首詠。（霊元院御集B）

△この年、東園基賢七十賀会あり。（内閣文庫蔵『近代賀算詩歌』）

元禄十年（一六九七）　四十四歳

△三月下旬、中院通茂著『百人一首私抄』成立（京都大学附属図書館蔵本）。

元禄十一年（一六九八）　四十五歳

○秋、霊元院と中院通茂百首詠。（霊元院御集A、宮内庁書陵部蔵『元禄十二（ママ）年御百首』、今治市河野美術館蔵『着到百首』）

　通茂のみの百首を収めたものとしては、大阪市立大学附属図書館森文庫蔵『中院通茂詠草』がある。宝永三年と享保五年奥田承救奥書を有する。

　霊元院巻頭は、

立春

春のくる道をしるべにひと、せのとをき日かずもたちかへるらむ

である。

元禄十二年（一六九九）　四十六歳

△五月、武者小路実陰述・大江鉤月記『大江鉤月聞書』成る。

宮内庁書陵部蔵本巻末に、「問　水竹居宮城隆哲老人／答　武者小路藤原実陰卿／取次嘯月」とある。鈴木淳「武者小路家の人々」（『近世堂上和歌論集』）参照。

△八月上旬、中院通茂の『百人一首聞書』成る。（京都大学附属図書館蔵『百人一首聞書』）

元禄十三年（一七〇〇）　四十七歳

△正月晦日、中院通茂七十賀あり。（内閣文庫蔵『中院通茂卿七十賀記』、茨城大学附属図書館菅文庫蔵『中院通茂七十賀記』など）

武家側からも田村建顕（宗永）らが出席した（渡辺憲司「大名と堂上歌壇」『近世堂上和歌論集』）。この時の和歌資料は『年山紀聞』『風のしがらみ』上にも所収。

△九月、飛鳥井雅豊、百首詠。

『大日本歌書綜覧』に『雅豊卿詠百首』は「元禄十三年九月仙洞の仰によりて詠進せられしもの」とある。

△十二月六日、徳川光圀没、七十三歳。（『続史愚抄』ほか）

『年山紀聞』『風のしがらみ』下は、光圀追悼歌として中院通茂以下十首を掲げる。

とりわけ通茂は光圀と親しかった。追悼歌のうちいくつかを挙げる。

時雨

雲と今消しも同じ七十の老のたもとぞきくにしぐる、　中院通茂

落葉

あく時もあらじ千種のもみぢ葉をささふ習もうき嵐かな　武者小路実陰

□十二月二十五日、霊元院が能順に硯を与える。

『北野拾葉』に、

元禄十三年十二月廿五日従仙洞御硯拝領して同廿八日立春に奉ける　行年七十三法橋能順

年のうちの春日かしこき光かな

歳旦

今朝しるや筆の海より春の水

とある（棚町知彌「霊元院と能順」『小松天満宮だより』一九八八年八月）。

元禄十四年（一七〇一）　四十八歳

○九月二十一日、「太神宮御法楽千首（元禄千首）」あり。（『続史愚抄』ほか）

元禄期における霊元院歌壇の活動のなかで最も大規模なもの。出席者は、霊元院・邦永親王・鷹司兼熙・九条輔実・二条綱平・久我通誠・中院通茂・東園基量・庭田重条・万里小路淳房・清水谷実業・中院通躬・今城定経・東園基雅・藤波景忠・外山光顕・石井行豊・白川雅光・飛鳥井雅豊・花園公晴・上冷泉為綱・東久世博高・風早公長・桑原長義・鷲尾隆長・日野輝光・野宮定基・滋野井公澄・久世通夏・水無瀬氏孝・阿野公緒・広橋兼廉・上冷泉為久・入江相尚・北小路徳光・清水谷雅季の三十六名。東京大学総合図書館蔵写本には次のような奥書がある。

右一冊者冷泉治部卿御本申出書写以久世中将殿御自筆本令校合畢元本者中院家御本以禁裏御本校合最規模可為証本者也

于時元禄十五午歳正月上旬　雲泉

後日所々不審中院亜相公奉窺直付者也

元禄十六未年依雲泉本書写令校合者也　秀嶺

享保十八丑歳霜月十八日書写之

寛政六年寅三月書写之　坂田勘兵衛諸哉

水田七二助ト改苗

「冷泉治部卿」は為綱、「久世中将」は通夏、「雲泉」は打它光軌（通茂門人。相馬藩和歌師範）。翻刻は、『碧冲洞叢書』第六十七巻、『古典文庫　近世堂上千首和歌集』に備わる。

△十一月二十八日、烏丸資慶三十三回忌詩歌会あり。（宮内庁書陵部蔵『先代御便覧』二十五）

△十二月二日、一条兼輝五十賀歌会あり。（宮内庁書陵部蔵『先代御便覧』二十五）

△十二月九日、三条西実教没、八十三歳。（『公卿補任』）

元禄十五年（一七〇二）　四十九歳

△二月二十九日、「後十輪院五十回忌和歌」成る。

「後十輪院」は中院通村。熊谷武至『類題和歌集私記』（私家版、一九七二年）参照。

△春、武者小路実陰著『芳雲院内府鈔』成る。

宮内庁書陵部蔵本奥書に、「元禄十五年春書之　実陰」とある。鈴木淳「武者小路家の人々」（『近世堂上和歌論集』）参照。

□夏、霊元院百首詠、中院通茂が添削する。

（霊元院御集A、学習院大学国語国文学研究室蔵『渓雲院殿御着到二百首』、東京大学文学部本居文庫蔵『御百詠紀行寄書』、慶応義塾図書館蔵『仙洞御百首』）この時のものと思われる写本を熊谷武至「仙洞御百首」（『類題和歌集私記』私家版、一九七二年）が紹介する。翻刻は『列聖全集』御製集第十巻に備わる。

巻頭は、

山早春

朝な〳〵かすむそなたの日影にもはるの越ける山は見ゆらん

である。

○九月十六日から十月十七日まで、霊元院が『百人一首』を講釈する。

京都大学附属図書館中院文庫蔵『百人一首御抄』は元禄九年五月に一旦成立したものを元禄十五年講釈の際改訂したもの。奥書に、

元禄九年五月十一日終功

此抄元禄十五年九月十月両月之間講談之節令点検改正者也　勅印

とある。また、陽明文庫蔵『百人一首御講釈聞書』は、清水谷実業の聞書。武者小路実陰の『芳雲秘底』第九冊にも講義資料が収められている（鈴木淳「武者小路家の人々」『近世堂上和歌論集』）。出席者は、中院通茂・葉室頼孝・東園基量・清水谷実業・庭田重条・清閑寺熙定・中院通躬・園基勝・風早実種・西洞院時成・藤谷為茂・梅小路共方・飛鳥井雅豊・東園基雅・押小路公音・竹内惟庸・堀河康綱・花園公晴・上冷泉為綱・武者小路実陰・東久

世博高・風早公長・桑原長義・日野輝光・野宮定基・滋野井公澄・久世通夏・六条有藤（有慶）・藤谷為信・阿野公緒・押小路実岑・上冷泉為久・竹内惟永・入江相尚・清水谷雅季である。和田英松『皇室御撰之研究』も参照。

○秋、中院通茂百首詠、霊元院が添削する。

（霊元院御集A、伊達市立開拓記念館蔵『中院通茂百首』、高松宮家旧蔵『渓雲院内府百首』、大阪市立大学附属図書館森文庫蔵『中院通茂百首』）この時のものと思われる写本を熊谷武至「仙洞御百首」（『類題和歌集私記』私家版、一九七二年）が紹介する。

○十一月十一日から十二月十六日まで、中院通茂が『未来記』『雨中吟』を講釈する。

大阪市立大学附属図書館森文庫蔵『未来記雨中吟聞書』冒頭には、

元禄十五年戊年冬、依仙洞之仰、中院前源大納言通茂卿未来記雨中吟御講釈之御催有之、十一月十一日巳刻於御亭御下読始らる、

とある。今治市河野美術館蔵本奥書には、

右一冊者中院前内府通茂公於仙洞御所御講談之御抄也雖為一子於未練之努々不可有相伝者也。

元禄十六秋天

とある。そのほか『芳雲秘底』にも資料あり（鈴木淳「武者小路家の人々」『近世堂上和歌論集』）。また松井幸隆にも聞書がある（上野洋三「堂上歌論の問題」『近世堂上和歌論集』）。

△十二月六日、一条教輔七十賀歌会あり。（宮内庁書陵部蔵『先代御便覧』二十五）

○十二月十八日、霊元院から清水谷実業・武者小路実陰・中院通躬への三部抄伝授あり。（『芳雲秘底』）

鈴木淳「武者小路家の人々」（『近世堂上和歌論集』）参照。

○この年、霊元院・中院通茂・清水谷実業・武者小路実陰百首詠。

霊元院巻頭は、

都早春

のどかなる光もそひて玉敷の都の日影春やわくらん

である。四人の作品すべてを収めたものとしては、宮内庁書陵部蔵『一人三臣和歌』(一五二・四九)(二六六・一一五)『元禄百首和歌』『元禄十五年百首』(『百首和歌集成』の内)、東京都立中央図書館加賀文庫蔵『仙洞四吟百首』などがある。そのうち書陵部本(一五二・四九)には、

嘉永七年四月十日　内大臣輔熙奉新写

という奥書がある。「輔熙」は鷹司輔熙。そのほか、陽明文庫蔵『一人三臣和歌』には霊元院・通茂・実業の三人のみの作品が収められており、これには、

宝永二年仲春下旬写之

という奥書がある。また、神宮文庫蔵『中院通茂卿・清水谷実業卿同題百首和歌』、大阪市立大学附属図書館森文庫蔵『清水谷実業詠草・武者小路実陰詠草』は各々通茂・実業、実業・実陰のみの作品を収める。神宮本には、

于時嘉永七寅年春二月之頃於大宮司御殿内写之畢　大久保平恒清(花押)

という奥書がある。

また慶応義塾図書館蔵『仙洞御百首』は霊元院の作のみを収める。さらに今治市河野美術館蔵『清水谷実業御百首』および宮内庁書陵部蔵『片玉集前集』巻三十一所収「清水谷実業卿百首」は実業の百首のみが載る。熊谷武至「「一人三臣和歌」傍註」(『続々歌集解題餘談』水甕叢書一九八、一九六八年)は、岩倉具統(乗具)所蔵本を書写

した旨記す宝永三年奥書のある写本を紹介する。『大日本歌書綜覧』にも「元禄一人三臣和歌」と称するものが紹介されている。霊元院御集Aは「元禄十三年秋」とするが誤りであろう。

元禄十六年（一七〇三）　五十歳

□三月三日から霊元院の着到百首和歌が始まる。（霊元院御集A・C・D）

巻頭は、左記の通り。

歳中立春

今日よりや雪も梢の花かつらふる年かけて春はきにけり

□七月二日、柳沢吉保の名所百首を霊元院が添削（柳沢文庫蔵『仙洞御所御添削集』）。

宝永年間に正親町公通を仲介役として吉保は何度も霊元院の添削を受けている。

△十一月二十二日、関東大地震。中院通茂一首詠。

刈谷市中央図書館村上文庫蔵『蓬廬雑鈔』第六十六冊には、「中院通茂地震歌」として、

玉津島千代のいはほをゆりすへて動かぬ御代のためしにぞひく

を載せる。この歌は、大田南畝の随筆『一話一言』（大田南畝全集、補遺参考篇3）にも載っている。

□この年、霊元院「わらはやみ」、歌徳により快復。（『風のしがらみ』上）

宝永元年（元禄十七年・一七〇四）　五十一歳

△二月上旬、上冷泉為綱が『詠歌大概』書写。（『思文閣古書資料目録』一二七号）

△七月十九日、竹内惟庸没、六十九歳。（『公卿補任』）

○十月十六日から宝永三年六月二十六日まで、十四回にわたり霊元院指導の和歌稽古会あり。

三康図書館蔵『御点取』によると出席者は、東山天皇・久世通夏・阿野公緒・清水谷雅季・飛鳥井雅豊・東園基雅である。

宝永二年（一七〇五）　五十二歳

○二月九日、徳川綱吉六十賀会あり。

『続史愚抄』同日条に、

自レ院賜六十賀和歌御製已下一座懐紙於征夷大将軍綱吉右大臣。題、松樹契久。

とある。内閣文庫蔵『近代賀算詩歌』および宮内庁書陵部蔵『徳川綱吉六十賀七十首写』に当日の和歌が載る。前者には鷹司兼熙・九条輔実・中院通躬・飛鳥井雅豊・武者小路実陰・日野輝光・邦永親王・中院通茂・久我通誠・清水谷実業・上冷泉為綱・東園基雅の十二名による月並御屏風和歌が付載されている。『風のしがらみ』下所収。

また同月、霊元院撰『源氏物語十二月詞書』成る。福井市立図書館松平文庫蔵『集書』所収「源氏月次絵詞」には、次のような奥書がある。

右宝永二年二月自仙院被遣于関東御屏風御色紙源氏詞十二月以巻之詞勅撰也筆者関白三大臣法親王大中納言参議已下也絵土佐刑部図レ之

高松宮家旧蔵『源氏物語十二月詞書』には、

以右衛門督為村卿所持本書写之

寛延二年七月十八日一品中務卿職仁親王

という奥書がある。

△閏四月二十一日、一条教輔室七十賀あり。（『続史愚抄』『風のしがらみ』中）

□八月十日から二十一日まで、『霊元院宸翰御記』成る（和田英松『皇室御撰之研究』）。

○九月九日から、霊元院ら十五名による着到百首和歌始まる。

霊元院巻頭は、

一夜をも年はへだてぬあかつきの鳥の初音に春は来にけり

である。

出詠者は、霊元院ほか中院通茂・中院通躬・万里小路淳房・清水谷実業・庭田重条・飛鳥井雅豊・日野輝光・武者小路実陰・上冷泉為綱・風早公長・久世通夏・阿野公緒・上冷泉為久・烏丸光栄。宮内庁書陵部蔵『仙洞御着到百首宝永二年』（五〇一・七八五）には「御五十二灵元院様也即御点被遊候由」とあり、霊元院が添削したらしい。『渓雲問答』には「宝永二年九月朔日、仙洞より着到百首の題仰出さる。九日より始めらる、よしなり」として、この時の様子を伝えている。

写本多数。そのうち、以下の書に奥書がある。

◦宮内庁書陵部蔵本（伏・一五四）

右之写本ハ中院家之御本也

◦宮城県図書館伊達文庫蔵本

◦東京大学総合図書館蔵本（E三一・一四一三）

右仙洞御着到千五百首上下巻者依連阿法師證本書于曼陀羅巻之曽艸庵

享保元年申季秋既望　耽書堂望百里

◦陽明文庫蔵本

以芝山前黄門持豊卿所持本写之可秘蔵者也

于時文化十年四月

また『大日本歌書綜覧』には「宝永二年一人三臣和歌」「宝永仙洞着到百首」と称するものが紹介されている。

△九月から、中院通茂述・松井幸隆記『渓雲問答』の記事が始まる。

『渓雲問答』は翻刻が『日本歌学大系』第六巻、『近世歌学集成』に備わる。上野洋三「堂上歌論の問題」(『近世堂上和歌論集』)参照。なお、近世堂上歌論全体に関わる論として、上野洋三「元禄堂上歌論の到達点」(国語国文、一九七六年八月。『秘儀としての和歌』有精堂刊にも所収)などがある。

宝永三年(一七〇六)　五十三歳

△八月、勘解由小路韶光が、伊藤仁斎の『古学先生文集』に序文を寄せる。

鈴木淳「武者小路家の人々」(『近世堂上和歌論集』)参照。

△十月十日、白川雅光没、四十七歳。(『公卿補任』)

△十一月二十九日、中院通茂の『詠歌大概』講釈始まる。

宮内庁書陵部蔵『詠歌大概聞書』(五〇一・四六六)は、その時の日野輝光の聞書である。内題に「宝永三年十一月廿九日」と記されている。『渓雲問答』には、

宝永三年十一月二十九日、詠歌大概御講釈始めらる。是にて再返承、冥加なることなり。

とある。土田将雄『細川幽斎の研究』(笠間書院、一九七六年)も参照。

宝永四年(一七〇七)　五十四歳

△二月下旬、中院通躬著「播磨国曽根松記」成る。

奥書に、

宝永第四仲春下浣　　亜槐通躬

とある。正徳五年二月二十五日条参照。

△十月、勘解由小路韶光が、『聖廟御詠』を書写する。

大阪府立中之島図書館蔵『聖廟御詠』奥書に、

此本以管三位長義卿所蔵写畢

宝永四年初冬　　参議韶光

とある。蔵中スミ「霊元院歌壇と菅原長義、勘解由小路韶光」（親和女子大学研究論叢、一九九〇年二月）参照。

△十二月十一日、中院通茂尚歯会あり。（『風のしがらみ』中）

宝永六年（一七〇九）　五十六歳

○三月二十三日、霊元院から武者小路実陰へ伊勢・源氏三ヶ大事伝授あり。（『武者小路系図』）

鈴木淳「武者小路家の人々」（『近世堂上和歌論集』）参照。

△六月二十一日、中御門天皇即位。（『本朝皇胤紹運録』）

△九月十日、清水谷実業没、六十二歳。（『公卿補任』）

実業の人生については、拙稿「霊元院とその周辺」（『近世堂上和歌論集』）参照。

□十二月十七日、東山院崩御、三十五歳。（『本朝皇胤紹運録』）翌年正月十七日、霊元院追悼歌あり。（『風のしがらみ』中）

宝永七年（一七一〇）　五十七歳

△正月二十六日、東園基量没、五十八歳。（『公卿補任』）
△三月二十一日、中院通茂没、八十歳。（『公卿補任』）
中院通茂の人生については本書第一部第一章第一節四参照。
□七月、新広義門院三十三回忌、霊元院二十八首詠。（霊元院御集B）
巻頭は、
序品
今もその光あまねく照すより法の花さく時やしるらん
である。
△八月十一日、閑院宮家創立。（『続史愚抄』ほか）
新井白石が六代将軍家宣に進言したことが契機となって、故東山院第七皇子秀宮のために親王家が立てられた。朝幕関係が円満無事であったことを示す一事実と言える（『日本の近世』〈中央公論社〉第二巻）。
●八月、『新明題和歌集』刊。
本書第二部第一章参照。
□宝永頃、霊元院著『乙夜随筆』成るか。
和田英松『皇室御撰之研究』に「元禄十七年、中院前大納言歳旦の歌をのせられたれば、宝永頃まで、宸筆を染めさせ給ひしものならんか」とする。複製がある（佐佐木信綱編、大八洲出版、一九四六年）。

正徳元年（宝永八年・一七一一）　五十八歳
△七月二十九日、日野資茂二十五回忌詩歌会あり。（宮内庁書陵部蔵『先代御便覧』二十五）

正徳二年（一七一二）　五十九歳

△三月二十一日、中院通茂三回忌歌会あり。（宮内庁書陵部蔵『先代御便覧』二十五）

△四月、「仙台領地名所和歌」成る。

「陸奥山」以下仙台領内の名所二十を題として二十首を詠んだもの。出詠者は、中院通躬・久我惟通・風早公長・清水谷雅季・日野輝光・風早実積・上冷泉為綱・大炊御門経音・六条有藤・竹内惟永・烏丸光栄・武者小路公野・久世通夏・武者小路実陰・広幡豊忠・藤谷為信・押小路実岑・日野資時・上冷泉為久・久我通誠の二十名である。その成立過程は、刊本にある跋文から知ることができる。

予嘗撰封内陳跡勝地、其名尤著者、請冷泉為綱卿、以出題需和歌于公家諸君各詠一首、自筆短冊輯為一帖云

正徳龍集壬辰孟夏之日

左近中将吉村識

「吉村」は仙台藩主伊達吉村、近衛基熙・中院通茂・中院通躬・武者小路実陰・竹内惟庸・清水谷実業らに和歌を学んだ。また吉村室冬姫は久我通誠養女、宝永五年閏正月二十五日の中院亭新築祝会歌会にも吉村は出席している（渡辺憲司「大名と堂上歌壇」『近世堂上和歌論集』）。右の跋によれば、その吉村の依頼により上冷泉為綱が出題したのである。（なお、元文四年四月十八日には、吉村六十歳を祝って歌会が催され、中院通躬・久我通兄・上冷泉為久らが出詠している。大阪市立大学附属図書館森文庫蔵『仙台中将吉村朝臣六十賀和歌』）

翻刻は『碧冲洞叢書』第七十三巻、『仙台叢書』第六巻に備わる。また版本も種々存する。調査した範囲で最も残存数が多いのは、天保十年萩原政定跋を有するもの、構成は和歌二十首・吉村跋・作者名寄・政定跋となっている。東京大学総合図書館蔵本（E三一・二六〇）の書誌を記す。

装幀　大本、一巻一冊、袋綴。表紙　浅葱色布目文様。縦二六・三×横一八・一糎。外題　刷題簽左肩「仙台名所和歌」（無辺）。内題「仙台領地名所和歌」（巻首題）。匡郭　ナシ。柱刻　丁数のみ。行数　一面七行書（跋六・七行）。丁数　八丁。跋　伊達吉村・萩原政定。印記　「渡部文庫御蔵書印」「東京帝国大学図書印」。

右の東大本と同じ構成を有するものとしては、宮内庁書陵部・東京大学総合図書館（E三一・三九九）・早稲田大学図書館・無窮会図書館神習文庫・鶴見大学附属図書館蔵本などがある。

また、正徳四年「塩松八景」を付載する版本も二種知り得た。弘前市立図書館・内閣文庫蔵本・京都大学附属図書館蔵本は大本・有匡郭本、東京都立中央図書館加賀文庫蔵本は中本・有匡郭本である。いずれにも刊記なし。正徳四年二月条も参照されたい。

正徳三年（一七一三）　六十歳

●正月、『歌道名目抄』刊。

和歌作法書。清水谷実業・中院通茂ら堂上歌人の和歌七十八首を掲載する。市古夏生「類題集の出版と堂上和歌」（『近世堂上和歌論集』）参照。

□八月十六日、霊元院落飾。法諱、素浄。（『本朝皇胤紹運録』、『翁草』巻三十八、『月堂見聞集』巻六）

△八月十六日から、武者小路実陰述・似雲記『詞林拾葉』の記事が始まる。

『日本歌学大系』第六巻、『近世歌学集成』に翻刻が備わる。また略本に『磯の浪』（享和元年六月条参照）がある。揖斐高「江戸派の揺籃（下）」（文学、一九八二年三月）、鈴木淳「武者小路家の人々」（『近世堂上和歌論集』）など参照。

△この年、「甲府八景」成る。

大阪市立大学附属図書館森文庫蔵『葱の下根』、宮内庁書陵部蔵『将軍家御屛風和歌』などに所収。奥書に、

右之八景者松平甲門刺史依懇望而正親町一信公勧進之尤歴勅許之由

正徳三癸乙年

とある（阪市大本）。「松平甲州刺吏」は柳沢吉里、「正親町一信公」は公通。出詠者は、中院通躬・日野輝光・武者小路実陰・久世通夏・入江相尚・上冷泉為綱・外山光顕・中山篤親の八名である。なお、甲府市恵林寺にも、「金雲彩色の見事な一巻」（渡辺憲司「大名と堂上歌壇」『近世堂上和歌論集』）が蔵されている。

正徳四年（一七一四）　六十一歳

△二月、「塩松八景」成る。

「塩釜浦船」以下塩釜松島の名所・景物の組題八首を詠んだもの。出詠者は、武者小路実陰・久世通夏・烏丸光栄・日野輝光・上冷泉為久・久我通誠・中院通躬・上冷泉為綱の八名。伊達吉村が為綱に請うて成った。翻刻が『碧冲洞叢書』第七十三巻、『仙台叢書』第六巻に備わる。『風のしがらみ』上にも所収。正徳二年四月条参照。

○五月三十日、霊元院から武者小路実陰への古今伝授あり。

『続史愚抄』同日条に、

自二法皇一授二賜古今和歌集秘訣於武者小路前宰相一実陰御講談竟日

とある。中院通躬も講釈を聴聞、ただし伝授なし。鈴木淳「武者小路家の人々」（『近世堂上和歌論集』）参照。

□秋、霊元院著『源氏物語詞書』成る。

和田英松『皇室御撰之研究』に紹介されている一本に、

此源氏物語詞書者、法皇御撰云々、正徳四年秋、件色紙諸家筆五十四枚、以六条中納言有藤卿賜之、仍写之、於

色紙者尤為家珍者也、

正徳五年七月六日　　槐下判

という奥書がある。

正徳五年（一七一五）　六十二歳

△二月二十五日、「播州曽根社御奉納和歌」成る。

東京都立中央図書館加賀文庫蔵『播磨曽根松記』および尊経閣文庫蔵『播磨国曽根松記』による。出詠者は、正仁親王・久我通誠・久我惟通・中院通躬・日野輝光・六条有藤・風早公長・久世通夏・藤谷為信・押小路実岑・上冷泉為久・清水谷雅季・三条西公福・高辻総長・五条為範・高松重季・武者小路公野・風早実積・日野資時・烏丸光栄の二十名。詠歌のあと、通躬の漢文の跋と三輪希賢の「播州曽根松詠歌記事」がある。また、右の二本には通躬の「播磨国曽根松記」が載る。宝永四年二月下旬条参照。

△二月二十七日、一条教輔室八十賀あり。（『続史愚抄』『風のしがらみ』中）

△五月、「厳島八景」の和歌成る。

光明院恕信勧進。「厳島明燈」以下八首。出詠者は、和歌が中院通躬・上冷泉為久・烏丸光栄・清水谷雅季・風早実積・押小路実岑・風早公長・日野輝光。享保元年十一月条参照。

本作品を収録した『厳島八景』という書が元文四年に刊行されている。多治比郁夫「『厳島八景』の刊本」（春月、一九六九年五月）、朝倉尚「『厳島八景』考」（瀬戸内海地域史研究、一九八九年十月、九二年四月）参照。

□七月七日、霊元院七夕七首詠。（霊元院御集Ｂ）

△九月二十九日、霊元院皇女八十宮（吉子内親王）と七代将軍家継の婚約成る。（『本朝皇胤紹運録』ほか）

翌年四月家継が没したため、この縁組は結局実現しなかった。『日本の近世』〈中央公論社〉第二巻参照。

△十一月二十四日、中山篤親六十賀会あり。（宮内庁書陵部蔵『先代御便覧』二十五）

享保元年（正徳六年・一七一六）　六十三歳

●正月、『新題林和歌集』刊。

本書第二部第一章参照。

△三月二十一日、中院通茂七回忌歌会あり。（宮内庁書陵部蔵『先代御便覧』二十五）

『光栄卿記』同日条には、

中院故前内大臣通茂公七回忌也。依之、折庭前欵冬杜若等、可被備牌前由、贈通躬卿了。

とある。

△六月十五日、柳沢吉里家集『潤玉和歌集』成る。

柳沢吉里は吉保男、甲斐府中城主ののち大和郡山に移封。柳沢文庫蔵『潤玉和歌集』所収歌には、霊元院・中院通茂・野宮定基・正親町公通・武者小路実陰・上冷泉為綱・風早実種・中院通躬・芝山定豊・清水谷実業・姉小路実紀らの添削が加えられている。その奥書には、

右所編和歌、仙院及公卿之所賜添削也。予雖既有積玉集載之、混而不別、豈非滄海之遺珠、故以拾之別編之也。

正徳六年六月望日　　甲斐拾遺吉里

とある。なお、福井久蔵『諸大名の学術と文芸の研究』（厚生閣、一九三七年）、宮川葉子「徳川大名柳沢吉里の文芸活動」（文学語学、一九九一年六月）、「徳川大名柳沢吉里と『源氏物語』」（近世文芸、一九九二年二月）参照。

△七月十三日、押小路公音（公起）没、六十七歳。（『公卿補任』）

△七月十三日、八代将軍徳川吉宗、将軍宣下。(『徳川実紀』『続史愚抄』ほか)
実陰の『詞林拾葉』同年十二月二十二日条には、
今度関東大樹仁徳ある御人のやうにきこえ候ま丶御武運長久あれかしと、これも朝夕祈願するなり。
とある。吉宗は特に江戸冷泉門と関わりが深かった。久保田啓一「江戸冷泉門と成島信遍」(近世文芸、一九八六年六月)参照。
□九月九日から、霊元院の着到百首和歌が始まる。(霊元院御集A・D)
巻頭は、
早春湖
かゞみ山くもらぬ日影のどかにて春にぞうつるにほの海づら
である。
△十一月、「厳島八景」の漢詩成る。
元文四年刊『厳島八景』所収。光明院恕信勧進。出詠者は、堯延親王・勘解由小路韶光・高辻総長・伏原宣通・五条為範・唐橋在廉・下冷泉為経・桂洲である。和歌は正徳五年五月成立。なお、多治比郁夫「『厳島八景』の刊本」(春月〈道工彦文顕彰会〉一九六九年五月)参照。正徳五年五月条参照。

享保二年(一七一七)　六十四歳
△十月、松井幸隆記『渓雲問答』を連阿が書写する。
幸隆は中院通茂の門人で、本書も中院家歌学の地下への伝播の一例である。連阿本系統の奥書には、
右一冊者、六窓軒幸隆、依為中院家門人、多年之秘談、記之書也。本書之雑談等、令省略、写之畢、穴賢。

享保二年十月　　連阿判

とある。連阿は時宗僧侶、中院通茂——松井幸隆——連阿——亨弁——萩原宗固・伊藤松軒と続く江戸堂上派の系譜（松野陽一『習古庵亨弁著作集』新典社、一九八〇年）の一端を示している奥書と言える。上野洋三「堂上歌論の問題」（『近世堂上和歌論集』）、古相正美「渓雲問答と松井幸隆」（和歌文学会口頭発表、一九九二年十月）参照。

享保三年（一七一八）　六十五歳

△十一月二十八日、堯延法親王（霊元院第六皇子）没、四十三歳。（『本朝皇胤紹運録』など）

□この年から、霊元院が家仁親王（桂宮第七代当主）の和歌を添削し始める。

宮内庁書陵部蔵『家仁親王和歌留』には享保三年から同十七年までの霊元院点家仁親王詠草が収められている。

享保四年（一七一九）　六十六歳

△四月八日、笠岩周仙が『泉山景境詩歌集』の序を著す。

『泉山景境詩歌集』は、武蔵国崎玉郡忍邑河原郷にある泉福山照岩寺における十二境八景についての詩歌を集めたもの。詩人として、勧修寺高顕・唐橋在廉・勘解由小路韶光・葉室頼胤・高辻総長・中御門宣顕・坊城俊将・八条隆英が、歌人としては中院通躬・上冷泉為久・武者小路実陰・高野保光・高松重季・武者小路公野・日野資時・三条西公福が出詠している。

大田南畝の『一話一言』巻三十六には、

文化六年己巳重陽の日、東叡山のふもとなる書肆にして照巌寺といへる謡本を得たり。（中略）ことし壺天楼亀や勘兵衛のもとより泉山景境詩歌集をかり得てよむに、はじめて此寺の事なる事をしれり。是も又読書の一得也。

とある。元文二年五月条参照。

△七月七日、久我通誠没、六十歳。（『公卿補任』）

□十一月十六日、伏原宣通が明宮（当時七歳。のち職仁親王）に『古文孝経』を進講した際に発揮された明宮の優秀さに喜び、霊元院が和歌一首詠。（霊元院御集E）

享保五年（一七二〇）　六十七歳

□六月三日から十一月二十五日まで、霊元院が三条西実隆の歌集『再昌草』を書写する。

『再昌草』の写本は現在宮内庁書陵部二本があるのみ。うち一本（御所本、五五四・二）が本項の内容に該当する霊元院筆三十五冊本、もう一本は安政五年鷹司政通書写の十九冊本である。前者巻一巻末奥書には、

抑逍遙院内府者、京極黄門已来、当道無双之堪能、独歩于世之歌仙也。詠和歌者、誰不習学其流風哉、爰雪玉集（此集者後水尾院御時、公宴以下以散在于處々之詠、被類編之畢、雪玉之号者、於家一向無其沙汰云々、依称聴雪軒、以雪字為集之名歟）漏脱之歌、累年雖懸心求之難多得、此草者於家最秘蔵、曾不許他見之処、以殊志節令備乙夜之覧、一見之次、手自写留之（自四十七歳至八十二歳令連続云々、凡卅余年之間歟）此道大切之詠藻、何集如之乎、連々以暇日可遂写功也。寔古人之所謂書来学前者歟。不堪欣悦、聊誌其来由而已。

享保五年六月十五日　　六十七歳翁（花押）

とあり、長年にわたって探し求めていた『雪玉集』漏脱の実隆詠草を、三条西家秘蔵本の借覧により見ることのできた喜び（傍線部）が記されている。（右本文中、（　）内は割註であることを示す。）

なお、『桂宮本叢書』第十一巻・『私家集大成』Ⅴ各解題のほか、伊地知鉄男「『再昌草』と『雪玉集』との関係を論じその連歌史料的価値に及ぶ」（国語と国文学、一九三八年十二月）、是沢恭三「逍遙院実隆崇拝に就て」（歴史と国文学、一九四〇年十月）参照。

○六月、霊元院が公家たちに命じて『中臣祓』を書写させる。

『続史愚抄』同月条に、

今月、自二法皇一仰二公卿新大納言公澄已下殿上人等十人一、書二写中臣秡一。而被レ納二春日社一者、又鹿曼荼羅土佐古画亦同。

とある。「公澄」は滋野井公澄。

□七月七日、霊元院七夕七首詠。（霊元院御集B・E。宮内庁書陵部蔵『霊元院七夕詩御会』）

烏丸光栄も七首詠（『光栄卿記』）。

○九月九日から、霊元院ら九名による着到百首和歌が始まる。（霊元院御集A）

出詠者は霊元院のほか、三条西公福・武者小路実陰・藤谷為信・烏丸光栄・清水谷雅季・久世通夏・上冷泉為久・武者小路公野。霊元院の巻頭歌は、

都立春

待いでむこと葉の花も名にしおふみやこにいそぐ春はきにけり

である。

九人の作品すべてを収めたものとしては、宮城県図書館伊達文庫蔵『享保御着到百首』、宮内庁書陵部蔵『霊元院御着到百首和歌』（伏・二〇）『霊元院御着到百首』（伏・二二）、国文学研究資料館蔵『享保五年仙洞後《（ママ）》御着到和歌集』、東京大学総合図書館蔵『御着到百首』（E二一・一四一三）などがある。そのうち奥書があるのは以下の書である。

◦国文学研究資料館蔵本

右後著《（ママ）》到和歌集、以二尊院広空長老本、令書写者也。

安永五年丙申孟春十五日　　藤原妥壽謹識印

◦書陵部蔵本（伏・三〇）

寛政七年三月廿八日写之　直筆

また『大日本歌書綜覧』にも「享保御着到百首」と称するこの時の写本が紹介されている。

なお『光栄卿記』九月九日条には、

参院申今日賀。

廻文来。

此度百首之題

板本雪玉題書誤落字等

擣衣寒　逢不逢《会》恋　暁《晩》鐘何方

右之題書誤之所々被考候間、可申伝之旨、被仰出候。且此度百首替歌には不及之由、是亦可得御意之旨、被仰出候。仍如此候也。

九月九日　　公福

――左大弁宰相殿――

とある。

『光栄卿記』では、着到百首終了後も、

・廻文来。

明後八日御着到和歌可有清書、午刻各可令参殿之由、被仰出候也。

十二月六日　　　　　　　為久

三条中納言殿――（十二月六日）

・従院被触、明日着到清書延引由、十日由。（十二月七日）

・参院、着到和歌清書也。先窺詠草、則召御前、各清書。暮昏事了、入夜退出。（十二月十日）

という具合に清書に関する記事が続いていく。

△十月、幕府奥坊主成島信遍が、徳川吉宗の勧めにより上冷泉為綱に入門する。（『寛政重修諸家譜』ほか）

やがて武家歌壇を中心として一大勢力となる江戸冷泉門の、記念すべき最初の第一歩である。久保田啓一「江戸冷泉門と成島信遍」（近世文芸、一九八六年六月）、同「成島信遍年譜稿（二）」（江戸時代文学誌、一九九〇年十二月）参照。

△十二月上旬、勘解由小路韶光が、徳川光圀の『常山文集』に序を寄せる。

序文末に「享保五年臘月上浣、従二位藤原韶光譔」とある。蔵中スミ「霊元院歌壇と菅原長義、勘解由小路韶光」（親和女子大学研究論叢、一九九〇年二月）参照。

△十二月十五日、武者小路実陰の還暦を祝して、烏丸光栄が和歌一首を贈る。

『光栄卿記』同日条に、

武者小路前中納言実陰卿、今年六十年満也。余、従幼年為和歌師、依之、伸寸志賀進一首。

陰たのむ松のことのは六十よりかぞへむちよは君につきせじ

彼卿則返歌云、

かぞへしる君のこと葉の色をこそ松もよはひのさかへとはせめ

とある。

享保六年（一七二一）　六十八歳

○三月三日から、霊元院ら六名による着到百首和歌が始まる。（霊元院御集Ａ・Ｂ）

出詠者は霊元院のほか、三条西公福・武者小路実陰・上冷泉為綱・烏丸光栄・武者小路公野。題は藤川百首題。

霊元院巻頭歌は、

関路早春

鳥が鳴こゑのどかなり夜をこめてはるやあづまの関路こゆらむ

である。

宮内庁書陵部蔵『院御着到和歌』（五〇一・四五〇）巻末には「追而詠進同年三月十三日以来日歌到六月廿三日題同右」として上冷泉為久の百首が載る。また八戸市立図書館蔵『藤川百首題』、内閣文庫蔵『院御所御着到和歌』（二〇一・三九七）、名古屋大学附属図書館皇学館文庫蔵『霊元院法皇着到藤川百首』はいずれも光栄・為久の作のみを収める。『大日本歌書綜覧』にも「院御着到百首」と称する一本が紹介されている。

□七月二十三日、霊元院から烏丸光栄への天爾遠波伝授あり。

『光栄卿記』同日条に、

余参進先遠拝龍顔、依御目参進、又有御目近参御座前処。有仰、賜一巻檀紙以同紙包之仰可被見由、則出檜扇置其上巻展拝見、少々有御口伝事了。巻之仰猶退出後可熟覧由、懐中之退処。仰猶段々可遂灌頂奥義由、畏事了。於本所申御礼退。

とある。

△八月二十二日、冷泉家文庫の勅封が解かれる。

『続史愚抄』同日条に、

冷泉前中納言為綱、家文書庫（元和中所司代周防守重宗板倉、与二武家伝奏一、三条西大納言実条・中院中納言通村歟。加二合署封一以来、相続加封、而謾不レ許レ開。又毎夏曝時、伝奏所司代等向レ之云。）及和歌相伝事等自レ今可レ任二家門所為一由被レ仰レ之。（当時前中納言為綱、父子歌道勤仕功云。）（（ ）内は割註であることを示す。）

とある。これ以後、冷泉家は自由に和歌相伝も行なうことができるようになる。久保田啓一「冷泉家の人々」（『近世堂上和歌論集』）参照。

○九月二十七日、霊元院が修学院離宮へ御幸。（『元陵御記』『続史愚抄』・霊元院御集E・『翁草』巻百一・『落栗物語』後）

はじめての修学院離宮への御幸である。『続史愚抄』にも「法皇始幸二修学寺殿山荘及林丘寺禅尼宮（中略）室一御対面」とある。これ以後毎年続けられた御幸については、霊元院著『元陵御記』に詳しい（嘉永二年版本あり）。修学院の創建者は霊元院の父後水尾院であり、そこへ御幸しようとする気持ちは父への思慕に起因していよう。父の歌壇を受け継ぎながら、さらに発展させようとした霊元院にしてみれば、後水尾院ゆかりの地への御幸は当然のことであった。この時後水尾院が崩御してからすでに三十年余りが経過していた。

『元陵御記』によれば、御幸の前日、霊元院は後水尾院の夢を見た。後水尾院は生きている時のままの姿で、「心よくうちゑませ給へる」という様子であった。我が子が自分の造営した離宮を訪ねてくれることへの父としての喜びが、その笑顔の理由である。霊元院はそう考えて感激した。その時の霊元院の歌は、

ゆめながらうれしとみつるたらちねのゑめる面影いつかわすれむ

であり、夢とはいえ嬉しく思われる父の笑顔を決して忘れることはない、という決意が詠まれている。そこには、子として父を慕うという気持ち以外に、父に負けない歌壇の主宰者となりたいという気概もこめられていよう。また霊元院は

ちりぬとももみぢふみわけさを鹿の跡つけそへん秋のやまみち

とも詠んでいる。これは「おく山に紅葉ふみわけなく鹿のこゑきく時ぞ秋は悲しき」（古今集・百人一首）を踏まえ、たとえ紅葉は散ってしまっても、その散り敷いた葉を踏み分けて、鹿が秋の山道に足跡を付け添えるだろう、の意。この場合、紅葉は後水尾院、鹿は霊元院を指し、後水尾院亡き後、その後継者たらんとする霊元院の意欲がやはり強く感じられる。

□十月二十八日、霊元院から上冷泉為綱への古今和歌集口伝あり。（『続史愚抄』）

久保田啓一「冷泉家の人々」（『近世堂上和歌論集』）参照。

享保七年（一七二二）　六十九歳

□二月二十日頃、正親町公通七十賀のため、霊元院一首詠。（霊元院御集E）

□二月二十日頃、京極宮の庭において、霊元院一首詠。（霊元院御集E）

△三月六日、上冷泉為綱没、五十九歳。（『公卿補任』）

○三月十三日、霊元院が修学院離宮へ御幸。（『元陵御記』『続史愚抄』・霊元院御集E・『翁草』巻百一・『月堂見聞集』巻十四）

□三月二十七日、霊元院が九条輔実亭へ御幸、一首詠。（霊元院御集E）

□五月一日、一品宮の庭において、霊元院が一首詠。（霊元院御集E）

□六月十九日、徳川吉宗の所望により、霊元院が『本朝世紀』を与える。また吉宗は徳川光圀編『礼儀類典』を進献。（『続史愚抄』）

△七月十八日、柳沢吉里家集『続潤玉和歌集』成る。

柳沢文庫蔵本奥書には、

不佞向以所詠之和歌、請諸公卿之改正、集之名潤玉集、尓来花晨月夕興之所発、屢詠而屢請改正、号為続潤玉集云、

享保七年七月中八日　甲斐拾遺吉里

とある。上冷泉為綱・中院通躬・霊元院・野宮定基の添削をうけた歌を収める。享保元年六月十五日条参照。

△九月四日、近衛基熙没、七十五歳。（『公卿補任』）

○九月九日、霊元院が修学院離宮へ御幸。（『元陵御記』『続史愚抄』・霊元院御集E・『翁草』巻百一）

□十二月二十日頃、梅岸寺僧海音の献上した梅の枝について、霊元院一首詠。（霊元院御集E）

享保八年（一七二三）　七十歳

□正月十六日、普明院宮（光子内親王）九十賀のため、霊元院一首詠。（『続史愚抄』・霊元院御集E）

□二月一日、霊元院が石見人丸社に柿本大明神の号と正一位を授け、一首詠。（『続史愚抄』・霊元院御集E・『塩尻』巻七十五）

享保八年三月十八日条参照。

○二月二十八日、霊元院七十賀会あり。（霊元院御集E）

『続史愚抄』同日条には、

法皇（御年七十）依レ有二叡慮一（五代帝王物語曰、依二後鳥羽院御障碍一、度々御賀不レ被レ行者。）被レ停二御賀一者、擬二尚歯会一召二老者九人於仙洞一賜二酒饌一。密儀（（　）内は割註であることを示す。）

として、西洞院時成・前大僧正有雅・藤波景忠・松室綱然（北面武士）・秦重仲（同上）・狛近純（楽所）・浦野道英（医師）・岸本寿賢（医師）・高谷玉泉（医師）の九人の名が挙げられている。

○三月十八日、柿本人麻呂千年忌。霊元院らが合計百首を詠じ、石見・播磨両国の柿本神社へ各五十首ずつ奉納する。

『続史愚抄』三月十八日条に、

自二法皇一賜二和歌各五十首及神階官符位記宣命石見社女房奉書播磨社等于石見播磨両社僧一（中略）来三月十八日可二奉納一者。

とある。主な出詠者に、武者小路実陰・烏丸光栄・清水谷雅季・久世通夏・上冷泉為村・武者小路公野・三条西公福・中院通躬らがいる。島根大学附属図書館蔵『人麿御奉納百首和歌』が『山陰地域研究』八（一九九二年三月、〈芦田耕一「紹介と翻刻」〉）に翻刻されているほか写本多数、そのうち奥書を有するのは、彰考館蔵本の、

文化十一年甲戌三月七日写之

のみである。また中山忠雄・河田正致編『柿本社奉納和歌集』（大阪市立大学附属図書館森文庫蔵刊本）の巻頭にも収められている。

また、同時期に江戸堂上派の歌人連阿勧進による石見柿本神社への奉納もあった（松野陽一「連阿勧進享保八年『人丸千年忌詠百首和歌』――翻刻と紹介――」『研究と資料』一九八四年七月）。

○四月六日、霊元院が修学院離宮へ御幸。（『元陵御記』『続史愚抄』・霊元院御集B・E・宮内庁書陵部蔵『鴨社御法楽十二首』・『翁草』巻百一）

□五月五日から、霊元院の着到百首が始まる。（霊元院御集A・D）
巻頭は、
暁立春
一とせの鳥のはつ声のどかにてまた夜の程に春は来にけり
である。武者小路実陰も同じく百首詠。
○九月七日、霊元院が修学院離宮へ御幸。（『元陵御記』『続史愚抄』・霊元院御集E・『翁草』巻百一）

享保九年（一七二四）　七十一歳

□正月一日、人麻呂影像を前に、霊元院十首詠。（霊元院御集B・E）
□正月一日、三条西実隆の影像を前に「言志」の題で、霊元院一首詠。（霊元院御集E）
これまでは人麻呂・定家の影像であったが、以後実隆が加わる。是沢恭三「逍遙院実隆崇拝に就て」（歴史と国文学、一九四〇年十月）、本書第一部第二章一、三参照。元禄六年正月一日条参照。
△正月一日、権大納言昇進後、烏丸光栄が百首詠。
静嘉堂文庫蔵『烏丸光栄歌集』所収分の巻末には、
右百首享保九年昇進権大納言後、綴出之。公務磐多之間、至今年六月廿五日漸清書奉納了。去年正朔子日也。
軸題慶賀字又叶所思間、以此題詠之、寸志之誠定有感応歟、不可外見也。
享保十年六月下澣　　権大納言光栄
とある。
□四月八日から、霊元院の着到百首和歌が始まる。（霊元院御集A・D）

巻頭は、

立春

ゆき消ぬみやこのほかの野山にもかすめて同じ春や立らむ

である。

□六月、霊元院が除疫和歌を詠じる。

『続史愚抄』同月条に、

旱及疫、殊小児多夭、法皇有二除疫御製和歌一。人民伝写帯レ之者、免レ災者太多云。

とある。

○八月二十七日、霊元院が修学院離宮へ御幸。（『元陵御記』『続史愚抄』・霊元院御集E・『翁草』巻百一）

○九月二十五日、慈鎮和尚五百年忌歌会あり。（霊元院御集E）

内閣文庫蔵『賜蘆拾葉』六冊所収「慈鎮和尚五百年追善和歌」には、霊元院ら三十一名による三十一首が載る。

△九月、中院通躬が、求めに応じて中院通茂筆『古伝之事』を書写し与える。

東北大学附属図書館狩野文庫蔵『古伝并哉留都々留奥義』所収の「古伝之事」奥書に、

右一巻者故内大臣通茂手跡無疑也依所望令伝授畢

享保九年辰年九月吉日　通躬在判

とある。

○十月七日、霊元院が修学院離宮へ御幸。（『元陵御記』『続史愚抄』・霊元院御集E・『翁草』巻百一）

○十二月三日、仙洞御所内に柿本社を造営するに当たり、神体遷宮儀あり。翌四日、仙洞御所にて法楽和歌三十首あ

り。（『続史愚抄』・霊元院御集E）

『光栄卿記』十二月四日条に、

未刻参院、奉仰参詣御鎮守柿本社、余・公福卿・公野卿一列相並、拝殿前拝之心念了。烏帽狩衣各一同如此申入畏存由退出。

とある。

享保十年（一七二五）　七十二歳

□正月一日、人麻呂影像を前に、霊元院十首詠。（霊元院御集B・E）

○四月二十六日、霊元院が修学院離宮へ御幸。（『元陵御記』『続史愚抄』・霊元院御集E・『翁草』巻百二）

△七月十六日、庭田重条没、七十六歳。（『公卿補任』）

○九月十六日、霊元院が修学院離宮へ御幸。（『元陵御記』『続史愚抄』・霊元院御集E・『翁草』巻百二）

○十月十八日、霊元院が修学院離宮へ御幸。詩歌御会あり。（『元陵御記』『続史愚抄』・霊元院御集E・『風のしがらみ』上・『翁草』巻百二）

享保十一年（一七二六）　七十三歳

□正月一日、人麻呂影像を前に、霊元院十首詠。（霊元院御集B・E）

□二月十一日、霊元院が『春日権現験記』を見る。（『続史愚抄』）

□三月三日から、霊元院の着到百首和歌が始まる。（霊元院御集A・D）

巻頭は、

都鄙立春

鳥がなくあづまもこゝも日のもとのひかりへだてぬ春や立らむ

である。

○四月二十六日、霊元院が修学院離宮へ御幸。歌会あり。(『元陵御記』『続史愚抄』・霊元院御集E・『翁草』巻百二)

△六月三日、烏丸光栄「春日社奉納詠百首和歌」成る。(静嘉堂文庫蔵『烏丸光栄歌集』ほか)

□七月五日、新広義門院(霊元院母)五十回忌。霊元院五首詠。(『続史愚抄』・霊元院御集E)

○十一月二日、霊元院が修学院離宮へ御幸。(『元陵御記』『続史愚抄』・霊元院御集E)

享保十二年(一七二七)　七十四歳

□正月一日、人麻呂影像を前に、霊元院十首詠。(霊元院御集B・E)

□二月二十一日、式部卿宮の方において、霊元院二首詠。(霊元院御集E)

□二月二十八日、敬法門院(東山院母)七十賀のため、霊元院二首詠。(霊元院御集E)

△春、徳川吉宗が定家筆『長歌短歌古今相違之事』を上冷泉為久に与える。(『風のしがらみ』中)

□九月九日から、霊元院の着到百首和歌が始まる。(霊元院御集A・D)

巻頭は、

初春

あら玉の春になりぬる朝もよひきのふにかはる空の、どけさ

である。

○九月九日、霊元院が修学院離宮へ御幸。(『元陵御記』『続史愚抄』・霊元院御集E・『月堂見聞集』巻十九)

○十月二日、霊元院が修学院離宮へ御幸。(『元陵御記』『続史愚抄』・霊元院御集E)

△冬、阪光淳編『用心私記』成立。(国会図書館蔵写本など。)

烏丸光雄から学んだ歌学を書き留めたもの。『近世歌学集成』に翻刻が備わる。

享保十三年(一七二八) 七十五歳

□正月一日、人麻呂影像を前に、霊元院十首詠。(霊元院御集B・E)

□正月二日、女房(松尾社神主娘)の死を霊元院が哀悼し、後日、その父に対し一首詠。(霊元院御集E)

『光栄卿記』によれば、「近年御寵愛一身に在」った女房が疱瘡で亡くなったため、霊元院は「御不予御絶食躰」となってしまった。このことについては箝口令が敷かれ、光栄自身がそれを知ったのは正月十五日のことであった。その後には、「法皇御不例弥御快」(正月十七日)「逐日御快、御膳有加増由、新大納言局被申出、恐悦」(正月二十二日)などというぐあいに順調に回復していったように記されている。二月十一日条も参照。

△正月下旬、「大社八景(出雲八景)」成る。

「社頭求燈」等八首。出詠者は、中院通躬・烏丸光栄・飛鳥井雅香・下冷泉宗家・上冷泉為久・三条西公福・久世通夏・武者小路実陰の八名。桑原長義の跋がある。それによると、釣月が風早実積を仲介者として為久に歌題の決定を請い、公家八名の詠歌を色紙に書いてもらったと言う。高知県立図書館山内文庫蔵『大社八景和歌』があるほか、内閣文庫蔵『出雲大神宮杵築大社記』、大阪市立大学附属図書館森文庫蔵『葱の下根』、賀茂別雷神社三手文庫(今井似閑本)蔵『為久卿和歌春日奉納』などにも収められている。なお、中和夫「出雲大社八景と明珠庵釣月」(神道学、一九八四年五月)参照。

○二月十一日、霊元院が修学院離宮へ御幸。(『元陵御記』『続史愚抄』・霊元院御集E)

正月二日に寵愛深かった女房が死んだため、霊元院は嘆き悲しみ涙に明け暮れる日々であった。食欲もなくなり身もやつれ果てたため、心配した中院通躬らが、野山散策によって気晴らしをすべきだと考え、修学院御幸を提案した。霊元院は初め気がすすまなかったが、たびたびの申し出に、ついに行くことになった。同行したのは通躬のほか三条西公福・烏丸光栄・久世通夏・藤谷為信・武者小路公野らである。しかし修学院に到着しても、去年の秋まではあの女房が一緒だったなどと思うと気も塞ぎがちであった。

『光栄卿記』には「御不予後始御幸。竜顔殊麗、不堪恐悦至」とあり、御幸はよい気晴らしになったと光栄は感じたようだ。『元陵御記』に記された霊元院の悲嘆と、光栄の記す回復ぶりには微妙なずれがあるようだが、これは悲しみに浸りたい当事者と、少しでもよくなってほしいと願う周囲の人間との意識のずれの反映と言えよう。

△三月中旬、烏丸光栄が烏丸資慶家集（『秀葉集』）を編集する。

秦覧本（九州大学附属図書館萩野文庫蔵本）の巻末に資慶年譜が載り、最後に「享保十三年季春中浣　曽孫権大納言光栄」とある。『古典文庫　烏丸資慶家集』に翻刻が備わる。また柳瀬万里「烏丸資慶」（『江戸時代　上方の地域と文学』龍谷大学仏教文化研究叢書、一九九二年三月）も参照。

○四月十一日、霊元院が修学院離宮へ御幸。（『元陵御記』『続史愚抄』・霊元院御集E）

『光栄卿記』同日条に、

松崎山巌畳峨々、其景殊勝、臨河岩世号千石岩云々、有御製、

めづらしな峰まで高くたゝみなす千いしのいはほめに近く見て

各感吟。公福卿・余等可詠由仰也。余心中詠、

山高き千いしのいはほいく千度御幸もこゝにかさねてぞみむ

公福卿不被申間、不言上之憚了。

とある。
○八月二十五日、霊元院が修学院離宮へ御幸。(『元陵御記』『続史愚抄』・霊元院御集B・E、宮内庁書陵部蔵『賀茂社法楽十二首』・『月堂見聞集』巻二十)

『元陵御記』には、

勘解由小路前大納言へは、後日に題ふたつを一たびにやらせつれば、そのうけふみに両篇の詩を短尺にやがて書つけてたてまつりし。この詩どももおもしろし。ひとひ武者小路大納言の詠草のさまとひとし。まことに此両亜相の詠作、五十年来朝廷にかたをならぶる者なし。末世といへども朝廷雅会のむしろを潤色するは、たゞこの両卿のみ。

とある。右からは、歌人としての武者小路実陰、詩人としての勘解由小路韶光が、霊元院にとって最も文学的にすぐれた存在として映っていたことがわかる。霊元院の実陰に対する賞賛については、神沢杜口の『翁草』にも、

中にも実陰卿は、和歌の徳によりて、家にもあらぬ儀同三司の推任を蒙り給ふ。君の仰にも、実陰は逍遙院このかたの歌詠なりと賛させ玉ひ、彼卿は又君を其の世の聖と崇うとみ玉ふ。

とある。「君」は霊元院、「逍遙院」は三条西実隆である。鈴木淳「武者小路家の人々」(『近世堂上和歌論集』)、蔵中スミ「霊元院歌壇と菅原長義・勘解由小路韶光」(親和女子大学研究論叢、一九九〇年二月)も参照。

享保十四年(一七二九)　七十六歳

○二月三日、霊元院が修学院離宮へ御幸。(『元陵御記』『続史愚抄』・霊元院御集E・『月堂見聞集』巻二十一)
□三月十八日、柿本社において霊元院が法楽和歌十首詠。(霊元院御集B・E)
○三月二十八日、霊元院が修学院離宮へ御幸。(『元陵御記』『続史愚抄』・霊元院御集E)

□四月八日から、霊元院の着到百首和歌が始まる。（霊元院御集A・D）

巻頭は、

都初春

木のめをも柳桜にわきて先いそげ都の春のはつかぜ

である。

○四月二十八日、将軍吉宗に献上される象が江戸へ行く途中、京へ寄り禁裏に召される。詩歌会あり。

『続史愚抄』同日条には、

召二象於台盤所前庭一有二叡覧一。（中略）次召二覧於法皇御所一者、主上法皇等有二御製和歌一（下略）

とある。霊元院御集Eにはこの時の詠二首が載る。また、宮城県図書館伊達文庫蔵『詠象歌詩』、宮内庁書陵部蔵『観象詩歌』、内閣文庫蔵『賜蘆拾葉』二十一冊所収「紫微賞麟新詠」などの写本が存する。また『翁草』巻五、三十九、『風のしがらみ』下、『江戸名所図会』宝仙寺条などに、この時の詩歌が載る。本書第一部第一章第二節四参照。

□五月二十一日、仙洞・木船の楓に甘露が降り、霊元院三首詠。（『続史愚抄』『風のしがらみ』下）

□八月十七日、中務卿親王（職仁親王）若宮誕生（同月十一日）を祝して霊元院一首詠。（霊元院御集E）

□八月十九日、後水尾院五十回忌あり。霊元院一首詠。（『続史愚抄』・霊元院御集E）

△八月下旬、烏丸光栄著『後塵抄』成る。

宮内庁書陵部蔵写本は外題「秘歌道随筆後塵抄」とあり、巻末に「享保十四年己酉歳仲秋下旬」とある。嘉永六年奥書あり。

□閏九月八日、中院通躬の歌に対し、霊元院一首詠。（霊元院御集E）
○十月十一日、霊元院が修学院離宮へ御幸。（『元陵御記』『続史愚抄』・霊元院御集E）
□十一月四日、中務卿の宮（職仁親王）の亭へ初めて行き、霊元院一首詠。（霊元院御集E）

享保十五年（一七三〇）　七十七歳

□正月、女房（松尾社務娘）の三回忌、霊元院二首詠。（霊元院御集E）
□二月四日、三条西公福・烏丸光栄・武者小路実陰らに熊谷桜の枝を見せ、霊元院一首詠。（霊元院御集E）
□二月十一日、後水尾院の硯箱を見て、霊元院一首詠。（霊元院御集E）
□三月十八日、人麻呂影像を前に、霊元院十首詠。（霊元院御集B・E）
□四月八日から、霊元院の着到百首和歌が始まる。（霊元院御集A・D、高松宮家旧蔵『詠百首和歌』）

巻頭は、

元日

朝もよひ昨日みざりしのどけさに年立かへる空はしるしも

である。

○四月十二日、霊元院が修学院離宮へ御幸。（『元陵御記』『続史愚抄』・霊元院御集E）
●五月、『新後明題和歌集』刊。

本書第二部第一章参照。

□六月四日、伊勢の鶺鴒石について、霊元院一首詠。（霊元院御集E）
○九月十二日、霊元院が円通寺へ御幸。（『元陵御記』『続史愚抄』・霊元院御集E）

□九月十四日、三条西公福の和歌に対して、霊元院一首詠。（霊元院御集E）
○九月から翌年四月まで、霊元院ら二十一名による千首和歌あり。
いわゆる「享保千首」である。出詠者は霊元院のほか、家仁・職仁親王、中院通躬・三条西公福・烏丸光栄・日野資時・武者小路実陰・久世通夏・水無瀬氏孝・藤谷為信・上冷泉為久・押小路実岑・武者小路公野・飛鳥井雅香・下冷泉宗家・中御門宣誠・高松重季・藤谷為香・上冷泉為村・竹内惟永。
岡山大学附属図書館池田家文庫蔵『院千首和歌』奥書に、
宝暦二壬申年孟秋念日写之一校畢　竹里館主人
とある。「竹里館主人」は土肥経平。また『片玉集』続集七所収本の奥書に、
たからのこよみ七つのとしはるあつのぬしかもとめにまかせ花のもとにしるし畢　源豊充
右一帖附墨八十枚以小野豊充長左衛門手跡本毎日一紙書写遂功畢
于時明和七年十一月十三日　藤原正恭
とある。「正恭」は津村正恭。
また熊谷武至「「享保千首」正誤」（『近世和歌書誌刪補』東海学園国文叢書、一九七六年）が紹介する三本のうちの一本は細井九皐旧蔵本で、奥書に「延享四年六月五日写之　細井知文家蔵」とある。「知文」は細井九皐。
『古典文庫　近世堂上千首和歌集』に翻刻が備わる。
□十月二十一日、中務王（職仁親王）のもとにおいて、中院通躬の和歌に対し、霊元院一首詠。（霊元院御集E）
○十一月十六日、霊元院が修学院離宮へ御幸。（『元陵御記』『続史愚抄』・霊元院御集E）
△この年、烏丸光栄が家仁親王の和歌を添削する。

宮内庁書陵部蔵『家仁親王百首詠草』の内題に「享保十五年詠百首和歌／家仁」とある。
△この年から、烏丸光栄述・妻屋秀員記『烏丸光栄卿口授』の記事始まる。
大谷俊太「『烏丸光栄卿口授』の諸本」（南山国文論集、一九九二年三月）参照。翻刻は『近世歌学集成』に備わる。
△この年、武者小路実陰が、武者小路公野・水無瀬氏孝・萩原兼武らの和歌を添削する。（『芳雲秘底』）

享保十六年（一七三一）　七十八歳

□三月、柿本社において、霊元院が法楽和歌十首詠。（霊元院御集E）
△三月、烏丸光栄が、霊元院所蔵の『詠歌大概註』を書写する。
宮内庁書陵部蔵本（五〇一・四八五）（五〇一・四八八）奥書に、

這一冊借賜法皇御本遂書写校合畢

享保十六年三月　権大納言光栄

とある。土田将雄『細川幽斎の研究』（笠間書院、一九七六年）参照。
『光栄卿記』三月三日条には、

従内裏、詠歌大概一部、以私本可書写献由、賜料紙申奏由、奉行資時卿已下五人也。

とある。「資時」は日野資時。
○四月六日、霊元院が円通寺へ御幸。（『元陵御記』『続史愚抄』・霊元院御集E）
□夏、霊元院の着到百首和歌あり。（霊元院御集A・D、高松宮家旧蔵『百首和歌』）
巻頭は、

雪中早春
此ごろの散かひくもる雪にいつ道はまがえて春の来ぬらむ
である。
□七月二十五日、本空院宮（幸仁親王）三十三回忌、霊元院一首詠。（霊元院御集E）
△八月、武者小路実陰が、萩原兼武・水無瀬氏孝・武者小路公野らの和歌を添削する。（『芳雲秘底』）
○九月十三日、霊元院が円通寺へ御幸。（『元陵御記』『続史愚抄』・霊元院御集E・『月堂見聞集』巻二十四）
○十月十八日、霊元院が修学院離宮へ御幸。（『元陵御記』『続史愚抄』・霊元院御集E）
○この年、『新類題和歌集』成る。
公事部烏丸光栄奥書によれば、宝永末から正徳初めごろ、霊元院が夏部三百首程度を抜粋し、中院通茂・武者小路実陰らに見せた。その後、三条西公福・武者小路公野・光栄らが霊元院の指示のもと編集作業を進め、編集自体は享保十六年に終了した。同十八年、公野・光栄のほか上冷泉為久・久世通夏・上冷泉為綱・押小路実岑が清書した。後水尾院の『類題和歌集』の増補を企図して編まれたもの。

写本多数、そのうち東京大学史料編纂所蔵本は文化十一年押小路実富奥書を有する。鈴木淳「武者小路家の人々」（『近世堂上和歌論集』）、三村晃功「『新類題和歌集』の成立」（光華日本文学、一九九四年七月）も参照。
△この年から、烏丸光栄述・加藤信成記『烏丸光栄卿口授』の記事が始まる。
大谷俊太「『烏丸光栄卿口授』の諸本」（南山国文論集、一九九二年三月）参照。翻刻は『近世歌学集成』に備わる。
□この年、霊元院が柳沢吉保・吉里の千首和歌を見る。（柳沢文庫蔵『楽只堂年録』）

日下幸男「堂上派地下歌壇」（『近世堂上和歌論集』）参照。

□享保十六・十七年頃、霊元院編『作例初学考』成る。

宮内庁書陵部・陽明文庫・柳沢文庫蔵本などには、烏丸光栄奥書がある。ここでは柳沢本の奥書を掲出する。

這書、享保十六七年の間、故院御編集也。多年御摘録ありたるなるべし。中がきをうすき鳥子の紙に宸翰を染られ、上下二冊に御細工にとぢられ、御外題をもてあそばして、漸御終功の處、十七年春より御不例にて、八月はじめに崩御なりぬ。いまだ御中がきのものなればとて、先内裏へもまいらずして、中務卿宮職仁親王の御方にひめをかれし。まことに秘蔵の御本とて、宮の御新写ありしを、彼御本と校合のため、光栄は院御前にても時々仰にて拝見も候。さるものなればとて、ひそかに度々めされて、よみあはせられしつゐで、宮の御本にて倉卒にかきうつして、清書して一冊となしぬ。此書尤他に類なし。御前にて被免拝覧たるも、公福卿・公野卿・余三人也。永く家に伝へ、深く窓に秘して他見をゆるす事あるべからず。子孫謹て可守之者也。

享保十八年十一月上浣　特進光栄

「故院」は霊元院、「公福」は三条西公福、「公野」は武者小路公野である。なお宮内庁書陵部蔵本には、

寛延四年閏六月廿五日　（花押）親王

の奥書がある。なお、『列聖全集』御撰集第五巻に翻刻が備わる。和田英松『皇室御撰之研究』も参照。

享保十七年（一七三二）　七十九歳

□二月上旬から三月下旬、霊元院詠『名所百首』成る。（静嘉堂文庫蔵『霊元院法皇御製百首』など）

翻刻が『列聖全集』御製集第十巻に備わる。題は、三条西実隆『雪玉集』所収「名所百首和歌」（『私家集大成』の歌番号五〇五四～五二五三）と同じ。

□四月十六日から閏五月朔日まで、霊元院が百首和歌詠。（静嘉堂文庫蔵『霊元院法皇御製百首』）

巻頭は、

元日宴

門ひらく声のうちよりのどけきはおりに会けふの春にもあるかな

である。

□八月六日、霊元院崩御。泉涌寺に葬られる。（『本朝皇胤紹運録』）

『月堂見聞集』享保十八年正月条に、

法皇御所御手箱の内、御遺勅の尊号、兼て無二勅諚一候に付、崩御の後女中方御箱を拝見せらる、霊元の文字あり、依て霊元院と奉レ称也、公卿方一の御箱を拝見せらる、田村の字あり、依て堂上には田村院と奉レ称所也、

とある。

□秋、上冷泉為村が『霊元院御集』を編集する。神宮文庫蔵本奥書に「去年秋書集之／享保十八年十一月六日／再書左近衛中将藤為村」とある。

和田英松『皇室御撰之研究』、拙稿「霊元院歌壇の成立と展開」（和歌文学研究、一九八六年十月）参照。『霊元院御集』の翻刻は『列聖全集』御製集第八・九巻、『新編国歌大観』第九巻に備わる。

□享保頃、霊元院撰「三十六歌仙」成る。

香川宣阿『富士一覧記』豊原文秋序に、

嘗聞享保中上皇手撰二三十六歌仙一。

とある（和田英松『皇室御撰之研究』）。

享保二十年（一七三五）

●八月、『部類現葉和歌集』刊。

本書第二部第一章参照。

元文二年（一七三七）

●五月、『泉山景境詩歌集』刊。

照岩寺における十二景八境を詠んだ詩歌を集めたもの。

国会図書館蔵刊本の書誌を以下に記す。

装幀　半紙本、三巻三冊、袋綴。表紙　藍色。縦二二・六×横一六・一糎。外題　刷題簽左肩「泉山景境詩歌集天(～人)」（双辺）。内題　「泉山景境詩歌集天(～人)」（巻首題）。匡郭　四周単辺。縦一八・六×横一三・三糎。柱刻「景境詩歌集（巻丁数）」。行数　本文一面十行書。序一面六・七行書。丁数　九十一丁。序　林信充・笠岩周仙。刊記　「元文二年丁巳五月吉祥日／平安書林　堀川錦上ル町西村市郎右衛門／東都書肆　本町三町目西村源六」。印記「国立国会図書館蔵書」など。

東北大学附属図書館狩野文庫・東京都立中央図書館加賀文庫・早稲田大学図書館蔵本も右と同じ刊記を有する。

内閣文庫蔵本は刊記なく「文刻堂寿梓目録」一丁分が巻末にある。「文刻堂」は西村屋源六。

享保四年四月八日条参照。

元文三年（一七三八）

△九月三十日、武者小路実陰没、七十八歳。（『公卿補任』）

実陰については、鈴木淳「武者小路家の人々」（『近世堂上和歌論集』）参照。

元文四年（一七三九）

●八月、『厳島八景』刊。

正徳五年五月・享保元年十一月条参照。

△十二月三日、中院通躬没、七十二歳。（『公卿補任』）

通躬については、本書第一部第一章第一節四参照。

寛保元年（元文六年・一七四一）

△八月二十九日、上冷泉為久没、五十六歳。（『公卿補任』）

為久については、久保田啓一「冷泉家の人々」（『近世堂上和歌論集』）参照。

延享二年（一七四五）

△九月十七日、三条西公福没、四十九歳。（『公卿補任』）

寛延元年（延享五年・一七四八）

△三月十四日、烏丸光栄没、六十歳。（『公卿補任』）

光栄については、簗瀬一雄「烏丸光栄研究序説」（愛知淑徳大学国語国文、一九八九年三月〜）参照。

□三月、桜町院が『霊元院御集』を撰する。（高松宮家旧蔵本）

拙稿「霊元院歌壇の成立と展開」（和歌文学研究、一九八六年十月）、『新編国歌大観』第九巻解題（井上宗雄・田中隆裕）参照。

明和元年（宝暦十四年・一七六四）

●正月、『新続題林和歌集』成。

本書第二部第一章参照。

天明二年（一七八二）

△九月十四日、烏丸光祖が烏丸光栄歌集の書名として「栄葉集」を後桜町院から与えられる。（筑波大学附属図書館蔵『栄葉集』奥書）

簗瀬一雄「烏丸光栄研究序説」（愛知淑徳大学国語国文、一九八九年三月〜）参照。

天明七年（一七八七）

●九月、武者小路実陰の家集『芳雲和歌集類題』刊。

近世前期の堂上歌人で家集が刊行されているのは、烏丸光広と実陰のみ。鈴木淳「武者小路家の人々」（『近世堂上和歌論集』）は写本の系統分類と宮内庁書陵部蔵刊本の紹介をする。ここでは、静嘉堂文庫蔵刊本の書誌を紹介する。

装幀　中本、一巻一冊、袋綴。表紙　青銅色小葵文様。縦一九・五×横一三・四糎。外題　書題簽左肩「芳雲和歌集類題」（単辺）。内題「芳雲和歌集類題」（巻首題）。匡郭　四周単辺。縦一五・六×横一〇・四糎。柱刻　ノドに巻丁数のみ。行数　本文一面十一行書。跋一面九行書。丁数　二百六十三・五丁。跋　武者小路実岳。刊記「天明七年丁未九月／出雲寺和泉掾／出雲寺文治郎」。印記「静嘉堂蔵書」「丘氏之記」ほか。

調査した版本の刊記はいずれも「天明七年丁未九月」の年次を有しているが、そのあと、

(甲)右同様「出雲寺和泉掾／出雲寺文治郎」とのみあるもの

東北大学附属図書館狩野文庫・宮内庁書陵部・国文学研究資料館・慶応義塾図書館・早稲田大学図書館（へ四－四七二九、四七四一）・陽明文庫・大阪市立大学附属図書館森文庫各蔵刊本

(乙)(甲)の出雲寺二軒以外に「浪華　増田源兵衛」「京都　伊勢屋平左衛門／山田屋卯兵衛」があるもの

早稲田大学図書館（ヘ四－六九七一）蔵刊本

(丙)(甲)の出雲寺二軒以外に「京都　伊勢屋平左衛門／山田屋卯兵衛」があるもの

刈谷市中央図書館村上文庫蔵刊本

の三種が存する。(乙)(丙)は(甲)の後刷本であろう。実岳跋は以下の通り。

祖父儀同三司実陰公者、天機独発和歌出群洎乎。寛文帝叡感、為授古今蘊奥二帝受誨懐想諸卿望徳心服。余曾輯其詠草以献元文帝。帝即勅題芳雲集焉。想夫余家之栄幸何事比之所冀使児孫及門人珍敬斯集以備和歌亀鑑云、

宝暦十年六月穀旦　従三位実岳敬書

「寛文帝」は霊元院、「元文帝」は桜町院。

なお西尾市岩瀬文庫蔵写本は、

明和九年霜降月上澣騰畢

の奥書を有する。

一九四二年に河出書房から翻刻が刊行されている。また『新編国歌大観』第九巻にも翻刻が備わる。なお熊谷武至「芳雲集傍註」（『続々歌集解題餘談』水甕叢書一九八、一九六八年）も参照。

寛政八年（一七九六）

●五月、『新三玉和歌集類題』刊。

本書第二部第一章参照。

●八月、『三槐和歌集類題』刊。

本書第二部第一章参照。

とある。

享和元年（寛政十三年・一八〇一）

●六月、武者小路実陰の歌論『磯の浪』刊。

『詞林拾葉』（正徳三年八月十六日条参照）の略本。年次が記された刊記はなく、芝山持豊序には「享和元年六月」とある。

まず内閣文庫蔵刊本の書誌を掲げる。

装幀　大本、二巻二冊、袋綴。表紙　縹色布目文様。縦二六・一×横一八・二糎。外題　刷題簽左肩「磯の浪上（下）」（双辺）（上は書題簽）。内題　「磯の浪巻の上（下）」（巻首題）。匡郭　ナシ。柱刻　「磯の浪（巻丁数）」。行数　一行十行書（序四・跋七）。丁数　上四十六丁、下五十七丁。序　芝山持豊。跋　本居宣長。刊記　「皇都書林　長松堂大路次郎右衛門校」。印記　「大日本帝国図書印」「日本政府図書」など。

右の内閣本の構成は、A芝山持豊序→B本文→C本居宣長跋→D刊記となっているが、同様のものとしては無窮会図書館神習文庫・大阪府立中之島図書館蔵刊本（二二四・五八）がある。

また、ABCとあるものとして国会図書館蔵刊本、ACDBに須原屋茂兵衛など十一軒の書肆名があるものとして東京大学総合図書館・静嘉堂文庫蔵刊本、ABCDに「皇都書林　文盛堂大文字屋勝助」とあるものとして大阪府立中之島図書館蔵刊本（二二四・五・六〇）がある。

芝山持豊・本居宣長の序・跋文を以下に掲げる。

長松堂の主人とりつたへたるふみあり。磯の浪と名づく。和歌の先達のかしこきをしへにして、夏野の草のことしげきに津の国の難波のうらのよしあしをわかち、はひひろがれるかつらをかりて、くれ竹のすぐなる道をあらはし、八十のちまたのまよひなからしむ。げに此道の綱目といひつべし。和歌のうらに心をよせ、松のことのはかきあつめんともがらは、一たびみは信じてあふがざらんものはあらざるまじくこそ。

享和元年六月　　前権中納言持豊

似雲ほうしが、むさのこうぢのきとうの君に歌よまむ心ばへを、何やくれやととひ申しに、こたへ給へりし事どもをうけ給はれるまゝに、そのをり〳〵の月日までくはしくかのほうしがてづから書あつめて磯の浪と名づけたるものを、大路延貞ぬしがおやのよゝりつたへもたるを、のりなが享和のはじめの年の夏ごろ京に在けるほど、かうせちきゝに四条のやどりにかよはるゝついでにもて来て見せて、これがしり書一くだり物せよとあるを、一わたりひらきて見もてゆく中に、げにとおぼゆるふし〴〵おほくなむ見えける。そも〳〵三百年ばかりこなたの人々のうたの中には此きとうの君のぞすぐれ給ひて、ちかき世のわろきくせすくなく、ことばつゞき一うたのすがたなどもいにしへにちかくきよらになむ聞ゆれば、此ちかき世には此君こそとしごろも思ひわたるを、今このさうしを見れば、つねにをしへ子どもにかたりて、みちびき給へりけむすぢもいとゞたゞしくよろしきに、かゝればこそはと思ひあはせられて、めでたくなむ。此ふみはしもかの主がおほぢのかのほうしと同じく此君のをしへ子にてまなびのはらからなりけるゆかりにかりてうつしおきつるとぞ。かくいふをやがて此しりがきにをとて書そへてかへしつ。

本居宣長

右の文中にある大路延貞は白川殿内人。なお『磯の浪』の翻刻は『歌学文庫』第六巻に備わる。

嘉永二年　（一八四九）

●四月、『元陵御記』刊。

享保六年から同十六年までに行なわれた霊元院の修学院御幸について、霊元院自らが記した書。通例は「御幸宸記」「宸遊御記」などの名で称され、「元陵御記」という書名自体は板倉勝明の命名。東山御文庫に宸筆本が存する。

刊本は、安中藩主板倉勝明の蔵板で、安中藩士田辺保固が版下を書き、同じく藩士の中塚忠良が刻した。題字は伊予宇和島藩主伊達宗紀。国会図書館蔵刊本の書誌を以下に記す。

装幀　半紙本、二巻合一冊、袋綴。表紙　深緑色菊花文様。縦二二・九×横一五・九糎。外題　刷題簽左肩「元陵御記　乾（坤）」（単辺）。内題　「元陵御記巻之上（下）」（巻首題）。匡郭　四周双辺。縦一六・〇×横一〇・七糎。柱刻　「元陵御記（巻丁数）」。行数　本文一面十行書。序一面六行書。丁数　百二十一・五丁。序　板倉勝明。刊記　「嘉永二年四月／書林／京都　勝村治右衛門／大坂　河内屋喜兵衛／河内屋紀一兵衛／江戸　角丸屋甚助／山城屋佐兵衛／播磨屋勝五郎」。印記　「帝国図書館蔵」。

その他の諸本の書誌的相違点を左表にまとめて記す。

所蔵者	表紙	序	跋	刊記
書陵部（鷹・328）				
無窮会図書館神習文庫	深緑	○	×	○
大阪府立中之島図書館				
書陵部（351・104）				
都立中央図書館加賀文庫				
内閣文庫（201・363）	深緑	○	×	×

右の国会本と同じ

内閣文庫（201・364） 静嘉堂文庫				
書陵部（202・133） 架蔵	薄緑	○	○	×
早稲田大学図書館 東北大学附属図書館狩野文庫	薄緑	○	×	×
尊経閣文庫	黄	○	○	×
書陵部（151・254）	黄	○	×	×

右の諸本にはすべて序文が備わっているが、跋文を有するのは、書陵部（二〇二・一三三）・架蔵・尊経閣文庫蔵本のみ。これは、跋本における尊皇の意に対して、湯島聖堂の検閲係が許可を出さず、そのため出版に際しては跋文を削り、親しい人に配布する分についてのみ、朱で書き入れたことによる（森潤三郎「甘雨亭主板倉伊予守勝明」『考證学論攷』青裳堂書店、一九七九年）。

翻刻は『列聖全集』御撰集第一巻に備わる。また『続扶桑拾葉集』、『翁草』にも所収。『図書寮典籍解題　文学篇』（国立書院、一九四八年）、西和夫『近世の数奇空間』（中央公論美術出版、一九八八年）など参照。なお、以下の項目も参照。

享保六年九月二十七日
同　七年三月十三日
同　七年九月九日
同　八年四月六日
同　八年九月七日
同　九年八月二十七日
同　九年十月七日
同　十年四月二十六日
同　十年九月十六日
同　十年十月十八日
同　十一年四月二十六日
同　十一年十一月二日
同　十二年九月九日
同　十二年十月二日
享保十三年二月十一日
同　十三年四月十一日
同　十三年八月二十五日
同　十四年二月三日
同　十四年三月二十八日
同　十四年十月十一日
同　十五年四月十二日
同　十五年九月十二日
同　十五年十一月十六日
同　十六年四月六日
同　十六年九月十三日
同　十六年十月十八日

〈第二部・付記〉

後水尾院・霊元院歌壇については従来まとまった年表はなく、研究の基盤を整備するべく、第二部においてはまず根幹と思われる活動に記述の焦点を絞り、歌壇のあらましを概括的に捉えることを主たる目的とした。各個人の没年には、それぞれの伝記の研究文献を掲出したのでさらに詳しい資料についてはそちらも参照されたい。

また、第二部所収年表の初出後、市古夏生「冷泉為景年譜稿」、日下幸男『近世初期聖護院門跡の文事』『中院通勝歌集歌論』、蔵中スミ「霊元院歌壇と菅原長義、勘解由小路韶光」や『古典文庫』の烏丸資慶集（高梨素子編）・飛鳥井雅章集（島原泰雄編）・烏丸光広集（橘りつ編）の解説などをはじめとする、歌壇史全般に関わる実証的な研究が発表され、それらの成果も第二部に吸収した。学恩に深謝したい。

補説

第一部　論　文　編

第一章　《歌壇》とその和歌

第一節　後水尾院・霊元院歌壇の成立と展開

一、近世堂上歌壇史概観

・後期の堂上歌壇論として、以下の参考文献を追加する。
盛田帝子「光格天皇とその周辺」（文学、二〇〇一年九・十月号）
盛田帝子「光格天皇と宮廷歌会」（雅俗、二〇〇二年一月）
盛田帝子「近世天皇と和歌―歌道入門制度と『寄道祝』歌」（『和歌を歴史から読む』笠間書院、二〇〇二年）
盛田帝子「光格天皇論　その文化的側面」（大航海、二〇〇三年一月）

二、後水尾院歌壇の成立と展開

・元和末頃から、後水尾院は将来に向けて歌壇の歌人たちを添削指導できるよう、自身の力を磨いておこうとする努力を重ねていた（高梨素子「後水尾天皇在位時代の禁中和歌御会について」〈研究と資料、二〇〇三年七月〉）。
・第Ⅲ期の特質の一つとして指摘した編集事業は、第Ⅱ期から少しずつ始められていたことに留意する必要がある。
・注（10）拙稿は、『江戸詩歌の空間』（森話社、一九九八年）に収録された。
・〈補記〉で触れた大谷論文は、大谷俊太『和歌史の「近世」道理と余情』（ぺりかん社、二〇〇七年）に収録された。
・参考文献の追加
島原泰雄「近世の和歌」（『時代別日本文学史事典　近世編』東京堂出版、一九九七年）
島原泰雄「後水尾院―歌道に皇室の権威」（解釈と鑑賞、二〇〇〇年五月）
熊倉功夫「後水尾天皇の葛藤と芸文」（新編日本古典文学全集第七十三巻『近世和歌集』月報、小学館、二〇〇二年）
・日本史の主要な成果として、
高埜利彦『近世日本の国家権力と宗教』（東京大学出版会、一九八九年）
久保貴子『近世の朝廷運営』（岩田書店、一九九八年）
高埜利彦『江戸幕府と朝廷』（山川出版社、二〇〇一年）
橋本政宣『近世公家社会の研究』（吉川弘文館、二〇〇二年）
久保貴子『後水尾天皇』（ミネルヴァ書房、二〇〇八年）
の他、「十七世紀中後期における公家文化とその環境」（史境、二〇〇一年九月）「元禄文化と公家サロン」（日本の時代史十五『元禄の社会と文化』吉川弘文館、二〇〇三年）「近世の天皇と学芸―「禁中并公家中諸法度」第一条に関連して」（『和歌と貴族の世界　うたのちから　歴博・国文研共同フォーラム』塙書房、二〇〇七年）など松澤克行氏の一連の業績を指摘しておきたい。酒井茂幸「霊元院仙洞における歌書の書写活動について」（国立歴史民俗博物館研究報告、二〇〇五年三月）の注にも多くの参考文献が挙げられている。

三、霊元院歌壇の成立と展開

・注（4）久保田論文は、久保田啓一『近世冷泉派歌壇の研究』（翰林書房、二〇〇三年）に収録された。

・参考文献の追加

酒井茂幸「霊元院仙洞における歌書の書写活動について」（国立歴史民俗博物館研究報告、二〇〇五年三月）

・日本史の主要な成果としては、「二、後水尾院歌壇の成立と展開」で挙げた諸書を参照されたい。

四、中院家の人々

・中院通勝の勅免以後の業績として、慶長十三年に、通勝が校勘した嵯峨本『伊勢物語』が刊行されたことを追加する。

・注（14）上野論文は、上野洋三『元禄和歌史の基礎構築』（岩波書店、二〇〇三年）に収録された。

・参考文献の追加

大久保順子「『古今犬著聞集』における「評語的記述」の諸問題」（八戸工業高等専門学校紀要、一九九六年十二月）

第二節　後水尾院・霊元院とその周辺の和歌

二、後水尾院の和歌世界

・参考文献の追加

阿部満美子「後水尾院の本歌取について」（国文目白、一九九七年二月）

浅見和彦「歌語「都のふじ」随想」（成蹊国文、一九九九年三月）

久保田啓一　新編日本古典文学全集第七十三巻『近世和歌集』（小学館、二〇〇二年）

上野洋三『元禄和歌史の基礎構築』（岩波書店、二〇〇三年）

拙著　和歌文学大系第六十八巻『後水尾院御集』（明治書院、二〇〇三年）

拙著『江戸詩歌史の構想』（岩波書店、二〇〇四年）

大谷俊太『和歌史の「近世」　道理と余情』（ぺりかん社、二〇〇七年）

林達也『江戸時代の和歌を読む』（原人舎、二〇〇七年）

三、後水尾院の和歌添削方法

・注（1）（3）上野論文は、上野洋三『元禄和歌史の基礎構築』（岩波書店、二〇〇三年）に収録された。

・参考文献の追加

上野洋三『近世宮廷の和歌訓練』（臨川書店、一九九九年）

上野洋三『万治御点　校本と索引』（和泉書院、二〇〇〇年）

久保田啓一『近世冷泉派歌壇の研究』（翰林書房、二〇〇三年）

神作研一「元禄の添削」（近世文芸、二〇〇五年一月）

加藤弓枝「添削の達人―小沢蘆庵とある非蔵人の和歌」（文学、二〇〇五年五・六月号）

田中康二「春海歌の生成と推敲」（文学、二〇〇五年七・八月）

大谷俊太『和歌史の「近世」　道理と余情』（ぺりかん社、二〇〇七年）

久保田啓一「和歌添削における誤読―冷泉為村の指導に即して」（江戸文学、二〇〇七年六月）

四、霊元院歌壇における詠象歌

・象が農耕の助けになるというのは、舜王の代わりに象が耕した故事（帝王世紀）による。

第二章　史的位置

一、近世堂上和歌の史的位置

・『三十六首花歌仙』の出典の内訳は、『夫木和歌抄』二十八首、古今・拾遺各三首、『紫禁和歌草』『飛鳥井雅世家集』各一首である。

二、後鳥羽院と後水尾院

・『史料綜覧』寛永十五年条に資料が列挙される。

・〈補記〉で触れた上野論文は、上野洋三『元禄和歌史の基礎構築』（岩波書店、二〇〇三年）に収録された。

三、近世における三玉集享受の諸相

・『釈教題林集』（元禄八年刊）にも、実隆・後柏原院・政為の歌が載る。

・伴蒿蹊『国文世々の跡』（安永三年成）に、「逍遙院殿（中略）などの文体は近体のよきかゞみなり」とある。

・注（2）稲田論文は、稲田利徳『和歌四天王の研究』（笠間書院、一九九九年）に収録された。

・注（3）伊藤論文は、伊藤敬『室町時代和歌史論』（新典社、二〇〇五年）に収録された。

・注（5）市古論文は、市古夏生『近世初期文学と出版文化』

（若草書房、一九九八年）に収録された。

・注（6）島津論文は、島津忠夫『和歌文学史の研究　和歌編』（角川書店、一九九七年）に収録された。

・注（23）上野論文は、上野洋三『元禄和歌史の基礎構築』（岩波書店、二〇〇三年）に収録された。

・注（28）渡辺論文は、渡辺憲司『近世大名文芸圏研究』（八木書店、一九九七年）に収録された。

・参考文献の追加

神作研一「一枝軒野村尚房の伝と文事」（近世文芸、一九九六年一月）

林達也「実隆・幽斎・後水尾院」（国語と国文学、一九九六年十一月）

三村晃功「『新撰蔵月和歌鈔』の成立」（光華日本文学、一九九七年八月）

拙稿「和歌史（及び古典学）の中世と近世」（中世文学、二〇〇五年六月）

林達也・廣木一人・鈴木健一『室町和歌への招待』（笠間書院、二〇〇七年）

四、源氏詞「ひたやごもり」の解釈と享受

・注（1）安達論文は、安達敬子『源氏世界の文学』（清文堂、二〇〇五年）に収録された。

・注（12）池田論文は、池田和臣『源氏物語　表現構造と水脈』（武蔵野書院、二〇〇一年）に収録された。

・参考文献の追加

拙編『源氏物語の変奏曲—江戸の調べ』（三弥井書店、二〇〇三年）

五、堂上和歌と連歌

・『実岳卿御口授之記』62（『近世歌学集成』の通し番号による）にも、「連歌、和歌の障りに相なり候哉」の一条がある。

・注（3）片岡論文は、伊藤伸江『中世和歌連歌の研究』（笠間書院、二〇〇二年）に収録された。

・注（7）島津論文は、島津忠夫『和歌文学史の研究　和歌編』（角川書店、一九九七年）に収録された。

・注（8）綿抜論文は、綿抜豊昭『近世前期猪苗代家の研究』（新典社、一九九八年）に収録された。

・参考文献の追加

田中隆裕「宮廷連歌御会の終焉について」（連歌俳諧研究、一九九七年三月）

林達也「「端居」と「暑き日」」（『和歌文学の伝統』角川書店、一九九七年）

廣木一人「近世和歌にとっての連歌」（江戸文学、二〇〇二年十一月）

奥野美友紀「綾足片歌説の享受」（日本文学、二〇〇三年十二月）

西田正宏『松永貞徳と門流の学芸の研究』(汲古書院、二〇〇六年)
大谷俊太『和歌史の「近世」 道理と余情』(ぺりかん社、二〇〇七年)

第三章　和歌と漢詩

二、中院通勝〈句題五十首〉論
・注(6)稲田論文は、稲田利徳『和歌四天王の研究』(笠間書院、一九九九年)に収録された。
・参考文献の追加
堀川貴司『詩のかたち・詩のこころ』(若草書房、二〇〇六年)

四、詩に和す和歌
・注(3)朝倉論文は、朝倉尚『禅林の文学　詩会とその周辺』(清文堂、二〇〇四年)に収録された。
・注(4)渡辺論文は、渡辺憲司『近世大名文芸圏研究』(八木書店、一九九七年)に収録された。
・注(11)田中論文は、田中康二『村田春海の研究』(汲古書院、二〇〇〇年)に収録された。

五、近世五言句題和歌史のなかの堂上
・注(3)稲田論文は、稲田利徳『和歌四天王の研究』(笠間書院、一九九九年)に収録された。
・参考文献の追加
伊藤達氏「小澤蘆庵の句題和歌について」(駒澤大学大学院国文学会論輯別冊、二〇〇三年二月)
小山順子「室町時代の句題和歌」(『中世の文学と学問』龍谷大学仏教文化研究所、二〇〇五年)
小山順子「室町時代の句題和歌—黄山谷「演雅」と『竹内僧正家句題歌』」(国語国文、二〇〇七年一月)
小山順子「室町時代の句題和歌と三条西実隆」(『中世の文学と思想』龍谷大学仏教文化研究所、二〇〇八年)

八、『唐詩選』の日本的享受—千種有功の『和漢草』
・この論のみ、拙著『古典詩歌入門』(岩波テキストブック、二〇〇七年)に再録した。その際、全体にわたって細かな字句の修正を施した上、「もとゆひの」の歌の解釈については全面的に改稿した。詳細は、同書を参照されたい。
・注(1)鈴木論文は、鈴木淳『江戸和学論考』(ひつじ書房、一九九七年)に収録された。
・参考文献の追加
田中康二「村田春海における和歌と漢詩」(解釈と鑑賞、二〇〇九年三月)

第二部　年表編

第一章　後水尾院歌壇主要事項年表

元和元年

△七月、中院通村の『源氏物語』講釈。

参考文献の追加

宮川葉子『源氏物語の文化史的研究』（風間書房、一九九七年）

元和七年

○二月、中院通村の『源氏物語』講釈。

『泰重卿記』は元和九年終了とする。こちらが正しいか（本田慧子氏ご教示）。

寛永五年

○四月、『東照宮十三回忌法華廿八品和歌』成る。

『鳴の羽掻』（元禄四年刊）にも収録されている。

【項目追加】

○この頃、冷泉家御文庫が勅封され、京都所司代と武家伝奏によって管理される。

藤本孝一「冷泉家御文庫の封印と『明月記』」（京都文化博物館紀要、一九九八年三月）

寛永七年

△九月十三日、中院通村の武家伝奏罷免（及び一連の幽閉）。

参考文献の追加

吉相慶子「中院通村の幽閉について」（高野山大学国語国文、一九九七年三月）

寛永十二年

△二月、烏丸光広『春の曙の記』成る。

参考文献の追加

上野洋三・松野陽一　新日本古典文学大系第六十七巻『近世歌文集』上（岩波書店、一九九六年）

【項目追加】

△この年、『三条西実条詠草写』成る。東京大学史料編纂所蔵。

井上宗雄「三条西実条の詠草について」（『王朝和歌と史的展開』笠間書院、一九九七年）

高梨素子「三条西実条の詠草二種」（埼玉大学紀要教養学部、二〇〇六年三月）

寛永十四年

○三月三日から、後水尾院の着到百首和歌あり。

参考文献の追加

久保田啓一　新編日本古典文学全集第七十三巻『近世和歌集』（小学館、二〇〇二年）

拙著　和歌文学大系第六十八巻『後水尾院御集』（明治書院、二〇〇三年）

寛永十六年
○十月五日、歌合御会あり。
架蔵版本（寛永十八年版本の後刷本）あり。
【項目追加】
△この年、『三条西実条江戸下向記』成る。東京大学史料編纂所蔵。
高梨素子「三条西実条の詠草二種」（埼玉大学紀要教養学部、二〇〇六年三月）
寛永十八年
【項目追加】
□七月十四日、鳳林承章に命じて衣笠山周辺で山荘にふさわしい地を選定させた。（隔蓂記）
熊倉功夫『後水尾院』（朝日新聞社、一九八二年。『後水尾天皇』、同時代ライブラリー・岩波書店、一九九四年）
慶安四年
□四月二十日、徳川家光没。後水尾院が追悼和歌を東福門院に寄せる。
多田義俊『和歌物語』にも引用される。
承応二年
【項目追加】
△この年から明暦元年にかけての記事が、三条西実教述・正親町実豊記『和歌聞書』に載る。
『近世歌学集成』に翻刻が、『歌論歌学集成』第十四巻に注釈が備わる。
明暦三年
○二月、後水尾院の古今伝授。
参考文献の追加
海野圭介「古今和歌集後水尾院御抄の成立」（『中世近世和歌文芸論集』思文閣出版、二〇〇八年）
【項目追加】
□十二月、後水尾院の『拾遺集抄注』成る。
劉哲宗「『拾遺集』注釈史における『拾遺抄物』」（和歌文学会大会、二〇〇五年十月三十日口頭発表、於東洋大学）
万治二年
○五月一日から、後水尾院指導の和歌稽古会、いわゆる「万治御点」が始まる。
「三、後水尾院の和歌添削方法」に挙げた、追加の参考文献参照。
万治三年
○この年以前、狩野永納筆『三十六人歌仙』成る（及び以降の関連記事について）。
参考文献の追加
蔵中スミ『江戸初期の三十六歌仙』（翰林書房、一九九六年）
【項目追加】
○三月一日、修学院離宮の御茶屋完成。（隔蓂記）

熊倉功夫『後水尾院』（朝日新聞社、一九八二年。『後水尾天皇』、同時代ライブラリー・岩波書店、一九九四年）

寛文元年

【項目追加】

○正月十五日、禁裏・仙洞御所、炎上。（『続史愚抄』）

寛文四年

○五月、後水尾院による古今伝授。

参考文献の追加

神道宗紀「寛文四年玉津島社奉納の和歌について」（すみのえ、二〇〇〇年一月）

海野圭介「後水尾院の古今伝授」（『講座平安文学論究』第十五輯、風間書房、二〇〇一年）

海野圭介「御所伝授の背景追考」（江戸文学、二〇〇二年十一月）

海野圭介「堂上聞書の中の源氏物語―後水尾院・霊元院周辺を中心として」（『源氏物語と和歌』青簡舎、二〇〇八年）

【項目追加】

△この年末頃、細川行孝問・烏丸資慶答『続耳底記』成る。『近世歌学集成』に翻刻が備わる。

寛文五年

□二月下旬、後水尾院撰『集外歌仙』成る。

架蔵版本は、無刊記。

寛文六年

△八月十二日から、『資慶卿口授』の記事が始まる。『近世歌学集成』に翻刻、『歌論歌学集成』第十四巻に注釈が備わる。

寛文九年

△二月二十三日、三条西実教、出仕をとめられる。

参考文献の追加

坂内泰子「三条西実教と後水尾院歌壇」（『近世文学俯瞰』汲古書院、一九九七年）

延宝四年

【項目追加】

△七月、山田原欽が後水尾院に進講する。（『龍山詩集』）

渡辺憲司『近世大名文芸圏研究』（八木書店、一九九七年）

延宝五年

△二月、阿野公業が家蔵の『万葉集』を書写する。

参考文献の追加

眞野道子「阿野本万葉集再考」（国語と国文学、二〇〇五年三月）

延宝六年

□七月上旬、飛鳥井雅章が稲葉正則に『後水尾院御集』を書写し与える。

参考文献の追加

平井啓子「ノートルダム清心女子大学付属図書館所蔵

『後水尾院御集』紹介」（清心語文、二〇〇一年八月）

【項目追加】

△七月十七日、鉄眼道光が、自刻の『一切経』を後水尾院に進献する。（『一切経』目録）

延宝七年

△この年までに、飛鳥井雅章の言説を書き留めた心月亭孝賀の聞書『尊師聞書』成る。

『近世歌学集成』に翻刻が備わる。

元禄三年

●十月、『一字御抄』刊。

参考文献の追加

三村晃功「後水尾院撰『一字御抄』の成立」（光華日本文学、二〇〇一年八月）

元禄十六年

●正月上旬、『類題和歌集』刊。

参考文献の追加

三村晃功「北駕文庫蔵『類題和歌集』について」（中世文学研究、一九九七年八月）

三村晃功「北駕文庫蔵『類題和歌集』の成立」（語文、一九九八年十月）

三村晃功「版本『類題和歌集』未収載歌集成」（光華女子大学研究紀要、一九九八年十二月）

日下幸男「『類題』『新類題』の成立とその撰集資料」（『中古中世和歌文学論叢』、思文閣出版、一九九八年）

三村晃功「書陵部蔵『類題和歌』の成立」（光華日本文学、二〇〇二年十月）

半田公平『寂蓮研究』（新典社、二〇〇六年）

拙稿「類題和歌集における「蛙」題の展開」（『夫木和歌抄　編纂と享受』風間書房、二〇〇八年）

天保元年

●三月、『類題和歌補闕』刊。

参考文献の追加

三村晃功「松野陽一氏蔵『補缺類題和歌集』の成立」（光華女子大学研究紀要、二〇〇〇年十二月）

第二章　霊元院歌壇主要事項年表

延宝元年

□この頃、『麓木鈔』成るか。

『歌論歌学集成』第十五巻に注釈が備わる。

延宝八年

△十二月、徳川光圀が霊元天皇に『扶桑拾葉集』を献上する。

参考文献の追加

有馬俊一「「准勅撰」概念の定立をめぐって」（和歌文学研究、一九八八年十二月）

天和三年

△正月二十日から、『光雄卿口授』の記事が始まる。
『近世歌学集成』に翻刻が備わる。
貞享二年
○四月十五日、霊元天皇が冷泉家文庫の文書三百二十余巻を召し寄せ、翌日から公卿・殿上人に書写させる。
参考文献の追加
久保田啓一『近世冷泉派歌壇の研究』（翰林書房、二〇〇三年）
酒井茂幸「江戸時代前期の禁裏における冷泉家本の書写活動について」（国文学研究、二〇〇六年六月）
元禄七年
【項目追加】
△閏五月二十一日から、清水谷実業述・次雄記『清水谷大納言実業卿対顔』の記事が始まる。
岡山大学池田家文庫蔵本。『近世歌学集成』に翻刻が備わる。
宝永二年
○九月九日から、霊元院ら十五名による着到百首和歌始まる。
毛利綱元も、この歌題で詠んでいる。（渡辺憲司『近世大名文芸圏研究』八木書店、一九九七年）
宝永三年
【項目追加】
△この頃、清水谷実業述・中川等義記『等義聞書』成る。

『近世歌学集成』に翻刻が、『歌論歌学集成』第十四巻に注釈が備わる。
正徳二年
△四月、「仙台領地名所和歌」成る。
参考文献の追加
錦仁「名所・歌枕とは何か」（科学研究費補助金萌芽研究「和歌の思想・言説と東北地方における芸能文書との影響・交流についての研究」研究成果報告書、二〇〇八年三月）
正徳三年
△八月十六日から、『詞林拾葉』の記事が始まる。
『歌論歌学集成』第十五巻に注釈が備わる。
享保二年
△十月、『渓雲問答』を連阿が書写する。
『日本歌学大系』第六巻、『近世歌学集成』に翻刻が備わる。
享保三年
【項目追加】
△五月、清水谷雅季が、冷泉為綱所持の『万葉一葉抄』を書写する。
西田正宏「国文学研究資料館蔵『万葉一葉抄』の本文について」（言語文化学研究　日本語日本文学編、二〇〇六年三月）
享保六年

○三月三日から、霊元院ら六名による着到百首和歌が始まる。『詞林拾葉』〔一六六〕（『近世歌学集成』の通し番号による）に関連記事あり。

享保九年

○九月二十五日、慈鎮和尚五百年忌歌会あり。

参考文献の追加

別府節子「『慈鎮和尚三百年忌、五百年忌、五百五十年忌、六百年忌和歌短冊帖』について」（出光美術館研究紀要、二〇〇二年十二月）

享保十五年

△この年から、妻屋秀員記の『烏丸光栄卿口授』の記事始まる。

参考文献の追加

山中浩之「妻屋秀員と烏丸光栄口授」（松原市史研究紀要、一九九七年三月）

『歌論歌学集成』第十五巻に注釈が備わる。

享保十六年

○この年、『新類題和歌集』成る。

参考文献の追加

日下幸男「『類題』『新類題』の成立とその撰集資料」（『中古中世和歌文学論叢』思文閣出版、一九九八年）

三村晃功「霊元院撰『新類題和歌集』の成立」（光華日本文学、一九九九年八月）

嘉永二年

○四月、『元陵御記』刊。

参考文献の追加

佐藤栄里子「霊元院『元陵御記』についての考察」（南山国文論集、一九九七年三月）

右に挙げられなかった参考文献を、以下列挙する。なお、第一部で挙げたものも参照されたい。

菊地明範「烏丸光広の歌壇活動―御会資料をとおして」（中央大学国文、一九九〇年三月）

菊地明範「烏丸内府光栄公御口伝」（中央大学大学院論究〈文学研究科篇〉、一九九一年三月）

藤本孝一「御所本歌書と冷泉家御文庫」（しくれてい、一九九四年七月）

橘りつ『烏丸光広集』上・下（古典文庫、一九九四・九六年）

坂本清恵「中院通茂の声点注記について―京都大学附属図書館蔵『古今和歌集聞書』を中心に」（国語国文、一九九五年二月）

神道宗紀「冷泉為村と住吉社奉納和歌」（皇学館論叢、一九九五年六月）

神道宗紀「冷泉為村の奉納和歌―住吉社・玉津島社奉納和歌とその書風」（帝塚山学院短期大学研究年報、一九九五年十二月）

神道宗紀「冷泉為村の奉納年月不明和歌—住吉社奉納『堂上寄合二十首』の場合」（すみのえ、一九九六年一月）
高梨素子「烏丸光広と沢庵の和漢聯句」（研究と資料、一九九六年七月）
神道宗紀「冷泉為村に見る定家仮名遣—住吉社奉納和歌を資料として」（日本語学、一九九六年九月）
八木意知男「冷泉為村春日社参向」（神道史研究、一九九七年一月）
大谷俊太「近衛信尋・尚嗣父子の歌道教育」（南山国文論集、一九九七年三月）
高梨素子「烏丸光広の慶長十四年五月聯句」（研究と資料、一九九七年七月）
神道宗紀「玉津島社奉納和歌の背景」（帝塚山学院短期大学研究年報、一九九七年十二月）
小高道子「烏丸光広の古今伝受」（『近世文学俯瞰』汲古書院、一九九七年）
島原泰雄「三条西公福卿家集」（『近世文学俯瞰』汲古書院、一九九七年）
島原泰雄・鈴木健一・湯浅佳子『近世堂上千首和歌集』上・下（古典文庫、一九九七年）
小林幸夫他『【うた】をよむ—三十一字の詩学』（三省堂、一九九七年）
酒井信彦「近世の和歌御会始」（東京大学史料編纂所研究紀要、一九九八年三月）
藤木正次「烏丸光広の歌と書」（語文〈日本大学〉、一九九八年三月）
中城さと子「近衛尚嗣の修学とそれに関わった二人の人物」（中京大学文学部紀要、一九九八年三月）
長友千代治「尋書有縁（3）学者の講筵—中院通村日記」（日本古書通信、一九九八年四月）
大谷俊太「中院通村講・近衛尚嗣記『百人一首講尺聞書』考説（上）（下）」（叙説、一九九八年十二月、九九年十二月）
久保田啓一「冷泉家の歴史（十四）～（二十四）」（しくれてい、一九九八～二〇〇〇年）
揖斐高『江戸詩歌論』（汲古書院、一九九八年）
熊倉功夫『日本文化のゆくえ』（淡交社、一九九八年）
日下幸男『近世古今伝授史の研究　地下篇』（新典社、一九九八年）
三谷邦明・三田村雅子『源氏物語絵巻の謎を読み解く』（角川選書、一九九八年）
小高道子「智仁親王の源氏物語研究」（中古文学、一九九九年五月）
笠嶋忠幸「烏丸光広の書にみる古典受容の一形態—「書き分け」の行為について」（出光美術館研究紀要、一九九九年九月）

海野圭介「中院家旧蔵古今和歌集注釈関連資料考（一）」（詞林、一九九九年十月）
小高道子「「先代御便覧」翻刻（上）（中）」（中京大学図書館学紀要、一九九九年、二〇〇一年）
原雅子「冷泉為村と釈教歌」（金蘭国文、二〇〇〇年三月）
酒井茂幸「烏丸光胤の草庵和歌集注釈」（和歌文学研究、二〇〇〇年六月）
松本丘「八条宮尚仁親王の御歌業」（国学院大学日本文化研究所紀要、二〇〇〇年九月）
大谷俊太「中院通村講・近衛信尋記『百人一首聞書』について」（奈良女子大学文学部研究年報、二〇〇〇年十二月）
笠嶋忠幸「烏丸光広の学書基盤をめぐって—「破体」の書の周辺」（出光美術館研究紀要、二〇〇〇年十二月）
高梨素子『中院通村家集（上）（下）』（古典文庫、二〇〇〇年）
原雅子「冷泉為村『たもとのしぐれ』—麗樹院五十回御諱追慕」（金蘭国文、二〇〇一年三月）
中川豊「烏丸光栄和歌習練の諸相」（帝京国文学、二〇〇一年九月）
三田村雅子「近世天皇家の文化戦略と『源氏物語』」（『江戸文学の明暗』風間書房、二〇〇一年）
小倉嘉夫「霊元天皇と冷泉家蔵本　その一（〜十三）」（『冷泉家時雨亭叢書』〈朝日新聞社、二〇〇一年〜〇四年〉月報）
海野圭介「東山御文庫蔵『古今相伝之箱入目録』・同『追加』考」（『古代中世文学論考』6、新典社、二〇〇一年）
原雅子『冷泉為村と摂津富田本照寺』（自照社出版、二〇〇一年）
菊地明範・中川豊『栄葉集（上）（下）』（古典文庫、二〇〇一年）
中川豊「霊元院の文学活動」（中京大学教養論叢、二〇〇二年十月）
大谷俊太「げにそらごとぞ鵲の橋」（江戸文学、二〇〇二年十一月）
久保田啓一「冷泉為村と宮部義正の古歌解釈法模索」（江戸文学、二〇〇二年十一月）
佐々木孝浩「飛鳥井家和歌会始の謎」（江戸文学、二〇〇二年十一月）
高梨素子『中院通村詠草』（古典文庫、二〇〇二年）
中川豊『烏丸光栄関係資料集』（古典文庫、二〇〇二年）
日下幸男「中院通村年譜稿—中年期（上）」（国文学論叢、二〇〇三年三月）
大谷俊太・盛田帝子「近世後期の和歌故実—中院通知『知水別御記　和歌之事』（上）（下）」（人間文化研究科年報〈奈良女子大学大学院〉、二〇〇三年三月、〇四年三月）

坂内泰子「年少者への和歌指導」（神奈川県立外語短期大学紀要、二〇〇三年十二月）
松島仁「初期江戸狩野派の歌仙画帖―探幽、安信を中心に」（國華、二〇〇三年十二月）
秋本守英「堂上和歌研究の前・今・後」（和歌文学大系第六十八巻『後水尾院御集』〈明治書院、二〇〇三年〉月報20）
坂内泰子「賀亜丸の行方」（和歌文学大系第六十八巻『後水尾院御集』〈明治書院、二〇〇三年〉月報20）
田島公「近世禁裏文庫の変遷と蔵書目録」（『禁裏・公家文庫研究』第一輯、思文閣出版、二〇〇三年）
大内瑞恵「良純法親王年譜稿」（東洋学研究、二〇〇四年二月）
山田理恵「『後水尾院和漢千句』における固有名詞の特徴について」（語文〈大阪大学〉、二〇〇四年十二月）
神道宗紀「冷泉為村の月照寺奉納和歌―明和七年奉納和歌をめぐって」（帝塚山学院大学研究論集文学部、二〇〇四年）
冷泉為人監修『冷泉家　歌の家の人々』（書肆フローラ、二〇〇四年）
白方勝『冷泉為村と伊予の歌人たち』（白水書菴、二〇〇四年）
高梨素子「『光廣卿行状』の翻刻と解説」（研究と資料、二〇〇五年十二月）
久保田啓一「歌の家はなぜ続いたか」（『和歌をひらく第一巻　和歌の力』岩波書店、二〇〇五年）
加藤弓枝「伊勢御師の歌道入門」（『社家文事の地域史』思文閣出版、二〇〇五年）
酒井茂幸「近世禁裏の歌書収蔵史における近衛家の関わりについて」（ぐんしょ、二〇〇六年四月）
高梨素子「三条西実条の歌道初学期」（研究と資料、二〇〇六年七月）
佐々木孝浩「享保七年御会始和歌の本文をめぐって」（科学研究費補助金基盤研究（C）「汎諸本論構築のための基礎的研究」研究成果報告書、二〇〇七年三月）
「中世近世の禁裏の蔵書と古典学の研究―高松宮家伝来禁裏本を中心として」（人間文化研究機構連携研究、二〇〇七年三月）
杉本まゆ子「御所伝受考―書陵部蔵古今伝受関連資料をめぐって」（書陵部紀要、二〇〇七年三月）
高梨素子「古今伝受という用語について」（研究と資料、二〇〇七年七月）
坂内泰子「近世堂上歌人と『源氏物語』」（講座源氏物語研究第五巻『江戸時代の源氏物語』おうふう、二〇〇七年）
井上宗雄『中世歌壇と歌人伝の研究』（笠間書院、二〇〇七年）

井上泰至『サムライの書斎』（ぺりかん社、二〇〇七年）
『芸術新潮』二〇〇八年二月号「天皇になれなかった皇子のものがたり」
川崎佐知子「近衛基熙の書物交流」（和歌文学研究、二〇〇八年七月）
高梨素子「三条西実条の詠五十首・詠百首」（研究と資料、二〇〇八年七月）
小嶋菜温子・小峯和明・渡辺憲司編『源氏物語と江戸文化』（森話社、二〇〇八年）
「源氏物語と和歌」研究会『源氏作例秘訣　源氏物語享受歌集成』（青簡舎、二〇〇八年）
三田村雅子『記憶の中の源氏物語』（新潮社、二〇〇八年）
日下幸男編『中世近世和歌文芸論集』（思文閣出版、二〇〇八年）
山本啓介『詠歌としての和歌　和歌会作法・字余り歌』（新典社、二〇〇九年）

以上、遺漏もあるかと思う。ご寛恕を乞う次第である。

初出一覧

（全体にわたって補筆訂正を施した）

序
書き下ろし。

第一部　論文編

第一章《歌壇》とその和歌

第一節　後水尾院・霊元院歌壇の成立と展開

一、近世堂上歌壇史概観

書き下ろし。

二、後水尾院歌壇の成立と展開

「後水尾院歌壇の成立と展開」第一・二・四章。『国語と国文学』〈東京大学国語国文学会〉六十三巻一号、一九八六年一月。【学会発表】「後水尾院歌壇の成立と展開」、和歌文学会例会、一九八五年六月十五日、於跡見学園短期大学。

三、霊元院歌壇の成立と展開

「霊元院歌壇の成立と展開」（『和歌文学研究』〈和歌文学会〉五十三号、一九八六年十月）第一・二・三章、「霊元院とその周辺」第一章（近世堂上和歌論集刊行会編『近世堂上和歌論集』明治書院、一九八九年四月）を併せて一本とした。

四、中院家の人々

原題同じ。近世堂上和歌論集刊行会編『近世堂上和歌論集』、明治書院、一九八九年四月。

第二節　後水尾院・霊元院とその周辺の和歌

一、近世堂上の和歌作品について

書き下ろし。

二、後水尾院の和歌世界

書き下ろし。【学会発表】「三条西実隆の和歌表現を論じて後水尾院の三玉集享受に及ぶ」、東京大学中世文学研究会、一九九〇年十一月二十二日、於学士会館本郷分館。

三、後水尾院の和歌添削方法

原題同じ。『日本文学』〈日本文学協会〉三十九巻十号、一九九〇年十月。

四、霊元院歌壇における詠象歌

原題「霊元院歌壇の俊秀たち—象を観た堂上歌人—」。島津忠夫編『和歌文学講座第八巻　近世の和歌』、勉誠社、一九九四年一月。

第二章　史的位置

一、近世堂上和歌の史的位置

「後水尾院歌壇の成立と展開」第三章（『国語と国文学』〈東京大学国語国文学会〉六十三巻一号、一九八六年一月）、「霊元院歌壇の成立と展開」第四章（『和歌文学研究』〈和歌文学会〉五十三号、一九八六年十月）、「霊元院とその周辺」（近世堂上和歌論集刊行会編『近世堂上和歌論集』、明治書院、一九八九年四月）第二章を併せて一本とした。【学会発表】「後水尾院歌壇の成立と展開」、和歌文学会

例会、一九八五年六月十五日、於跡見学園短期大学。

二、後鳥羽院と後水尾院

原題同じ。『国語と国文学』〈東京大学国語国文学会〉六十七巻四号、一九九〇年四月。【学会発表】「後鳥羽院と後水尾院」、東京大学中世文学研究会、一九八八年一月、於学士会館本郷分館。「後水尾院の和歌」、日本近世文学会春季大会、一九八八年六月二十五日、於日本大学会館。

三、近世における三玉集享受の諸相

原題同じ。『人文科学科紀要』〈東京大学教養学部〉九十七輯（国文学漢文学二十六）、一九九三年三月。

四、源氏詞「ひたやごもり」の解釈と享受

原題同じ。実践女子大学文芸資料研究所編『源氏物語古注釈の世界—写本から版本へ』、汲古書院、一九九四年三月。

五、堂上和歌と連歌

原題同じ（ただし副題「近世における連歌の役割」）。『国語と国文学』〈東京大学国語国文学会〉七十一巻五号、一九九四年五月。

第三章　和歌と漢詩

一、近世和歌における和漢比較研究の意義

書き下ろし。

二、中院通勝〈句題五十首〉論

原題同じ。『和歌文学研究』〈和歌文学会〉六十八号、一九九四年五月。【学会発表】「中院通勝の和歌について」、和歌文学会例会、一九九三年十一月二十日、於日本大学文理学部。

三、句題「小扇撲蛍」考

原題同じ。『日本古典文学会々報』〈日本古典文学会〉一二七号、一九九五年七月。【学会発表】「中院通勝の和歌について」、和歌文学会例会、一九九三年十一月二十日、於日本大学文理学部。

四、詩に和す和歌

原題「近世堂上和歌と漢詩表現―詩に和すことをめぐって―」。『和漢比較文学叢書第十六巻　俳諧と漢文学』、汲古書院、一九九四年五月。

五、近世五言句題和歌史のなかの堂上

「近世句題和歌に関する一考察」(『国語と国文学』〈東京大学国語国文学会〉六十五巻三号、一九八八年三月)、「近世句題和歌と出版―歌題享受の過程に関して―」(『和歌文学研究』〈和歌文学会〉五十七号、一九八八年十二月)を併せて一本とした。【学会発表】「近世句題和歌の諸問題」、和歌文学会例会、一九八八年五月二十一日、於日本女子大学。

六、句題「南枝暖待鶯」考

原題「句題「南枝暖待鶯」攷」。『比較文化研究』〈東京大学教養学部〉二十七輯、一九八九年三月。【学会発表】「近世句題和歌の諸問題」、和歌文学会例会、一九八八年五月二十一日、於日本女子大学。

七、句題「幸逢太平代」考

原題「句題「幸逢太平代」攷」。『比較文化研究』〈東京大学教養学部〉二十八輯、一九九〇年三月。

【学会発表】「近世句題和歌の諸問題」、和歌文学会例会、一九八八年五月二十一日、於日本女子大学。

八、『唐詩選』の日本的享受─千種有功の『和漢草』

原題同じ（ただし副題「千種有功の『和漢草』を通して」）。『日本学』〈名著刊行会〉十九号、一九九二年六月。

第二部　年表編

第一章　後水尾院歌壇主要事項年表

原題「後水尾院歌壇年表稿（上・下）」。『人文科学科紀要』〈東京大学教養学部〉九十一・九十四輯（国文学漢文学二十四・二十五）、一九九〇年三月、一九九一年三月。

第二章　霊元院歌壇主要事項年表

原題「霊元院歌壇年表稿（上・下）」。『比較文化研究』〈東京大学教養学部〉三十・三十一輯、一九九二年三月、一九九三年三月。

後記

本書ができるに当たっては、さまざまな出会いのなかから数えきれないほどの御教示をいただきました。学部生・大学院生として過ごした東京大学文学部国文学研究室において、助手として勤務した東京大学教養学部国文学漢文学研究室において、現在の勤務先である茨城大学人文学部において、学会・研究会や図書館・研究機関において、抜刷をお送りしたお返事によって、多くを得ることができました。まずはそのことに心から感謝申し上げたいと思います。また、この場をかりて学部生以来御指導いただいている森川昭先生、久保田淳先生、延広真治先生にお礼申し上げます。

汲古書院社長坂本健彦氏には出版をお引き受け下さり、御多忙のなか終始暖かく励まして下さいました。同書院の三井久人氏には最初に出版のお誘いをいただき、小林淳氏には編集を御担当いただきました。お礼申し上げます。また、編集の方針について御助言いただいた長島弘明先生、私の拙い英文要旨を添削して下さった茨城大学のマーク・ジマーマン先生、索引の逆引きに協力していただいた菊地明範氏・矢野郁子氏にもお礼申し上げます。

なお、本書の刊行に際しては、文部省科学研究費補助金「研究成果公開促進費」の交付を受けました。

一九九六年十月

鈴木健一

増訂版　後記

平成八年（一九九六年）に刊行された拙著『近世堂上歌壇の研究』（汲古書院）は、まもなく品切れの状態になった。某古書店の目録には定価の約三倍の値が付き、まるで自分の本ではないかのような不思議な気持ちがしたものである。その後、若い研究者の方に出会った際、「あの本が手に入らなくて残念だ」というようなことを言ってもらえる機会が何度かあった。お愛想もあるとは思ったが、やはり嬉しくて、そんなことにも後押しされつつ、今回ささやかながら増訂版という形で再版することになった。

最初は、この間の研究の進展も踏まえて全面的に改稿したいと考えたが、やってみると切りがなく、また初版時の姿を残して再版することにもそれなりの意味があると思い直し、最低限の字句の修正と、一九九六年以降の研究成果や新たに知り得たことなどを中心に記した補説をもって増訂版とすることにした。

本書が少しでも学界に貢献するところがあれば幸いである。

なお、本書によって、一九九七年に東京大学より博士（文学）の学位を授与された。審査に当たられた鈴木日出男先生、小島孝之先生、長島弘明先生、池田知久先生、岸本美緒先生に心よりお礼申し上げたい。特に長島先生には、このことにとどまらず約三十年もの長きにわたって常に親しくご教導を賜っていることに対し、この場を借りて感謝申し上げたい。

前著同様、汲古書院、とりわけ三井久人氏と飯塚美和子氏にはご高配を賜った。このことにも心よりお礼申し上げたい。

二〇〇九年六月

鈴木　健一

や行

わ行

著者略歴

鈴木健一（すずき　けんいち）

1960年、東京生まれ。東京大学文学部卒業、同大学院博士課程単位取得退学。東京大学助手、茨城大学助教授、日本女子大学教授を経て、2004年から学習院大学文学部教授。

専門　江戸時代（近世）の文学、詩歌史（特に和歌と漢詩）、古典の享受史など。

主要著書『近世堂上歌壇の研究』（汲古書院）
『江戸詩歌の空間』『伊勢物語の江戸』（森話社）
『林羅山年譜稿』（ぺりかん社）
『和歌文学大系　後水尾院御集』（明治書院）
『江戸詩歌史の構想』『古典詩歌入門』（岩波書店）
『知ってる古文の知らない魅力』（講談社現代新書）
以上、単著。
『源氏物語の変奏曲―江戸の調べ』（三弥井書店、編著）
『義経伝説―判官びいき集大成』（小学館、編著）
『玩鷗先生詠物百首注解』『江戸名所和歌集』（太平書屋、共編）
『〈うた〉をよむ―三十一字の詩学』（三省堂、共著）
『新訂　江戸名所図会』（ちくま学芸文庫、共編）
『和歌をひらく』（岩波書店、共編）
『日本の古典―江戸文学編』（放送大学教育振興会、共編）
『室町和歌への招待』（笠間書院、共著）など。

近世堂上歌壇の研究　増訂版

一九九六年十一月十五日　初版発行
二〇〇九年　八月　十日　増訂版発行

著　者　鈴木健一
発行者　石坂叡志
整版印刷　富士リプロ㈱

発行所　汲古書院
〒102-0072　東京都千代田区飯田橋二－五－四
電　話　〇三（三二六五）九七六四
FAX　〇三（三二二二）一八四五

ISBN978-4-7629-3572-5 C3092

The Study of Court Literary Circle in early modern times

synopsis

Ken'ichi－Suzuki

This is a study of the court literary circle in the Edo period, particularly *Gomizuno'oin*'s (後水尾院, the 108th emperor) and *Reigen'in*'s (霊元院, the 112nd emperor) literary circles.

The first half of the book is as follows. Part consists of three chapters.

ChapterⅠ includes eight sections. Section 1 is the introduction. Section 2 and 3 deal with the history of *Gomizuno'oin*'s and *Reigen'in*'s literary circles, and Section 4 states the role of the *Nakano'in* (中院家) in their circles. Section 5 and 6 discuss the style of their *waka* (和歌). Section 7 points out the importance of the correction method of *waka*. Section 8 deals with *waka* composed while looking at an elephant.

ChapterⅡ includes five sections. Section 1 is the introduction, it states a view of point with the position of *Gomizuno'oin*'s and *Reigen'in*'s literary circles in *waka* history. Section 2 compares *Gomizuno'oin* with *Gotobain* (後鳥羽院, the 82nd emperor). Section 3 points out the importance of *Sangyokushū* (三玉集, a collection of court *waka* works in Muromachi period including *Sanjyōnishi-Sanetaka*'s (三条西実隆) works) for *Gomizuno'oin*'s and *Reigen'in*'s literary circles, and describes various aspects of the appreciation of *Sangyukushū*. Section 4 deals with the interpretation of a word, "hitayagomori" (ひたやごもり, shutting oneself up) in *Genjimonogatari* (源氏物語)). Section 5 explains the influence from *renga* (連歌) to *waka*.

Chapter Ⅲ is the comparative study of *waka* and Chinese classical poems, it includes eight sections. Section 1 is the introduction. Section 2 points out that 50 *wakas* composed by *Nakano'in-Michikatsu* (中院通勝) are under the influence of *Santaishi* (三体詩, an anthology of Chinese classical poems). Section 3 deals with the history of *dai* (題, set topic of *waka*),"Chasing fireflies by a small fan". Section 4 deals with *waka* in response to Chinese classical poem composed by Japanese. Section 5 states the relation with *dai* of *Ton'a*'s (頓阿) works, *Sanjyōnishi-Sanetaka*'s works, and composers of the court literary circle in the Edo period. Section 6 and 7 deal with the history of *dai*, "The Southern Boughs Waiting for Warblers", "Happily Do We Enjoy the Blessings of Peace". Section 8 explains the charm of *Wakakusa* (和漢草) composed by *Chigusa-Arikoto* (千種有功) under the influence of *Tōshisen* (唐詩選, an anthology of Chinese classical poems).

The latter half of the book chronicles *Gomizuno'oin*'s and *Reigen'in*'s literary circles. It lays emphasis on bibliographical investigation and descriptions of human relatioships.

索　引

索引・凡例

1、人名・書名は、近世およびそれ以前のものをすべて採り、現代仮名遣いによって配列した。親王は音読みした。連歌師・俳人は、原則として号で提出した。

2、初句は、すべて平仮名で表記し、歴史的仮名遣いによって配列した。初句が同じで二句目以降が異なる場合のみ二句目も表示した。

3、増訂版「補説」部分は含まれていない。

人名索引

あ行

か行

さ行

た行

な行

は行

ま行

や行

ら行

わ行

書名索引

あ行

か行

さ行

た行

な行

は行

ま行

や行

ら行

わ行

初句索引

あ行

か行

ま行